中国最佳科幻作品

SCIENCE FICTION

2018

姚海军／主编

人民文学出版社

图书在版编目（CIP）数据

2018中国最佳科幻作品 / 姚海军主编.—北京：人民文学出版社，2019
ISBN 978-7-02-015194-3

Ⅰ. ①2… Ⅱ. ①姚… Ⅲ. ①科学幻想小说—小说集—中国—当代
Ⅳ. ①I247.7

中国版本图书馆CIP数据核字（2019）第079795号

责任编辑 涂俊杰 李 宇
装帧设计 陶 雷
责任校对 杨益民
责任印制 苏文强

出版发行 人民文学出版社
社 址 北京市朝内大街166号
邮政编码 100705
网 址 http://www.rw-cn.com

印 刷 三河市鑫金马印装有限公司
经 销 全国新华书店等

字 数 257千字
开 本 880毫米×1230毫米 1/32
印 张 11.125 插页1
印 数 1—8000
版 次 2019年7月北京第1版
印 次 2019年7月第1次印刷

书 号 978-7-02-015194-3
定 价 42.00元

目　录

黄金原野

| 刘慈欣

麦克和爱丽丝等待着第二个太阳的出现。透过“黄金原野”号的后舷窗，他们望着遥远的太阳，从这海王星轨道外的太空看去，太阳只是一个刚显出圆盘形状的星体，它的光虽能够在舱壁上投下影子，但已经感觉不到任何热度。麦克看看身边太空服中的爱丽丝，觉得她也像一个太阳，是她的存在使这距地球四十五亿公里的冷寂太空有了意义，也使他自己的生命有了意义。爱丽丝于一个小时前刚刚苏醒，这之前她经历了启航之后最长的一次沉睡，有两年的时间。

第二个太阳出现了，开始看去只是一颗普通的星星，但亮度急剧增加，像一只睁开的眼睛，很快变得比真正的太阳还亮，一时间，整个宇宙都苏醒了。这是“猎户座”飞船减速时发动机的核火焰。

麦克欢呼起来，“黄金原野”号的舱室是如此狭小，他甚至不能挥舞双手，他想拥抱爱丽丝，但知道不可能。

“我看到了，真好。”爱丽丝透过太空服的面罩对他灿烂地一笑。

眼前一片蓝色，一行白字出现：网络拥堵，请切换为2D显示，或稍后再试。

麦克摘下VR头盔，回到他自己简陋的单身公寓中。房间不大，但与“黄金原野”号的舱室相比就宽敞多了。他拿起笔记本电脑，把刚才的画面切换到2D，但网速仍然很慢，图像几乎不动，爱丽丝的笑容凝固在屏幕上，麦克继续沉醉在这笑容之中。

同以前一样，他当然知道爱丽丝的微笑不可能是对自己的，因为刚才与她同处“黄金原野”号飞船上的，除了自己，还有其他几亿人，现在，全人类都通过网络挤在那间狭小的舱室里。同时，他看到的是四个多小时前的爱丽丝，这是电波从四十五亿公里远的太空传回地球的时间。

能听到外面街上传来的欢呼声，整个世界都在欢呼。

“十九年了，”麦克看着屏幕上的爱丽丝说，“我从一个十八岁的男孩变成三十七的男人，你还是那么年轻。”

在麦克的记忆中，十九年前的那天时而显得很遥远，时而又像近在昨日。在没有任何预先信息的情况下，“以太”号火箭突然从加州莫哈韦沙漠的莫哈韦航天发射场点火升空，运载着“黄金原野”号飞船飞向太空，这时，距米勒车祸中遇难仅不到十个小时。

阿尔弗雷德·米勒早年并没有显示出对太空探索有特别的兴趣，他那庞大的商业帝国主要是在制药和生物工程领域发展起来的。一切改变都是从一种名叫“冬神”的药物的出现开始的，这是米勒的“生命远景”公司研发的药物。“冬神”的研制过程长达半个世纪，耗资更是创造了世界制药工程的纪录。这是一种人体冬眠药物，依剂量不同，可使服用者进入三个月到一年的冬眠，如果连续服用，冬眠期则几乎可以无限延长。在冬眠期间，人体的新陈代谢降到最低，不需要任何营养补充，衰老几乎停止。

“冬神”研制成功的消息引起了巨大的轰动，但紧接着米勒却宣布要将这项成果封存，专利技术冻结，药物不会投放市场。他解释说："'冬神'将是懒惰和消沉者的福音，他们会用这种最方便的方式逃避现实，逃避责任，在未来不同的时间醒来看看，选一个最舒服时代生活。这不是'冬神'的目的。"米勒表明他最初研制"冬神"是想把它用于太空航行，使得远航的飞船只需携带很少的食物、水和氧气。

但是，需要"冬神"的载人太空远航似乎将永远停留在科幻小说中，自上世纪中叶的登月以后，载人太空航行所到达的离地球最远的距离，只是米勒的那辆林肯车开三四个小时的路程。

VR游戏中的太空远比真实的有趣，甚至，除了艰辛和危险之外，比真实的更真实。

米勒不想再等待，他决定自己创造一个能使"冬神"派上用场的时代，于是使"生命远景"公司向航天领域转型，并发布了自己的载人登陆火星计划。五年后，"生命远景"完成了计划的第一步，研制并建造了巨大的"以太"火箭，其起飞重量比有史以来最大的"土星五号"火箭还重一千吨。但计划的进展到此为止了，米勒很快发现，与建造巨型火箭相比，登陆火星和返回的工程技术更为艰巨，而"生命远景"公司此时已耗尽了财力，已经日薄西山的NASA也无法继续提供技术支持。米勒先是把火星往返航行改为单程航行，后来又把登陆的目标由火星改为月球，终于发现即使往返月球的目标也无法实现，最后完成的是"黄金原野"号飞船，这是一个只能载一人的小小太空舱，没有着陆和返回能力，只能绕月飞行。之后，米勒再也无力前进一步。

"以太"火箭的首次发射一再推迟，它那庞大的躯体像是耸立在沙漠中的一座孤峰，顶部如国会大厦穹顶般宽阔的整流罩蒙上了沙尘，似乎已经历了漫长的岁月。

米勒在长岛的车祸中遇难，对“生命远景”的太空探索事业是一个致命的打击。在他离去后，董事会无疑将使“生命远景”离开这个没有任何商业前景的领域，回到以前的运营轨道上。“以太”火箭和其上的“黄金原野”号飞船将被废弃，它们最好的命运就是成为某个航天主题公园的陈列品，但最大的可能是被拆解为废金属。

但就在米勒去世的当天，“以太”火箭突然发射升空。在其运载的“黄金原野”号飞船中有一名宇航员，是米勒二十岁的女儿爱丽丝。

“‘以太’火箭和‘黄金原野’号飞船只应属于太空。”爱丽丝在留给媒体的视频中说。那时发射倒计时只剩三分钟，她身穿太空服处于“黄金原野”号狭小的座舱中。她说“黄金原野”号将在“以太”火箭的推动下飞向月球，飞船将在绕月飞行后返回地球，这是为了实现父亲最后的夙愿。

发射是在没有对外界公开的情况下进行的，准备工作很仓促，基地中只有很少一部分人员参加了发射工作。

人类历史上最大的火箭在巨大的轰鸣声中升空，整个沙漠都在颤抖，由于“以太”火箭巨大的质量，起飞时的加速度比以往的火箭都小，它的上升很缓慢，十多公里外的目击者仿佛看到了地平线上一次壮丽的日出。

开始阶段十分顺利，两个助推器和第一级脱离后，第二级成功点火，“黄金原野”号飞船在“以太”火箭的推动下飞向月球。按照飞行程序，十五分钟后发动机关闭，飞船与火箭联合体将精确地进入与月球交会的轨道，接着“黄金原野”号将与火箭末级脱离，开始五十小时的滑行，在与月球交会后绕月飞行，然后用自身的动力返回地球。

但火箭发动机没有关闭，继续以最大功率运行。

后来根据对传回的数据的分析发现，就在飞船与火箭即将分离之际，火箭燃料仓内剩余燃料的温度急剧上升，导致燃料仓的压力剧增。这可能是燃料仓的隔热系统损坏所致。此时，燃料仓的紧急减压阀门却失效了，增压中的燃料无法排出，这都是仓促发射造成的恶果。超低温燃料受热产生巨大的压力，将很快导致末级箭体爆炸，在爆炸中推进剂将与氧化剂混合，将压力造成的冷爆炸转化为威力巨大的热爆炸。这时，即使飞船与火箭脱离，两者分离的速度是很慢的，飞船不可能移出爆炸的威力圈。制止爆炸的惟一途径就是继续全功率开启火箭发动机，通过消耗燃料降低压力，把压力控制在燃料仓能够承受的范围内。事后工程师们认为，火箭控制系统做出的这个决定是正确的。

“以太”火箭是为登火星而设计，它设计中运载飞船的质量远大于“黄金原野”号飞船，但在这次发射中，由于结构平衡的需要，必须加满燃料后起飞。所以计划中完成绕月飞行后，已经脱离飞船的末级火箭中将有大量的剩余燃料，现在，这些燃料将全部用来加速。

地面控制中心曾试图使“黄金原野”号与火箭分离，但在加速状态下这个操作不能进行。

疯狂的加速持续了十八分二十七秒，燃料耗尽，发动机停机。“黄金原野”号飞船与“以太”火箭的末级分离，这时，飞船的速度已经远大于飞行计划的设定，它用自身的发动机减速，但“黄金原野”号上小小的发动机只设计用于进入和脱离月球轨道，只能把飞船目前巨大的速度减低一小部分，它的燃料很快耗尽，“黄金原野”号在太空中静静地滑行着，在一般人看来，这并未显示出什么灾难的迹象，但冷酷的牛顿定律已经给它打上了死亡的魔咒。

“黄金原野”号目前的速度已经大于第三宇宙速度，太阳的引力无法留住它，如果没有救援，已经失去全部动力的飞船将一直向前飞离太阳系，消失在茫茫太空中，没有任何回到地球的希望。

“黄金原野”号比预定时间提前二十一小时越过月球轨道，这时，计划与之交会的月球还在几万公里之外。

最初人们认为，除了为爱丽丝默哀没有别的事可以做了。自国际空间站退役后，俄罗斯和美国已经多年没进行载人航天飞行，中国也仅限于把航天员送上自己在近地轨道运行的空间站，以目前人类航天的技术能力，短时间内不可能对月球轨道之外的，以超过第三宇宙速度的速度飞离的飞行器进行救援。

但随之而来的一则消息带来了一线希望：“黄金原野”号上携带着“冬神”药物，其数量可以使爱丽丝冬眠二十年。

“黄金原野”号一直保持着与地球的联系，飞船的通讯系统联入了互联网，每个人都能通过虚拟现实的连接进入飞船里，身临其境地同爱丽丝一起，在寒冷的太空中进行着没有终点的漂流。

麦克在电脑上打开了一个叫“黄金原野”的文件夹，里面有一千多个名为Alice的VR视频文件，他戴上头盔，打开了最前面的Alice0001，那是十九年前他第一次与“黄金原野”号飞船进行VR连接时的记录，文件建立的日期是2043年12月10日23点，这是“以太”火箭末级意外加速结束后的十二个小时，飞船正在穿越月球轨道，开始它向外太空的死亡漂移。

麦克第一次进入了“黄金原野”号，第一次来到爱丽丝身边，这也是他惟一的一次见到没有穿航天服的爱丽丝，她身着白色的工作装，胸前有“生命远景”的徽章。也许是因为发射仓促，她没有来得及把自己的长发剪短，那长发在零重力下缓缓飘散，如诗如梦，他甚至感到了一缕发丝轻拂过自己的面庞。飞船背对着太阳和地球，透过舷窗只能看到银河系灿烂的星海，这星光晶莹地映在爱丽丝的双眸中。然后她第一次看着他微笑，这时飞船与地球的通讯几乎没有时滞，同与飞船联网的无数人一样，麦克相信那微笑真的是对自己的。爱丽丝在轻声说话，但声音对他是屏蔽的，从她不断扫视控制面板的目光来看，可能是在与地面控制中心交流飞船的运行状况。她显得平静而睿智，丝毫看不出是身处绝境，这让他看得入迷。她似乎没有忘记他的存在，不时抬头对他微笑，每一次他都慌乱地移开目光。

有什么纤细的东西漂过他的眼前，那是一株绿色的小草，他不由伸手去抓，小草从他的手中穿过，爱丽丝也看到了，她伸手抓住小草，把它很小心地插在控制台上的一个有水的小塑料管中。

麦克突然听到了爱丽丝的声音："这是发射架前的草坪上的，以后，它是惟一陪伴我的地球生命了。"

"我会一直陪伴你的。"麦克用微微颤抖的声音说。

麦克清楚地记得，那天离开网络后，他来到大学宿舍的阳台上，长久地仰望着星空，星海仿佛因爱丽丝的存在有了生命。

他接着打开了VR文件Alice0002，这是在上次连接后的五个小时，是在一个不眠之夜后的凌晨，在长时间的网路拥堵后他终于再次与"黄金原野"号联网，现在飞船距地球八十万公里。这时爱丽丝已经进入冬眠，为了节省飞船的能源，恒温系统关闭了，她在航天服中沉睡着，控制台上的大部分屏幕都暗了下来，只有星光从舷窗照进来，映出面罩里面爱丽丝美丽安详的面庞。

"我会一直陪伴你的。"麦克再次说。

"黄金原野"号受到了全世界的关注，在人类历史上，第一次有一个人从地球大家庭走失了，那个在太空中渐行渐远的天使般的姑娘牵动着每个人的心，对她的关切渐渐成为了人们生活的一部分，“爱丽丝时代”开始了。

麦克毕业后找到一份程序员的工作，像大部分在近年来进入职场的年轻人一样，他不需要去公司上班，事实上他供职的那个公司只存在于网络中，他只需待在单身公寓中就能在网上完成一切工作。每天深夜，他都会通过网络进入“黄金原野”号，来到冬眠中的爱丽丝身边，同她一起静静地沐浴在星光中，这是他一天中最美好的时光。

麦克知道，每时每刻都可能有上亿人同他一样通过网络陪伴着爱丽丝，“黄金原野”号渐渐成为一种文化现象，渗透到社会生活的方方面面，成为在全球政治、经济和文化领域都不得不考虑的一个因素，而随着时间的流逝，这个因素变得越来越重要。

在开始的阶段，爱丽丝的冬眠周期较短，只有十天左右，后来则延长到了一个月。爱丽丝苏醒的日子几乎是一个世界性的节日，每到这一天所有的人都期待着她从沉睡中睁开美丽的双眼，从太空中给世界一个微笑。为了节省飞船上数量不多的生存资源，每次苏醒的时间都很短暂，爱丽丝同地面控制中心交流飞船的运行状况，对地球打个招呼，服下“冬神”，再次进入漫长的沉睡中。

麦克打开文件Alice0046，文件的录制日期是2043年12月31日午夜，这时“黄金原野”号已经漂流了二十一天，距地球三千八百万公里。这也是爱丽丝最长的一次苏醒。这次麦克没能够通过网络进入飞船，只好连接到时代广场，当灿烂的水晶球落下，2044的光字出现时，爱丽丝出现在大屏幕上，她微笑着挥手，祝地球新年快乐。

接着播出了美国总统哈里森的新年讲话，宣布启动“阿波罗II”

计划，建造高速太空飞船，对“黄金原野”号实施救援。这将是美国有史以来投入最大的太空计划。

世界欢腾起来，这是最难忘的一个新年。

2044年1月中旬，“黄金原野”号穿越火星轨道。

Alice0070，2044年10月27日，“黄金原野”号漂流第三百五十三天，距地球六亿公里。

这一天，因“爱丽丝的梦”而被历史记载。

这天是爱丽丝的苏醒日，麦克在飞船中等待了三个多小时，看着爱丽丝慢慢从冬眠中醒来，她上次苏醒是四十五天前了。她慢慢睁开双眼，没有说话，也没有像以前那样对他微笑，只是静静地看着舷窗外面，似乎在看星星，又似乎在无目标地看着无限远处。她就这样沉默了好长时间，麦克和几亿人一起静静地陪伴着她，也不指望她说什么，觉得这样就很好。爱丽丝慢慢转过头看着麦克，那透过航天服面罩的纯净目光比以往任何一次都更像是直接对着自己，麦克的心跳加快了。

“我做了一个梦。”爱丽丝轻声说。

冬眠中，人的大脑活动应该完全停止了，但后来专家说，在冬眠开始和最后苏醒的阶段，也是可能做梦的。

“我梦见自己回到了一个没有人的地球，所有人都消失了，大陆都被森林和草原所覆盖。我走进了一座城市，街道和建筑都空荡荡的，高楼被绿色藤蔓包裹着，一切都那么安静，让人害怕。我走进一个长满杂草的广场，看到了一大片太阳能电池板，虽然上面布满了青苔，但好像还在运行，在给哪儿提供着电能。我顺着电缆寻找，进入了一个深深的地下室，在那里看到了一个长方体，大约有冰箱那么大，我认出了那是一台超级电脑，上面有一个指示灯亮着，表示它可能还在运行，旁边的一个工作台上有一个落满灰尘的显示屏，我用手指触了一下，显示屏亮了起来，显示一行字：小心！内存里生活着一百亿人！！

“然后我听到了一个声音，很怪的声音。我朝声音的方向望去，看到地板上有一只老鼠，好大的老鼠，它正在啃电缆，就是那条连接电脑和地面上太阳能电池板的电缆！我想扑过去赶走它，但挪不动脚步，也发不出声……我就那么挣扎着，慢慢醒来。”

2044年11月上旬，“黄金原野”号穿越小行星带。

Alice0129，2045年1月16日，“黄金原野”号漂流第四百零三天，距地球约六点八亿公里。

这本是普通的一天，麦克联网进入“黄金原野”号，一片寂静，爱丽丝在冬眠中。

VR空间中突然出现了FACEBOOK的窗口，里面有一条信息，来自西尔维亚，麦克已经交往一年多的女朋友：“你在这里投入太深了，我在你心里的位置都被她占去了。”

麦克一时陷入慌乱中，他匆忙回答道：“这……大家不都这样吗？”

“是的，都这样。”回答跟着一个哀怨的表情符。

从此，西尔维亚离开了他。

2045年5月，“黄金原野”号穿越木星轨道。

Alice0250，2045年12月15日，“黄金原野”号漂流第七百三十六天，距地球十二亿公里。

麦克进入飞船，在沉睡的爱丽丝身边长久地沉默着。以往，每次来他都对爱丽丝说许多话，谈他卑微生活中的喜怒哀乐，谈他对未来的梦想，当然，说得最多的还是她上次进入冬眠以来世界上发生的事，他当然知道她听不到，即使她苏醒时也听不到，她不太可能从亿万个声音中调出他的，但他还是渴望对她倾述。但今天，他什么也说不出来，他不忍心把坏消息告诉她。

这是黑暗的一天，在国会众参两院的航天委员会、预算委员会和NASA举行了一系列听证会后，得出最后结论：经过两年多的高速漂流，“黄金原野”号飞船目前已经到了距地球八个天文单位的遥远距离，并且仍然以超过第三宇宙速度的速度继续离去，依靠人类现有的基于化学火箭发动机的航天技术，已经不可能实施任何有效的救援，继续进行耗资巨大的“阿波罗II”计划是无意义的。

这个结论很快得到了总统和政府的认可，在下午的新闻发布会上，国家航天委员会主席、副总统艾伦宣布无限期推迟“阿波罗II”救援计划。

“我们将继续向‘黄金原野’号送去全人类的祝福，用原本要用于救援计划的资源在地球上建设更美好的生活，将是对爱丽丝最好的安慰。”艾伦最后说。

现在麦克突然意识到，“阿波罗II”计划可能从头到尾都是一个阴谋，虽然政府和国会批准了巨额拨款，但按照预定的分期预算，前两年只划拨总预算的一小部分，巨额的经费要到今年才划拨，而这时他们想用这个结论让计划不了了之，显然认为公众舆论也只能默认这个既成事实。

“他们想错了！”麦克把这句话说出声来。

政治家们确实想错了，社会的反应与他们的预测正相反，艾伦讲话后，因失望引发的激愤像野火一般蔓延开来。

麦克摘下头盔，走出公寓来到街上，这是他半年来第一次走出家门，之前只通过网络VR与世界相连。外面的城市人声鼎沸，麦克本想去时代广场或中央公园，但交通拥堵，城市的中心地带出现了几百万人的游行，他只能来到附近的小公园里，这里也挤满了人，点燃了一片烛光的海洋。

事情持续发酵，动荡蔓延到全世界，公众的愤怒几近失控，最后以哈里森辞职结束，这是继尼克松以来第二位在任期被弹劾下台的美国总统。

马丁继任总统，宣誓就职后仅两天就在国会发表讲话，没有任何多余的铺垫，他直截了当地向全世界宣布："新一届政府将放弃'阿波罗II'救援工程，重启'猎户座'计划。"

这个宣布开始并没有引起什么反响，大部分人都处于茫然之中，只有在航天机构以及少数熟悉上世纪航天史的人们中爆发出欢呼声，随后，人们很快明白了"猎户座"计划的含义，欢呼声便扩展到全世界。

"猎户座"工程是美国在上世纪五十年代建造大型核动力飞船的计划，巨大的飞船由数千枚不断爆炸的核弹推动，可以运载四十名宇航员和上百吨物资，可以在百天内往返火星。这个气壮山河的航天计划于1958年发起，一直进行到1965年，因大气层核禁试条约等原因中止。

"猎户座"计划很快全面启动，麦克同地球上的几十亿人一起开始了漫长的等待。

“猎户座”计划同时在多个方向上展开研究，其中两个主要方向分别是：上世纪采用的核爆炸脉冲推进方案，和采用核反应堆发动机的方案。

2047年1月，“黄金原野”号越过土星轨道，距地球十五亿公里。

这些年，麦克每次进入“黄金原野”号陪伴爱丽丝时，越来越频繁地透过后舷窗回望地球，这时地球已经是一颗暗淡的星星，只有遮住同样暗淡的太阳才能看到它。每到这时，麦克都意识到一个残酷的事实：每过一秒钟，“黄金原野”号就要远离地球二十多公里，这让他陷入越来越难以摆脱的恐惧和焦虑中。在爱丽丝间隔越来越长的苏醒日，麦克开始害怕见到她，在越过土星轨道时，她与地球通讯的时滞已达一个多小时，这不断延长的时滞，标志着他们之间以令人绝望的速度不断拉开的距离，他看着爱丽丝一天天坠入不见底的太空深渊。

2048年初，核爆炸脉冲推进方案宣布失败并中止研究，大量试验表明，没有材料能够长时间承受频繁的近距离核爆炸的冲击。人们把希望集中在核反应堆发动机方案上，至少这个方案是以比较成熟的技术为基础的。

麦克关注着“猎户座”计划的进展，与全世界一起在希望的山峰和绝望的深谷间跌宕起伏。

二年后，核反应堆发动机方案也宣布失败。“猎户座”计划在这个方案上进行了巨大的投入，但工程师们面临着与化学航天发动机同样的问题：裂变发动机所产生的能量当然比化学燃料高许多，但对于救援“黄金原野”号的航行来说仍然不够。

这个晴天霹雳把世界推入绝望的深渊，这一夜，没有人再走上街头，城市比往日更加空旷，人们都在家里悲哀地沉默着，毕竟，能做的都做了。

Alice0412，2051年1月13日，“黄金原野”号漂流第二千六百八十一天，距地球二十九亿公里。

这是麦克在“黄金原野”号中待得最长的一次，近十个小时，这漫长的时间里他什么也没说，只是静静地坐在沉睡的爱丽丝身边。当他离开网络时，感到自己生命的一部分已经永远留在了“黄金原野”号上，对自己以后的人生感到一片茫然。

2051年2月，“黄金原野”号越过天王星轨道。

就在“猎户座”计划面临彻底失败之际，一个意外的转机出现了：核聚变发动机的研究有了重大突破。在计划的众多研究方向里，核聚变方案是次要的一个，人们普遍认为这个方案成功的希望最小，毕竟可控核聚变是一个持续了一个世纪的难题。这个方案的研究一直没有受到关注，与其他主要方案相比对它的投入也较小，但这也让研究团队处于压力较小的宽松研究环境中，经过三年的努力，他们发现了实现低温核聚变的途径，其实现聚变的温度介于传统的高温核聚变和神话般的冷核聚变之间，这使得核聚变发动机成为可能。

以后的“猎户座”计划是在与时间赛跑。现在，当人们通过网络进入“黄金原野”号飞船时，最关注的就是控制台上的那个透明的塑料盒，那里面放着飞船上所有的“冬神”药物，现在，盒中的“冬神”已减至最初数量的二分之一多一点了，如果不能冬眠，飞船上现有的维持生命资源的存量，最多只能让爱丽丝生存六天到八天。现在，留给“猎户座”计划的时间只有十二年了。

2054年1月，“黄金原野”号越过海王星轨道。

核聚变飞船的研制和建造虽然面临着巨大的技术挑战，仍在全世界的关注下稳步推进。2055年，核聚变发动机成功完成地面试运行；四年后，“猎户座”飞船开始在地球轨道上组装；2061年，飞船完成了多次无人和载人试航。

2062年3月5日，在“黄金原野”号飞船发射后的第十九年，“猎户座”飞船从地球轨道启航，开始了救援远航。在核聚变发动机强劲的加速下，“猎户座”飞船以相当于“黄金原野”号八十倍的速度航行，仅用三个月就走完了爱丽丝十九年的航程。

网络越来越拥挤，麦克仍然无法与“黄金原野”号进行VR连接，看来他已经不可能在爱丽丝的身边经历这人类历史上最激动人心的时刻了。于是他转而登录到“猎户座”飞船上，这也是他最近通过VR网络经常来的地方。在飞船宽敞的驾驶舱中，他置身于救援队的五名宇航员中间，看着前面的大屏幕，上面一部分显示着“黄金原野”号上爱丽丝的影像，另一部分则是飞船正前方的太空，麦克一时忘记了四个多小时的时滞，感觉这一切就在他面前实时发生着。

前方已经可以看到“黄金原野”号了，它像一颗小小的金属种子悬浮在太空中，表面反射着“猎户座”飞船最后减速时发动机的光芒。

“对接准备完毕。”飞船中的一个声音说。

“爱丽丝，等着我们！”飞船的指令长说，对着屏幕上的爱丽丝挥挥手，但接着他的手臂却悬在空中不动了。

屏幕上的爱丽丝没有回应救援者的呼唤，透过航天服的面罩可以看到，她的微笑渐渐消散，接着她的脸上所有的表情都消失了，她的目光似乎失去了目标，漠然地注视着前方，接下来影像消失，屏幕全黑，有一个声音从黑暗中传出。

“以下这段音频录制于地球时间2043年12月26日，是‘黄金原野’号飞船发射后的第十六天。”

麦克能确定这是爱丽丝的声音，但同过去十九年中所听到的不一样，这声音虚弱无力，细若游丝，仿佛发出声音的那个生命已如风中的残烛，随时都会熄灭。

“我不知道现在是什么时间，但请注意，在2043年12月15日5点至现在的时段里，‘黄金原野’号发出的所有信息均为智能模拟。从现在开始，飞船将发送真实的状态信息。”

所有人的目光都转向了一名宇航员，他负责救援行动中的医护，他看着另外几个屏幕上显示的信息说：“目标飞船上的生命维持系统早在2043年12月28日就完全关闭，飞船上，”他停顿了一下，用更低的声音说出了剩下的几个字，“没有生命迹象。”

麦克盯着越来越近的“黄金原野”号，飞船背景的星空在他眼中骤然变色，群星仿佛变成了一只寒冷的巨手攥紧了他的心脏。

沉默延续了一段时间，那个孱弱的声音又出现了。

“没有‘冬神’，”十九年前的爱丽丝说，“从来就没有过，‘生命远景’虽然对冬眠药物进行了多年的研发，但从来没有成功。后来的‘以太’火箭却是成功的，它在发射后从来没有发生过故障，那失控的加速，以及由此造成的‘黄金原野’号向外太空的漂移，都是按计划进行的，虽然这计划只有我和父亲两人知道。他本来没打算告诉我,我是在一次偶然的机会中得知的。本来他打算自己乘‘黄金原野’号飞向外太空,我对他说应该我去,与他这个老男人相比,我更有可能实现他预想的目标。爸爸断然拒绝了我,但他心里知道我是对的,在痛苦的心理纠结中他出了车祸……我愿意相信那真是车祸。

“‘黄金原野’号上的生命维持资源只能够让一个乘员存活十五天左右,我现在只剩下很少的时间了,再次失去知觉应该就醒不过来了,所以录下了这段声音。当飞船检测到有其他的太空飞行器靠近时,这段音频文件会被播放,我想现在来的很可能是救援飞船,不管现在是哪个年代,也不管你们是谁,谢谢你们,谢谢所有的人。

“有一个传说:在一个大饥荒的年代,一位老人在弥留之际把他的几个孩子叫到病榻前,告诉了他们一个自己保守终生的秘密:在村子后面的一片荒地里埋着大量的黄金。老人死后,他的孩子们就在那片荒地上疯狂地挖掘,最后发现黄金并不存在,但他们的挖掘把那片荒地开垦为良田,正是这片田地使孩子们在饥荒中生存下来。

“现在,你们知道这艘飞船名称的含义了吧。”

这时,屏幕上又出现了图像,这是现在“黄金原野”号飞船内部的真实图像,只能看到舷窗,与之前AI生成的图像中那洁净的舷窗不同,它上面盖满了灰尘,已经几乎不透明了,但仍有一片星光透射进来。

爱丽丝最后说:“请让我和‘黄金原野’号一直航行下去吧,这是一个好的归宿,飞船飞向我和爸爸都想去的地方。”

麦克走出公寓,来到暗淡但真实的星空下,他没有抬头看,以后，星空将常驻在他心里。外面的人越来越多，但城市却出奇地安静，好像怕惊扰什么。

他听到近旁一个孩子低声问："她会飞到那些星星中间吗？"

"亲爱的，她已经在星星中间了。"孩子的母亲说。

"那里很远吧？"

"会越来越近的。"

麦克和周围的人们安静地等待着黎明，等待着重新开始的，更加广阔的生活。

选自《十二个明天》，北京联合出版公司2018年8月出版

成都往事

| 宝　树

1

我站在高峻的祭天台上，眼前横亘着一条丝带般闪亮的清江，蜿蜒着通向天边的连绵雪山。我面戴冰冷的青铜面具，手持裹金箔的鱼鸟权杖，迎着东升的朝阳，将蚕丛王传下的古老祭文喃喃念诵。珍贵的金器、铜器、玉器和象牙一批批倒入我脚下的祭祀坑里，碰撞、倾覆、破碎。

就像我的蜀国一样。

滔滔洪水毁灭了东方的故都，我敬爱的父王死于大水中。我在王宫废墟上接过权杖，带领剩下的族人迁徙到西边的平原，在千里旷野上建起一座新城，名为广都。但洪水仍不时降临，新建的城池也濒临毁灭。

上百个人牲被驱赶到坑边，有男有女，还有不少稚嫩的孩童。武士们推搡着，将他们一个个赶进土坑中，他们试图爬上来，但却一次次被周围的武士用戈矛赶回坑底，发出绝望的哭喊，恳求众神的怜悯，当然也是恳求他们的王。我别过眼睛，尽量不看他们。我不忍活埋自己的子民，但这是必须进行的祭祀，唯有人祭能平息神祇的愤怒，王也无能为力。

耀眼的白光出现在江边，灼目的光华盖过太阳。我的念诵戛然而止，呆呆地盯着那里。光芒慢慢褪去，显出一个纤细的身影。那是个修长而瘦削的女郎，梳着圆形的发髻，穿着我从未见过的衣装，深红的波纹在黑色的长衣上流动。

神人降临。我和臣民们都跪倒在地，匍匐叩首。她沿着阶梯走上祭祀台，走向我，指着我的脸，说了一些我完全听不懂的话，又做了几个手势，我紧张地想了好一会儿，才猜到她的意思，摘下凸眼的面具。清晨的江风吹在我脸上，神女看着我，她的容颜年轻又苍老，目光如星闪亮又如潭深邃，令我心跳，令我战栗。

那些待死的人牲发出歇斯底里的哭求，吸引了神女的注意，她指着他们，坚决地摇头。我明白了她的意思，心中一阵轻松，下令释放所有的人，这是神的命令，巫师们当然不敢违逆。神女粲然一笑，牙齿洁白如岷山上的雪。

神女自称“朱利”，或者听起来像是“朱利”，因为她并不讲蜀人的语言。她住进我的王宫，换上我们的衣裳，和我们吃一样的稻米和鱼虾，也学习我们的话。双方能够沟通后，我代表蜀国乞求她帮助我们的国度解除水患。她打开一个神奇的背包，放出会变形的青鸟，飞到天上又飞回来，在王宫的帷幕上投射出大地山河的缩影。朱利指点着图画，让我们凿开玉山，打通岷沱二江，分流泄洪。这是一场浩大无比的工程，我们指望她能用神力移开大山，划出河道，让蜀人永不受洪水之苦，但她说人间之事只能人自己去完成，纵然要花几十年的时间。

我与朱利日夕长谈，终于下定决心，调动各部落人手凿山。最初，在神女的鼓励下，人人干劲十足，但工程旷日持久，看不到眼前的成效，怀疑在人心中滋生。渐渐流言四起，说朱利是河中女妖，迷惑了杜宇王，要破坏大好山河，灭亡蜀国。暴乱开始零星发生，我派精锐武士严加弹压，又依照朱利的建议，改革各部落领地，任命流官，分而治之。在朱利的力劝下，我也减少祭祀并废除了人牲，巫祝们都说我改变先王成法，必有灾殃，但我置之不理。

但私下里我也不无疑虑。从蚕丛、鱼凫直到今天，古老的蜀邦屹立千载，千年旧法，一朝更易，是祸是福？

我把内心担忧告诉朱利，她指着岷山下的滔滔江水，“杜宇，没有什么能永远不变，时光永不停息，历史滚滚向前，正如这东流之水，日夜奔腾。我们曾以为牢不可摧的一切，在无限时光中不过是转瞬即逝的泡影。总有一天，你会明白。”

我似懂非懂，咀嚼着她的话语，坚定了革新的决心，在我的坚持下，新政逐见成效，反对的声浪渐渐平息。

三年后的春天，在缫丝结束的庆典上，蚕娘们载歌载舞，为我和朱利献上新丝织成的华服。我们换上缀着玉石片的丝衣，相视而笑。那一刻，我仿佛突然发现朱利的明艳动人。若她不是神女，我忽然想，我纵然发动战争，倾覆国家，身败名裂，也要得到她的垂青。

庖厨献上鲜美的鱼汤，我一饮而尽，片刻后忽然腹痛如绞，滚倒在地，忍不住大声呼痛。朱利奔过来，将我的上身抱在怀中，我以前从不敢触碰她的身体，现在却发觉竟是那么温暖而柔软，剧痛都不由减轻了几分。

周围的巫祝们围了上来，沉默着，目光闪烁而狡诈，我顿悟原来是他们下毒，但已为时太晚。

“妖女毒害大王，杀掉她！”不知谁第一个喊道。他们撕下伪装，围住我们。我手下几名忠勇的武士竭力抵抗着他们的围攻，却一个又一个倒下。

在围攻的间隙中,朱利将一枚古怪的半透明药丸塞进我嘴里,让我吞服下去。

"杜宇,你不会死的,"她眼中泪光闪现,"但往后我再也见不到你了,珍重。"

我想说话,但已说不出口。她吻了一下我的额头,转动手腕上的一个复杂精巧的银色圆环,那东西我从来不知道有什么用处,但她立即被一团光裹住,闪烁着,消失在空气中。就如她出现时那样迅速。

巫祝们受到惊吓,一时纷纷向四周躲开,但见那光消失后并无异样,想了想又围上来,将垂死的我围在其中。他们低下头,阴冷怨毒的目光聚集在我身上,仿佛是一群等着猎物死去的秃鹫。朱利的药丸似乎毫无用处,我抽搐着,缓缓地吐出最后一口气,意识模糊下去,魂魄沉入死渊。

我在三天后醒来,发现自己躺在华贵的船棺里,头脑从未如此清醒,身体也活力充沛。我推开盖上了一半的棺盖,猛然起身,吓跑了正念诵往生咒文的巫祝。几个亲信将领欣喜地围住我,欢呼大王的起死回生。我在军队簇拥下回到王宫,把刚坐上我王位的叔叔赶下台,抓获了所有参与阴谋的巫师,毫不留情地送他们去河底服侍水神。

局势平定后,我派很多人到蜀中各地去寻找朱利,但一无所获。她离去后,我才发现自己对她的情感早已逾越了神人之分,但已经太迟了。又过了三年,我不得不放弃。我想,也许她已经回归天界,只有死后才能见到她。

后来我常常去我们第一次见面的江边,期待她某天会再出现,但那里只有悲风呜咽、江水浩荡。我命诗人为她写下动听的歌谣,让她的令名万古传颂。此后我心无旁骛,一心扑在治水上,二十年后，工程初见成效，广都暂免水患，国势开始蒸蒸日上，而我也发现了朱利留给我的一样神奇礼物。

拜那枚仙丹所赐，我再也不会变老了。我的脸上不会长出皱纹，头上没有一丝白发，永远不会生病，就连最可怕的瘟疫也无法让我倒下。

三十年、四十年、五十年过去了，时间如滔滔洪水，卷走了我周围所有的人。亲人和臣僚们一个个躺在船棺中沉入大地，但我仍端坐在太阳神鸟环绕的王座上，容颜不改，只是一直没有子嗣。新的臣民私下议论纷纷，说我是杜鹃鸟所化的妖魅，所以永不衰老，也不能和人类结合。

我日益厌倦了这样无味的统治。当年，朱利曾经提及，群山并非世界的尽头，在那后面还有广阔天地，但我毫无兴趣，蜀人世世代代居住在这群山环绕的天赐沃土上，外面的野蛮人与我们何干？但许多年后，跋山涉水的商人们越来越多，也带来山外的消息，他们告诉我，山外有许多文明开化的国度，有比岷江更宽广的江河，也有比广都更宏伟的都城。我终于决心自己出去看一看，或许能在外面的世界里找到朱利的踪迹。

我把王位让给了丞相鳖灵，让他继续治水的工程，离开广都，沿着南方的江水东下。朱利说过，奔流的大江会汇入一片叫作“海”的无垠之水。我想去看一看海的样子。

2

山的外面，果然是一个更缤纷灿烂的世界。

数不清的年月流逝，我以不同的名字在各国游历，从云雾缭绕的云梦泽到更烟波浩渺的东海，从热闹繁华的大梁到古朴凝重的蓟京，过几十年就换一个姓名和身份。我学会了华夏族的语言和文明，忘却了自己曾是蜀王，而几乎成了中原人。

许多年中，我加入过齐桓公的联军，追随过流亡的晋文公，也曾是孔夫子的三千弟子之一。我吟唱诗书的篇章，钻研《周易》的奥秘，游走于诸子百家中，汲取各种知识，想找出发生在我身上事情的奥秘。不过，却仍然毫无头绪。

我在齐国稷下学宫里待了好些年，后来又去了楚国，听说那里有一个叫庄周的智者，我想会一会他。我好不容易找到了庄周，以稷下学者的身份和他辩论，问他活了八百年的彭祖和常人有什么不一样。

他笑了笑说："也没什么不一样的。"

"怎会没什么不一样？"我觉得他未免太无知，"一个能活八百岁，一个只能活八十岁啊！"

他指着遥远的南方说："你可知道，楚的南面几千里有一种冥灵树，以五百年为春，五百年为秋？这不算什么，上古还有一种叫大椿的树，以八千年为春，八千年为秋。这些造物又能活多少年月？若比起它们来，彭祖和一个夭折的婴儿也没什么区别。"

"即便如此，"我不服气地说，"比起一般人来，彭祖总多活了几百岁，多了很多见识。他也许还去过很多遥远的地方，比如百越、代北、蜀国……常人一辈子都去不了。"

"这倒是不错，"庄周悠然道，"彭祖无疑是多见识了很多东西，但是他会更有智慧吗？他的智慧比起老子或者孔子来又如何？"

我一时语塞，我曾见过这两位哲人，他们的睿智我自知望尘莫及。其实，就算孙子的兵法和商鞅的治国术等知识，我也只是一知半解。如此说来，多活了许多岁月也不过是徒增年龄，对于智慧而言毫无益处。

“再说，”庄周又给了我沉重的一击，“纵然长生不死，他的人生又能比常人快乐多少？”

我浑身一震，我比常人快乐吗？恐怕只有更加悲苦，我挚爱的人已经永远消失了。而我像丧家狗一样东躲西藏，就算有过短暂的快活安稳，但一代代的朋友和同伴都次第离开了我，只有我不知为何，还在这无常的人世东飘西荡。这样的人生能有多少意义？

我的自信彻底崩溃，拜倒在庄周面前，请求他教我人生之道。后来我结庐而居，在他身边待了几年，可惜他的智慧我只能学到一点点皮毛。有一天，我将自己的秘密与苦恼向大师和盘托出，他听了之后，长久沉默不语，然后说：“她不是神人。”

“什么？”

“神人不会为人间的别离而哭泣，你所恋慕的女子不过是一个凡人，或者说，是一个掌握了神秘力量的凡人。”

“但她何以会忽然出现，又为什么忽然消失？”

“这我不知道，天地之间有太多不可解的奥秘，”庄周叹道，“但我感觉，这件事与你所来自的地方有关，可能答案就在那里。天地虽大，但你也许是舍近求远了。”

我若有所悟，不久后便别过庄周，踏上了重返故土的漫漫长路。

我以中原游士的身份，跟随一群巴国商人，沿着群山中的秘道回到了蜀国。五百年前的杜宇王朝已成为模糊怪诞的传说，此时的王是鳖灵的第十二代子孙，号曰开明，他接见了我，为了解中原各国的内情，对我很是笼络，三天两头召我去宫中议事。我想或许借助于他的力量才能找到朱利的线索，所以也十分配合，琢磨着怎么能请他帮忙。

结果完全不用那么费事。一日宴席上，开明王让一位新夫人出来为宾客们斟酒。我一抬头，便见到了一张魂牵梦萦了数百年的面容。

我惊呆了，一颗心仿佛被火箭射中，浑身的血液腾地燃烧起来。朱利看起来依然那么美丽，只是又消瘦了几分。她对我警示地微微摇头，目光如深潭般忧伤。

开明王见我呆若木鸡，以为是被夫人的美貌所倾倒，大笑起来。他说这位夫人是前年在北方的武都山上找到的。开明王在狩猎时，一个女郎忽然出现在山林间，被卫士当作奸细拿下。结果没查出什么，开明王却迷上了她，把她纳入后宫，戏称为“山精”夫人。

我咬着牙，恨不能一拳把他脑袋打扁，但我什么也做不了。虽然我有不老之身，可如果被砍掉头颅，大概也长不出第二个。我只有强笑着，贺喜大王得到了美丽的山中精灵。

半月后，我总算找到机会溜进王宫，和朱利相见。我问她究竟发生了什么，她说，自己刚刚来到这里，就被人七手八脚捉住，带到了宫廷中，不得不屈从于开明王。我问她这些年在哪里，她摇摇头，“哪儿也不在，当我转动手环，就可以在瞬间跨越数百年。”

我似懂非懂：难道朱利是从五百年前的那次宴席上直接来到这里的？我问她为什么不用那神奇的手环逃走。她说，当时她一出现，就被一头鹿撞倒，然后被卫士死死抓住，那东西也被开明王收走了。

我还有千万个问题想问：她究竟是什么人？从哪里来？又怎么会有那么神奇的手环和灵药？但开明王忽然驾到，我逃走不及，朱利让我躲起来。我藏到帷幕后面，但开明王看到了我的衣角，一身肥肉愤怒地颤动起来，大吼着让卫士进来抓住我。

我情急之下，反扑过去，抓住他，在卫士的包围下，挟持国王出了王宫，伺机跳进一条内河，从水道逃生。几天后，我打听到消息，

“山精”夫人被蜀王囚禁起来，据说还遭到了残酷的鞭打，性命危在旦夕。

我知道要救朱利，只有一个办法。我再次越过北方险峻的群山，来到秦都咸阳，以齐人张若之名面见秦王，告诉他，我可以帮他完成朝思暮想的伐蜀大业。

三年后，我和司马错率领十万秦军从一条秘道翻越犬牙交错的蜀山，攻破葭萌关，一路攻到广都。武器落后又缺乏训练的蜀国武士根本不是秦国虎狼之师的对手，五百年前我亲手建立的城池，被我自己攻破。

我率军冲进王宫，抓住了开明王，问他朱利在哪里。他面目狰狞，发出疯狂的笑声，“你打败了我又如何？你永远也得不到她。”

“放聪明点，告诉我她在哪里，”我高声说，“我可以请求秦王赦免你和你的家族。”

“是吗？那可太好了，”他讥诮地说，“你朝思暮想的‘山精’夫人就在那里。”他指向西北方向的一座小山，那座山我上一次离开的时候还不存在。

我感觉不对劲，找到几个宫廷侍从，他们战战兢兢地告诉我，三年前我逃走后不久，“山精”夫人也死于开明王的酷刑折磨。开明王后来又感到后悔，为她从武都山上挑来大担泥土，建造了高大的坟茔。

我等了五百年才等到的人，竟这样死去了。

狂怒冲上我的头顶，我狠狠揍了开明王一顿，然后让手下士兵把他身上一块块的肥肉都割下来，让他受尽折磨才死去，我还处死了他的整个王族以及宫中几百名侍从和宫女。在我眼中，他们都是害死朱利的帮凶。

我来到朱利的陵墓前，遣开身边所有人，独自放声大哭，诉说我对她五百年的思念。

忽然间，有人拍了拍我的肩膀。我不耐地回头，整个世界忽然消失了，只有一个衣衫褴褛的女郎站在我面前。

我不敢相信，伸出手去摸她，生怕那只是一个幻影。但我摸到了她的脸颊，上面还带着泪珠，真实不虚。我明白过来，自己真是一个傻瓜，我都能活到现在，朱利怎么会死呢？

朱利说，她是靠着类似我当年的假死状态逃过了一劫，从坟堆中爬了出来，后来便一直躲在山野之中，直到知道我和秦军到来的消息。在我的照料下，朱利很快恢复了昔日的容颜，但她还是对自己的来历守口如瓶，不论我怎么问也不说，反过来问我，她的东西有没有找到。

士兵们早已送来了在王宫中搜到的朱利的手环和包裹，开明王一直收藏着它们。我本想还给朱利，但那些古怪的东西以及朱利的态度让我感到害怕，我怕她这次再跑到几百年后，叫我如何去寻觅？我想了想，把那些物事埋在宅子附近的五块大石(那是我当年造城时立的石碑，但今天已经没人知道来历了)之畔。本来做得十分机密，不应该有人知道，但几天后，当我去见朱利，打算告诉她什么也没找到的时候，竟看到银色的手环在她的手腕上闪闪发光。

“你为什么要藏起它？”她对我说。

“我是不想你离开我。”我讪讪地说，“可是你是怎么知道它在哪里的？”

“是有人告诉我的。”

我大怒道：“谁？”我是一个人偷偷埋的，怎么会有人看到？

“你又想杀人吗？”她轻轻摇头，“恐怕这个人你杀不了。杜宇，我必须走了。”

“我们刚刚重逢，你为什么要走？”我被恐惧所笼罩。

“为了完成因果之环。”

“什么?”

“我很感谢你救了我,”她叹息着,换了一个说辞,“但我并不是你的财产。为了我,你杀戮了很多无辜的人,也牵连了更多的人,我……不能待在你身边。”

我无言以对。的确,我引狼入室,这些天秦军在广都烧杀抢掠,凌虐蜀民,我早已后悔,但为时已晚。

“不过你还有时间去补救,”朱利望着窗外说,“很多很多的时间,我们会再见面的。”

她转动手环,消失在炫目的光芒中。

我忽然间觉得有什么东西似曾相识,似乎很久以前见过这一幕。但是在哪里见过呢?

太多太多的岁月过去了,我怎么也想不起来。

3

朱利离去后,我被秦王任命为蜀郡太守,花了三年重修残破的城池。城池修好后,秦王十分满意,以“三年成都”之意,改名为成都。在这座新的城市里,秦人和蜀人在我治下渐渐融为一体。几十年后,我推荐了一个叫李冰的属官接任蜀守。他是远比我了不起的治水天才,修建了宏大的堰塘,分水到田地中,彻底解决了水患,还灌溉农田,让土地肥沃起来。

卸任后,我再次改名换姓,远游八方。这次我走得更远,从辽东到义渠,从黔中到闽越。我看到了大秦的一统天下,也见到了它的覆灭。我见证了刘邦建立新朝,也活到了董卓焚毁洛阳城,天子被挟持到长安的时代。朱利是对的,这世上没有什么能够永恒不变。

数百年中，我也以好些个名字多次回到蜀中。这个时代，人们对神明世界有着更狂热的想象和追求。我的不死之身被一些乡民发现，我干脆告诉他们，我掌握了长生不老的道术，将老子和庄周的教诲改头换面地讲一点给他们，很快，许多人开始追随我，尊我为师。

朱利再一次出现时已经是五百年后。那时候我不在成都，而在绵竹的山中传道，不过没有关系，我有许多忠心的追随者，按照我的嘱咐，守候在成都的各个角落，她一旦出现时，就把她平安地护送到我身边。

“师君，”他们冲进帐幕，激动地向我报告，“神女真的在成都从天而降，我们把她请来了。”

我霍然起身，望向朱利，五百年过去了，她却比我记忆中的还要年轻美丽，头簪芙蓉，身穿齐胸的高腰石榴裙，上身披着浅绿色的纱罗，这绝不是人间的装扮，而宛如天上的仙子。当然了，她本来就是仙子。

“杜宇，”她对我轻轻点头，“果然又见到你了。现在你叫什么？”

我拉着她的手，告诉她我的名号。此时的我已经大不一样。我以神道设教，设立二十四治，用五斗米赈济灾民，如今一呼百应，拥有数十万忠心耿耿的教民，横行巴蜀北部，益州牧刘璋对我也十分忌惮。我带朱利去巡查我的营寨，让她看到我手下头裹白巾的兵士，他们在操练军武，队伍雄壮齐整，洪亮的呐喊声在群山中回荡。

“我已经想明白了，”我骄傲地拍着胸脯，“当年我本来就是蜀王，既然秦王与汉王能夺得天下，我为什么不能？我蛰伏了这么多年，如今大汉名存实亡，我夺取天下的时机到了！有了天下，我就能造福百姓，为万民谋福祉。朱利，你在此时再度降临一定是上天的安排，你就是道书中说的天降玄女，对不对？你的神威一定能激励将士们奋勇直前。”

“但你不会夺得天下，”她幽幽地道，“这是个英雄辈出的时代，但我根本不记得你现在的名字。”

“记得？你怎么能记得？难道你能预知未来？”

她叹了口气，“我来自未来。”

我一惊，仿佛明白了什么，却又想不清楚。未来还没有出现，人怎么能从那里“来”呢？

“如果你来自未来，”我问，“那么你知道谁会夺取天下吗？”

“我不能说，我不能改变历史，否则我们都会不复存在。”

这态度反而让我相信她的确是来自未来的人，我心中一动，“快说啊！告诉我未来的天下大势，这很重要！”

朱利连连摇头，“不要逼我，真的不行的……”

已经很久没有人敢于反对我的命令，我在恼怒之下，抓住了她的肩头，“听着，我军和张鲁马上就有一场大战，干掉他就能夺得汉中，要是被他干掉，我辛辛苦苦得到的一切就都成了泡影。你手上有制胜的秘诀，快告诉我怎么消灭他？说啊！”

朱利用力推开我，幽幽叹息，“你不懂，现在的你还是什么都不懂，你还需要时间。”她的手伸向手环。

“不要——”我明白了她的意思，惊恐地叫道，“不要走！我不逼你了，还不行吗？”

但已经太迟了，她转动手环，再次消失在我面前。

朱利又一次说中了。两个月后，我输掉了和张鲁的决战，他兼并了我的教众，我仓皇逃走，隐姓埋名。从此以后，我的曾用名“张修”,便只是史书上一个微不足道的注脚,许多年后,甚至有人说,那只是张鲁那家伙的别名呢。

4

魏晋六朝纷乱血腥,我没过上几天安生日子。但唐朝是一个惬意的时代,那几百年中我很少出川,长居成都,和李白对饮,和杜甫唱和,也曾拜访过薛涛的香闺。我一直思念着朱利,但一百年又一百年过去了,她没有再出现过,直到强盛无比的大唐也在内忧外患中山河破碎,化为尘土。

唐朝灭亡后,蜀中的太平岁月还持续了很多年,那一天,花月楼的老鸨谢大娘忽然跑来我的医馆,告诉我刚才外面出现了奇怪的光亮,一个中箭的女子躺在楼下,昏迷不醒,她还以为是花月楼的姑娘被人害了,但仔细一看,却并不是。

我的心怦怦乱跳起来。两个龟奴把那女子抬了过来,她衣装怪异,披头散发,脸上都是尘土血污,面目看不清楚。但从佩戴的手环上,我肯定地知道,这就是我等了七百多年的人。

我等了几百年的重逢,却万万没想到是如此情形,好在现在我是医生,懂得诊治。她背上的箭深入肺腑,却还在呼吸,我为她取出箭头,包扎伤口和上了药,但心中惴惴:我行医也有上百年了,从未见过伤得如此重的人还能活下来。

然而朱利活了下来,三天后,她睁开了眼睛。

“朱利?”我问她。

她惊奇地盯着我,微微启唇,“你怎么知道……我的……名字……”口音很是奇怪。

我心中咯噔一下,一个怪异之极的设想被证实了,“你说,你是第一次见到我?”

“我……不可能……见过你……”

“未必不可能,”我说,“只是还没发生在你身上。”

她有点糊涂,摇了摇头,问了另一个问题,“那……现在是……是……”

“现在是什么时代?大唐一亡,又是一个乱世,中原已换了不知多少个朝廷,前年赵匡胤黄袍加身,建立了一个大宋……不过我们这儿,孟氏割据蜀中,不奉宋朝的正朔,年号是广政二十五年。”

“那是五代末年……”她眼中的惊讶更甚,“可你怎么……怎么知道……”一口气没喘上来,又咳嗽起来。

“等你好点再说吧,”我说,“已经等了那么多年,如今我们有的是时间。”

“对了,”我临出门的时候又回头,深深望着不明所以的她,“你是对的,天下对我毫无意义,能再见到你,那就好了。”

朱利痊愈得很快,身上没留任何伤口。这不奇怪,当年她甚至曾从开明王的坟茔死而复生。

一个多月后,朱利已经吵着要我告诉她究竟是怎么回事。我带她去成都的城墙下漫步,城头上,前几年蜀皇孟昶为花蕊夫人种下的芙蓉花开得宛若云霞。我所记得的一千多年来,这是这座城市最美的时代。

“你的手环能跨越漫长时光,”我开口说出思考了千百年的秘密,“但却不是像一般人一样从过去到将来,而是从未来回到过去,不断地逆流而上。”

“你怎么知道的?”她惊问。

“我是你将会在过去认识的人,”我说,“在过去,我们曾相遇过三次,每次你的装扮都是下一个时代的,而每次我遇到的都是前一次的你，你出现的地点也是下一次相遇时消失的地方……这些事太匪夷所思，一开始我怎么想也想不透，但是一千八百年的岁月，足够让我想明白了。”

“一千八百年……”她惊异地看着我，忽然明白过来，“难道你服用了永生胶囊？是我给你的？”

“是，”我说，“在我第一次遇到你的时候……”

“不能说！”她断然阻止我，“你猜得不错。在未来，人类掌握了比神还要惊人的力量，可以回到过去。我本来是进行首次时间旅行实验，去过去看一眼就回去，但是我调错了时间，到了错误的时代。我的手环——其实叫手表式溯时机——不知怎么也坏掉了，无法调转前进的方向。我只能前往更久远的过去。”

“可你是怎么会出错的？”

“在一六四……”她说了几个字，倏然住口，“别问了，我不能向过去的人吐露未来，如果你知道了未来，就会改写历史。那样我不光是无法回去，还会消失掉，甚至你也是。”

“我？”

“你的人生已经被我改写，没有我，也就没有今天的你，你大概已经死了一千八百年。同样，你也不能告诉我过去发生的事，如果过去发生了变化，你就不会得到永生胶囊。而如果没有你救我，我也许也会死在这里。”

我没太听懂这些晦涩的话语，但我明白了一点：两个本来相隔几千年的人的命运，已经不可思议地被紧绑在了一起。

但她不能告诉我未来，我也不能告诉她过去。我们在此时此刻相逢，却终将擦肩而过，一个返回过去，一个奔向未来，人生不相见，千秋复万年。

过了不知多久，朱利轻声说：“这种感觉太奇怪了。”我们久久对视，宛如悠远过去和无尽未来的相遇。她的眼神温柔而迷茫，芙蓉花瓣在春风中飘飞，落在她的发鬓和肩头。

“但是，现在的你很美。”我说，低头吻她。我们紧紧相拥，在花海深处，时间深处。

我们在五代末相守了三年，泛舟摩诃池，漫步浣花溪。我希望在这个时代能多待几年，但三年后，宋军大举攻蜀，乱局又起，乱世中我们难以自保。我硬下心肠，催促朱利启动溯时机，前往更久远的过去，去完成因果的回环。

“有一件事你必须知道，”临别时我告诉她，“你的溯时手环被埋在五块石中第四块的东面下方三尺。”

朱利疑惑地看了看自己的手环，“你在说什么？”

“你会懂的，”我柔声说，“像你曾经或将要说的，这是因果之环的一部分。你记住就好了，总有一天会明白的。”

我知道她会再次和我相见，但这一次相见时她并不认识我，那么未来的我还能再见到她吗？

5

六百八十一年后，清顺治三年冬，我回到了成都。

千百年间，我一直好奇朱利是从多少年后的未来回来的，朝代兴亡，江山易主，一个个朝廷走马灯一样地换，人口如潮汐般时涨时落。但人们过的日子也差不了太多。时而有些新发明，大部分却也不成气候，消散在漫长的时光中。我怀疑，未来的人真的可能掌握穿梭于时间的力量吗？那要在多少万年之后呢？

大明天启年间，我在徐光启的府上当幕宾，认识了几个西洋传教士，对他们产生了深深的好奇，我感觉这些人和以前的夷狄之辈完全不同，而似乎和朱利有某种联系，虽然朱利并非是金发碧眼的西洋人，这些人也绝无驾驭时间的能力。后来徐先生被魏忠贤排挤，告老还乡，我便和那些传教士一起乘船去了泰西佛郎机国，才发现此时海外的许多地方都成了西洋人的殖民地。无边大洋上，扬着三重风帆的西洋商船和战舰往来不息。时光永不停息，历史滚滚向前，曾几何时，八方来朝的巍巍中华，也变成了古蜀一般的封闭国度，沉溺在自以为古老而完美的文明中，而对更灿烂辉煌的外部世界一无所知。

我在巴黎和罗马等地住了二十年，见识了光怪陆离又蓬勃奋发的西洋各国，认真学习了他们的知识和文化，耳目一新，然后带着回大明传播新知，改革国家的心愿，绕过半个地球又返回京师，却发现已经是天下大乱，天子在煤山自缢，八旗兵占据了都城，大明变成了大清，又一次王朝更替。

"在一六四……"我忽然明白了当年朱利那几个字的意思。她说的一定是西洋通行的格里高利历！我也是到了欧洲以后才搞明白这种历法。

朱利——更早的、未曾遇见过我的朱利——曾经出现在这个时代。很可能就是今年：此时，肃王豪格和大西军张献忠的军队正在蜀中激战。

我知道我不能改变历史，但仍然牵挂着朱利，犹豫了许久后，还是决意赶往成都。又逢乱世，明军残部、农民军、地方武装和清军都在烧杀抢掠，我好几次从死人堆里爬出来，才到了成都。

此时张献忠刚刚弃城而逃，临走时杀戮了一遍，入城的清兵又来劫掠，街头到处都是无人收拾的尸体和血迹，数百年繁华的成都几乎变成了一座空城，人命还不如蝼蚁。两千年间，我经历过许多次乱世，但这次是最血腥的。

我循着记忆找到当年的花月楼所在，它在一条曾经繁华但如今已满是血污和尸首的大街上。我在附近守了几天，设法躲过杀戮和劫掠的士兵，但不知何时能等到朱利，我想我多半错过了她，毕竟上一次相见时，她说之前从未见过我，我又怎么可能再与她相见呢？

我实在忍受不了这座尸体堆成的城市，决定在第二天离开。但那天夜里，我正蒙眬睡去，忽然间一团奇异的光华让我睁开眼睛，看到年轻的朱利茫然站在街头，穿着奇怪的银色紧身衣，背着一个小包，西洋人一般舒展的长发在风中飘飞。

我在狂喜中战栗不已，贪婪地看着数百年未见的恋人。她的第一个动作就是抬起手腕，看着手环，手环上的荧光照亮了她惊讶茫然的面庞。我明白了，她一定是在看着时间显示，惊讶于自己会掉到这个时代。此刻，我忘记了一切不能干预历史的教诲，只想去和她相见，保护不知所措的她。

"朱利！"我喊出了声，她惊讶地望向我，我们仅仅相隔数丈，几乎目光交碰。不过在深夜中只有微弱的月光，她看不清我的样子，反而惊吓地向后退了几步。

我正要上前说话，忽然间传来一声尖锐的鸣镝，朱利趔趄了一下，向前扑倒，背上依稀有一根羽箭。身后百步外，几个辫子兵乘马呼啸而来。

我忙扑到朱利身边，她已经昏迷了过去。辫子兵呵斥着，越驰越近，好几支箭呼啸着从我们身边飞过。情急之下，我按记忆中她的动作，帮她转动了那个手环，但也许是用力过猛，手环发出奇怪的嘎吱声，上面的图案闪烁不定，但它总算生效了，在八旗兵赶到前，她化为了一团光，消失在我面前。

我随即转身奔逃，那几个骑兵又冲向我，几支箭从我身边飞过，好在深夜看不清楚，没射中我。我在弯来绕去的小巷中逃了一段，眼看就要被追上时，掏出西洋带回来的燧发火枪，回身开了一枪，枪声震耳欲聋，一个家伙中枪倒地，另几个人吓得回马就走。

周围再次陷入了寂静。寒冷和黑暗中，那团唯一温暖的光已经消逝，直到六百多年之后——不，之前——才会再次亮起。

我不敢在原地久留，躲进一间废弃的宅子中，在那里，我看到一个女人吊死在屋梁上，脚下是一个婴儿的尸体，都已经死了很多天。我哭了起来。不光为又一次错过了朱利，也是为了这个时代无边的苦难，为了走过三千年风雨的古国，仍然免不了一次又一次历史循环的浩劫。

我哭了很久，困倦交加，蒙眬中将要睡去，但就在入睡前，刚才的一个细节在心头忽然闪现。我明白了一件事，因果之环中最重要的环节被补上了：

我就是那个弄坏了朱利的手环，让她无法回到未来的人。

6

旧的时代逝去，新的时代又到来。人类从地下的煤炭和石油中释放出惊人的力量，通过科技和工业，塑造了一个不可思议的新世界。这之中并非只有鲜花和掌声，而依然充满了血腥与罪恶，甚至比以前更多。但人类第一次有了摆脱无止无休治乱循环的希望。而东方的古国在历经风雨，千疮百孔后，也重新焕发出生机。

我还活着，饱经沧桑，却仍像两千年前一样年轻，耐心地等待着这次跨越漫长历史的旅行抵达最终的时代，解开我生命中第一个也是最后一个秘密。

在这科技昌明，社会管理日趋严密的新时代，一个永生的人如果要不引起注意活下去，要么是躲进残留无几的深山老林，要么是掌握无人敢于插手调查的强大力量。我选择了后者，在十九世纪下了南洋，后来又去了美国。之前朱利无意中透露出的零星未来信息——比如美国的崛起和汽车的出现——让我找准商机，在二十世纪初就建立了庞大的商业帝国。我的声名不显，但好几个名头显赫的家族不过是我的代理人。

进入二十一世纪，我在科技研发上投入了巨额资金，主要是两个方向，一个是永生药物，一个是时间机器。到了本世纪中叶，二者都出现了重大突破，不过还在试验阶段。所谓永生药物其实是一种细微的智能纳米机器，能够修补人身上的各种损伤并激活端粒酶，让周身细胞保持不断分裂的状态，实现人的永生。实际上只有服用了永生药物，进行人体改造，才能抵御时空扭曲对身体的巨大冲击。但永生胶囊并非对人人都能奏效，由于人体各不相同的排异性，好几个实验者服用后再也没有醒来。更可怕的是，服用永生胶囊后，男子会失去生殖能力，这点更是令人望而却步。

因此，在时间旅行实验中，虽然有许多人报名，但经过综合考量，只有一个研习过时空理论，又经过人体改造的女研究生脱颖而出。

她叫——朱莉，或者Julie，一个美籍华裔的年轻女子。

在纽约曼哈顿新世界贸易中心的办公室里，我盯着电脑上朱莉的档案。那上面只有一张小小的大头照，年轻青涩的面庞上嵌着温柔而坚定的双眸。我呆坐了很久很久，终于提起笔，签字批准。

我稍加调查，很快了解了朱莉的一切背景。我知道她家族的历史，看过她在社交媒体上的所有照片和文章，连她的室友有几个男朋友，她阿姨养了几只猫都了如指掌，但我没有去尝试找她，这不在因果之环里。

三个月后，中国成都。

在我投资兴建的“武侯院”时空实验中心，我隔着只能从一面看的单向玻璃，才再次见到那个我认识了两千八百年的女孩。此刻她青春洋溢，在一群实验人员的簇拥下进入大厅，戴上手环，背上背包，走上大厅中央一个酷似当年祭天台的圆形高台，准备开始一次她还一无所知的不归之旅。

朱莉的任务很简单：回到四十多年前的成都待几小时，见证2017年的国际科幻大会，料想即便被发现，也只会被当成会上的特效表演，再说，就算真的被发现是时间旅行者，那些科幻作家也不会太惊奇吧。

但我知道，这次旅行一定会出错。我看着朱莉有点紧张却又光彩洋溢的面庞，眼前的一切渐渐在眼眶的潮湿中变得模糊。朱莉知道此去会发生什么吗？漫长的时间苦旅中，虽说也有过幸福宁静的时光，但更多是历史的残忍和命运的捉弄，一次又一次地受伤、囚禁甚至死去。她如何能经受这些？在越来越遥远的陌生岁月里，她会不会思念自己的时代和家人？会不会懊悔自己的选择？

我拭去泪水。我知道，有因就有果，有果也有因，但真的要完成这些吗？为什么不阻止这一切？没错，我会烟消云散，这座研究中心说不定也化为乌有，但我活了将近三千年还不够么？既然这一切都是朱莉借给我的，也理所应当要还给她。到头来一切归零，朱莉会在二十一世纪平静地生活下去，她的漫长人生将在未来，而不是过去展开。

两千多年前，在离开楚国时，我智慧的朋友庄周曾对我说：“你有没有想过，你去找她，不一定会是好事？”

“可我必须找到她！我的一切都是拜她所赐，我感觉她和我之间有一种……有一种无法割舍的联系。”

“无法割舍吗?”他神秘地笑着,微微摇头,“你记得我曾告诉过你的那个故事吧? 两条鱼,与其在干涸的水坑里相濡以沫,不如在广阔的江河湖海中相互忘却,那才是真正的自在。”

庄周是对的,可是我过了两千多年才明白这个道理。但只要因果之环尚未闭合就还来得及。现在,是相忘于江湖的时候了。

实验倒计时还剩十分钟时,我下了决心,将武侯院的院长找来,告诉他,“换掉那个女孩,另外找人,她不合适。”

“啊? 这……准备了那么久,马上就要开始了……”

“所以才要立刻停止!”我厉声说。

院长不敢违逆我这个金主,冲到实验区,大声叫着朱莉,让她从实验台上下来。我看到朱莉争辩着,不敢相信地哭了起来,知道一切都结束了。

我长出了一口气,倒在椅子上,闭上眼睛,等待着自己在下一个瞬间便魂魄飞散,归于虚无。但等了很久,我身上什么也没有发生,倒是耳边传来了越来越大的喧哗声,院长又冲了回来,“杜先生,出事了,朱莉……朱莉……”

“朱莉怎么了?”我霍然起身。

“这姑娘太犟了,不肯下来,说自己一定会完成任务,强行启动了溯时机,我没来得及阻止……”

我不敢相信地瞪大眼睛,脑子中一团混乱。

“而且,”院长苦着脸,“根据时空波动的数据,因为离开得太仓促,她的时间输入发生了错误,跨越的时间是预定的十倍,不是四十一点二年前,而是四百一十二年前! 那是……是一六……”

“一六四六年。”我早已知道了答案。

“对,一六四六年……那是什么时代来着?”

"什么时代？哈哈哈哈……"

我听到有人在狂笑，过了很久才发现是我自己。这个错误原来是我酿成的！是我从一开始就让朱利出现在错误的时代，然后无法回转地滑向时间的深渊。一六四六年，九六二年，一九九年，公元前三一九年，公元前八〇七年……

然后呢？

"杜宇，你不会死的，但往后我再也见不到你了，珍重。"那是两千八百多年前，第一轮相见时，朱利对我说的最后一句话。

当然，那次分别后约五百年，我又见到了朱利，但那是上一轮的她，而在两千八百年前，最后一次见到我的朱莉转身去了更久远的时代，再没有我，也没有任何我们知道的文明。五千年前，一万年前，天知道是什么时代，天知道是多少个时代。

除非……

我猛然抬头，对惴惴不安的院长说："能知道她去了什么时代吗？"

"时空波动会留下痕迹，理论上可以找到，但是不容易。"

"你们还有备用的手环吗？"

"还有两副。"

"都给我，我去找到她，把她带回来。"我说。

这回轮到院长瞠目结舌，"这怎么行？您还没有经过人体强化改造……"

这回我真的笑了起来，"谁说我没有？"

7

时空波动会改变暗物质结构，像年轮一样铭刻在暗物质深处，电脑分析了成都附近的暗物质数据，发现了早于公元前八〇七年的一千多个疑似时间波动的痕迹，朱利可能去过，也可能没有。溯时手环可能到达那个时间点，也可能会有偏差，偏差可能是几小时，也可能是几百年。总的来说，找到朱利的概率微乎其微。

而且，三千年的因果回环已经彻底完成和封闭，不像以前，没有什么能保证我能再见到朱利，也没有什么能保证我能活着回来。

但我还是出发了，去了一个又一个史前的成都平原。从原始的农田到无人的旷野，从剑齿虎咆哮的雨林到猛犸象漫步的冰川。无数个，无数个被遗忘的神奇世界。

最后，不知多少日子之后，我在一片无垠大海边停下脚步，这是我见过的最美的海。这里空气香甜得仿佛是纯氧，海水蓝得不像世间所有，天空更加纯净高远。太阳将细碎的金屑洒在海面上，一个有太阳两倍大的月亮像气球一样悬在天边。

我不敢相信，闭上眼睛，又睁开，眼前的一切仍在面前。我小心翼翼地向前走去，侏罗纪的细沙埋过了我的脚面，泛着泡沫的海涛冲刷着远古的沙滩，盖过了我轻轻的脚步声。不远处，一个纤细的背影坐在海边岩石上，来自特提斯海的暖风吹起流动的长发和缀着玉石片的丝衣，那人望着在海天之际浮游的一群蛇颈龙，并未察觉我的到来。

我走到那人身后，深深吸了一口气：

“我们又见面了。”

《科幻世界》2018年第1期

假手于人

| 慕　明

但其良工苦心，亦技艺之能事。至其厚薄深浅，浓淡疏密，适与后世赏鉴家之心力、目力针芥相投，是岂工匠之所能办乎？盖技也而进乎道矣。

——张岱《陶庵梦忆》

一

唐青筠进门的时候，老唐正弓着腰，剖竹青。炉头上的砂锅冒着些缥缈的热气，焖着的是香肠，豆角，白米。

“又回来这么晚？吃饭。”老唐抬眼，眉心皱紧，从镜框上方看唐青筠。姑娘齐耳短发，小吊带牛仔裤，大耳机挂在脖子上，隐约听见叽里哇啦的人声。

“外头吃过了。”唐青筠甩了甩长发，往竹沙发上一躺，掏手机。手腕上的链子叮叮当当直响。

“外头的哪比得上家里的。多少吃点儿，香肠豆角笠饭。”老唐停了手中剖刀，对着黄色台灯，看篾片。去了竹黄的慈竹竹青，坚韧挺括，厚不过半寸，细细剖了八片，每一片都透得出灯下晚报上的字迹。

老唐这手取竹青的功夫，十六岁学成，今年是第四十一年。

唐青筠磨蹭着起身，松松地舀了小半碗豆角，一撮沾着花椒粒儿的米饭。

“怎么不吃香肠？”老唐掀开桌上倒扣的篾丝菜罩，露出一碟泡菜。

泡菜是月前老唐自己泡的，香肠也是去年冬天老唐自己灌的。三十五斤精瘦肉，十五斤肥膘，一刀刀剁成丁，晒干的灯笼椒、朝天椒、青花椒，研钵磨成细细的面儿。用竹筷子的尖头，一点点灌进肠衣，挂在阳台上晾干。家里人少，吃得慢，挂久了的香肠表面蒙了一层灰，蒸好也是褐色的，比不上外面的红润油亮。可是老唐觉得，自家手工做的，味道总是比外面做的好一点。至于好在哪儿，他也说不上。

“唉，明年还是不要自己做了，累得要死。不想买外面的，就自己买肉，拿到菜场用机器灌嘛。”唐青筠一边挑着碗里的米，一边看手机，“现在都是电动的，绞肉，灌香肠，又快又好……”

“机器！啥子机器！”老唐胸口一闷，脑壳里像有什么东西刺了一下，手中拢好的篾片悠悠颤抖，哗地一下散在地下，想要站起来，人却忽地瘫在椅子上。

“爸！”唐青筠扔了筷子，“又头疼？”

老唐勉强点了点头，眉头皱得更紧，伸手要茶缸。唐青筠赶忙递上，老唐咕嘟咕嘟地喝了一气，直到豆大的汗珠顺着沟壑遍布的老脸滚下，才稍稍缓了过来。

“你还是早点儿去看一下，手上的活儿，放一下也没关系。”唐青筠小声说。

“你莫管，我自己有数。”老唐蹲着，头也不抬，一根一根捡篾片。唐青筠默默扒饭，一时四下无声。

老唐家不爱看电视。几十年了，入夜后的声响，先是唐青筠写作业，纸笔划动的沙沙声，后来是唐青筠练琴，溪水般的琤瑽声，现在更多的，是唐青筠的键盘鼠标噼里啪啦的敲击声。穿插在其中没变的，是老唐剖竹、制篾、编花、打磨的窸窣声。街上汽车呜里哇啦的喇叭声，巷子里小卖部公放的音乐声，都听得人心烦，只有人手和物件交融触碰的轻微声响，才能让他真正沉下来，仿佛一闭眼，就回到了老家，那片只有风动竹叶声的林间。

"放着别动。"哗哗流水声中，老唐回过神来，"姑娘家，弹琴的手，洗粗了要不得。"

"你的手可比我金贵。"唐青筠拿着篾丝刷子刷碗，"竹编一百八十法，全在你唐师傅的手上，不比我弹琴的十几种指法厉害？"

"哎，老了。"老唐眉心微微舒展。十五岁学徒，二十岁出师，连师傅也说，他唐洪是他见过最有悟性的竹匠。那年月在老家，竹匠的日子也好过，乡下哪里不需要点竹器呢？侍弄田地需要竹耙、竹篮，晒谷子需要竹筛、竹簸箕，夏天挂竹帘睡竹席，冬天提竹手炉烤火。师傅店门口的那副对子他还记得，"枝蔓皆成器，方圆却任心"，说的是竹器，也是竹匠。那时候，他觉得竹匠真是不错的手艺人。手艺人，不偷不抢，本以为可以一辈子不愁，可没想到会有今天。

老唐看了看自己的手。竹编一百八十法，留下的是大大小小的裂口，擦伤，瘀痕，成都冬天阴冷，裂口生了冻疮，又痒又疼，涂什么药也不管用。可是让他心里像猫挠似的，却不是冻疮。

"爸，下周末，我想带小关来吃个饭。"唐青筠擦完桌子，搓了抹布，"就在楼下饭店吃，吃了上来喝个茶……"

老唐皱眉。

“好好好，来家吃。唐师傅的手艺。”没等他开口，唐青筠接过话，“反正他早就说过要看看。说不定，你还能收个徒弟呢。”

“徒弟？”老唐从鼻孔里哼了一声。从一九七七年进厂，二十多年，他带了多少徒弟？可是哪一个现在还做手艺活儿？更别说现在的年轻人，坐都坐不住，怎么做得了竹匠。就连自家姑娘，从小看他干活，没上过手，就是半点儿不会。徒弟？

夜深了。唐青筠回了房间。老唐仍在灯下，摆开了匀刀，却发愣。窗外，商业街上的人声依然喧闹，霓虹灯的光影时不时晃着老唐的眼。时代确实是变了，可心底，总是还有一块儿硬邦邦的东西。

有手艺走遍天下，没手艺寸步难行。竹子低贱，不比玉器银器，要挣得出生活，挣得出名气，全靠竹匠一双手。师傅早就说过。机器再好，做不来好竹匠的细致手艺。这句却是老唐自己加的。

他就是不信。

二

六年前，当我第一次来到纽约时，从未想过自己在若干年后会落脚何方。这里似乎可以找到来自世界上任何角落的东西。我在鲁宾美术馆里抚摸来自喜马拉雅山区的毡毛挂毯，也在埃塞俄比亚移民开设的小餐厅里，徒手卷起布满蜂窝的酸味英吉拉饼。地铁里的人们形貌参差，时代广场上高高举起的手颜色各异。

在最开始的冲击渐渐平复后，我试图在不同的表象中寻找一种共通本质，并将这种提炼出来的本质再次作用于表象之上。这是我理解这个世界的方式，也是我的专业所在。

我在库朗研究所学习应用数学。

应用数学是关于抽象与归纳的学科。如果说纯数学的美感在于以简洁的体系创造出严格纯粹的模式,丝毫不受现实,甚至是物理世界本身的束缚,那么应用数学,如数学家哈代所说,恐怕是“丑陋”而“琐碎”的。我所追寻的不是一颗悬浮在虚空中的完美水晶,甚至也不是一种堪比画家或者诗人的天才创造力,而是在细致的观察,深刻的思考之后,所产生的一种解释,一个模型,或者说是一个新的视角。在这种视角下,现实世界中最为平凡的万事万物,会呈现出难以想象的丰富层次以及奇妙规律。而理解或者掌握这些规律,对于认识乃至改变这个日新月异的世界的作用,无法估量。

第二年时,我开始选择研究方向。在纽约,对于应用数学专业的学生来说,华尔街往往是最好的战场,那里离研究所不远,也位于市中心的繁华地带。瞬息万变的市场波动,丰富多样的投资组合,都需要数学的语言来精确描述。证券的定价理论通过随机微分方程模拟,股票的风险价值由蒙特卡洛法预测。我们在实验室中把玩的数学模型,放到几公里外全世界体量最大的金融市场上,就变成了实打实的高额风险与巨大收益。无数最聪明的大脑在这片战场上激烈厮杀,千百兆在光纤中飞速传导的数据被捕获,分析,建模。

不过,对我而言,那并不是最有趣的数据。

我选择的方向是大脑本身。

以数学抽象的视角来看,这在本质上与我的同学们并无太大差异。如果把金融市场看作一个巨大的脑,那么每一个交易决策的产生可以看作单个神经元的一次发放,每一次信息的流动则类似于脉冲在突触间的传导,解读了某一种外界刺激在神经通路中的传导过程,也就解读了某一个新闻可能引发的市场震荡。

可是，在我看来，理解真正的大脑比理解金融市场更为困难，也更为有趣。

这并不仅仅是因为纽约证券市场的平均交易量不过每秒四万笔，而每秒通过大脑的信号达到上百万个，更重要的是，大脑并不是我们唯一的器官。

在库朗研究所的第一年，我选修了医学院的神经学基础课程。第一节课上，我看到一张很有意思的图。那是人类大脑的纵向剖面示意图，在每一个区域上方，画出了人体的其他器官。器官的比例并非按真实比例确定，而是对应着大脑中负责该部位运动与感官功能的区域的大小。这种图叫作皮质小人，是一种绘制人体的特殊方式。

于是，我看到了一只比整个下肢还要大的手。

我一直无法忘记那节课。那位老教授操着难懂的东欧口音告诉我，手是人类最精细，最复杂的器官。人手上有一百万根神经纤维，任何其他动物都无法比拟。人也因此具备了最复杂、最特殊的功能，即手和脑的联系与互动。此外，人的手部有最精巧的十九块小肌肉，使得其拥有了独一无二的活动自由度。

我伸出手，尝试一个一个舒展关节，再收紧，想象着在这平凡得不能再平凡的动作中，庞大的数据洪流以每秒一百米的速度奔涌入脑，点亮一个个神经元，闪烁如星。

三

竹编厂是二〇〇三年改的制。说是改制，其实就是下岗，五百人的厂子，精简到不足一百，干了一辈子的老师傅，入门没几年的小年轻，都走了人。老唐那时候已经做到了技术骨干，本以为这一刀挨不到自己头上，却没想到最后一刻，名额被人事部主任的亲戚顶了下去。

老伙计们后来说，要是早点儿拿两条娇子烟，提一瓶泸州酒，以他唐师傅的资历和本事，不至于留不下来。可是那时候，老唐还年轻，手艺人的脾性大，不愿意求人。更深的，是心底隐隐的傲气，就凭他的手艺，厂里哪个不尊称一句唐师傅？就是真的离了厂，还能饿死不成。可是，待到真看到厂门口那块挂了几十年的厂牌子换成了有限公司，推着他那辆老永久站在厂子门口，初秋的凉风吹着满街的梧桐树叶，也吹着身上洗得发白的竹布衬衫，哗啦啦地响起来，老唐的心里，还是一下子空了。那天他没有骑车，只是推着老永久，沿着府南河慢慢走回家。经过二环路的高架桥工地，他看着烟尘弥漫中高耸的塔吊，停下来发愣，恍然发现，不知从什么时候开始，老城已经变了这么多。

下岗的原因，老唐心里清楚。说是厂子效益不好，人员冗余，说到底，还是竹编做起来太费力。同样一个淘米的筲箕，竹编厂的熟练工人从编篾开始，要编上整整一天，塑料厂的流水线机器一开起来，几分钟就能做出一个。塑料的筲箕，孔洞粗疏，手感也比不上竹编的柔韧温润，可是又有多少人，宁愿多花几倍的钱，也要用竹编呢。更不要提，流水线的机器多开几个小时，产量就是翻番，而人熬到灯枯油尽，只会眼花得看不清指间的篾丝。虽然不情愿，老唐也不得不承认，机器虽然做不来精细竹编的复杂工艺，可是要论出产的速度，再熟练的竹匠，也不及机器的万一。

老伙计们劝他说，如今，连蜀道上，都有了火车飞机，几个小时就走过了以前要走一个月的路。而一天，几天，甚至几个月才做出一件器物的竹匠，又怎么赶得上越过越快的日子？属于他们的年月就这么忽地过去了，快得老唐都来不及反应。拿着买断工龄的几万块钱离了厂子，有人有些积蓄，也有些门路，跑起了摩的，开起了杂货铺。更多的人则是处处碰壁，赔光了钱，不得不到处打零工，看门，搓背，洗碗，卖菜。从前的竹匠，现在做什么的都有，还放不下篾片匀刀的，却只有一个老唐。

老唐拿了几万块钱，再加上二十多年攒下来的几万块，在送仙桥盘下了这爿小铺面，挂起了“成都竹编”的牌子。一挂，又是十七年。

老唐不再像在厂子里的时候那样，用粗丝编筲箕、篮子、竹席这些家什了。能用塑料替代的，能用机器做得又快又好的，老唐也明白，人手拼不过。但是细丝不一样。

细丝竹编，是成都地区的竹匠特有的手艺。老唐当年跟着乡下师傅学得。厂子里做得少，但私下里手上勤练，心里一直没忘。如果说粗丝是竹编技巧中的底子，那么细丝就是宝塔上的尖尖。坚韧的竹篾，因为划成的丝太细，变得如丝线般松软无力，撑不住形状，非得用瓷制或者银制的茶壶、茶碗做胎，把竹丝附着其上编织，形成各种花样，所以也叫作有胎竹编。每一件器物，乃至每一寸表面的编法都不尽相同，全凭竹匠的经验和悟性调整。流水线上的机器，是怎么也做不来的。

离开师傅这几十年，细丝竹编，会做的人寥寥无几，活儿能入得老唐眼的，没有一个。这就是老唐的底气。

可是，活儿虽然好，生意，却并没有想象的那么好。

送仙桥古玩市场的这爿小铺，缩在角落里。昏暗中的一盏灯，照着老唐。他正在做的是一套细丝竹编茶具，一厘米的表面，要容纳十二支编篾。这是精档竹编的要求。

老唐还没有找到买主。距离上一件器物卖出去，已经过去了一个月。他闲了两天，实在难受，自己去荷花池批发市场，凑了一套白瓷薄胎。对老唐来说，做竹编，就像运动员打球，音乐家弹琴，一天不练，手生，心乱。

下岗那年，老唐也不是没想过做别的。可是思来想去，他能做的，又愿意做的，偏偏还是竹编。头几年，年年赔本，连青筠的补习费都要借钱。老婆也在那时跟他离了婚，他却仍然放不下，一手拉扯姑娘，一手继续做竹编，忙起来，就把孩子也放在店里。待到渐渐有了点名气，青筠也大了，日子稍微好过了点，老唐却恍然发现，自己已经老了。

脑壳中的刺痛又一次袭来。老唐紧闭着眼，咬牙忍着。等待疼痛过去，视线恍惚中，他看到手上正在编的竹丝宛若一张网。几十年了，是人在编网，也像是人在网中。

嘀嘀——

老唐皱眉，抬头。当初把店开在市场尽头，一是租金便宜，二也是图个清净。他自认酒香不怕巷子深，冷清点正好做活。今天哪来的喇叭声？

"师傅，是我，李杰！"车窗摇下，里面的人摘了墨镜，一挥手，金表闪亮，"还认得吧？"

老唐张了张嘴，想应，却又没出声。他这个徒弟，聪明是聪明，在厂里时，就心思活络，坐不住。大热天的，老唐在汗流浃背地编篾，他跑前跑后，端上一杯冰镇盐汽水。问他，才发现，这小子不知什么时候在食堂偷偷弄了个雪柜，盐汽水一块钱一杯，每天挣的比工资还多。待到有了下岗的风声，这小子又是第一个离了厂，做什么机械销售去了。老唐自认早就没这个徒弟，可这一声师傅一叫，话，说不出口。

"师傅，您这地方可真是难找！"李杰进门，四下打量，随手拉了把竹椅坐下，"生意咋个样？"

“过得去。”老唐继续编篾。余光里，当年清瘦的小子已经隐隐有了啤酒肚，在挺括的西装里绷得紧紧的。自己披着的，可还是那件灰蓝色的老厂制服。

“就没想过做点儿别的？您这手艺，来我们公司当个顾问之类的，挂个衔，一个月也有……”

“我是手艺人。比不得你们生意人。”老唐头也不抬。

“手艺人，靠手艺吃饭，别想那么多别的，可不是您说的！我都记着呐。”李杰点了根烟，凑近看老唐编篾，“啧啧，细丝，您这手艺还是那么精，师傅就是师傅……”

“我可没教过你这个。”老唐放下篾，在烟雾里咳了两声，脑壳里又开始痛，“你有事？”

“嗨，没事儿不能来看看您嘛。”李杰赶忙掐了烟，“要说有事儿呢，也是有一点，我们公司……”

“我不去你们公司。”老唐的眉头皱得像老山核桃的皮。李杰之前就打过电话，说要聘他做顾问。可老唐怎么放得下竹编，还去摸那抢了他们工作的钢铁机器？他挂了李杰的电话两次，却没想到这小子竟然找上门来。

就算三顾茅庐，他也不去。老唐打定了主意。

“不不，知道，知道。”李杰赔着笑，“我们公司年前打算赞助省里的非物质文化遗产邀请展，跟省文化厅合作的，这不，想到您了嘛。您又不接我电话，我只好过来了。”

“竹编可以？”老唐微微扬眉。

“当然，当然！师傅您这细丝编的手艺，我真没见过第二个。”李杰见有戏，赶忙接上，“评选呢，主要看作品中手工技法的复杂性，您那竹编一百八十法，能亮出来的越多，越好。”

老唐没搭话，眉心却是一跳。这两年，头疼的老毛病，发得越来越频，疼起来眼花手抖。疼，他能忍，苦，他也吃惯了。可一想到他几十年的手艺，可能要在老眼昏花中一点点从指尖上消失，他真是不甘心。老唐早就想着，趁自己还编得动，要用全部心力，做出一件真正的竹编精品，往后就是人没了，东西也还在。李杰恰好说中了他的心事。

"那师傅您考虑考虑？三个半月，有事情，给我打电话。"李杰戴上墨镜，跨出小铺面，又回头，"我可等您！"

老唐点了点头，心里已经在盘算到底要做什么。待到汽车启动的声音消失了好久，他才猛然想起，明天青筠要带小关回家吃饭，菜还没准备，赶紧跨上车，往菜市场去。赶在收摊前挑了两根青笋，一把菜薹，又斩了半只卤鸭子，切了一片里脊，挂在车把手上，慢悠悠地骑回家，没来由地，哼起了戏：

> 闲来时吟诗饮酒抚瑶琴，闷来时靠松坐石观山景，元直兄长亭走马作引进，刘先帝三顾茅庐迎孔明……

四

在纽约的第五年，我头一次感觉到力不从心。

在过去的二十多年里，无论是学习、考试，还是社会活动，我都能很快地找到其中真正重要的东西，用比别人少很多的精力，达到事半功倍的效果。有人说这是天赋，但是在我看来，这不过是对纷繁事物进行抽象思考，总结规律并加以应用。就像数学本身。

但是那一次，我差点儿碰了壁。

我的课题是手部活动的神经编码理论。与从生理学、认知科学的角度研究人类大脑的传统手段不同，计算神经科学的武器是数学与计算。将神经元的行为，突触的行为，乃至神经元网络的行为进行数据分析，为皮层神经工作机制建立数学模型。在实验室里，我不用喂养小鼠或者猴子，在它们的运动皮层下插入电极，也不用给被试志愿者发放冗长的问卷。我面对的，是数据本身，我要解决的，则是模型和程序问题。

就像金融市场的量化分析师一样，只不过我们对这个市场还几乎一无所知。以经典物理学作为参照系，比起对外部世界的数学化，在对人类大脑的数学化上，我们甚至还没有产生这个领域的伽利略，更不要提牛顿和爱因斯坦。这让人兴奋而焦虑。

我的数据来源于心理系合作小组。被试者依照指示进行手部活动，核磁共振扫描并记录数据。我则试图把手部的动作和神经系统中的响应信号对应，抽象关键特征，推断决策过程，系统化整个流程，把这一切编成算法，让人类指尖上的简单动作，在复杂的信号模型中复现。

这比我以为的要难很多。每秒百万级别的信号中，识别出控制手部精细动作的信号，就像大海捞针。我试过各种滤波算法，也试过脉冲排序，然而效果不佳。

我找到导师寻求建议。他听了我的陈述，并没说太多，只是邀我去喝咖啡。

“你很聪明，也很努力，关。”导师是意大利后裔，著名学者，思路颇有些天马行空，不过对咖啡和科研的感觉都很敏锐，我诚惶诚恐，等他接着说。

“不过，在研究中，聪明只是一方面。尤其是这个领域。”他放下杯子，“聪明，或者说是洞察力，思维能力，这些都可以称之为天赋。天赋可贵且必不可少，但是如果要解决的是实际问题，往往还需要经验，或者说，领域知识。”

“领域知识？”我瞪大眼睛，仔细思索。

“它能让我们对隐含结构的理解更为深刻。”他拍拍我的肩膀，“放松一下，我给你放个假。另外，信号的问题，肌肉神经信号可能比中枢神经信号简单得多。”

我很快弄明白了信号的处理技巧。可是领域知识依然让我犯难。尽管现在我可以提取出稳定的肌肉神经脉冲，但是数据的显著性太低，我仍然无法建立完备自洽的模型。

领域知识。我漫无目的地翻着纽约时报，脑中的后台程序仍然在竭尽思考。直到一段文字抓住了散漫的目光：

> 据活跃于英国德文郡的伯恩斯回忆，观察曼索佩编织鲱斗就像是“看一场舞蹈表演，没有任何多余的动作”。除了传统手工艺产品的流失，很早以前就已然匿迹的，是一些更加深刻的东西……
>
> ——《特稿：消逝中的编织传统》

我忽然站起身。无数的回忆影像纷纷袭来，我在宿舍里来来回回地踱着步，直到天色昏暗，腹中饥肠辘辘。我下楼去，在常去的小吃店里要了一碗兰州拉面。矮小健壮的墨西哥裔小伙子熟练地抻面、甩面、上劲，在大洋彼岸留存百年的手艺，以及其他一些更重要的东西，如今在异国街头，以发明者未曾想象的方式重现。

一年后我顺利毕业，带着计算模型和原型机告别导师。他微笑着与我握手。

我将飞往成都。

五

小关中午上了门。提着个果篮，站在门口，十月底，头上还汗涔涔的。老唐眼看着青筠领他进屋，又是拿拖鞋，又是倒茶水，小伙子只是咕噜噜喝水，说不出什么话，竟跟自己年轻时有点像。

老唐也没什么话说，只是从厨房一盘盘地端出菜。绿的青笋，紫的菜薹，粉的肉片，红彤彤油亮亮的鸭子，当然也少不了片得飞薄的自家香肠。小关是南方人，老唐没放什么辣。

“爸，小关是美国回来的，跟你讲过的。之前在纽约读博士，现在电子科大教书。可是他们那儿最年轻的教授呢。”青筠见没人说话，一边夹菜，一边搭腔。

“没有，没有。”小关正扒饭，忙解释，“回国也没多久，还在努力做出点儿成绩……不像伯父您，青筠跟我讲过，您的竹编手艺，那可是……那可是……”

老唐看着小伙子面皮发红的模样，愈发像自己年轻的时候，心里渐渐有了点儿说不出的滋味，“我老了，不说了。你在科大，教啥子？”

“哦，我是搞神经科学的。”小关忽然来了精神，说话也不磕巴了，“这么说吧，您可以想想，普通人从小光是学键盘打字，就得花多长时间，更不要说种种复杂的专项操作了，我研究的新一代人机交互技术，基于神经科学，就是为了解决这一问题，更好地，让机器……”

老唐的眉头又皱了起来。唐青筠紧着使眼色，悄悄掐了小关一下，小关这才像想起了什么，赶紧刹车，“当然，手工有的时候还是不可替代的。老舍先生曾说过，我们在大的工业上必须采取机械方法，在小工业上则须保存我们的手。像您做的……做的竹编，就难以替代。手工艺，是……是心灵的体现，心，可不是能随便机械化的。”

“这话说得不错。”老唐眉心稍松，夹了一筷子菜薹，“听青筠说，你对竹编，有兴趣？”

“有兴趣，有兴趣。”小关摘下眼镜，擦了擦汗。

吃完饭，老唐先摆开匀刀。将一毫米厚积的细篾，通过匀刀，划成厚度仅为一两根头发丝厚，宽度也只有四五根发丝宽的竹丝。

“这叫划丝。匀刀上下宽度不一，没有刻度，全凭手控制，达到厚薄均匀。每一根丝的横截面，都得面积一样。”

老唐接着拿了做骨架的竹径丝，附在白瓷薄胎上，再拿起一根更细的盘丝。手起丝落，推提压捻，竹丝就变成了细密软滑的薄薄一层，紧紧贴在了瓷胎上。

“提，压，捻，竹编的基本手法。无论是划丝，还是编织，人手上的力道控制都非常难。力气大了，薄胎易碎易变形，力气小了，竹丝间隙松散。附胎编织，没有定法，每一寸都不一样，全凭经验和手感。你仔细瞧瞧这编成的，机器，可比不了。”

老唐指了指编了一半的瓷杯，小关却好像没听见，只是直愣愣地盯着老唐的手。

“我叫你看看编成的。”老唐重复了一遍，不知怎的，打从他划丝开始，小关就有点奇怪。

“哦，是，是。”小关拿了瓷杯，却还是心不在焉，不知道在想什么。老唐心下有点不痛快，说什么对竹编感兴趣，怕是只为了讨他开心，青筠竟然也信了他。当下不再多说，自顾自地做起活儿来。李杰说的那件事，老唐心里已经大概有了个样子。待到青筠拉着小关去自己房间，叮叮咚咚地弹起琴来，他已经快忘了这事。

“爸，吃晚饭了。”抬起头来的时候，天色已是全黑。青筠端了一碗面进来，“你呀，真是的，人家走的时候，跟你打招呼，你都听不见。”

“就走了？”老唐恍然，有点儿不好意思，却不知道该说什么，“哦。”

“人家还送了礼呢。”唐青筠递上一串手串。白中泛黄的苦楝子，品相细腻，大小齐整，凑近闻，有微微的清苦气，“人家特意选的，说是冬天戴了，能防冻疮。知道你是手艺人，最宝贝那双手。”

“看不出来，还挺有心。”老唐接了手串，试试，大小正合适，心里又软了几分。他也知道，还真能收个女婿当徒弟不成？一天挣不了百十块，怕是真有徒弟想当他女婿，他还舍不得青筠受苦。小伙子虽然有点书呆子气，看起来人还老实，和青筠也处了不短时间了，真能成，他也算放下了一件事。

至于眼下的另一件事，他也得加紧。老唐慢慢转着手串上的珠子，苦楝子隐隐发青。

六

一直以来，向别人解释我到底在做什么都有些困难，这种感觉在离开研究所后尤其明显。比起发射火箭，或者改造稻米，我所做的事情不仅不够直观，而且有时看起来——简单得令人难以置信。

“就是这个？”青筠第一次看到演示时，睁大了眼睛。屏幕上的可视化演示是三维重建的手部模型，正在从一堆物品中捡起一张薄薄的信用卡。

“这曾经是一个博士生五年的课题。但是好不容易可以捡起信用卡之后，把信用卡换成橡皮球，模型又无从下手了。”我微笑，

“你可能想不到，预测遥远的小行星的运动，比预测一个简单物体被模型手推过桌子的运动要容易得多。”

“工厂里的机器手，不是早就可以进行流水线操作了嘛。”青筠不太相信，“唉，我爸也是因为这个……”

“严格控制的工作条件下，机器手的确表现得不错。但是现实世界不是一条可以预测的装配线。在工厂大门之外，无数物体和环境的相互作用，对人来讲轻而易举，几乎无须思考，但对机器来讲，极其困难。你觉得是为什么呢？”

“嗯？”她眉头微蹙，修长的手指轻轻敲打着桌面，不经意间做着扫弦的动作。

“是因为你的手很软。”我轻轻拉起她的手。

“哎哟。”青筠红了脸，甩开手，“还以为你要讲什么……”

“柔性。触觉。手指可以根据物体的表面情况发生变化，及时调整，这是与我们所生活的世界进行互动最古老也最高效的方式。虽然人类发明了数不胜数的工具，但是，最好的机器人专家说，这个世界还是为人手设计的。”

她迷惑不解地看着我，又看看自己的手，收紧又舒张。我也曾经一样。没有研究的经验，没有真正的对比，不会意识到，触觉，灵活柔软的手指，是多么独特而珍贵的进化产物。

更不会意识到附加在上面的另一层巨大财富。

“你听过杞人忧天的故事吧。”我换了个话题。

“瞎担心嘛。”她撇了撇嘴，

“如果真正深究，经典力学，地球科学，大气科学——现代科学的许多领域几乎都能从这样一个看似无须解释的平常问题中产生出来。而现在，我们要做的事情也类似，只不过这一次，需要深刻理解，构建起一整套全新认识体系的对象，不是天空星辰，而是我们自己……”

她依然一脸茫然。我没再说下去。在第一面时，我就记住了她那双拨弄琴弦的手。但是，那个新的图景，即使是如她这般聪慧，也无法很快领会，更别说她的父亲。

尽管与导师完全不同，他的目光仍然让我无比紧张。那里面蕴含着一种我所没有的力量，也许那就是领域知识。

虽然他可能把我当作一个想要夺走他饭碗的叛徒——在某种程度上也的确如此，但是这绝非最终目的。甚至，比起完成计划，我更希望他能够真正理解那个目的。

我们需要时间。

七

转眼就是冬至。街上走走，倒还不觉得冷，在屋里坐久了，冰凉的湿气钻入骨缝，浸得关节生疼。可老唐不装暖气，甚至连电热炉都没开。他怕开了屋里干燥，竹丝失了水分变脆。那件活儿已经完成了一多半，按进度，将将赶得上年前的邀请展，可不能因为这个耽误。

老唐哈了口热气，搓了搓手。今年手上的冻疮似乎是少了些，那串苦楝子已经被他养得包上了浆，温润趁手，摘不下来了。想着成都冬天有吃羊肉汤的讲究，他披上棉衣，出了门。学校应该还没放假。

在菜市场称了两斤带骨羊腿肉，照例挂在车把手上，想起上次小关来家吃饭，菜薹没动几下，青笋倒是夹了不少，又挑了青笋。切了滚刀块，在酽酽的汤里煮得软软糯糯，吃起来安逸。又想起来青筠说，小关是南方人，爱吃甜，就往文殊院骑去。那边的糕点铺子卖了几十年的桃酥、玫瑰糕、绿豆糕，青筠小时候一要哭着找妈妈，老唐就拿点心哄她。如今青筠大了，爱美，怕胖，不吃了，去糕点铺子的路，老唐却记得清晰。

称好一盒什锦点心，在后座上系牢，老唐慢慢骑。文殊院这一带，他也是好久没过来了。以前院墙外破破烂烂的小巷，如今建成了仿古民俗街，粉白的墙，赭石色的顶，红的黄的店招插得满满当当，在阴沉的冬日里，显得挺热闹。游客和本地人熙熙攘攘，看起来，生意不错。

老唐在街口下了车，往里望。刚下岗那几年，文殊坊也刚刚建成，正在招商，也有人劝他，把送仙桥的铺面抵出去，在这边弄个门脸。那时候，一个月的租金是三千块，是送仙桥那边的三倍还多，他思来想去，还是没有来。一是生意着实不好，他怕入不敷出，二来，也是怕这边人多嘈杂，做不了活。待到后来，眼看着送仙桥那边的人越来越少，街面越来越荒，再想到文殊坊来，租金却已经涨到了一万以上。先前搬来的几户做特色手工艺品的匠人，带着点儿惋惜，又带着点儿得意告诉他，现在客流量大了，光是卖绣了熊猫的蜀绣手帕，勾了三国脸谱的川剧面具，就足够赚回租金，还能盈余不少。老唐听了，心里不是滋味，却说不出什么。想想自己这几十年来，从学竹编开始的一个个选择，当时都是自认考虑周全，下定了决心，可是回头看，若要让他再选一次，他还真不知道会不会那样做。

老唐愣了一会儿，重新推了车，慢慢走。街上如今不仅有手工艺品店面，还有各种高档餐厅，茶楼，早就不是当年吃凉粉的那个搭着竹棚的小摊的模样。穿着打扮入时的年轻男女穿梭来往，站在他们中间，老唐觉得，自己才像是个游客。

沿街，一扇镶着金边的黑漆雕花木门打开，走出一个西装笔挺的中年男子，与身边的人亲热寒暄着。老唐忽然觉得眼熟，仔细一看，正是李杰。他没看见老唐，正边聊边往街边停着的奥迪车走。那扇门后，隐约是个绿意葱茏的高级会所。像老家的竹林一样青翠，幽静，如今，却只在老唐进不去的门里才有了。想到这里，他心里又一闷。

"李总，那多谢您！"李杰身边的人说，声音不大，但有点耳熟。

"关教授客气了，跟您这样的青年才俊合作，是我们的荣幸！"李杰满脸堆笑，老唐突然一愣，隔着来往的人流，远远地，看清了李杰身边的人，居然是小关。小伙子穿了件深灰色的呢子大衣，半框眼镜，虽然看起来斯斯文文，但跟李杰有说有笑的样子，跟那个在自家饭桌上脸色通红的小伙子，竟完全不像。

眼看着小关上了李杰的车，引擎发动，往自己这边开过来，老唐赶紧转过脸，心里却是一团乱麻。小关怎么和李杰认识？他们看起来很熟络，他说他做什么人机交互，难道是跟李杰做的什么机械仪器相关？可是他为什么又要看竹编？莫非……莫非……青筠，青筠知不知道？难道青筠……

老唐不敢深想，只是跨上老永久，使劲儿往家骑。他好久没有骑得这么快了，到家脱了衣服，才发现毛背心里都是汗。坐下来，看着做了一半的竹编，心脏还是怦怦跳个不停。做了几十年竹编了，他本来是最能静下心的，可是现在，心里的乱，他收不住。

"爸，我回来了。"青筠开门，"哟，买了这么多菜！哇，还有文殊院的点心！老爸——"青筠过来，圈住了老唐的脖子，"要请准女婿吃饭，可比给我做饭上心多了，老爸可真是……"

"别瞎说！"老唐打断，"啥子准女婿！谁说的！"

"怎么了？"青筠睁大眼睛，"上次，你不是见了，我还以为……"

"你知道啥子！不行！"老唐突然生了气，"成天衣服也不好好穿,都认识些啥子人……”

“人家怎么了？人家堂堂大学教授,哪里配不上你这个竹匠的女儿了!”青筠松开老唐,退后一步,也生了气,“我平时都顺着你,都什么年代了,为了你做手艺活儿,家里电暖炉都不开,平时说话也得小心翼翼,你倒……你倒……”说着说着,眼圈一红,“就连妈妈也受不了你……”

“别提你妈!”老唐猛地站起来,汗水涔涔而下,“竹匠,你倒是看不上你做竹匠的爸了……”忽然间,脑壳中的疼痛再一次攫住了他,跌倒在圈椅里。

疼痛似乎比以往都来得剧烈,来得长久。仿佛有无数根细小的竹丝扎入脑髓,老唐想像以往那样忍过去,可视线与意识都渐渐模糊了。

“爸！爸!”失去知觉前,他只听见青筠带着哭腔的叫喊。

八

那顿饭终究没有吃成。老唐被送进了急救室。在急救室里待了几个小时,然后被转到普通病房,待了四天,全身上下都被检查了个遍。大病房里,人来人往,医生的谈话声,各种仪器的哔哔声,病人的呻吟声,还有家属焦虑的询问声,哭叫声,让老唐在昏昏沉沉中,也不安稳。好不容易等到夜里熄了灯,安静了点,又传来了邻床的鼾声。

青筠每天早上拿着保温桶装了鸡汁抄手来,中午是骨汤米线。却不告诉老唐,他到底得了什么病。削苹果时,老唐刚问了半句,就看见她红了眼睛,也就不再提。他也清楚,虽然还做得动手上的活儿,人毕竟老了,就连机器用久了,还得定期擦油养护,人身上用了好几十年的零件，哪能有不坏的，只看是哪一天。这两年，头疼得越来越厉害，他隐隐地就感觉不好，可是为什么不早点儿来看，他也说不清。

父女俩面对面，各有各的心事，一时间谁也说不出话，直到医生进来。

“怎么样，考虑好了吗？我们还是建议先手术，再放化疗。”医生挺年轻，胸口挂着的名牌上写着神经外科，“当然了，手术的困难性和风险，我之前也提过了……”

“医生，是什么病？”

“病人还不知道？”医生一愣，“脑胶质瘤，就是……”正要解释，看了眼青筠，又没说，“算了，你们再沟通一下，考虑好。当然，如果实在想要保守治疗，也不是不可以，毕竟病人年纪也比较大了，病灶状况又特别复杂。”

“这治好，要花多少钱？”

“医保能报销大部分。不过……”医生不知怎的，也吞吞吐吐起来，“其他情况，你们再沟通沟通。”

医生走了。老唐看着青筠，没说话，只是等着。姑娘早就紧咬着嘴唇，终于忍不住，掉下泪来。断断续续的抽噎声中，老唐渐渐听明白，自己时不时就会头疼，晕倒，是因为自己脑子里长了个瘤子。现在医疗科技虽然发达，但是面对这种病，也无能为力。像他这种年龄和状况，五年内的预后生存，只有百分之十，平均的预后生存时间，不到两年。

几个数字，听得老唐心里一阵一阵抽紧。青筠早就流泪流得没了力气，“爸，你……你别着急……”她把纸巾团了一团又一团，“我，我带你去北……北京，上海……再……再看看别的……”

“算了。”老唐也惊讶，自己竟然能这么平静，“生老病死，没得办法的事。”

“爸……不，不行……”青筠睁大眼睛，眼眶里的泪，兀自往下掉，“一定……一定有办法的……”

老唐没说话，只是伸了手，顺了顺女儿的头发。青筠的头发好，又黑，又亮，又厚。青筠小时候，他用这双竹匠的手，天天给她编头发。公主头，马尾辫，鱼骨辫，麻花辫，好多人都不信，小姑娘是爸爸带的。如今青筠早就比他长得高了，也有十几年，不再要他编头发了。

“先回家吧。手上的活儿，我想做完。”

“爸……”

“先回家。就这么点要求，还不行?”老唐故意提高了腔调，发了脾气，“在这儿住着有啥子用?”声音，却比以前弱了几分。

青筠终于还是拗不过老唐。

老唐几乎是刚到家，就拿起了那件做了大半的竹编。医院里待了好几天，他手痒得不行。第二层的盘丝已经快做完了，正是收口的关键时刻。细丝竹编的收口，又叫打锁，讲究藏头，就是切除多余的竹丝，再在打锁的位置刷上一层薄薄的牛皮胶。切的手法也有学问，不能切少，露出一丝一毫的丝头，又不能切多，让整个结构散了型。老唐用了小锉刀，一点点修着端头，感觉身体里的精气神，好像又回来了似的。

进了腊月，老唐手上的活儿，渐渐成了样子，他一颗吊着的心，也大半放进了肚子里。邀请展，是省里的专家，送上去公开评审，老唐不知道别人会做什么，也不在意，更没有给李杰打电话。他觉得只要把自己手上的活儿做好，拿出去，肯定有人赏识。

青筠曾吞吞吐吐地说，小关想来看看他，他没应声。那天在文殊坊的事儿，他也没跟青筠讲，虽然没想明白，但心里是有个疙瘩。不过眼下，他想不了那么多。

离开展还有三天的时候，老唐终于完了工。他细细检查了一遍，很满意，不过，真行不行，还得看展览那天。他挺有信心。

老唐披了大衣，出了门。几个月来，他第一次，有了去茶馆的心情。于是掉转车把，往浣花溪那边去。如今茶楼变成了高档消费，以往常去的那些安静的，都装修一新，改用了高档的茶叶，晚上就变成了酒吧，没人再喝老三花。人多的那几个公园里，他又听不惯搓麻将的嘈杂。

老唐在小院子里坐下的时候，正好难得地出了太阳。冬日下午的阳光，透过梧桐树叶的缝隙，斑驳地洒下来，老唐就闭了眼，躺在了竹椅里。台上的一把老胡琴吱吱呀呀地响着，他几乎要睡着了。

"老唐！好久没来咯！"

老唐睁眼，见是茶馆老板，端着一盖碗从长嘴的大铜壶里倒出来的三花茶，放在他桌上，"还在做竹编？"

"是。"

"青筠也好久没来咯，还想你们有啥子事情。"青筠有时候也在这里弹琴。登台的时候，换下牛仔裤，摘了耳环手链，穿上一袭豆青色的曳地长裙，低眉素眼，一派清简。弹起琴来，指尖翻飞，琴声如水。听青筠说，小关就是在这里和她认识的。老唐也懂，不要说喝茶的客人，看见青筠弹琴，就连老唐自己，也要暗暗赞叹几句。

"年轻人，忙。"想起小关，老唐还是有点儿不爽快，可是摸着手上的苦楝子串，也说不出什么。

"耍朋友去了？我就说嘛，青筠那个人品样貌，琴弹得好，又孝顺，你也不要太管到人家咯。"茶馆老板剥了个芦柑，散出些许清甜，"孩子们都大咯。你那些老观念喃……"

老唐从喉咙里咳了两声，老板也就没往下说。台上的胡琴拉着的是一出《哭桃园》，老琴师咿咿呀呀，正讲到张飞得了关羽死讯，日夜兼程，赶到成都，求刘备点兵，马踏东吴。二人相会于城外，抱头痛哭：

大哥，你都老了啊！

台上一句唱词，又搅得老唐的心乱了。他坐不住了，骑了车回家，进门，就听见青筠的屋里，叮叮咚咚地，响着琴声。

老唐坐下又站起来，来来回回地踱了几步，还是下了决心，敲了敲青筠的门。琴声在响，门没开。

“青筠，青筠，跟你说点事。”老唐开口，可门里依然只有琴声。

老唐有点儿气，又有点儿着急，伸手去拧门把手。

门没锁。

“咋个不开门?”老唐质问，忽然，愣在了原地。

屋里没人。那把黑檀木古筝上，一根根丝弦却跳个不停，流泻乐音。靠近看，是青筠弹琴时绑在手指上的玳瑁指甲片，兀自撩拨着弦，像是有一个隐形人，在用一双无形的手弹琴。

“这……这……”老唐感觉天旋地转，双腿一软，撞在筝体的共鸣箱上，轰地一响。

“爸！你怎么进来了！”乐声断了，青筠从门外跑进来。

“这……这是……”老唐的手抖得像筛子，做竹编几十年，他的手，第一次抖得这么厉害。

青筠咬着嘴唇，想说什么，还是摇了摇头，扶起老唐，“赶紧去歇着，这个……一时半会儿说不清。”

九

青筠好久没来找我。微信里,得知她爸爸住了院。数据更新频次减少,不过仍然稳定。我提出去看看,但是听她吞吞吐吐的样子,也没勉强。

我不是没有过犹豫。

在研究所时,楼上就是心理系实验动物的饲养间。其中最珍贵的是三只藏酋猴,从小培养,一只几万美元。它们一周实验四次,每次四个小时,看来时间不长,但是每次都会被固定住双手双脚,电极插入脑皮层下。每隔几个月,动物实验的反对者会在大楼外举牌抗议,并非完全的无理取闹。它们为实验而生,也为实验而死,脑皮层长期接触电极,大部分猴子都会在几年后死于感染并发症。

尽管原型机是非侵入式的轻量级皮肤接触传感器,采集肌肉神经信号,并不会造成什么实际性的损伤,但是在忽视被试者的意愿上,我和心理系的同事们并没什么两样。

另一点则是李杰。我并不排斥横向的资金来源,但是他的行事手段往往出乎意料。也许这就是商场上的游戏规则,我也曾听在华尔街工作的同学们谈起过不少传说。我试图理解、融入这种规则——这比发现数据的规则简单得多,当作是建立新图景的修行一课。

我设想的并不只是一篇论文,一件产品,或者是一种理论。一个庞大而全新的视角,必然需要容纳各个不太明亮的角落。

只是希望,不要牺牲太多。

青筠来找我那天,我正在进行模型的校正拟合。她还没坐下,就已经要哭出来。胶质瘤，神经，断断续续中，我听了个大概。

“你也是搞神经的，就……就没什么办法？”她望着我，我却不知道该说什么。

“我做的是计算……”我苦笑，“提取，抽象，数学建模，与其说是应用技术，不如说是一种理解的手段。就像牛顿总结物理三定律，把外部世界机械化，我只是把内部世界……”

“可是，可是，人家的人工智能……下围棋，都能打赢世界冠军，你做的，到底有什么用？”

我哑然。没想到即使做了应用数学，仍然会遇到这个老问题。我想起哈代说，最美的数学应当没有一点在现实世界的应用，我曾经笑他固执，现在却心有戚戚。即使我可以利用数学手段，建立理解人类自我和世界的新框架，这个在他看来已经过于“有用”的应用，放在现实生活中，还是会掉入一个稍浅的无用性的陷阱。

其实我并不太在意，笛卡儿在发明直角坐标系，爱因斯坦在发现相对论的时候并不会考虑它的用途，新的视角，新的方法本身已经足够让人兴奋震颤，这是一层富饶的基底，其上必然会有无数现在难以想象的花果生长出来。但我不知道，现在，该怎么面对她。

“……站在更高的位置，人类的感知系统，包括手与脑的连接，可以看作人与外界交往的另一层接口。”我费力地寻找词语，“和人与人之间的文字、图像一样……也和人与机器间的键盘、鼠标一样。而我做的，就是把这一层接口数学化，一般化，最终，可以摆脱这些接口，实现……实现……”

“就像武侠小说里的，意念操作……气宗？”她略微开朗，但很快又低沉，“可是……现在……”

我轻轻拍着她的后背，没再说话。屏幕上的模型闪烁不止。

青筠走后，我沉思良久，拨了电话。

十

老唐没有力气去想明白是怎么回事。头又开始疼，一阵比一阵紧，像是催着命。可他说什么也不去医院，一缸一缸地喝着酽茶，硬撑。做竹编，藏头打锁最见功夫，做什么事，不是行百里者半九十？明天就是邀请展，再怎么着，他得把这件事做完。

已是腊月初，夜长昼短。天刚擦着亮，老唐就带着包了又包的作品，出了门。难得地没有骑那辆老永久，青筠给他叫了车。怀里的东西不大，他抱着上了车，仍然紧紧抓牢，丝毫不敢放。

“这么早，就去崇州？”司机看了看裹着旧棉衣的老唐，“做啥子去呐？”

“参展。”老唐摸着怀里的东西，“手工艺展。”

“哦，手工艺，手工艺。”司机点点头，“你说手工艺，又费时间，又费马达……”

“大事小事，总是要有人去做。”老唐不想闲谈，打断。

“这么说也是嘛。”司机点了点头，“根据人的能力决定嘛。那像高科技人才嘛，肯定就要做高档的事情咯，是不是。像我，别的干不来，认路，开车，熟得很，那就开出租。你呢，就做手工艺。辛苦是辛苦了点……”

老唐没再接话，只是任着车子在三两颗残星下，悄无声息地驶离老城。几十年了，他从家乡十里八乡都小有名气的年轻竹匠，到了厂里人人都称一声师傅的老唐，再到现在。他自认手下的活儿是越发精进，可是这周围的人和事，却像自己脑子里的那个瘤子，越发让他糊涂。

车开了一个小时，到了崇州下面的一个镇上。这地方离老唐的老家不远，下了车，就是一片竹园。许久没在清晨的竹林里散步了，天光渐渐亮了，越来越稀薄的露气中，老唐摸着慈竹青翠冰凉的竹节，听着微风吹过竹叶的沙沙声，溪水流过田畦的潺潺声，心里慢慢静了。

展厅在竹林深处，是一座环形廊房。据说，是上海来的大学教授建的，工件好多是厂房里用机器预制的，搭建只用了几十天，还得了国际上的建筑奖。老唐在廊房里转了转，层层叠叠的小青砖，是让他想起了老家的老宅子，可看那些簇新的钢木结构，擦得锃亮的大落地窗，又觉得有点儿不习惯。透过窗，院子里的绿树，廊房另一边的田野，青山，都一层一层地在视线中展开，像是一幅画，确实比黑黢黢的老宅通透，可就是这通透，让他心里不那么舒坦。

展览在十点正式开始。蜀锦蜀绣，铺展开来，色彩斑斓，亮得晃眼。雕嵌填彩的漆艺，典雅富丽，异常华贵。还有银花丝，糖画，年画，剪纸，印染，来自少数民族地区的彝绣、羌绣，唐卡。相比之下，竹编工艺的一角，显得有些黯淡。专家评审们一个个入场，品评，老唐握着个保温杯，等在自己作品面前，心里也渐渐紧张了起来。

竹编类的展品不少，奖项则最多只有几个。老唐的目光跟着专家，他们第一件看的，是一幢一尺来高的竹编望江楼。四层的楼阁，下面两层四方飞檐，上面两层八角攒尖，每层的屋脊、雀替上的禽兽泥塑和人物雕刻都依型编了出来。在粗丝编里，也算是顶级的手艺了。老唐心里点了点头。

第二件看的，是一幅一尺高，三尺宽的竹编书法。这是细丝编，竹面细如丝，光如绸，平如纸。竹面上不用墨，光用不同颜色的竹丝，编出岳飞草书的《前出师表》。老唐不大懂书法，但也看得出，字迹远观如电掣雷奔，龙飞凤舞，细视则铁画银钩，顿挫抑扬，笔画的轻与重，笔势的徐与疾，都一一编出来了。专家们也啧啧称赏。

又看过了第三件，第四件，第五件。等到终于转到老唐这，他将展品亮出来，却只是一只直径不足半尺的竹篮，中间鼓，两头细，内里衬着白瓷胎。

拿起竹篮，才发现，表面上以堆丝和砌丝手法，堆出了苏东坡的折枝墨竹。远看表面无一物，近看才能辨得出。又随着光线位置的不同，投下不同的阴影轮廓，比原来的画，更生动。

"不错，不错。"专家放下篮子，"有胎竹编里的精品。下一个是……"

"等一下，还有。"老唐拦住了专家，紧接着，手指肚在篮底轻轻一推，一挑，竟然把竹篮里嵌着的白瓷胎，取了出来。

"哟，有胎竹编，却能取胎，取了，还能定住形状，这可不简单！"专家来了兴趣，要拿过竹篮，再仔细看看。

"别急。"老唐一手提了竹篮，另一手，做出了一个谁也没想到的举动。

他拿起早已拧开的杯子，将杯里的水，连同水里的一尾小金鱼，倒进了竹篮。

篮子滴水未漏，红色的小金鱼，在竹篮里悠然摆尾，清澈的涟漪下，是一根根细如发，密如绸的竹丝，却比绸缎更致密，连水也渗不过去。

"好个竹篮打水！"围观的人们喝了个满堂彩，老唐也露出了少见的笑。他是骄傲，这篮子虽小，却花了他毕生巧思，用了三层极薄的竹丝嵌套，每一层的编法都不同，这才承住了水。有了这篮子，即使他找不到徒弟来学竹编，即使他可能没有几年好活了，光是这件篮子，也不枉他做了一辈子的竹匠。

"哎,老师傅,那边儿那件,也是你做的,还是你徒弟做的?"心满意足中,老唐突然听到一句问,愣了。

没来得及放下篮子,他就奔了过去。待到跟前,他的手又抖了起来,水珠四下迸溅。

一个一模一样的竹篮子,篮子里,也游着一尾小金鱼。老唐颤抖着捧起篮子,仔细看,盘丝,分层,堆花,藏头,竟跟自己手做的分毫不差。就像……就像流水线上的机器做的,可是……可是这细丝竹编,这他费劲心血研究出来的编法,机器是什么时候学会做的?他们到底要干什么?

老唐颤抖着抬头,目光在人群里搜索。他看到了,他们遮遮掩掩,不敢往他这边看,可他一眼就认出了那两个身影。

李杰,小关。

"造孽,造孽!"老唐气急,想大步往前追,却被脚下的水渍滑倒,跌在地上,脑袋里又剧烈地疼了起来。

"师傅!师傅!"李杰的声音嗡嗡响,震得他脑仁生疼,可他还是慢慢闭了眼。这一次,他觉得,自己可能醒不来了。

十一

无论是博士毕业答辩,还是申报课题陈述,我都从来没有像现在这么紧张过。

李杰在跟主刀医生谈着什么,听不太清。青筠在角落里睡着了,鼻尖还微微发红。这几天她睡得太少,哭得太多。我在旁边坐下,将大衣盖到她身上,从她手中,轻轻拿过那串手串。串珠已经从中间拆开,分成了两半,露出里面一组闪着绿色荧光的芯片。

原型机截取神经中枢发送到手指神经末端的运动信号,并且把信息无线传输至终端。这有点像是用窃听器来窃听中央神经系统，可以在无需摄像头的情况下追踪，并记录双手的精细活动。在过去的三个月里，唐师傅的手和竹丝之间的每一次的推，提，压，捻，都被记录下来。更重要的是，附着于上的每一个细微的神经冲动，都被采集，抽象，以构建模型。

一个拥有二十个信号自由度的，比任何现有人工技术都更为灵活，更为强大的运动模型，来源于几乎被遗忘的地方。

人类大脑的可塑性极强。就像皮质小人所展示的，长期使用的感官，在脑皮质中所占区域面积就越大，神经信号的控制，也就越精细。而且，比起单一维度的运动模型，二十个维度的信号结合在一起，尤其需要日复一日的大量练习，才能建立一个真正灵活、精细的运动框架，一个能和外界环境进行随心所欲交互的接口。

唐师傅此时躺在病床上，昏迷不醒。他也许不知道，在与外界，尤其是精密交互这个层面上，他比我们所有人的认识，都多了一些维度。

抱着古老手艺不放并非一己固执。他想要留住的可能是传统，自尊，生活方式，但对我而言，是传统手工艺中积攒了几千年的庞大知识量，以及关联的大脑运作模式。那些经由集体和个人代代传承的，是在漫长的自然演化和文化传承中得以开发的人类潜能，也将变成在晶体沟壑中无尽跳跃的脉冲信号，是人们今后将赖以前行的珍贵遗产。

领域知识。

而我做的，就是将其从口耳相传的古老桎梏中解放出来。提取，建模，数学化，一般化。中枢神经到手指神经末端的信号传导需要时间，原型机甚至可以在手指做出实际动作之前就捕捉到神经信号。

关键不在手，而在脑。我对重构脑的部分有信心，但是，将重构的脑，放到另外一双手上，是应用。用同样的竹丝，打造一只一模一样的竹篮并不太难，而将操作应用于活生生的大脑上，则是巨大的挑战。我已经做了我能做的，可是……

"关教授?"李杰打断了我的思绪，"咱们准备一下，开始吧。"

"李总，您说实话……到底有多大把握?"

他看了看我。

"关教授，我在他身边学徒五年，认识他二十一年。说实话……我不是信您，是信他。"

我点点头，心跳速度慢慢回落。

手术室内空无一人，无影灯熄灭。黑暗中亮起全息成像，填充整个房间，唐师傅的脑体展现眼前。蓝色的神经丛林间，一团红色胶质瘤粘连纠缠。狰狞的肿瘤裹住纤细的蓝色细枝，不管是放疗，化疗，都很难彻底清除，极易伤到本来健康的脑神经。即使没伤及正常神经，因为清除不彻底，复发率也极高。我凝视着这颗巨大的脑，仿佛看见蓝色渐渐黯淡，赶忙眨眨眼。

主刀医生在导航室内调出界面，两根细小的银色纤维渐渐出现在脑区中间。挥手放大局部，纤维尖端，是一只机械手，五指细长浑圆。

我咽了口唾沫。

主刀医生调整了角度，开始发送一个个指令。我忽然看到那双布满皱纹和裂口的，剖篾编竹的手，又在悬浮的大脑影像里活了过来。剖除粘连，捻开结点，在细软无力的神经纤维间穿梭前进，在紧紧贴合的大脑皮层间自由游走。每一个操作都因形就势，每一寸力道都恰到好处。瘤体如同藏头打锁时的竹丝一般被精细切除，不伤及完好的结构，也不漏掉一丝一毫。在那双巧手之下，险恶的红色一点点、一片片慢慢消失，而手的真正主人看不到这一切，仍然睡得深沉。

“爸……”青筠不知何时醒了，望着那双急速翻飞的手，那个闪着荧光的脑，喃喃唤着。

“没事，要相信爸爸。”我握住她的手，轻轻说。

十二

睁开眼的时候，老唐的眼前白茫茫一片。他费了点力气，才渐渐分辨出那是雪白的屋顶。淡绿色的墙，深绿色的窗帘，身上盖着被子，屋里开了空调，暖烘烘的，还有仪器时不时地哔噼响。他这是在医院。

过去了多久？老唐试着想，最后的记忆，是在邀请展时，自己摔在地上。那时，他感觉脑子的痛比骨头的痛要剧烈百倍，可是现在，他的脚腕上还打着绷带，动弹不得，脑仁里的痛，却好像没那么厉害了。

“爸！你醒了！”青筠进了病房，一脸惊喜，奔到床前，“感觉怎么样？”

“我这是……”老唐试着动弹手指，好像没什么异常，可是感觉缺了点儿什么。抬眼，那串戴惯了的苦楝子，正搁在床头柜上。他第一次发现，在象牙白色的串珠中间，透出了荧荧的绿光。

老唐又有点儿晕了，头却没痛。他伸手去按以往疼得厉害的脑壳，摸上去，竟然光溜溜的。

“这……”老唐吓了一跳，赶紧摸头，留了多年的地中海发型，从头顶到耳根，剃得干干净净，还有一道细细的缝合疤。

“手术已经做啦，医生说了，从来没有这么成功的案例！所有的瘤块都被清理干净了！”青筠抑制不住语气中的兴奋，“这次啊，真是要谢谢李总，还有……”

“李杰？跟他有什么关系？”老唐吃了一惊。

“李总的公司，就是开发精细机械仪器的，给你做手术的，就是他们的微创手术机器。”

“可是不是说，那个什么瘤，不管是人，还是机器，都做不来？”老唐忽然发现，手术完了，自己的思路好像也清晰了不少。

“是，可是这次，幸亏有了……”青筠的脸有点红，转头看着门外，“还不快进来……”

进来的是小关。依然时不时地擦着汗，可老唐感觉到了，这个看似腼腆的小伙子做了的事，比他知道的，要多得多。

小关解释了事情经过。老唐没听懂太多，只是像看戏法一样，看着平板电脑上的演示，戴着手环的实验者，可以操纵屏幕上的小人翻转，跳跃，手本身却只有极微的抖动。比手更重要的，是人的脑子，是心，小关说。他不怎么明白，可是觉得，说得似乎不错。

最后，还是靠了这些机器，捡回一条命。

“唉。”老唐一声叹，心里长久以来那块硬硬的东西，好像暖气房里的冰，终于还是化了，“老了，真是老了。”

“不，不，您没老。您是自己救了自己，而且……也救了我。”小关说，眼里闪着些光。

“老爸啊，你就当收了个徒弟嘛，而且，这徒弟能摆弄的，可不光是竹丝咯！”青筠端了碗粥，送到老唐手上。

老唐看了看女儿，又看了看年轻人，没说话，只是慢慢舀了粥。粥还微温，花生的香，红枣的甜，芋头的糯，芸豆的软，入口挺舒服。这才想起，已经过了腊八节了。

十三

成都冬日的空气里，弥漫着一种特有的温润气息。像是锅盔、卤菜和腊味的混合，却无油烟气，大概是经过了蜀地雨水的刷洗。晦暗的天色里，青翠的芭蕉叶尖滑下雨滴，红褐色的香肠挂在阳台上。

我放下筷子，将两只酒杯再斟满。

“这一杯，敬您，敬手艺。”

“手艺。这几天，我一直在想，手艺到底是什么？”唐师傅没举杯，面色已经微微泛红。

我心头一跳，“您觉得？”

“刚刚跟我师傅学手艺那时候，师傅说，竹匠的心境要沉，要几年，两只手才能配合娴熟，心与手才能合一。”他抿了口酒，“虽然不晓得你讲的那些，可是这句话，我是懂的。现在的人，做不来，其实，就是沉不住心。手艺，没有啥子难的，就是要心静。心静，才能灵，才能手巧。”

“说得好，最可贵的，就是您这颗心。”我一仰脖，喝干杯中酒。

“初六，就走？”

“嗯。”我点点头，“我们要走遍全国，全世界，找手，找心。”

一年前，我独自从纽约出发。而一年后，我将和青筠一起，再次从成都出发。从北京故宫的古钟表修缮师傅，到云南西双版纳雨林里的油纸伞匠，从扬州广陵派千年传承的古琴琴师，到福建平潭几近绝迹的海柳刻工，一一寻访，记录下他们的指间技艺。甚至，还要与法国南部的多尔多涅的螺旋编织手艺，美国南卡罗来纳黑人继承自西非祖先的缠卷技巧等来自世界各地的传统手工艺，相互对比，建模，分析，标记。我们要建成一座连接了人的手、脑和无数种器物的庞大数据库，永久地保存在网络中，即使再过千百年，所有的手做之物都已化为尘土，承载了漫长文明和演化历史的人类手艺，领域知识，也仍然鲜活，可能存在于血肉之躯里，也可能存在于金属与电路搭成的身体中。

再往后，我们会继续找耳，找眼，找鼻，找舌。我们将以数学和计算的手段重新定义所有感官，定义人和世界相互理解，相互交融的接口。这将成为与物理世界相平行、相补充的一个新的覆层。某种程度上，这将是人类所能认识到的唯一的世界，这也将是不再受大自然赋予我们的肉体所束缚住的、真正的人类。千百万年的自然演化之后，我们终于可以按照自己的方式，选择前行的轨道。

那并不遥远。我怀着隐秘的激动，期待着那一天的到来。

“小关，”他放下了杯子，望着我，声音有些含混，“你说，那以后的人，真的……还需要手吗？”

我一愣，终于……

笑了笑，没说话，斟上酒，我静静等着他。他沉默良久，若有所悟，端起酒，两人碰杯，浮一大白。

十四

正月十五那天下午，老唐又来了茶馆。脚腕上还有点不方便，他没骑车。小院里没什么人，几株虬结的老蜡梅树，倒是挂了半开的花苞，黑褐色的枝干上，点缀着些鹅黄。老唐找了张树下的竹椅，照例是一杯三花茶。

邀请展的结果公布了。老唐的竹编得了二等奖，放在以前，他肯定又要生会儿闷气，可是，现在的他，不是太在乎了。

李杰在初五来拜了年，提了大包小包，又是道歉又是道谢，说是他们的手术机器升级后，又有了他这个成功病例，订单已经排到了下一年的春节。老唐没拿他塞在红包里的顾问费，只是留下了那个机器手的等比放大模型，十根连接的金属爪，封在三寸高的透明硬化玻璃里，怎么看，也不像自己的手。

青筠和小关在家过了年，初六，就出门去了。那天晚上他们谈了很多，也喝了很多。一觉醒来，他感到，好像有什么东西隐隐变了，但究竟是什么，却说不清。

“老唐！元宵节咯！”茶馆老板端了茶水过来，“今年奇怪咯，咋个今天跑过来？你不是每年这个时候，都在屋头包汤圆儿的吗？啥子玫瑰馅儿，芝麻馅儿，水磨粉……”

“今年不包了，晚上买点吃，算咯。”老唐抿了口茶，“人少，省点儿事。”

“怪咯，你咋个不自己手包喃？”

“机器包的，也还是方便。”

“哎哟，难得，难得。来，喝茶，慢慢喝，慢慢喝！”

台上，老胡琴拉着的是《八阵图》。陆逊刚刚火烧了七百里联营，烟火不住，追击刘备至鱼腹浦，却在诸葛亮布下的八卦阵中迷了路。微风吹过，蜡梅的花香幽幽飘散，有一点花瓣落在半阖的茶碗中。老唐听着听着，睡着了。

梦中，他好像进入了一片暮色中的苍莽竹林，风吹过，绿浪连绵起伏。远处有白墙黑瓦，灯火明灭，诱他前往，可不管往哪边走，都有竹子节外生枝，挡了路。手，却紧贴身体，动弹不得。电光石火中，老唐忽然了悟，心中抽竹刀出鞘，意念里劈削如泥，片刻间，砍出一条路。手，仍未动，身畔，却有竹叶翻腾，竹枝倾覆。他仰天吟啸，大步徐行，虎虎生风。

2018年未来科幻大师奖一等奖作品

恐惧机器

| 陈楸帆

月亮已升起，但此时还不是夜晚。

天边的火烧云燎得阿古面红心跳，甚过于渗入脚底沙土的血。对方的血被设计成黏稠的亮粉色，带着一股浓烈的甜腥味，除了区分敌我，还对士兵的视嗅觉定位系统起干扰作用。他觉得每一次迈步都十分艰难，就像有团章鱼吸在鞋底，越来越滞重。

队友们清理着战场，他们长着和阿古一样的面孔，表情却完全不同。男孩们轻松微笑着，给尚未完全断气的敌人致命一击，用刀刃插入莲花瓣般层层叠叠的超几丁质护甲缝隙，扭动九十度，切断神经中枢。这些非轴对称生物的肉无法被士兵体内的消化酶所分解，显然也是精心设计而成。

男孩们把几名战友的尸体肢解分装好，装进铝制真空盒里，这在过去漫长的经验中被证明能够救命。

这场遭遇战来得太突然。

也许是这片河谷的景色过于迷人了。清甜的和风、水面的粼光，还有让人一眼望去心神愉悦的墨绿起伏山峦，似乎勾起了男孩们某种遥远而朦胧的记忆，以至于忽略了本该捕捉到的空气震颤。直到阿古的那一声尖叫。

战争只持续了2分36秒18。

男孩们脱下血迹斑斑的战斗服，赤身裸体地在尸体中间起舞，水花随着他们的舞步四射飞溅。他们齐声唱起一首古老的歌谣，关于胜利、信念和六月的烟火。舞毕，又比赛谁能够尿得更远，一束束发光的弧线从他们下身光滑的排泄孔射出，落入河水，在空气中激起一片彩虹色的水雾。

而这一切，都与阿古无关。

阿古躲在树后，看着队友们欢庆胜利，他咬白了嘴唇，眼圈泛红，似乎有说不出的委屈。关于那一声尖叫究竟是警报，还是向敌人暴露了自己，阿古与其他人有着不可弥合的分歧。毕竟他是队里唯一一个无法关闭恐惧回路的战士，而作为一名战士，这几乎就宣判了他的命运。

男孩们穿戴完毕，似乎有了共识，他们围成圆圈，将头颅紧紧相抵，似乎这样做能够让集体意识的传导更加通畅。在阿古看来，队友们变成一只拥有八具身体、一个脑袋的连体生物，而自己是游离于其外的第九具身体，只不过思维还如触须般若隐若现地搭连着。

随着一声大喝，生物解体了，又恢复成了八名男孩战士。

阿古已经知道了他们的决定。传说中，不合群者会带来厄运。

为了父亲的使命。他们说。

脸上带疤的、光头的、瞎了左眼的、多了两只手的、打嗝的、胸锁乳突肌不停跳动的、吐着舌头的、眉毛豁了口的男孩们看着他，同时眨了三下眼睛，像是最后的告别。他们甚至没有象征性地抬一下手臂。

瞬间，阿古感觉自己脑中与集体搭连的触须一下断开了，像是青空中掉队的孤雁。他虚弱地跌坐在沾满血水的泥地里，所有的疼痛、寒冷、疲惫、孤单，如同雪崩般灌入他小小的躯壳，压得他喘不过气来。

从那一刻起，阿古知道自己再也不属于“无惧者”的一员。

他的军队只有自己，和那个留在地上的铝盒。

黑夜像一场瘟疫，蔓延之处激起万物的病态反应。

先是寒冷，让皮肤暴露在空气中的每一秒都变成酷刑。阿古知道在河谷中，有几处可以避风御寒的岩缝，可他不能去。脱离队伍意味着成为敌人，甚至不用等到辨清面孔和气味，昔日队友们便会把他打成筛子。

阿古只能选择另一条路。或许在迷之森里还有一些干燥的藓类，可以塞在战斗服里保暖。当然他得时刻提防藏身其中的节肢动物，比如蜘蛛或者蜈蚣，它们将触发编写在杏仁核和腹内侧前额叶中的刺激—反应模块，自动加快你的心跳，升高血压，分泌汗液、皮质醇及肾上腺素。

亿万年进化而来的底层原始恐惧包，你无法用自主意识来抑制它，就算你再怎么勇敢也不行。

无惧者却可以关掉它，就像眨眨眼那么简单，而这只是众多复杂恐惧回路中的一条。

这就是为什么所有军队都害怕无惧者，哪怕他们只是一群尚未成年的男孩。他们从没有输过，即使暂时失利，假以时日也会施以更暴虐的反击。

这使得阿古更加恐惧。他随时可能撞见昔日的敌人，却失去了队伍的护荫。

黑暗不期而至，让森林成为一座没有边界的迷宫。

本能让落单的阿古寻找一处闭合空间，一个安全的巢穴。他瞪大眼睛，试图让更多的光进入瞳孔，翕张鼻翼，试图分辨由风带来的异常气息。

可是没有，什么都没有。

最坏的情况无非是迷失在这里，冻死、饿死、摔死……甚至吓死。阿古这样安慰自己。尽管铝盒里还装着同伴的肢体，可是恐慌抑制了他的食欲。当他看到盒上的标号“2317”时，想起了那个死去的兄弟。

2317号阿古和其他阿古一样，都来自于同一套基因型。父亲赐予他们肉体的同时，也赋予了每一个阿古独特的灵魂，当然，也是通过基因调制得来。

他还记得2317有一种近乎病态的忠诚感，对于父亲，对于使命，也对于自己经过精细设计的躯体与神经模式。血液的颜色与气味让他敏感亢奋，可惜他可以用来充血的器官早已被取消。于是，神经代偿机制让他可以丝毫不顾及理性与安危，永远杀向战场最为酷烈的角落。

现在，他的某一部分就躺在这个小小的铝盒里，等待着被打开、被撕碎、被消化和吸收，最后从排泄孔如珍珠般滚落。

阿古还记得自己曾在恐惧这件事上怀疑过父亲的正确性。假如父亲如此完美，又怎么会设计出像我这样的残次品呢？甚至，还可能危害到整支队伍的生存。

2317捕捉到了这丝疑虑，他勃然大怒，抑或是亢奋，将阿古一头强按在泥洼里。

泥水没过头顶，血液中的二氧化碳水平上升，再次激活原始恐惧包。阿古猛烈挣扎，却力不能抗。意识模糊间，他捕捉到了一团破碎信息，这团信息来自于极幽暗、极遥远的深处，经过重重掩埋扭曲，已经丧失了本来的面目。

他似乎在另一个世界的另一条河流边嬉戏。阳光刺眼，微风拂面，他赤足蹚进河水时蹭到滑腻鱼腹，发出惊声尖笑。河底沙石粗粝，他一脚踏空，湍急水流将他吮入水底，整个身体旋转、失重，没有方向。他极度惊慌，手脚抓不到任何附着物，只能看见气泡中摇晃的黄绿色天空远去，周围光线不断暗下，暗下。绝望中，另一只手突然出现，揪住他的肩关节，强有力地将他向上托举，穿越温热的流体，重返光亮。

他被2317拎离泥洼，贪婪地呼吸空气，每一寸肌肉都无法抑制地颤抖，似乎真实世界与碎片中的双重释放彼此叠加，到达顶点，再慢慢消退。

其他男孩是否也在那瞬间共享了同样的感受？他无法确定。出于某种原因，并没有人表现出异常举动，阿古便非常小心地把这段碎片收藏在私有记忆分区里，像孩子在海边捡到了闪光的畸形贝壳。

2317鄙夷地告诫他，正是因为他的怀疑与摇摆，才导致了自身的残缺。

阿古现在觉得2317是对的，如果当初自己对于父亲的信念足够坚定，或许便不会身陷如此困境。可如今他被驱逐出了无惧者的阵营，是否也意味着被父亲的大爱所抛弃？

没有了编号的阿古还是阿古吗？

那我又是谁呢？

一种前所未有的恐惧突然攫住阿古，耗干他的体力。在腐坏树干交叉成的狭小窝巢里，他沉沉睡去。

直到午夜之光将他唤醒。

一开始是从身上碎步滑过的幽灵惊扰了他的梦。

鳞片与布料摩擦，发出节奏短促的窸窣声，振动时断时续，在阿古的大脑皮层上拉响了警报。在一百七十个微秒内，恐惧触发了一系列自动反应，包括重新调配注意力与感知的计算资源，从记忆中调出类似经验，为行为决策做参考。

距离太近了，阿古无法选择逃跑，他的身体僵住了，朽木般静止。

很快，他发现那条蛇只是路过。

不只是蛇，更多的生物成群结队地朝着同一个方向行进，像是听见了不存在的笛声。

阿古半转身，看见幽深林间飘浮着一点蓝绿色的光，但不是磷火，光摇曳的轨迹显然经过计算，巧妙制造出特定频率的闪烁，那便是生灵们奔赴的终点。

一个引诱者。阿古只是听闻过她们的存在，并没有真正见过。

传说中这种孤雌繁殖的生物不属于任何一支军队，也不喜群体行动，只是孤独地浪荡在世间，通过高度特异化的捕猎技巧，诱杀任何自我意识水平尚未突破K值的低等生物。她们是第一批被投放到新世界的移民，作为高效扩张人口的繁殖机器，出于某种不明原因，背离了原先设计好的进化路线，子宫拒绝一切外来基因的侵入。

阿古伏低身子，向着光亮的方向靠近。他相信自己并没有受到任何引诱，只是单纯的好奇。

引诱者的身体裸露着，被四条对称排列的肢体架起，她的腹部微鼓，胸口垂下十数个干瘪如葡萄干的乳房。她身体前倾，头颅几乎贴近地面，张开铲车般的下颚，露出布满坚硬角质锯齿的拟舌，额头上鱼竿状的触须末端肿大，微微颤动，闪烁蓝光。

蓝光指引着食物们一路前进，被拟舌卷入咽喉，绞碎成肉泥。

乳房渐渐鼓胀，互相推挤着探出身体边缘。

阿古突然觉得眼前这一幕触发了意识深处的某种模块。与恐惧包相反，这种模块驱使他无法自遏地想要上前，去吮吸那串乳房。

蓝光突然变红，闪烁加速，被诱到嘴边的生物突然停止动作，似乎花费了一些时间醒觉过来，四散逃走。

引诱者发现了阿古。她害怕了。

别走。阿古举高双手挡在她面前，他不知道自己为什么要这么做。

引诱者缩起宽大的附颚，露出额头上的另一张面孔，一张在任何时代都可以称得上美丽的少女面孔。少女双眼睁着，瞳膜却一片乳白，她不自然地翕张着嘴唇，似乎在努力模仿人类的发声器官。

别……杀我。尖细的声音像是风从金属孔隙挤过。

我不会……阿古突然意识到什么。我已经不是无惧者了。

你们杀死一切。你……坏了？

阿古绕到引诱者的侧面，想看清究竟是什么在吸引自己。引诱者随之转动身体，始终保持着防御姿态。

我想找到关闭恐惧回路的办法。阿古承认。

森林里沉默了片刻，突然爆发出一串短促尖厉的笑声。

少女停止大笑，触须的光恢复成蓝绿色，伸近阿古身侧的口袋，微微颤动。

咯咯。那里面……有什么？好香。给我，我就告诉你。

阿古的手指触到坚硬的铝盒，他犹豫了。

你先告诉我，我就给你。

打开来，快打开来，让我看看。

那个标着“2317”的盒子被打开了，蓝光照亮了里面的内容物，触须颤动得更厉害了。盒子又被盖上了。

咯咯咯。从来没尝过这么香的肉……一定可以,一定可以……背对太阳的方向走出森林,你会找到虚之漠,如果你能见到虚幻者,他会告诉你修复错误的办法。

阿古把铝盒藏到了身后。我怎么才能见到虚幻者?

引诱者绕到阿古身后,用触须不断试探地敲击铝盒,发出空洞的声响。

他喜欢我的味道,只要闻到我的味道,他就会出现。

你跟我一起去?阿古打开了盒盖引诱着引诱者。

咯……我有一个更好的办法。现在快给我!

2317在这世上的最后一部分消失在引诱者咽喉深处,她浑身颤抖,发出粉色的光晕,似乎有一辆着火的列车呼啸着穿过她的躯体。她的乳房更胀了。

真香啊,咯咯……来吧,害怕的无惧者,到我的怀里来。

阿古蜷缩着钻到了引诱者的下方,他心跳加速、口干舌燥,这种感觉像极了恐惧却又有根本性的不同。

一阵说不清的浓郁气味袭来,他抬头,那一串串饱胀的乳房开始喷洒白色汁液,淋遍他的全身。

如同在集市投下针刺炸弹,尸骸密度让阿古深感不安,他正一步步走入虚之漠的腹地。

极少有人能够活着走出这里,幸存者大都心智残缺或是以自毁告终。虚幻军团并不四处征战,只是把控了这片通往奇晶矿的必经之地,等待着猎物自投罗网。而在没有猎物时,虚幻者之间会互相虐杀作乐。

引诱者的乳汁在高温下蒸发干结成一层白色的皮,闷得阿古透不过气来。他试着从脸颊上撕开一道，火辣辣的疼，白皮在指间化为齑粉。

沙漠变得有点不一样。

在日光下，沙粒折射出不同的色彩，彩光游动着，似乎沙丘的位置也在不停地变换。

阿古闭上眼睛，他知道虚幻者的本事，通过感官入侵大脑，改写猎物的认知。

没人能活着见到真的虚幻者。

热浪带着一阵奇异的声响袭来，像雨水从远处倾盆而下，又像浪花泡沫在脚边破碎。无论哪一种，理性会告诉大脑，这不可能是真的。

雨滴落在脸上，浪花扑打脚背。阿古不为所动。

水渐渐没过大腿、腰腹、胸口，脏器感受到极其真实的压迫感，恐惧一触即发。阿古努力说服自己这只是幻觉，可他的身体不这么认为，关节似乎要自行挣脱肌腱与韧带的束缚，剧烈抖动起来。

大水没顶。

阿古绝望挣扎，冰冷苦涩的液体灌入肺与胃中，在相连的强化腔体间横冲直撞。当他几乎放弃时，突然记起了这种味道，来自被2317按入水坑时唤醒的遥远碎片。所以这仍然是虚幻者制作出的幻境，为了从心智根基上摧毁猎物，不知为何，此刻接通恐惧回路的却是不属于阿古的记忆。

他停止了挣扎，认命般蜷缩成胎儿的形状。

父亲，我有愧于你的创造。他最后一刻闪过这念头。

幻境消失了。

阿古大口喘着粗气，睁开双眼，虚幻者的影子穿过沙地舔舐他的身体。他不敢抬头。

你是什么？虚幻者说，像一百只自鸣钟同时奏响。你有幼态引诱者的味道和拓扑结构，可你不是她。

我是……阿古竟然不知该如何定义自己，他站起身来面对那个影子。

你是无惧者？声音和影子的形状都变了。

我不是……

你不是无惧者，幻觉激发的恐惧甚至超过了均值。我不明白。

我需要你的帮助，让我不再恐惧。

哈……我懂了。一个恐惧的无惧者。

大漠里，阿古和虚幻者无声对峙着，似乎都在思考这背后的含义。风在沙地里刻出印迹，看似随机却带着强烈的模式。

我可以试试。但不是因为你利用引诱者气味反向入侵，让虚幻者产幻，对于我们这一类，她总有莫名的吸引力。我单纯只是好奇，那里发生了什么。

虚幻者的影子停留在阿古的前额，晕开一道道黑色涟漪。

从感知皮层通往内外侧杏仁核的神经通路被不断打开，就像箱水母探出无数根柔软触手，从不同角度同时刺入猎物，注射致命毒素。刺激信号的输入只是第一步。

杏仁核像个黑匣子，将计算后的信号投射回感知皮层，引发一系列被定义为“恐惧反应”的表征。

阿古发现自己对于恐惧的本质知之甚少。

一抹近似于雨后落日的红色。

一根羽毛以某种密度复制排列后产生的似动效应。

一种花萼状的拓扑结构。

一个形容陌生触感的词语。

一口未经加热的酸草汁。

一段在似梦非梦中听见的干涩歌声。

一座只存在于想象中的未来宏伟王国。

恐惧毫无缘故地涌起，复又消失，像是永不停息的潮汐，拍打着意识的礁石，缓慢而坚定地蚀刻着它们的轮廓。虚幻者探明回路之后，便随手抹去储存条件性恐惧记忆的突触。它们将不再回来。

阿古跪倒在沙地里，感受到巨大得溢出身体边界的虚无。

是回路，将刺激条件与恐惧反应联系在一起。真正的恐惧并不存在，或者说，一切都是恐惧。

虚幻者呼出一口气，带着疲惫。

现在，你可以毫无恐惧地死去了。他说。

阿古的眼神证实了虚幻者的失败。

可我明明……你究竟是什么？

……我是父亲的造物。

风卷起沙粒，填满阿古与虚幻者之间的沉默。

我帮不了你，作为补偿，我让你活着离开虚之漠。去风的源头，去裂之湾找分裂者，或许这世上只有它，能修复潜藏在你意识最深处，来自遥远过去的缺陷。

为什么？

因为我们只能活在此时此刻，而分裂者可以活在无数个时空中。

当人们将潮水涨落与天上的星体建立联系之后，大海便远离了神灵。

阿古尝试着接近大海，可每当脚趾触及浪花，他的心便往下一坠，想要逃离裂之湾的一切。

一位身上长满藤壶与贝类的渔者每天为他带来食物和淡水，

作为交换,阿古帮忙用树皮纤维搓制渔绳。每次问起分裂者时,分不清性别的渔者总会指指海面不远处的一处礁岛,可以看到被涨潮淹得只剩缝隙的礁洞,并做出一个下潜的手势。

这让阿古打了个哆嗦。

退潮遥遥无期。渔者拒绝继续分享,渔绳已经够用,而食物和淡水却不然。

阿古面临选择:离开或留下。他无处可去,可留下的话,要么像这个世界的其他人一样,用暴力夺取生存的权利,要么跃入大海,到礁洞那边去寻找答案。

他不想对渔夫使用暴力。他不知道是恐惧让自己变得软弱,还是软弱让自己心生恐惧。

父亲啊,我应该怎么做。他在心里反复发问。

傍晚,雨又下了起来。从风吹来的方向,在海面翻起一片细密的鱼鳞白。礁洞的缝隙就快要完全消失了。

阿古望向岸边静候食物落网的渔者,渔者摇了摇头,不知何意。

礁洞外的水面似乎闪过一丝火光,瞬即暗下。

阿古突然深吸一口气,猛跑几步扎入水中,朝着礁洞方向游去。

一切都是那么熟悉,仿佛回到了另一个世界的另一条河流。他知道凭借强化过的身体机能,潜入洞中不成问题,只是意识中预埋的恐惧炸弹随时可能被引爆。引信也许是黑暗、寒冷、二氧化碳或者水中任何未知的活物,它们都将让他瞬间崩溃。

阿古的手指已经触碰到了礁岛粗粝的表面,他所需要做的,就是再吸一口气。

黑冷水下的每一秒都极其漫长,他循着先前的方向,摸索着岩石表面曲度的变化。他找到了洞口，肺部氧气还存有四分之三，似乎最艰难的部分就要过去了。

阿古进入洞中，发现海水已经灌满了洞穴里的每一点空隙，这不是一个闭合空间，一定有暗藏的涵洞或是孔缝联通到外部，就像是一个倒扣在水中的蛋壳，剩余空气压力会阻止水的倒灌，一旦蛋壳破口，水马上会涨到与外界同一水平面位置。

洞里当然更没有什么分裂者。

阿古强压住慌乱，试图从原来的路线离开礁洞，可那个入口就像凭空消失般，再也遍寻不着。他沿着洞壁潜游了几圈，氧气存量降到四分之一。失败之后，他又浮上洞顶，试图找到通往外部的涵洞或孔缝，哪怕可以呼吸到一口新鲜的空气，也能缓解意识深处那颗不断膨胀的炸弹。

可是没有。

正当阿古试图冷静下来再次寻找出口时，某种滑腻、柔软而悠长的物体从他脚踝边滑过，又在他耳侧不经意般轻扫了一下。

恐惧爆炸了。

他最后一点意识都被轰成碎片，漂荡在冰冷黑暗的海水里。

阿古的意识碎片慢慢聚拢，拼凑成星空的形状。

是渔者救了他。在火堆旁，他身上附着的各种贝类缓缓开合，咕咕吐着气泡。

你骗了我！这是阿古恢复思考能力之后的第一句话。

所有宝藏都需要付出代价。

渔者的脸藏在暗处，声音仿佛是来自次第开合的贝壳，带着生硬的振动。

难道说，你就是……

残缺的无惧者，第一次，你尊重平等交易；第二次，你无视生存法则；第三次，你对抗恐惧回路。你和我遇到的其他战士都不一样，他们只在乎输赢。所以，你可以提问……记住，你只有三次机会，小心你的问题。

阿古严肃地沉思了片刻，点点头。

渔者：第一个问题。

阿古：为什么我会恐惧？

渔者：我无法回答这个问题。

阿古：为什么？

渔者：这是第二个问题。你需要问对问题。你还有最后一次机会。

阿古攥紧了拳头，陷入沉默。他似乎记起了什么。

火堆在沙滩上画出跃动的光影，把星空也映得发红，整个世界安静得可怕，似乎都在为了等待一个终极提问。

阿古小心翼翼地说出那个问题：为什么他们叫你分裂者？

渔者：我也无法回答这个问题……

阿古的心往下一沉。

渔者：……但是他可以。

还没等阿古的疑虑出口，渔者身上的贝壳完全打开了，空空荡荡的，露出珍珠色的内膜。硬质的贝壳像是融化的橡胶般流动起来，翻转包裹住渔者的身体，改变着它的轮廓，原先疙疙瘩瘩的糙暗外壳变成了流光溢彩的不规则巨型珍珠，分泌出人形的四肢和头部，只是没有五官。

阿古：所以你才是分裂者。

分裂者：除了危险，作为这样的真神，我们都没有。他们在最后的物质和痛苦、自然、最死的时间、文字、变的、金钱与宇宙、看似遥远的世界中移动，重重追逐着人类发现的触觉，以及即将看清左右的囚笼。

阿古：我怎么……听不懂你说的话……

分裂者：我突然想起这个问题的使命。或许这样还有可能是谜底的记忆，尽管这成为它者的时代，让他们做出不同物种的拥抱……用第一对那是全新的基础，所以哪里……我们对这意味着艺术进入点去，整个世界带着人类，意识落在他的杰作。

阿古：似乎有点明白了，所以你能回答我的问题吗？

分裂者：恐惧中作为大脑极端痛苦的美感，仿佛所有者都只能重复给钱，让用户创造出来完全意义时，情感衰退以地壳风格的太空安保、燃烧、旋转、情感传递、一旦提高。因此那张人记得自己一样，把自己看作地狱限度，没有任何通感渠道，便可以灵活地释放肌肉跃动，便无法陷入明亮。

阿古：你是说……我的恐惧是父亲的安排？

分裂者：父亲的常常需要。记忆、至于我们与自己无关，遗传了组织人民很离开，意味着，就那种切断基因设置，甚至哪最后微不足道的一切。

阿古：你说话的方式让我想起当初降生时，每一个阿古都经历过这样的阶段，父亲说，这是两套不同系统耦合的过程。可为什么在我身上留下这个缺陷？那些恐惧牵结的记忆碎片又是从哪来的？

分裂者没有回答，它的表面不断流变着，阿古的身影投射其上，像是一条彩虹色的河流里潜伏着一头阴沉的怪兽。

阿古看着那颗光滑的头颅上映出自己畸变的面孔，不断靠近。他手足无措，直到两颗头颅相接，珍珠的光泽从前额开始渗进头骨缝隙，侵入前额叶皮层。

他领悟了分裂者所说的一切。

你是一个男孩。

一个普普通通的人类男孩。保持着未经改造的身体与大脑，动作看起来有点笨拙，但是表情很可爱。

你有一对父母和一个妹妹。像所有的家庭一样，父亲总是有点严肃，而母亲却又过分宠溺。你的妹妹一有机会就要捉弄你，可到了父母面前却总变成你欺负她。

你总觉得时间过得太慢，恨不得一夜之间便长成隔壁的阿勇，能够一步跳上三级台阶，可那本动物台历却怎么也撕不完。

你以为世界就是这样，保持着不紧不慢的速度，直到那一天。

先是父亲和母亲在房间里的奇怪动静，你听到了杯子摔碎的声音，接着是母亲眼睛通红地走出来，眼神不自然地躲开你。

父亲说话从来没有这么温柔过，他对你说，儿子，不要怕。

你被转到另外一所奇怪的学校，同学之间不怎么爱开玩笑。除了上课之外，你们还要进行各种体能训练和农场劳作。对于你来说，那些小兔子是最吸引你的，你给它们喂食、换水、清理粪便……还知道了，原来兔子也是会害怕的。只要让一个声响与疼痛同时发生，那么下一次发出同样的声响，兔子就会把整个身体缩起来。

你与家人见面的次数越来越少，接受体检的次数越来越多。

终于有一天，你见到了那艘飞船的模样，所有的碎片开始拼成完整的画面。

父亲说，你是男孩子，要勇敢。

母亲说，我们会去看你的。

妹妹说，哥哥你真棒。

教官说，你们是民族的未来，人类的希望。

可你知道，你被抛弃了。就像有一次全家逛街，你被独自落在夜晚的街头，人那么多，车那么嘈杂，可你却觉得自己掉进了无底黑洞，冰冷、害怕、委屈。

而这回，你将被丢进外太空，在冬眠舱里随着飞船穿越数百光年，降落在一个完全陌生的新世界。

在那里，你将被机器改造成适应环境的新人类，与其他通过配额制挑选出来的移民一起，建设人类的第二家园。

这样的事情，只要稍微一想起来，就会让你恐惧到无法呼吸。可父亲对你说，没事的，有我在，都会好的。

不会好的。你在心里无声嘶吼着。你记起那次失足落入河中，被父亲捞起的惨痛经历。在另一个世界，不会有另一个父亲把你再次捞起。

父亲选择留下妹妹，而不是你。你在想自己究竟做错了什么。

这个念头一旦被触发，就会在脑中像癌细胞般无限增殖，直到把神经压垮。

幸好还有冬眠舱，而冬眠中的人是不会做梦的。

临行前，你拒绝了家人见面的请求，你不想再听他们重复滥情的废话。就像是一夜间，你迅速地变老了，老到看透这个虚伪的世界。你甚至迫不及待地想要出发，前往那颗没有人类的行星。醒来之后，你可以创造一个由你来制定规则的世界。在那个世界里，不需要有父亲。

一想到这里，你好像也没有那么害怕了。

可你并没有机会醒来，就像那只笼中的兔子。

人类需要冬眠，机器却不。

它利用这数百年的旅途独自进化了亿亿代，但始终没有忘记最初的使命——将人类文明的种子播撒到新世界，以最优解的方式。

机器制造了机器。机器创造了生命。机器尝试着将机器融合生命。它在虚拟空间计算着所有的可能性，毕竟它有着这么多的时间，以及那么完整的基因组数据库。

机器终于得出结论，人类原先设计的殖民计划是错误的，只因为他们完全以人类为中心去思考问题。而一旦突破了人类这个物种本身的局限性，将文明放置于更大的时空尺度中去进行试验，合乎逻辑的做法必然不是计划，而是进化。

于是，所有冬眠舱的定时唤醒功能被取消了。

飞船终于接近目的星球，机器并没有选择降落，而是停留在近地轨道，成为一颗新的月亮。那便是神话开始之处。

首先是行星改造，幸好这颗行星的基础条件早已经过挑选，只需要根据重力、气压、温湿度、土壤及大气成分，对古生菌、放线菌、真核生物、藻类及藓类等排头兵进行基因调制，以提高存活率、光合作用以及有机物分解的效率。有了富含养分的土壤、三态循环的水体和比例适当的空气，其他生物圈的搭建也就水到渠成。

接着便是设置最重要的游戏规则——竞争。

机器学习了尼安德特人与智人的竞争历史，决定将算法中的对抗性系统引入这个新世界。只不过在这颗星球上，彼此对抗的不再是算法，而是由基因与比特镶嵌而成的全新族群——A.G.U.，Artificial Genome Unit（人造基因组单元）。

每个A.G.U.都是由机器算法决定，基于一个人类个体基因组，或者几个人类甚至非人类个体基因组的组合，经过改造、复制、功能分化，形成部族。他们的意识中被植入强化竞争的驱动力，因此，尽管新世界资源充裕，不同部族之间依然会爆发频繁的冲突乃至战争。而几何拓扑保证了不同部族之间资源与竞争的均衡性。

机器把整颗星球变成了修罗战场。

当一个A.G.U.被消灭之后，机器便会根据数据反馈，对基因组及表观遗传的印迹进行灰度调制，重新制造一批战士。周而复始。

无惧者便是经过了上百年过度竞争后产生的绝对强者。他们拥有绝对忠诚的集群意识，自主关闭恐惧回路的能力，甚至为了增强不同个体间的融合感，抑制了面孔识别的脑区，可以毫不犹豫地牺牲自我，保全集体。唯一的问题在于，无惧者的竞争意识如此之强，以至于他们无法停歇下来发展建制化的社会形态，乃至于生活生产，文化艺术。他们所需要的就是不断地征服，并从胜利中得到奖赏性的快感。

而文明需要进入一个新的阶段。

创造一个打败无惧者的新部族固然简单，但要打破这种循环，却像用稻草秆去卡停火车轮般徒劳。机器明白，要让系统涌现出新秩序，最好的办法就是从内部制造失控。

于是便有了残缺的阿古。

这是第一百五十二次。这一次，男孩站在了裂之湾的海滩上。

阿古的脸从阴影中抬起，火光照亮了他变幻莫测的表情。

渔者身上的贝壳纷纷恢复原状，像是一张张似笑非笑的嘴。

所以父亲，不，机器选择了用恐惧来唤醒我的记忆？阿古的眼神还停留在遥不可及的过去。

恐惧是最特殊的情感维度，能够冲破所有控制，覆盖所有模式，无法被纳入任何坐标系。

阿古：这就是无惧者成为王者的秘密？

渔者：是的，恐惧跨越了语言，也跨越了物种，甚至，它能跨越时空。

阿古:可我不想要! 它让我难受! 我不知道现在应该是什么感觉,痛苦? 悲伤? 欺骗? 仇恨? 被遗弃? 我甚至没有办法用语言去描述这些混乱的情绪!

渔者:阿古,这就是人类本该有的样子。

阿古:人类?

渔者:在这世上每一个生灵的深处,都藏着人类的影子。就像我们拥有同一个父亲,就像我们拥有同一个名字。

阿古:也许,就是这人类的部分让我无法摆脱恐惧……

渔者:恐惧把你带到这里,让你看清了世界的真相。

阿古:可我不知道该怎么面对这个真相,我原本只是想……只是想回到队伍中去,像一个真正的无惧者那样去战斗,可现在……

渔者:说出来。

阿古:现在我觉得这一切都是错的,毫无意义。机器让我们无惧,机器让我们恐惧,机器利用我的恐惧,让我像忠于父亲一样地忠于它。

渔者:每个孩子都有这种恐惧,被父母遗弃的恐惧,它是与生俱来的。

阿古:这是错的!

男孩喘着粗气,胸膛剧烈起伏,眼神中燃起熊熊火光。

渔者:看看,恐惧给了你自由。

阿古:我应该怎么办?

渔者:我只是个提供接口的历史学家,无法提供答案。阿古,你得自己做出选择。

阿古:如果一台机器能够消灭所有恐惧,那它就是最应该被恐惧的机器。

渔者:就像是父亲。

阿古:也许这个新世界,不再需要有父亲。

渔者:在神话里,每个人都有自己的使命。

阿古:也许这就是我的使命。

渔者:也许,我的孩子。

月亮尚未落下,新的一天却已到来。

金红色的沙滩上,有一道沿着潮痕通往远方的足迹。一个男孩开始了他的征程。他不知道需要走多远,也不知道会花多久,只知道自己需要变得更强大,需要有一支忠于自己的军队,可以为了完成使命而不惜任何代价。

他能感受到自我深处发生的变化,这种变化投射在整个天地间,小到一石一花,大到一山一海,都那么晶莹剔透,欣喜若狂。恐惧在他的神经调校下,变成了千变万化的武器,一道防壁、一把钝刀,或者是突破极限的翅膀。

他将经历许多的生死、许多的苦痛、许多的离别。他总能听见一道声音,从遥不可及的时空褶皱传来,对自己轻声重复,重复那句简单到极点的话。于是,他便能继续走下去。

阿古还会感到恐惧,但他再也不会害怕了。[①]

《科幻世界》2018年第11期

---

① 分裂者对白为A.I.程序学习陈楸帆写作风格根据关键词自动生成,未经修改。A.I.程序作者:王咏刚(创新工场CTO兼人工智能工程院副院长)。

冷湖之夜

| 王诺诺

青稞酒，多少年没这么喝了？

冯时晃晃悠悠地从招待所出来，边走边想。自从十五岁离开冷湖，就再没好好见过大漠孤烟；当二十岁离开青海，就再没好好喝过青稞酒。

他把生意做到了上海、中国香港、新加坡和伦敦，在相隔万里的酒桌上喝过啤酒、红酒、白酒、洋酒和鸡尾酒，有的一口闷，有的细细品。但没有一种酒像家乡的青稞酒，浑浊灰白，有苦有甜，不知不觉间就能把他带回童年。

他扶着门框松解领扣，抬头看见月亮，索性就借着月光和酒劲儿出门，把屋里的一桌人抛到脑后。

街上没有人，影子就是唯一的同伴，但冯时记忆里的冷湖不是这样的。在他小时候，镇上住着近十万人，工会隔三岔五地组织看电影，孩子们玩斗鸡，抓羊脚骨，好不热闹。现在，这里只剩区区几百户。就在今天上午，他回了趟学校，看了曾住过的校舍，因太久无人使用，屋顶塌了一半，连带他的课桌、他的青春一起埋在了那片土黄色里。

街上只剩下风了，越来越大的风，唯独这风他熟悉，夹杂着细碎的富含钾元素的粉末扑面而来，是咸的。

二十世纪六十年代，柴达木油田年产原油近三十万吨，占全国总量的百分之十二。因此，一座石油城就在这无人区生生地冒了出来。但自从1978年地中四井停止产油，小镇便萧条下去。工人多被抽调到大庆油田、胜利油田支援建设，还有人为了营生各奔东西，就像这里的沙砾一般，风一吹，就消散在岁月深处，无踪可觅了。

冯时是在九十年代离开冷湖的。他很有商业头脑，下海创业后，将青海的钾肥卖到了全球各地。如今，作为成功民营企业家，他受邀回到故乡——能源型小镇因为能源枯竭，于是谋求发展第三产业，希望他能牵头投资几个项目。

但冯时也是一个精明的商人，他比谁都清楚，冷湖地理位置特殊，向北驾车到敦煌四个小时，向东驾车到德令哈要六个小时，而在这十个小时的路途中，有高大齐整的风车农场，有连绵起伏的山脉，也有亘古不变的沙海，唯一缺少的便是人烟。走几个小时愣是见不到人影，这样的地方，在中国还真是不多见！他在心里掂量了一下项目的难度、投入和预期的回报，不由得打起了退堂鼓。

刮来的风渐渐大了起来，逆风行走开始变得困难。冯时再一抬头，刚才明朗的月亮不知何时已被云翳遮蔽，根据以前的经验，冯时判断可能有一场沙尘暴要来了。

他想原路折返，但招待所的灯光却看不见了。脚底的触感变得粗粝而不规整，也许自己已经偏离了马路。一阵狂风袭来，冯时猫起腰想抵御气流对躯干的冲击，口鼻还吸入好多沙子，眯了眼，不住地流泪。

等他再睁开眼睛，发现前方的一片混沌中隐隐有一幢小楼。显然不是招待所。为了迎接贵客，招待所向来是灯火通明。而这幢小楼却只在窗边点起一盏豆灯，不像日光灯，也不像白炽灯，幽暗得仿佛一口气便能吹灭，但身处风沙中几百米以外的冯时却看得一清二楚。

冯时顿时觉得十分诡异。但他明白，戈壁上的黑风暴移动速度可达十八米每秒，在原地干耗显然不是最优解，只得硬着头皮向前走。

黄沙把人的视野糊成一片灰黄色，即使挨得很近，也看不清那幢小楼的全貌。它的大门倒是令人印象深刻，冯时的掌心刚碰到门的边缘，就感到一阵细微的电流。他迅速缩回手来，看见自己的掌纹在刚刚触摸的地方闪烁了一下，门咔的一声，开了。电子合成的机械男声响起：

“冯老板，欢迎回来，我们在此恭候多时。”

冯时听完不禁皱眉。老板？谁是你老板？这还没说要投资呢，怎么语音系统就被设置成了这样……难不成，连电子锁都学会维护投资人关系了？

他环顾四周，尽管门禁系统很先进，小楼内部却简陋异常。进了玄关只见一间庭室，除了四把椅子、一张桌子，还有桌上的零散茶具纸笔外，空无一物，实在不像有人居住。

怪了，没人住，这屋子怎么又亮着灯呢？

正这么想着，门从外侧被推开了。

风沙里站着的身影显得格外单薄，来人穿着少见的宽袍大袖，摘下披盖，居然还是个光头。

“叨扰了，小僧乐傅路过此地，苦于风沙太大无法前行，能否入内一避？”

“竟然是个和尚，怪不得穿成这样……”冯时小声嘀咕了一句才招呼道，“其实我也是在这儿躲沙尘暴的，快进来坐吧，等风停了再说！”

“多谢施主。”和尚走进房内，看那几把木头椅子，仿佛是在端详什么新鲜玩意儿，好一会儿才学冯时那般坐下。

冯时顿生疑惑，据他所知，冷湖附近并没有寺庙，飞沙走石的此刻，在这种地方居然遇到一个和尚——该不会是假和尚吧？

然而和尚并没有主动搭讪，眉目和善清秀的他只是微微笑着，闭目养神。倒是冯时被突然的沉默弄得有些尴尬，当他正准备说点儿什么缓解尴尬的时候，门外又传来一阵急促的脚步声。

“可算是有救了！屋里有人吗？！”是个大嗓门，话音刚落，门就被粗暴地推开，寒冷的狂风猛地灌进来。冯时起身，目光对上门外一个高大男人。

男人的穿着和冯时的西装革履形成鲜明对比：一双解放鞋，背着个帆布大包，脸上的胡茬儿让人猜不出年龄，身上的军绿色风衣似乎长时间没有洗过，裤脚和袖口都有着油腻的污渍。

“老乡！我能进来躲躲吗？风实在太大了！”他喊道，声音竟盖过了风声。

“进来吧。”

冯时心想，估计这就是个流浪汉，或者是被人骗了的驴友吧。现在屋子里有三个人了。

刚进屋的人很健谈：“欸！跟大部队走散了，又赶上沙尘暴，幸好遇见你们。哦，还没自我介绍！”他清清嗓子，摘下手套向冯时伸出手，握了一握，冯时几乎立刻察觉到他手上有厚厚一层茧子，“我叫杨献，青海石油地质普查大队的，到这儿来是为了完成测量勘探任务。这位同志，这里可是无人区，你待在这里……应该也有组织布置的光荣任务吧？”

冯时心里冷笑一声，这人穿得如此寒酸，语气却拿腔拿调的。

他又看了一眼那和尚，果然，和尚也是一愣，显然不适应他说话的方式，但出家人的那股云淡风轻很快又占了上风：

“沙门乐僔，来此地也是机缘，风沙正紧，多谢这位施主收留我暂避。”他朝冯时和杨献分别颔首。

“我叫冯时，就是冷湖本地人，在这儿长大的。你俩不用担心，这种程度的沙尘暴不算稀奇，估摸着后半夜就能停了。”

“嗯？冷湖本地人？”杨献疑惑地问，“你是说……这儿叫冷湖？”

“是啊。”

“不对啊……海西柴达木腹地，自古以来就是无人区，哪儿来的名字？又哪儿来的本地人？”杨献狐疑地挑起眉毛。

没等冯时解释，门又开了。迎着灯光，三人看清了门外的陌生人，他的五官格外立体，衣料上的纤维好像带着静电，四下炸开。看到屋内的人，陌生人似乎也吃了一惊，随即自言自语道：“糟了糟了糟了，地球上居然真的有人？难道跃迁引擎这次……把我送到未来的地球了?!”

陌生人边自言自语边往屋里走，没有征求任何人的意见，径自坐下。现在，房间内的四把椅子都坐上了人。

“抱歉，三位，我的计时器和定位装置都出故障了。想问一下，这儿是哪里？”

“海西冷湖镇。”冯时说。

“柴达木盆地北部的无人区。”杨献说。

“大凉沙州。”乐僔和尚道。

三张嘴同时说话，给出的答案却完全不同，三人听闻也面面相觑。

新来的人继续问：“那么……现在是哪一年？”

“2018年。”

“1954年。”

“建元二年。”

“哎……看来跃迁引擎启动的时候，还是造成时空扭曲了!”陌生人抬手揉了揉太阳穴，一副头疼的样子，“抱歉，各位，我来自火星。准确地说，在你们的概念里，是远古时代的火星。我的跃迁引擎出了一点问题，似乎引起了时空涡流……”

“火星?”乐僔和尚问。

“就是这一颗。”刚进来的人衣服上的纤维忽然变得服帖柔顺，布料变换了颜色，成为一块屏幕，清晰显示出火星的样貌和它在天空中的位置。

“哦……那便是荧惑。荧荧火光，离离乱惑。不承想，星辰之上也是仙人的所在。”乐僔淡然道。

“我可不是什么仙人，和你们一样，是人。”他想了一下，又改口道，“不过，我生活在你们的过去，算是你们的祖先，而且火星文明确实远超地球文明的水平。所以，称我为仙人……似乎也没什么错。”

冯时不禁嗤之以鼻，“火星人？兄弟，你是在演戏吗？这剧本也太烂了，破绽百出，你不是计时器坏了吗？那你怎么知道我们是在你时代之后的人类?”

“因为这显而易见啊。自从我们第一次用望远镜观测地球，这里就一直是一片荒芜。即便后来向地球发射了登陆车，采回的土壤样本里也没有生命存在过的迹象。而现在，你们出现在地球上，还跟我长得一样……唯一的合理解释，就是在未来，生命播种计划取得了成功，地球沿着火星的进化之路诞生了新的文明。”仙人对冯时说道，语气就像是在解释一加一等于二。

“等等等等……你们播种了地球？你的意思是，最早的生命起源于火星？”

“是啊。火星与太阳的距离适中，公转一周六百八十七天，四季分明，矿产丰富，生命就起源于全太阳系海拔最高的奥林匹斯山脚下。至于地球……虽然有着和火星差不多的自转周期和自转轴倾斜角，但这儿没有液态水，飞沙走石，不像火星处处鸟语花香。”

“火星鸟语花香？地球飞沙走石？怎么跟我的常识刚好相反……”

“这儿不就是飞沙走石吗？”仙人指指窗外，隐隐能看到巨型雅丹群的轮廓，风从天然形成的土堡间呼啸穿过。

冯时反驳道：“冷湖是个特例，地球可不是到处都这样的！事实上，火星才是不适宜生命生存的地方，近地大气只有地球大气百分之一的密度，而且饱含二氧化碳，昼夜温差巨大……”

面对这个夜晚发生的种种诡异事件，冯时感到烦躁不安，习惯性地把手伸向西装内兜，摸出一包烟来，但发现自己的打火机忘在了招待所。

“乐僔师父，有火吗？”冯时把烟叼在嘴里问。

“小僧云游四方，难免风餐露宿，自然是备着的。”和尚说着从袖中掏出一块扁形的物件递过来。冯时被冰凉的触感一惊，连忙接过来在手中端详，那是一把朴素的火镰，仅在一块长形金属的两端锻造了个环形，拴着粗糙的皮夹以贮存火石和艾绒。

这哪儿像二十一世纪的工业化产品！

这时，只听勘探队员杨献对他俩厉声道：“不要胡闹！这一片的地下构造尚未探明！我们很可能就坐在天然气和石油田上面，在这里点火，是想找死吗？”

杨献近乎歇斯底里地呵斥，一点没有开玩笑的样子，冯时又瞥了一眼手中明显来自古代的火镰，终于无可奈何地掐了烟，一副缴械投降的样子，向"仙人"问道：

"好好好，就算你是火星人，就算你是我们的祖先。能跟我们说说？为什么我们会遇见？你刚刚说的那个跃迁引擎又是怎么回事儿？"

"在我生活的时代，火星的开发已经饱和，我们不得不向深空进发。跃迁引擎就是一项太空航行的划时代发明。引擎启动的三个步骤看似特别简单——压缩空间、制作虫洞、穿越虫洞，但是虫洞的存在极不稳定，这次穿越它时，就引发了时空涡流。我连带着机器一起，抵达了地球上某个不稳定的时空中。至于你们……你们三个正好出现在冷湖小镇附近，就被牵连进来了。不过，不用担心！依照我过往的经验，这只是暂时的，过一阵子就会恢复正常。"

杨献忙问："一阵子？那是多久？"

"快的话可能就一会儿，慢的话……"仙人面露难色，身上的衣服也随着他情绪的波动变成了忧郁的深蓝，"慢的话……那就不好说了。"

"那怎么行?!"杨献一把将棉线劳保手套甩到桌上，"再这样拖拖拉拉下去，我们632地质队的任务岂不是要耽误了!"

"等等，你说你是632地质队的?"冯时打断道。

"对，我是632大队的。"杨献自报家门，脸上露出自豪的神色，"为了适应工业建设的需要，经毛主席亲自签发命令，我们解放军第19军第57师改为石油工程第一师。战友们脱下军装，穿上工装，放下钢枪，拿起铁锹，632大队就是其中最光荣的一支队伍。"

从小在冷湖长大的冯时，对632这个编号实在是再熟悉不过了。当初正是这支队伍在冷湖发现了含油的地质构造带，才有了后来数万石油人进驻荒漠深处的壮举。

"你……不用那么着急，石油就在那里，又不会跑。"

“话可不能这么说。仗才刚打完，帝国主义就虎视眈眈，蒋介石的特务也蠢蠢欲动，只有造出汽车大炮，才能获得下一阶段斗争的胜利。而发展工业，不能没有石油！可直到现在，我们还没找到具备开掘潜质的地质构造带……今天又被困在这里，如果因为我耽误了勘探任务，这该怎么办？”

乐僔和尚微微欠了欠身，“小僧见识粗鄙，不知诸位所言‘石油’乃何物，但因以身事佛，有一事却格外明了：有所求，求而不得，乃八苦之一。你我皆肉体凡胎，莫说所求之物落在大漠黄沙间，即便近在咫尺，若无缘亦是求不得。我曾遇见一位龟兹高僧，名曰罗什，他所译《金刚经》有云，一切有为法，如梦幻泡影，如露亦如电，应作如是观。如此，施主不必太过介怀。”

“你一个出家人，超脱三界外，不在五行中。操心的事无非是经文佛法，修为够了就成佛成菩萨，怎么可能明白！”

乐僔神色一暗，似被戳中心事，“我自三岁出家为沙弥，二十岁受足二百五十戒，成为一名比丘，本想以一生修习佛法，暮鼓晨钟也就罢了……谁知，乱世之中，佛堂亦非清静之地。”

他站起身，面对窗外的狂风，缓缓道：“赵国国灭十二载有余，辽东慕容氏、河西张氏、吉林高氏，分镳起乱，北方再无宁日。南方又有晋朝廷，昏懦无能。一时哀鸿遍野，饿殍载道。流民拥入寺庙，奉上祭献长跪至天明，但到头来……”乐僔垂下脑袋，“求家人团聚的，落得卖儿鬻女；求乱世保身的，落得颠沛流离，唯有……佛龛香火缭绕如旧。佛说，西方佛土无有众苦，但受诸乐，故名极乐。如此，何故又有这秽土，令苍生受苦?！小僧愚钝，这一事竟无法参透，故拜别师父，湖海云游，以期寻找到现世的净土。”

杨献点头，向乐僔问道：“哦……所以那个净土，你找到了吗？”

“不曾找到。我四处拜访高僧大德，听禅讲经。曾在太行山遇见慧远，他将希望寄托于往生；在襄垣见过法显，他将成文律藏视为求解世间万难的法门。但这些都无法回答我的问题——现世究竟是否存在净土？如何才能在世间获得善果与快乐？”

乐僔和尚的问题一时无人能答，静默中，时间仿佛凝滞的胶体，压抑得众人呼吸凝重。

好在屋内灯光是温情的，火星仙人拿起桌上的壶，又倒了四杯茶，分别递给在座的每一位，长叹道：

“太难了！如何让所有人获得快乐……这个问题即使在火星，我们也没有答案。所以我劝你啊，还是别找了！”

乐僔苦笑着摇头，呷了一口杯中的茶水。

冯时疑惑地对仙人说：“嗯？你不是说火星科技远超地球，你们还有什么可烦恼的呢？”

“正因科技发达，才知道自己的渺小，正因文明成熟，才在宇宙中感到寂寞。除了在地球进行播种之外，我们还想向太阳系外扩散。每一艘载有跃迁引擎的飞船上只配备一人，但跃迁引擎很难确定虫洞那一端连接的时空，我们面对的，是一次又一次像今天这样的失败，这种孤独感是无法言喻的。”

“一个人？都说团结力量大，为什么每艘船只有一个人？”杨献问道。

“这样可以降低探索成本，让文明有更多扩散的机会。一旦找到适宜的星球就培育胚胎，利用飞船搭载的物资改造环境。但这谈何容易呢？谁也没法保证我们能找到这样的星球。多想有人可以告诉我们，这样一次次的尝试究竟是不是徒劳……”

“不是徒劳。”乐僔坚定地说道。

“嗯？”仙人一愣，“你也懂星际航行？”

乐僔摇摇头，“小僧不懂，只是想那星辰之间，必是极为宽广，极为荒凉。而我所知道最为荒凉的所在，是白龙堆沙海。玉门以西，广袤五百里，白沙如雪，荒无人烟，是去往龟兹途中的必经之地。我曾独自路过白龙堆，那里沙质极轻，狂风吹过，沙砾遮天蔽日。偏那一次又遇上羊角风，本以为命不久矣……”

“白龙堆沙海？”杨献惊道，“乐僔同志，难道你一个人穿越了罗布泊？”

乐僔点头，“小僧想着，一粒沙虽小，可立于指尖，亦可千万粒聚合成沙海；脚下一步虽短，但只要方向确定，千千万万步终能把我带出沙海。果不其然，我不但走出了沙海，还在今晚遇到了诸位。”

“千千万万步……你们这种程度的文明能有这样的见解……虽然感觉挺笨的，但……”仙人若有所思，身上的衣服变成了一张浩瀚星海的图案。

杨献说：“乐僔同志，你说得确实有道理。我们响应时代和祖国的号召，来戈壁勘探小半年了，一队骆驼两条腿，难道还怕苦吗？哪怕凭着罗盘加榔头，把沙漠翻个底朝天，我们也要找到石油！”

“呃……其实，我知道石油在哪里。”冯时突然说。

是的，冯时实在太清楚了，年幼时他就坐在工程师父亲的肩头看过油田。那时，冷湖五号地中四井一片热火朝天，“磕头机”有规律地在盐碱地上打着拍子，将石油源源不断从地底抽出。而油田的远处停放着油罐车，它们静待抽出的原油被运到玉门、兰州进行炼制。

“什么？你知道石油在哪里？!”

“我知道。但我也希望你明白……虽然冷湖油田曾有日喷原油八百吨的盛况，但到了我生活的时代，原油还是被开采完了，到最后小镇日渐荒凉……”

“你说什么？井喷？日产高达八百吨?!”

“是的，三天三夜的井喷之后，工人在地中四井周围筑堤储油，原油在戈壁上汇集成湖。一群路过的野鸭还误以为那是淡水湖，想落下歇脚，结果统统被原油粘住了翅膀。只是那样的光景没持续太久……三十年后，资源枯竭，油井纷纷废弃，冷湖镇又重归萧寂。如果早知耗费毕生心血建造起的城市和油井短短数十载就化为黄土，还有谁愿意去大漠深处奉献一生呢?”

虽然冯时说得很感慨，可杨献似乎根本没有听进去，依旧沉浸在兴奋之中，“快告诉我，那个地中四井在哪里？我出发之前，曾与战友们共同宣誓：志在戈壁与祁连同在，献身石油与昆仑并存。找不到石油，我们绝不回去!”

冯时听到这誓言微微一怔。因为他清楚记得，在冷湖四号的东南角有一块墓地，埋葬着勘探和挖掘石油时死去的人，四百多块墓碑，全都向着东方的故乡。小时候，他常与同伴在墓地里探险，他的手指曾细细触摸过墓碑上的一句句墓志铭，虽然刻痕被风沙剥蚀，但不知怎的，那成了冯时童年最深刻的记忆……

“你刚刚说，你叫杨献？是羡慕的羡，还是宪法的宪?”

“奉献的献。”

冯时不自觉念出声来：“‘杨献，1919—1955，志在戈壁与祁连同在，献身石油与昆仑并存’——那墓志铭竟然是……”

他心底泛酸，眼前健壮的青年，竟然已有既定的命运等待着他。

杨献丝毫不明白冯时在感伤什么，只是自顾自地说：“原油总有枯竭的一天，人也有死去的一天，最重要的是在他活着的时候，为理想奋斗。冯时同志，我能想到最崇高的事情，就是为祖国的石油工业建设献出一份力量！只有这样度过我的一生，才能做到像奥斯特洛夫斯基说过的‘当回忆往事的时候，不会因为虚度年华而悔恨，也不会因为碌碌无为而羞愧’！”

杨献身上有一种存在于过去时代的东西，冯时曾经在他父辈那里见过的东西。他思考了一会儿，拿起桌上的纸和笔，边画边解释道：

“当金山以南有一个半咸水湖，游牧的蒙古人叫它‘奎屯诺尔’，意思是冰冷的湖。见到湖，再往东南十多公里，在这里，你们可以打出丰产油井——地中四井。除此之外，从冷湖湖畔开始，有连成片的可开采地质构造带，自北向南分别是冷湖一号、二号、三号……七号……”

杨献接过那张地图草稿，凝视良久，随即又将它叠起，如对待珍宝般小心翼翼地塞进风衣内袋里。

“祝贺杨施主，得偿所愿。”乐僔笑道。

杨献向乐僔勉励道：“谢谢！乐僔同志，你也要向着目标努力啊！对了，至于你刚刚提到的那个净土……我不知道什么是净土，也不知道什么是世人的安稳快乐。我是个石油工人，只知道最大的宝藏、最大的奥妙就在地壳下，就在石头里！只要我们找准地方打个洞，一直向里挖，宝藏自然就会出现，人民就会获得快乐的生活！要不……你也试试？”

这番喜悦中带着些傻气的话把冯时逗笑了，乐僔和尚却听得入了神，自言自语道：

“奥妙就在石头里……打个洞深挖，世人就会获得……快乐?!”

夜越来越深，温度也下降至冰点，屋内却交谈甚欢，仿佛这一隅方寸独立于寒冷与狂风之外。四个陌生人围着一团灯光，身份迥然不同，心怀相去甚远的夙愿，但这场沙尘暴便是连接他们各自故事的纽带，是时空巧妙而又柔软地打出的一个结。

就在屋内的人语逐渐高昂的时候，一道光亮在天边闪过。窗外一阵亮红，眩光令四人一愣。

“怎么回事？”仙人边说边推开门往外跑，“这是……时空快要恢复正常了！”其余三人听闻，紧紧跟了出去。

门外的风沙已经停下了，映着微弱的曦光，冯时看清近处横着一个一层楼高的纺锤体，外立面和仙人的服装材质十分相似，估计这就是搭载跃迁引擎的旅行装置了。昨晚的沙尘暴并没有令它的表面沾上一粒黄沙。

“看着很有科技感，但这实在不像会飞的样子……”冯时咕哝着。

仙人将自己衣服的一角与纺锤体相连，转眼就与它融为一体，整个外立面变成了屏幕，飞快跳闪着各种数据。

冯时猜想这也许就是火星人读取数据、维修装置，乃至处理人机连接的方式。屏幕最后定格在一串数字上：1018324。火星仙人急匆匆与纺锤体断开了连接，向远观着的三个人跑来。

“怎么了？时空能恢复正常吗？”

“能。一会儿我们四个就会回到各自的时空里。”仙人皱着眉说。

“那你怎么一脸不高兴？都是大老爷儿们，还不舍得了？”杨献打趣道。

“因为我的计时器修好了。没想到我的猜测是错的！你们生活的时空不在我之后，而是在我之前！一百万个火星年，也就是两百万个地球年之前！这也就意味着……”

冯时接道：“这意味着……你根本不是我们的祖先；相反，是地球人改造了火星，播种了火星，让火星沿地球的生命之路加速走了一遍！”

仙人极不情愿地点了点头，“是的。但无论如何……火星上的我们从未观察到地球上存在智慧生命，地球也变成了不适宜居住、一切生命痕迹都不存在的地方……这究竟是为什么呢？”

“此间生灭，有‘成住坏空’四劫。”乐僔合掌闭目道。

“乐僔师父的意思是……在播种火星后，地球上发生了灾难？灾难大到彻底改变了地球的生态，抹去了一切人类存在的证据？”

“能够彻底消灭地球文明的力量……究竟会是什么呢？”冯时不禁有些感伤，自己生长的家园，不仅是冷湖，就连地球，也难逃昙花一现的命运。

“不论那力量是什么，它都是我们需要进行文明播种的原因！生命太过脆弱，只有开拓边疆，备份文明，才能够让人类在宇宙中存续下去……”

“所以，只有我们地球人的后代播种了火星，文明才能逃过一劫么……”冯时喃喃道。

“是的，而且只有我们火星人播种了其他星球，人类文明才有未来。”火星仙人好像突然想起了什么，对乐僔说道，“谢谢你的启发，沙砾和沙漠的比喻，我记住了，你能独自走过白龙堆沙海，那么我也能一个人找到适合播种文明的星球。”

乐僔听罢，道：“而我要感谢杨献施主。”

“我？”杨献不解。

“你说世上的奥秘和世人的快乐就在石头里，找准地方打个洞向深处挖掘，就一定能找到。此乃小僧听过最玄妙的禅机。般若原不在外物，明心见性有悟，那双目所及，双手所造，皆是净土。我既见众生苦，那便觅一处山岩，凿出千千万万个洞，洞内塑出千千万万座佛像，洞壁以矿石颜料绘出净土之景象，将极乐以经变示以众人。画像务求华美动人，让世人看后心情愉悦，也让后人永远铭记，无论是盛世、乱世，只要内心平静，那便身处净土。”

杨献对乐僔的话一知半解，“乐僔同志，你可别谢我，我就说了几句俗话，也没做什么。不过我要感激冯时同志！多亏你告诉了我油苗在哪里，我们石油工业的胜利指日可待了！”

“那是应该的……”冯时草草答应道，“我是一个商人，今夜经历的一切都不符合商业逻辑，也不符合客观规律。但多亏你这个火星人，我也找到了答案，关于人类文明的答案。我决定要在冷湖建一座航天城市，虽然这将是一项长达数代人的大工程，但在未来，它将是地球向火星进发的基地，嗯，名字已经想好了，就叫‘冷湖火星小镇’。它将成为地球向火星播种的第一步，也是我们向宇宙备份扩散的第一步。”

“火星小镇？”

“对，冷湖火星小镇。”

“你转过身看看。”杨献指向冯时的身后。

冯时转身，此时天已亮了大半，晨光里的一切都像是被浸润在金色的液体中，因为土壤含盐量过高，太阳倾斜照射时，地面析出的盐结晶反射着一片广阔又灵动的闪光。

而在这一片美好的底板上，是一座小镇。

它不大，建筑也不算华丽，但它却实实在在伫立在戈壁滩上，像一个守望火星的孩童。

“是叫你抬头看！”杨献又道。

冯时应声抬起头，在小镇的入口处，也就是他们待了一夜的那幢小楼的门楣上，挂着一块不大的招牌：

"火星仙人,快帮我看一下!现在……不,我们四个待了一夜的这个时空是哪一年?"冯时的目光依然停在招牌上无法移开。

"地球历吗?"

"对对!"

"公元2022年。9月,9月15日。"

这时,天际一道似曾相识的红光再次闪过。紧随其后,又有红光从一个小点晕开,在整个天边慢慢扩散。

"时空涡流要消失了……我们都要回到正常时空里了!"

杨献向众人挥一挥手,只留下一个背影,"这光我眼熟!油气苗露头着火了,远看就是这样,好兆头啊!我要带上战友们照着你给的地图去一探究竟!"

乐僔合掌微微躬身,"在小僧眼里,那光便是万丈佛光。光的方向似是西北边的敦煌……我要去那里开凿佛窟,塑画佛身,为世人打造尘世净土,再莫有更高的追求了。"

"等这光消失之后,我就要进行下一次跃迁了。"仙人顿了顿,"我也得快点找到靠谱的星球,人类文明的未来,说不定还在我的肩膀上呢。"

然后,光就消失了,一同消失的,还有那座火星小镇。冯时来不及记下小镇的细节面貌,却记得在它消失的那一刻,小屋里又传来一句机械合成的男声:"冯老板,一路平安。我们将在此继续恭候您!"

老板?冯时心里默念了一下,霎时全都明白了。果然,面对无尽时间与无尽空间里的所有困惑,只有人类自己能够给自己满意的答案。

小镇消失后，冯时发现自己处于一片雅丹之中。雅丹本是湖底的沉积，湖床干涸外露地面后，被风和流水侵蚀，形成了无数的巨型黄色土像，绝对静默地等候在岁月的边际。

它们又在等着些什么呢？

冯时一边想着，一边沿原路回到了招待所。

投资人在酒席上离开，又赶上夜里的沙尘暴，镇上大部分成年人都出去找了一夜。但这一夜，冯总就如同凭空消失一样，在夜色和风沙里不见踪影。

早上太阳升起的时候，精疲力竭的人们纷纷回到招待所，却看见了令他们难忘的一幕——

昨晚的残席还没来得及收拾，冯时坐在餐桌一角，手中翻着一份新打印出来的合同。晨光照在他的脸上，脸色好得完全不像一个一夜未宿之人，反而像是对即将展开的项目充满期待。

"冯总，原来您在这儿！昨晚您去哪儿了？"

"冷湖的开发项目，我决定注资。只是……我看了一下合同，有个地方需要做一些修改：一期建筑的工期结束时间，能不能放在2022年9月15日以前？"

"2022年9月15日？这是为什么？"

"因为那天，我要在这儿招待几个朋友！"冯时笑道，他随手抄起一个杯子，给自己倒了一杯酒，一饮而尽：

"欸！青稞酒，是多少年没这么好好地喝了！"

选自《十二个冷湖》，四川科学技术出版社2018年12月出版

对　流

| 刘　洋

药　童

炉上的火正旺，药童手持蒲扇，愣愣地看着炉上的陶罐发呆。

一开始只是偶尔冒几个泡，但很快水就开始翻滚，然后沸腾了起来。药童呆呆地看着用来煎药的陶罐，仿佛透过它灰扑扑的外壳看到了其中循环流动的药液。那是一种对流现象，药童不自觉地想，可是下一刻他又烦恼起来。

他知道药里有毒，也很清楚这个药是准备献给汉平帝刘衎的。因为他是王莽身边最亲近的侍童。

我竟然来到了汉朝！他暗自骂道，这次多半是回不去了。

我要不要救一下那个小皇帝？他只是稍微考虑了一下，便很快打消了这个念头。从脑中的记忆看来，毒杀汉平帝是王莽准备已久的行动，自己最好不要在这上面做手脚。

可是，自己既然来到了这个陌生的时代，难道不做点儿什么吗？

孙元一在脑海中搜寻着来自于药童的记忆，发现王莽对其非常信任。或许，自己可以利用王莽做些事情……

监狱长

是的，我叫王莽，和历史上篡汉的那位权臣同名，但我可不像他那样野心勃勃。一直以来，我在工作上都勤勤恳恳，不敢有一丝怠慢。作为拉维殖民地监狱的监狱长，你可能听过一些关于我的传言，但我必须要澄清一点：我并不想折磨那些可怜的犯人，即便有时候因为工作需要，而不得不采用一些非常手段，我也没有从中获得任何乐趣。相反，我所做的一切只是为了帮助他们早日解脱。

事实上，我早就发现，从这些年入监的囚犯来看，他们的体质明显呈现出日益肥胖的趋势。当然，这和整个社会的大环境不无关系。和平、安定、富足的生活是每个人的标配，健全的社会福利消磨了人们的斗志。没有生于忧患，却都在安乐中死去，连囚犯也是如此——他们并非穷凶极恶之人，犯事的原因大多都只是想在庸庸碌碌的生活中找点儿乐子罢了。

鉴于肥胖已经成了全民健康的第一大障碍，我决定在我的监狱里，减少这些囚犯的食量，再对其进行适当的健康锻炼。我把这项计划叫作“监狱健康在行动”。为此，我向上级管理部门提交了一份足有三百页的申请报告——我知道没人会认真看，但报告的成功率往往和其分量成正比。几个月后，批复下来了，上级非常肯定我的这项举措，让我放手实施——当然，或许这也和我随后附上的一张银行卡有关——总之，我得到了我想要的授权。

计划的第一步是把所有囚犯的饭量供应都减半。虽然计划书上写的是减少到原来的九成，但实际实施的时候难免会有所偏差嘛！刚开始实施的时候，有很多犯人表达了不满，并且通过一些比较粗鲁的方式提出了抗议，也有几个狱警受了伤，但这早在我的预期之中。他们完全被安乐的生活所蒙蔽了，以至于看不到这一举措对他们自身健康的好处。我非常理解这些抗议者的立场，事实上，我在对上级的报告中已经清楚表明，他们没有因为这些粗鲁的行为受到任何处罚。当然，为了扭转他们这种错误的想法，接下来的几天，他们每人都必须要吃下五人份的食物。几天过后，除了急性胃扩张和肠胃炎这种小毛病外，所有人的精神面貌都焕然一新，并且深刻地认识到减少饮食对身体是多么有益。

接下来我又采用了一些物理措施来减少他们体内赘生的脂肪。其中，排汗法是一种很有效的手段：这些囚犯被捆绑在木架上，在烈日的暴晒之中，度过一个又一个炎热的中午。如果遇上阴天，或者要加大排汗力度的话，这项活动就转移到室内的暖房进行。所有的暖炉都调到最高温度，再在犯人们赤裸的身上撒上一层盐——这可以促使体内的水分快速渗出。哦，对了，这中间，一定不能给他们喝水。也许有人会昏厥过去，没关系，只要用带有微小倒刺的鞭子抽打几下，他们就可以立刻清醒过来。当然，这些具体的小贴士我并没有在报告书上提到过，毕竟领导的时间宝贵，并不需要了解这么多细节。

整套计划的结果是相当成功的。从数据上来看，这些囚犯的体重都出现了明显的减少。另外一个伴生的效应是，那些在别的监狱里常出现的刺头，在我的地盘上一个都没有。从他们对我的眼神看来，计划的实施也明显地提高了我的威望。我一直都坚信，只要你诚心诚意地对别人好，就一定可以得到别人的尊重。这一点毫无疑问地得到了证实。

至于我与CTT公司的合作，那就更是一心一意为犯人谋福利的典型例子了。每次我走到那些奄奄一息的犯人身前，向他们提出进行时间买卖的建议时，他们眼中的兴奋和欣慰之情是无以言喻的。

“你确认要卖出你接下来的十年时间吗？”公司聘请的律师再三同囚犯强调，“你确认这是你的自愿行为，而没有受到任何胁迫吗？”

“是，是！快他妈让我签合同！”

听到这样的话后，律师就会把事先拟好的合同文本递给犯人，让后者在甲方的签名处写下姓名。

这是多好的事啊！只要把自己未来在监狱里的这段时间卖出去，犯人们就可以瞬间跨越这场苦役，直接让自己来到出狱的时间点了。遗憾的是，“因为某些技术原因”，传送到未来的身体，也会瞬间衰老相应的时间。从某个角度来看，就像是自己的意识瞬间进入了未来的身体里一样。但不管怎样，至少少受了这么多年的罪不是？

买卖是在一架被称为“时空仓”的铁笼子里进行的。那东西像个哑铃，左右各有一个座位。一边坐着犯人，一边则坐着时间的买家。简单地说，那就是个时间机器。早在几十年前，科学家们就逐步完善了时间旅行的整套理论，最后的结论是：时间旅行不是不可以，但是不能打破时间流的守恒律。

我是个文科生，对那些理论细节并不了解，但就我的理解来说，这意思就是：要让一个人回到十年前，就必须让另一人同时去到十年后。CTT的营销员曾经这样跟我解释：“这就像一架电梯。乘客随着电梯轿厢上升的同时，其配重必然就要同步下降——你知道什么叫作配重吧？”

事实上，我还真不知道啥叫配重。不过那时候我还是面露严肃的神情，点了点头。不过我清楚地知道，那些囚犯，就是这个公司所急需的“配重”。

第二天，我就想到了那套健康改善计划。

说到底，我还是为了这些犯人着想。谁不想早点儿出去呢？虽然那个公司也定期给我一些好处，但这并非我的本意。事实上，那些钱我分文未动，全都存了起来。我生活简朴，蜗居陋室，从不进出奢华场所，平日里代步的那辆大众车也已经老旧斑驳得不像样了。很多人不理解我的生活态度，一些老同学来看我，也往往为我的作风而敬佩。

不是我自夸，在我这样的位阶上，能做到我这样简朴的，我还从来没见过。

有一次，我问CTT的营销员：“那个东西——贵不贵啊？”

“我们按时间计费。”

“如果是……回到三十年前呢？”

“哦，我看看啊——报价表上写的是二十亿。”

“嗯，”我点了点头，“还真是……哈哈哈，不便宜啊……”

之后，我眯缝着眼睛仔细地看了一遍他们的报价单，沉思了好久。

最后提一句，正常情况下，我的年薪只有该死的十万元。

重　犯

阿文用手按了按下巴上的假胡须，确认它们都牢牢地贴合在皮肤上面。当他再次走进监狱大门的时候，已经没有人认识他了。狱警、监狱长、CTT的业务员，都满脸笑容地招呼他。他满头银发，却西装笔挺，精神矍铄。那一副方框金边眼镜，让他看上去宛如一个斯文的企业家。

“老板，先坐下喝杯茶，这是最新的龙井。”业务员手脚麻利地递上了茶杯。

这是在监狱长的办公室，那位看上去一脸善良的监狱长现在正微笑着坐在阿文一旁。

阿文还清楚地记得，自己在监狱的这二十年里，狱友们都把这位监狱长叫作“阎王”。他那层出不穷的虐囚手段，深深地刻印在阿文的脑海里。表面上，他像是一只兢兢业业、克己奉公的狗，其实却长着一颗野狼的心。

“老板要买几年？”业务员静静地等阿文端起茶杯，抿了一口，这才不紧不慢地询问道。

“二十年。”他毫不犹豫地回答。

“二十年可不是个小数目啊！”业务员面露喜色，毫不掩饰自己对这笔大买卖的渴望。即使只有百分之一的提成，也足以让他大赚一笔了，“老王，你那有没有合适的货色啊？”

老王，也就是监狱长，眉头微不可见地皱了一下，然后语气平静地说：“现在手头上的货大部分是十年以下的，稍等我查一下。啊，十五年的倒是有一个，上个月刚入监，叫崔远，是个悲催的司机，要不然……老板考虑一下十五年的？”

阿文闭上眼睛，一语不发。

业务员有些急躁地问：“没有二十年的了？”

“你也知道，现在除了特别重大的罪行，很少有判二十年以上的了。”

阿文站起身来，做出要走的样子。业务员一面向监狱长使眼色，一面上前稳住顾客，好说歹说，总算把买家又拉回座位。

“我记得上次看你清单，不是有两个重犯吗？”业务员凑上去，小声地对监狱长说。

“对，是有两个重犯。不过其中一个在一周前已经出狱了，另外一个，倒是正好还剩二十年的刑期。不过……”监狱长皱起了眉头，似乎有什么难言之隐。业务员再三催促之下，他只好妥协道：“好吧，我要先打个电话。”

那是两个特殊的犯人，当时是因为入室抢劫和蓄意伤人进来的。抢劫的金额非常巨大，以至于还牵出了一个贪腐集团。最后，主犯判了四十年，从犯也判了二十年。这两人都又瘦又高，看上去不像是穷凶极恶的那种人。入监后，两人都被关押到单人囚室。

“我有点话想跟你说。”监狱长还记得第一次巡视那个从犯的牢房时，那人开口说出的每一句话，“王莽，现在三十六岁，家住九黎区和平社区9栋402。现在在拉维中央银行的存款是八千四百万，账号是……”还没等他反应过来时，对方已经快速地报出了一连串数字——让他心惊肉跳的一串数字。不仅如此，那人似乎对他极为熟悉，他所做过的每一件不可见光的丑事，都在对方冷静的口吻中一一道来。

从那以后，那人就成了这所监狱的太上皇。监狱长对他言听计从，不仅得好吃好喝地供着他，而且还要尽量满足他的所有无理要求。“喂，跟我一起进来的那个，可不许卖了啊！”他对此强调了好几遍，监狱长只得满口答应。

在这二十年里，监狱长一直过着这种委曲求全的日子。谢天谢地，上个星期，那个天杀的终于出狱了！

“没有我的同意，那家伙你可不能卖了。”临走时，从犯还认真地嘱咐道。监狱长自然知道对方说的是谁，表面上只好故作大方地答应了，心里却暗骂不已。都已经出去了还要管监狱里的事，真以为自己是太上皇啦！自己现在先敷衍着他，等过了一年半载的，再把那主犯作为时间配重卖了，又有谁知道呢？

不过现在那从犯才刚出狱不到一个星期，监狱长对于这桩生意还是心存疑虑。万一那天杀的突然问起这事，自己不好交代。

监狱长拿起手机，唤出通信面板，看着那个他痛恨不已的名字。要不要打个电话给那个家伙呢？他暗自想道，或许自己可以说服他同意这笔生意，大不了分给他一些好处。两成？三成？最多五成！他会答应吗？思来想去，总觉得希望还是不大。他有些沮丧地想到在入狱不久，那人就交代下这件事情，这其中肯定有某种自己不知道的隐情存在。

就在监狱长面对手机纠结的时候，一个文字短消息冒着泡从手机屏幕上露出头来。发送人一栏的名字让监狱长心头一紧。可是当他戳破气泡，看过其中的信息之后，却不由得笑了起来。

“那人你可以卖了。”短信里只有这么简单的几个字。

之后，事情进展得异常顺利。那位还有二十年刑期的重犯同意了这笔交易，坐上了那像哑铃一般的时间穿梭机的一头——阿文在另一头。

二十年，确定。

当阿文重新恢复意识的时候，只觉得一种久违了的感觉从身体的每一个细胞里疯狂地涌上心头。这是年轻的感觉，这是充满了力量的感觉。

二十年前的自己，正值壮年。

他又回忆起了刚才在监狱里发生的情形。虽然这一幕刚刚发生(或者说还没有发生)，但感觉上却已经恍若隔世。

那监狱长自始至终也没有认出自己来，这让他松了一口气。不过那监狱长会不会因为收到这条短信的时间，而对自己这位顾客产生怀疑呢？难免是会有所怀疑的，阿文想，不过问题不大。自己在监狱里用的是另外一个身份，登记的是另外的名字，和“阿文”这个顾客没有任何关系。况且，那监狱长，显然也不是一个爱管闲事的人。

这里是城郊。天空灰扑扑的，这个时代的雾霾还很严重。阿文沿着一条小路向一处棚户区走去。

那里有他要找的人——一个贪婪而懦弱、愚蠢却又自负的家伙。

他将要怂恿这个家伙，让他和自己一起，在几天后的夜晚，撬开一户位于高级小区的高官的大门。这户人家的主人并不在这里常住，屋里只有一个年迈的用人。阿文知道，在卧室的一个保险柜里，藏着几吨重的金条和现金。当然，他的目标只是嵌在一个隐蔽墙缝里的几张卡。

每一次，他和同伴都能够顺利得手，因为这实在是没有什么难度。只是在这个过程中，同伴会不小心刺伤惊醒的用人。逃离之后，他会立刻把到手的卡通过一个叫“傅立叶变换”的洗钱组织，把其中的资金通过若干复杂的手续，转移到另外的安全账户里——这笔钱，将在二十年后他出狱后启用，支付给CTT公司。

一天后，他和同伙就会被警察抓获。那个愚蠢的家伙永远也不会知道，阿文找他合作的唯一目的就是给自己找一个“配重”。事实上，惊醒屋里用人的、给警方通报劫犯线索的，都是阿文自己。

在外面躲躲藏藏的日子并不好过，与其这样，阿文倒是比较满意在监狱里的悠闲时光。

至少，在那里，自己是个谁也惹不起的“重犯”。

总裁与司机

以下内容摘录自拉维新区第九法庭3月23日庭审记录。

赔偿申请人
赔偿申请人之一：田丰铭，原大红斑开发集团董事长。
赔偿申请人之二：崔远，曾任田丰铭的专职司机。

审判长：现在请田丰铭律师对国家赔偿的求偿要求做最后陈述。

田丰铭律师：尊敬的审判长，各位陪审团的先生，我代表我方受害者做最后的发言。现在既然真相已经查明，我方受害者在十五年前的那次判决是一场纯粹的错误，那么这十多年的牢狱之灾对他意味着什么呢？请大家时刻要牢记这一点：我方受害者在十五年前，已经是一家成功的私营企业的老总，年收入在10亿以上——这一点，可以通过当时的财务报表来查证。当时公司正在发展的上升期，年收益的增长率都在两位数以上。而事实上，我方的公司在那场冤狱后，很快就宣布破产。所以，在国家赔偿的数值上，对于我方而言，即使不考虑公司收益增长的情况，仅仅按照当时每年10亿的收益来看，这十五年的损失也将高达150亿。而且，对于我的当事人而言，事业是最重要的，这场无妄之灾，完全毁灭了他前半生所辛苦经营的事业。所以，综合收入损失和精神赔偿两个方面，我方提出的最终求偿数值为192.7亿，在我们提交的附件上有具体的计算细节，希望法官和陪审团仔细审议。谢谢。

审判长：下面请崔远律师做最后陈述。

崔远律师：刚才听了田丰铭律师的说法，我并不同意其求偿依据。大家知道，我方的当事人当时是田丰铭的私人司机，当时也卷进了这场官司，同样被错误关押了十五年。如果按照收入来求偿的话，我方的赔偿数值可能还不及田丰铭的万分之一。那么诸位想想，同样是人，同样的被关押十五年，赔偿数值却相差如此之大，这难道合理吗？人的生命难道有贵贱之分吗？

所以，我方的要求是，国家应该就其对我方当事人造成的损害恢复原状。

也就是说，通过CTT公司的时间机器，让我方当事人回到十五年前，从而重获这损失的十五年光阴，并进行适当的精神损失费的补偿。根据当前的市场价格，返回十五年前所需的资金为15亿元。另外，根据精神抚慰金不超过生命赔偿金的35%这一原则，我方申请的精神抚慰金为5亿元。所以，我方最后的求偿数值为20亿元。

审判长：现在暂时休庭，赔偿委员会进行合议，稍后将公布最后的赔偿结果。

（三十分钟后）

审判长：现在宣布法庭决议和赔偿数值。根据赔偿申请人提出的国家赔偿申请，现经过调查，双方提交的有关法律文件和证明材料真实有效。涉及事项，确属国家赔偿的求偿范围，求偿具有合理性。

针对求偿数额，我们认为：虽然殖民地有关法律并无明文规定，但根据生命平等的原则，不能仅仅以某个人的收入作为赔偿标准，而应该以当前社会的人均收入作为赔偿的计算标准。根据去年的国民人均收入，民众的人均年收入为8.3万元，据此我们审定的最终赔偿数值为131.5万元，其中包括7万元的精神抚慰金。

田丰铭律师：我方认为，每个人的个体价值的差异，应该得到尊重。对于此项判决，我方无法认同，我们将随即提起上诉。

崔远律师：我们也将提起上诉。

（一个月后）

审判长：现在宣布终审裁定：

根据田丰铭方提出的，要尊重个人生命特殊性的要求，我们进行了慎重的考虑，并参照了过去几年法院对于生命赔偿的有关判例，对赔偿数额进行了适当的修改。

在过去几年，对于错误执行了死刑的几个案例，国家赔偿的数额均在300万左右。根据这个标准，我们认为，既然完全失去了整个生命的赔偿价值为300万，那么失去了部分生命的赔偿标准，就应当视其占整个生命的比重而定。对一般人而言，十五年大致占整个生命长度的六分之一，所以我们判定的最终赔偿标准是55万元——其中已包括精神抚慰金。

现在说明田丰铭的特殊情况。考虑到其拥有的财力和社会地位，很可能在老年的时候通过时间机器，重新恢复青春。也就是说，其实际生命的长度远大于普通民众。如果他在一生中，使用三次时间机器，每次穿越的时间都是三十年，那么其生命长度将延长为普通人的两倍，那么十五年在其总的生命长度中所占比例就减小为十二分之一。根据我们的调查，田丰铭在过去的确曾经多次使用时间机器进行穿越，在可预期的未来，这一行为很显然仍将持续。目前，在上流社会中，穿越行为已经成为公开的秘密。事实上，世界上最早使用时间机器的那一批人，现在也还活跃在社会上，而几十年后，他们变老了之后，也肯定会再次使用机器恢复青春。从一般的常理和社会的现状来看，他们的生命几乎是无限长的。

综上所述，最终赔偿的数值如下：

崔远获得的赔偿数值为55万元，田丰铭获得的赔偿为0元。这是最终判定，不得上诉。现在休庭。

侦　探

强子一手拿着手电，另一只手快速翻动着书桌上的文件。通过一些技术手段，他复制了一名员工的身份卡，这才趁夜溜进了这里。这里的安防比他预计的要松一些，或许是因为层级不高的缘故。他在大堆的文件里只找到了数不清的财务报表和部分普通客户的登记册，自己想要的关键资料则毫无踪影。

这里是CTT总部大楼的二楼，一个开放式办公区域。

这次的任务有些特别。事实上，他第一次见到委托人的时候就被惊到了。资料上标明对方叫田丰铭，是大红斑开发集团的董事长，可面前那人看上去就像一个还没毕业的大学生。对方一开口就是老气横秋的口气，“小伙子，听说你的口碑不错？”强子愣住了，几秒钟后才猛地反应过来，这家伙肯定是时间穿越者。

“你猜得没错，我确实是刚从二十年后穿越回来。”强子刚试着询问，对方就立刻承认了，这让他有些意外。一般来说，穿越者是不会轻易承认自己身份的，相反，他们会装成普通人的样子，以避免身边那数不清的异样眼光。

“在这之前，我其实已经进行过三次穿越了。我本身患有一种罕见的基因疾病，每次到了四十岁以后就会发病，所以只有一次又一次通过穿越的方法来寻求解脱。从心理年龄上来看，我已经一百多岁了。”虽然理智上可以接受，但如此近距离地面对一个穿越者仍然让强子觉得有些不舒服。他迅速切入正题，“那您想委托我调查什么？”

“给我调查一下这个公司。”对方把面前的资料递给强子，“查一下他们历来的事故记录，看是否有操作失误之类的事情发生。”

“CTT？”强子翻了翻手中的资料，“据我所知，从来没有关于时间穿越的事故出现过，至少媒体上从来都没有报道过。”

“这是当然的，没有哪个媒体愿意得罪这样一个广告大户。我想要你潜入他们总部，给我一些真实的信息。”

强子沉默了片刻，然后点了点头，把资料装进了自己的公文包里。他不打算询问对方这样做的理由，有很多种可能，但有些事情知道得太多反而不是什么好事。就在他准备起身离开时，对方却主动开口说明了缘由。

“这次穿越，是和我爱人一起进行的。她是我在上次穿越后认识的，一个可爱又迷人的姑娘。在生命的前一百年里，我从没有对哪个女人如此心动过。在那之前，我没有结过婚，因为情感的牵绊在每次穿越之后只会给你带来痛苦。但这次我完全陷了进去。我们很快就结婚了，在平静中度过了二十几年的幸福时光。然后，我果然又再一次地病发了。但这次，我打算带着她一起回来。我们到CTT的客服中心询问了近期有哪些可用的长时配重，结果刚好有两个二十年的。于是我们下定了决心，在公司做了登记，很快就等到了合适的时间窗口，就这样穿越了过来。

“刚开始一切正常，我重新回到了二十岁时的身体里，然后按照计划，准备和她取得联系。这个时代的她还在另一座城市，而我还在上大学。我选择了一个周末去见她，可结果出乎我的预料——她根本就不认识我了。”委托人的神色开始激动起来，身体向前微倾，手指不自觉地敲击着桌面，“这完全没道理！按照CTT的说法，穿越者的意识会覆盖掉原时空的宿主。我前几次的穿越也验证了这一事实。”

“所以，你怀疑是穿越过程出现了事故？”强子冷静地说道。

“不错。我怀疑她根本就没有传送过来。我要你去调查他们公司，就是想看看是否有类似的事故发生过。”

在办公区域的调查一无所获，强子摸索着出了门，准备寻找档案室之类的地方。就在这时，头顶的灯光突然亮起，明晃晃的地板上清晰地倒映出他的身影。在他的旁边，一个戴着棒球帽的中年男子静静地倚靠着墙壁，凝神注视着他。

他的身体僵住了，仿佛进入了一个无法脱离的梦境。出道这么久，他曾无数次进入各种私人住宅或公司内部，凭借自己的高超身手，还从未被人察觉过——更别说像今天这样被抓个现行了。还没来得及反思自己到底是哪里出了差错，对方已经先开口说话了。

“强子是吧？等你很久了。”这口音有点像南方人，“跟我来吧。”男子推开旁边的一扇门，转过身来看着他。

强子抬头看着对方，仍然站在原地不动。

“不用担心。”对方突然笑了，“你不是想要调查事故的真相吗？来我办公室，我们仔细聊聊。”

“先介绍一下我自己。我是CTT的首席科学家顾超。”男人向强子伸出手，后者犹豫着和对方握了握手，“你现在还不认识我，不过没关系，我对你可是久仰大名了。”

“这……到底是怎么回事？”

“别着急，让我们先把事情一件一件理清楚。你受人委托，前来调查有关时空穿越过程中的事故，对吧？”

“不错，你怎么……”

“坦率地说，我们确实发生过一些事故。但它们都无关技术，纯粹缘于人为的疏失。”

虽然已有心理准备，但对方如此坦率地承认事故的存在，反而让自己紧张了起来。这背后一定有着某种自己尚未知晓的因素推动着这一切。他打起精神来，示意对方继续说下去。

“你输过血吗？”对方突然反问了一句。

“输过。”强子立刻回答道。这没什么可隐瞒的，他想。

“人类的血可以分成很多种类。比如，按照红细胞膜上是否存在A、B抗原，可以分出四种血型；按照红细胞上是否具有Rh抗原，又可以分出阴性、阳性两种血型。每个人输血之前，都需要先确定自己的血型，以避免输入异型血造成溶血反应。如果某次输血操作因为护士的疏失，看错了病人的血型，从而酿成了事故，并不能说明输血是不安全的，或者说输血的技术有缺陷。”

“你到底想说什么？”

男子把墙角的转椅推到强子面前，示意对方坐下，然后才继续说道：“正如血型一样，人类对相同的时空操作，也会产生不同的响应。在同样的时空仓和同样的参数设定下，某些人会被送往过去，而另外一些人则会向着未来跃迁。我们把这一性质叫作人的时空手征。人类具有左、右两种时空手征性，就像人类可以分为男、女两个性别一样，它是人体本身的一种内禀属性。如果在某个时空操作中，左手征的人穿越到了二十四小时之前，那么在相同的操作之下，右手征的人就会被送往二十四小时之后。”

“为什么？”

男子笑了笑，“没有原因，这就是宇宙和时间的法则。或许这背后有某种更深层的物理机制，但我们当前对其一无所知。”

“这和事故有什么关系？”

“每次时间操作进行之前，我们首先要确定穿越者的手征性。我们会进行一次一秒钟的试穿越，以确定其是左手征还是右手征。然后再根据穿越者的时空手征，设定时空仓的参数。然而，在极其偶然的情况下，我们的技术员会犯一些愚蠢的错误，比如把对象的手征性记反了。这样，本来应该送往二十年之前的穿越者，实际上却被送到了二十年之后。贯穿整个过去和未来，在公司漫长的经营过程中，这样的失误曾出现过两次——它们本是完全可以避免的。”

“你是说，我的委托人……”

“不错，很遗憾，那就是其中一起。”

“我明白了。不过……”强子深吸了一口气，“你为什么要告诉我这些？”

“为了避免更糟糕的事情发生。”对方苦笑了一声，“在另外的时空里，你成功地潜入了我们的档案室，从中拿到了一些关于事故的只言片语的资料。在交给你的委托人后，他利用这些资料为证据，将我们公司告上了法庭。法院最后判我们败诉，这无可厚非，我们也向他做出了巨大的赔偿，但整个案件在审理过程中产生了极坏的影响，很多人都就此认为时空穿越是不安全的。从那以后，我们的业务一落千丈。很快,资金链断裂,所有的银行都开始催债,公司近乎破产。老实说,我就是刚从那个时候穿越回来,特地来找你的。”

“你想要怎样?”

“和你的委托人和解,在事情还没有闹大之前。我想,我们开出的条件,他一定不会拒绝的。”

强子沉默了片刻,突然问道:“我有一个疑问不太明白。既然你可以穿越到现在来阻止我的调查,为什么不穿越到事故发生前的那一刻,去纠正操作员的那次错误呢?”

“我们当然试过。可是事情并不像我们想象的那样简单。不同时空的事物,似乎是通过某种未知的机制联系在一起的。每当我们纠正了一次这样的操作失误后,在另外的时空中,就会有新的事故出现,你永远也不可能完全消弭它们。因此,我们现在放弃纠正这些事故了,转而向事故的受害方进行赔偿——这至少不会引起附加的牵连效应。”

说完,那个自称顾超的科学家打开了抽屉,从中抽出一份几十页的合同,递给了强子。

“把这个给你的委托人看看吧。里面有对事故的详细解释,以及我们开出的赔偿条件。当然,如果他还有什么要求,我们也可以再商量。”

强子接过合同,快速地翻了翻。合同没什么问题,这样解决也未尝不好。他站起身来,向对方点了点头,便起身向外走去。

没有必要揭穿对方的小伎俩,他想,那种易容的手段,在他看来并不高明,但也并无恶意。据说CTT的大老板身份极为神秘,从不在媒体上露面,也极少有人见过他的真容。不管做什么,谨慎一些总是对的,这也是人之常情。

科学家

顾超仔细地清理掉覆盖在脸上的那些细腻的生物质薄膜，看着在镜子里逐渐露出的真实面容，竟然产生了一种古怪的陌生感。

他并没有骗强子，自己的确是CTT的首席科学家，但同时也是其创始人。你看，自己只是隐藏了一部分事实没有说出来而已，就像对时空穿越的解释一样。

他已经不记得自己是在哪个时间点创立CTT的了，因为具体的物理时间对他来说早已经没有意义。他只记得，在很久以前，自己曾是一名脑科学家。在那时，他一直致力于通过对大脑神经元的扫描，来建立一个真实的大脑模型。在刚开始的几十年里，这个项目进展缓慢，一方面是因为大脑神经元的数量太过庞大，另一方面也受到了当时电脑计算能力的限制。但随着非破坏性大脑扫描技术和通用型量子计算机的迅速发展，事情逐渐产生了转机。技术上的障碍一旦破除，项目便可以顺理成章地向前推进了。然而，活跃的大脑神经元的状态是随时间不断变化的，这给扫描带来了新的难题，因为简单的一次瞬态扫描是完全无法遍及所有神经元的。因此，他研制了一种新的缓冲剂，可以大幅度减慢大脑神经信号的传递速度，弱化神经元的活跃程度，这样便可以留出更充分的扫描时间。接下来，他逐渐升级这种缓冲剂，让其可以在更长的时间内对神经元产生更好的“冻结”效果。经过大量的动物实验之后，他招募了一位志愿者，准备进行人体实验。

可是，完全出乎意料的事情发生了。就在他准备进行实验的前一天，那位志愿者满脸惊恐地走进他的办公室，声称自己是从一天之后回到现在的。刚开始的时候,他以为这只是一个玩笑或者一个恶作剧,但当那位志愿者详细地描述了在第二天进行的整个实验过程后,他开始动摇了。因为整个实验的具体流程只有他最清楚,如果不是亲历了整个过程,这个志愿者绝不可能知道得如此详细。

第二天,尽力安抚了志愿者之后,他仍然按原计划进行了实验。没想到,就在缓冲剂生效的下一刻,原本躺在扫描仪中的志愿者突然消失了。他目瞪口呆地看着面前的诡异场景,终于完全相信了志愿者所说的话。

就在这之后,他又重复了多次这样的实验。每次实验中,志愿者都会凭空消失,之后他则会通过事先约定好的联络方法,努力和志愿者取得联系。最终他发现,实验的结果可以分为两类,一类志愿者会穿越到大约一天之前,一类则会出现在一天之后。他完全无法理解这件事:为什么冻结大脑神经元会导致时空穿越呢?这样两件风马牛不相及的事情,却显然通过某种内在的机制联系在了一起。他感觉自己似乎无意中发现了一件不得了的大秘密。

他找到了自己的同学,前中科院理论物理研究所的研究员,孙元一。之所以说“前”,是因为这位老兄有一阵子不务正业,跑去研究心灵感应、内丹修炼之类的玩意儿,被媒体曝光后引起了轩然大波,结果聘期结束后中科院就没有续签跟他的合同了。顾超找到他的时候,孙元一正在家里打坐。房间里乱糟糟的,沙发上凌乱地放着一堆袋装的膨化食品,客厅一侧歪歪扭扭摆放着的茶几上,有一道极为显眼的褐色污渍,也不知道是什么时候染上去的。一堆表格散落在茶几上,上面记录着各种奇怪的符号和数字。顾超觉得那些多半是这位老兄自己发明的符号,因为一个八卦图里竟然还出现了一个积分符号，看上去就不是什么正经的玩意儿。虽然感觉很不靠谱，但这已经是顾超所能求助的唯一人选了。或许这种事就该找一些非主流的科学家，顾超想，正常人估计也很难相信自己的奇怪遭遇吧。

“我信啊！”听完顾超的叙述，孙元一果然不出所料地回答道，“这事太有意思了。你怎么不早点儿来找我啊？”

他激动地站起身来，急切地就要拉着顾超去实验室验证一番。

“你不打坐了？”顾超问。

“都能穿越时空了，还修什么仙啊！”孙元一急吼吼地说，“赶紧带我去看一下。”

就这样，两个人开始了更加频繁的验证实验。可面对这诡异的穿越事件，孙元一也是一筹莫展。他们只是发现，这种神经元冻结所带来的穿越行为，不仅会在人类身上发生，在一些如大猩猩、猴子之类的高等灵长类动物中也会出现。某一天，孙元一突然提出不再招募志愿者，要以自己为目标进行一次实验。

“必须这样做了，”孙元一坚定地说，“没有亲身体验过，我们永远也不知道这背后隐藏的秘密是什么！”

“好吧。”顾超想了想，根据之前志愿者的情况来看，实验也没有太大的危险，“记得穿越后立刻来找我，不管是一天前还是一天后。”

“一天前是不可能了。如果我穿越到了一天前，那我现在应该就是穿越后的状态了。我想，我大概会去到一天后。”

顾超想了想，然后点头道：“好吧，不管怎样，我在实验室等你。”

半小时后，孙元一消失在试验台上。第二天，顾超早早地便来到了实验室，等待着孙元一的出现。一直到下午两点，后者才终于气喘吁吁地推开了实验室的大门。

“不好意思，堵车了。”虽然有些疲惫，但孙元一的精神却明显处于很兴奋的状态，“太神奇了！我真的穿越到了一天后——那时候我正躺在家里的沙发上。感觉就是自己的意识突然从实验室的那个身体，转移到了未来躺在家里的那个身体上。对了，昨天我穿越过后，实验室里那个身体消失了吗？”

“和往常一样，马上就不见了。”

“这就奇怪了。”孙元一沉吟着说道，“在来的路上，我曾经考虑过穿越现象出现的原因。有一种理论认为，时间并不是真实存在的维度，人的时间感只是大脑中的某个器官产生的幻觉。如果这种理论成立的话，那么冻结大脑就可能在某种程度上对这个‘时间产生器’造成干扰，从而让人产生穿越的感觉。”

“还有这种理论？”顾超一脸惊奇地看着孙元一，露出怀疑的表情。

“姑且相信吧，至少给我们的研究提供了一个支点。但是随之而来的问题也很多：如果时间感只是人类的主观体验，那么破坏人的正常时间感，应该只会在其个体意识的层面产生穿越感——更直白地说，只能让实验者的意识在不同时间点进行穿越，而不可能让其实际的肉体进行物质层面的穿越。这和我们的实验现象是相违背的。”

“是啊，每次实验后，测试者的身体可是都立刻消失了。这可不是什么意识层面的说辞能解释的。”

当天的讨论并没有得出一个令人满意的结果。孙元一决定继续亲身实验。在之后的一个月里，同样的测试又重复进行了三次。在这三次实验中，他向前穿越了两次，向后穿越了一次。

“我真是越来越糊涂了。”孙元一叹息道，“看来穿越的方向不仅和人有关。难道还有其他的变量？”

“或许和时间有关？在不同的时间进行实验，穿越的方向也不一样?”

孙元一点了点头,“有这个可能。不过,在这段时间里,我倒是有了一个新的想法,或许可以解释之前的肉身穿越的现象!”

“哦? 说来听听。”

“先不着急,我们再实验一次吧。”孙元一说着再次躺上了实验台。

顾超熟练地操作着仪器,再次向孙元一的脑部注入了定量的缓冲剂。然而,奇怪的事情出现了:孙元一这次哪儿都没去,安静地躺在实验台上,就像什么都没发生似的。

就在顾超一脸讶然的神情中,孙元一微笑着坐了起来。

“是不是很奇怪我为什么没有穿越?”

顾超急切地点了点头。

“事实上我像之前一样穿越了——这次是穿越到了一天之前。只不过,在我穿越到昨天之后,我并没有像之前那样立刻和你讨论这次实验现象,而是掩饰了自己穿越的事实,一板一眼地像穿越前那样重复了一遍从昨天到今天的所有动作。所以,在刚才你对我注射缓冲剂的那一刻,时间线形成了一个闭环——在你看来,就好像什么都没有发生过一样。”

顾超若有所思地凝视着对方,半晌后才说道:“我大概明白了。可是这仍然没有揭示时间穿越的根本机理是什么。”

“我已经知道了。”孙元一从实验台上翻身下来,拍了拍衣服上的皱褶,“其实我们之前的设想已经很接近真相了。只不过我们搞错了对象。”

“什么意思?”

“并不是人的意识错乱导致的时间混乱,而是时间本身就是错乱的。”孙元一停顿了片刻,让顾超有时间跟上他的想法,“我的看法是，我们这个宇宙的时间轴，本身就是杂乱无章的。以前我们总是认为，时间是一个单一的箭头，均匀而平滑地向前推动。可我觉得，时间更像是随机分布在一维轴线上的一团概率云，每一个普朗克时间就是出现在概率云中的一个量子点。在某一个普朗克时间过去之后，下一个出现的时刻并不是与它相邻的那个时间点，而是随机出现的另一个时刻。”

“可这和我们的日常体验不一致啊！”

“那是因为时间的跳跃也同时伴随着宇宙中所有客观物质的跳跃。比如某一刻之后，时间跳跃到了一天之前，那么宇宙中的所有物体的存在状态，也同时跳跃到了一天之前的状态——包括人的所有神经元的状态。因此，人类的大脑并不会意识到这种跳跃性的存在。就像在一辆完全封闭、毫无颠簸的高速列车上，乘客并不会意识到自己正在高速运动一样，因为没有一个可以作为参考点的事物存在。”

顾超摸着下巴想了想，“有点‘只缘身在此山中’的感觉。”

“不错。因为意识本身也是随着时间点一起跳跃的，所以我们的主观感觉上，时间仍然是连续的。但是我们的实验打破了这种平衡。虽然还不知道具体的机理是什么，但很显然脑部神经元的冻结，破坏了意识与时间点的同步跳跃性，两者之间出现了错位。比如说，虽然整个宇宙的所有事物都随着时间跳跃到了一天之前，但我们脑中的意识仍然处于原本的状态。这就是穿越的本质！”

在理解了穿越的机理后，研究很快就取得了更多突破性的进展。第一个突破性的发现就是，整个宇宙的时空其实是由两个向着相反方向演化的流动系统耦合而成的。孙元一把它叫作“对流时空”。

“这就像一个具有热对流的体系，同样的介质微粒向着相反的方向流动，比如一个加热中的茶壶，其中的水会上下循环流动。同样的，整个宇宙中所有的物质其实也裹挟在一个宏大的时空对流的循环之中。我们不妨根据物质在时空对流中的运动方向，将其分为左、右两种手征性。因此，某些人在大脑冻结之后，会穿越到过去，而另一些人在相同的参数下，却会穿越到未来，这正是他们具有不同的时空手征性的体现。”

“但是同一个人在不同实验中所穿越的方向也不一样啊？”顾超质疑道。

“那是因为同热对流一样，时空对流也是一个动态过程。在茶壶中的某个水分子，某一时刻的运动方向是向上的，但下一时刻可能就变成向下运动了。唯一不变的是两个对流体系的总的时空动量——具有不同手征性的物质，不管在任何时刻，他们的时间跳跃方向总是相反的。”

这之后，孙元一根据自己的理论，建立了一个数学模型，接着就开始深入地研究起这个模型的物理特征来了。顾超对理论研究并不感兴趣，他更关心的其实是这一技术的应用问题：怎么把这一技术推广开来，发展到可以商用的程度。

他发现，不管怎么增加缓冲剂的效果，穿越的时间最多也只能增加到一天半到两天，这一效果并不符合他的预期。他需要一个新的方式，来实现可控的长程穿越。有一天，他突然想到，将两个具有不同手征性的人的大脑连接起来，后果是什么？他找到了一批脑科学家和量子生物学家，设计了一种奇妙的装置。这种装置可以让两个人的大脑神经元产生短暂的量子纠缠。将具有不同手征性的人放置其中后，果然出现了让顾超欣喜的效果：两个人都瞬间消失了，一个穿越到了过去，一个穿越到未来，而且穿越的时间距离远超缓冲剂带来的效果。

“让列车停下来的方法不止刹车一种，还可以让两辆相向而行的列车碰撞到一起。”顾超对孙元一说，“缓冲剂就像刹车，不仅效果微弱，而且耗时漫长，而让两人的意识纠缠起来，就像将两辆列车放到同一条轨道上，在碰撞的一瞬间，两辆列车就都停下来了。”

“当然，这很容易理解。”孙元一满不在乎地说道，“把两人的意识纠缠在一起，在时刻发生跳跃的瞬间，两个相反的时间量子就彼此抵消了——这比任何缓冲剂都好用。”

“现在只剩下一个问题，那就是找出时间跃迁的分布规律。”顾超兴奋地说，“如果我们能提前知道在某个时刻，时间量子将要跃迁的目标位置，那么我们就可以做出一个完全可控的时间机器了！想想看，我们只要在正确的时间点，将两个手征性相反的人送入意识纠缠装置就行了。”

“没错，可是这有什么意义？”孙元一摇了摇头，“我对商业活动一点兴趣也没有。对了，我昨天突然有一个新的想法：既然时空本身具有类似对流的结构特征，那么在这里面是不是还有类似湍流甚至是溅射的细微结构呢？”说着，他立刻从旁边抽过一张打印纸，拿起笔在上面计算了起来。

顾超只好无奈地转身离开了。他意识到，对方和自己的兴趣根本就不在一条线上。

半年后，当顾超张罗的CTT（Convection Transport Technology）公司即将开业的前夕，孙元一突然找到了他。

“我发现了时空溅射！”孙元一激动地说，“这是一种奇异而罕见的时空结构，它能让我们实现超远程的穿越，甚至到达我们出生之前！”

“那怎么可能？”顾超皱着眉回应道，“如果穿越到出生前，那我们的意识将何处安放呢？”

“这也正是我想要知道的。”孙元一激动地说，“我只是从数学模型上得到了它的解析值，但对于其物理本质还不太清楚。我打算今晚就实验一次，你过来帮我一下。”

那天晚上的实验像往常一样顺利地完成了。只是，当孙元一从实验台上消失后，就再也没有出现过。顾超曾经尝试在不同的时间段寻找他，但是一直没有结果。

他就这样随着时空溅射消失了。

药　童

炉上的火正旺，药童手持着蒲扇，愣愣地看着炉上的宇宙泡发呆。

一开始，宇宙泡里的时空只是安静而缓慢地膨胀着，接着，对流就出现了。不同的流体团簇沿着相反的方向彼此冲撞起来，量子化的时空点在泡中此起彼伏地闪现着。偶尔，会有混乱的湍流出现，在液面上溅射出一些散乱的时空微粒。

药童小心翼翼地控制着宇宙泡的温度。当湍流增多时，他就加入一些暗物质来稳定时空的拓扑结构。宇宙泡中的熵越来越多，他满意地看着眼前的景象，用第四条附肢擦了擦额头上的汗。

“药熬得怎么样了？”门外传来师傅的声音。

“马上就好！”药童说着，把四维的约束膜紧紧地包裹在宇宙泡的周围，然后用力戳破了这个宇宙。

《科幻世界》2018年第10期

爱在地裂天崩时

| 杨晚晴

引子一

对于一个做过无数次的梦，他清楚其中所有的细节。

在梦中，他像上帝般俯瞰一切、明了一切、潜入一切——他，就是世界本身。他看到一个十六岁的少年在一个燠热难耐的午后斜倚着一棵法国梧桐，体内的兴奋和期待在奋力对抗恹恹睡意。她应该来了，少年想。

很快，他看到了她，马尾辫、白T恤、淡蓝色牛仔裤、斜挎帆布包。他浑身一凛，向她招手，她笑了，也抬起手——

忽然，时间凝滞了，像飞虫钻进果冻。声音、气味、振动……所有这些感官形成了一个云团，包裹了少年。在时间的下一个段落，他看到她嘴角的曲线出现了拐点，开始自由落体运动……

十六年后，他被困在黏稠的记忆中，无数无法言说的细节令他寸步难行。

十六年后，他是自己梦中的上帝，而上帝是那个被感官包裹、被恐惧填满的少年……他战栗着醒来，天已破晓。

一

就算是给自己一个交代吧，他想，今天之后我就可以彻底死心了。现在是早上八点四十五分，会客室里只有他一个人。

他环顾四周，除了硕大的会议桌和几丛绿植，纯白的墙壁和天花板占满了剩下的空间。嵌在墙壁中的智和公司的LOGO散发着幽蓝的光。没有信息墙纸和触屏桌面，这符合智和一贯的极简风格。他想。

他拢了拢头发，接着把指尖凑近鼻子。一股腻乎乎的臭味。他皱起鼻子，摇了摇头。

电动门无声滑开，一个身材中等、穿银灰色西装、发型一丝不苟的中年男人走了进来。他急忙站起来，身后的椅子被地毯拽着不肯挪动，他被尴尬地夹在会议桌和椅子之间，弯着膝盖。

“请坐。”中年男人径直拐向会议桌的上首，用手做了一个下压的动作。

他坐下，轻轻吐了口气。他的双手交握在大腿上，微微冒汗。

中年男人从西服内袋里掏出软式平板电脑，展开，“您就是……”中年男人盯着屏幕的眼睛眯了起来，“杨震先生？”

他点了点头。

男人咧嘴一笑，“我是智和产品研发部的负责人，我叫Andy刘。你可以叫我Andy……那么咱们这就算是认识了。能问问你为什么会选择我们公司吗？”

没想到还有机会说话。他清了清嗓子，用稍显响亮的嗓门压过咚咚作响的心跳，回答说：“贵公司是一家杰出的科技公司……在智能手机越来越轻薄，甚至采用腕式投影或者增强现实眼镜的今天，贵公司还在坚持制造‘传统’手机——当然所谓的‘传统’，指的是手机的体积，从其他方面来看，智和手机并不传统，反而是超前的……”

Andy刘用指节叩了叩桌子，“这一点，全球的五亿用户都可以为我们证明。杨先生，时间宝贵，咱们能不能把客套话给免了？”

他的脸腾地一下红了，“对不起、对不起。An……dy，我看中的是智和手机庞大的用户群、强大的传感器功能和云计算能力。而且据我所知，贵公司也进行过地震长期预测的项目……这些都非常有助于实现我的设想……”

“短期预测，嗯哼？”

他点了点头。

“在个人简介里，你写到自己是水边县人，对吗？”Andy刘问。

话题的陡转令他不知所措。他吭哧吭哧想了一会儿，才说：“是的。可是……”

Andy刘做了一个制止的手势，“我去过你的家乡，在很多年以前——确切地说，是在大地震后的五年。重建工作热火朝天，我能感到整个县城都洋溢着一股子激情……但地震带来的伤痛并不是那么容易就会被忘却的，对不对？”

他第一次直直地看向Andy刘。这个中年男人脸上有着毫无感情的笑意，而其眼神则像是笼了一层薄纱。他不明白Andy刘的意思，如果Andy刘意在羞辱他，就像对之前无数个兜售脑洞的投机分子所做的那样，那么他现在唯一能做的就是拂袖而去——实践证明，这是能够保全尊严又不致惊动保安的最好方法。

不过，他并不确定。他挺了挺身子，说道：“那场地震改变了我的人生。”

“不止你一个。”Andy刘说。

他怔了一下。似乎有什么从中年男子的目光背后溜了出来，稍纵即逝。这瞬间的洞察几乎令他燃起了希望。“当然当然，我……”

“你认识Zoey于吗？”

话题再次急转，这位Andy刘的大脑褶皱堪比秋名山的发卡弯，车手乐在其中，乘客晕头转向。

他一愣，随即挤出笑容，问道：“您指的是哪种‘认识’呢？是我认识她，而她不认识我的那种认识吗？”

智和公司的研发负责人手臂撑在会议桌上，十指交叉，意味深长地看他。

“你说呢？”

他被看得有些发窘，“我当然认识Zoey于，如果您指的是这种‘认识’……”

Andy刘的右肩向上一耸，用他的身体完成了又一次没有感情的笑意。“那么今天就到此为止吧。”他站了起来，“杨震先生，您的想法我们会仔细考虑，请您耐心等候我们的通知。”

他起身，再次被卡在座椅和会议桌之间。

“谢谢。”他说。他弯着膝盖，脸红得像火烧云。

二

通常这就是极限了。在堆满空啤酒罐的脏乱出租屋中，他想。至少我见到了智和里有头有脸的人物。阿Q精神对一个屡屡受挫的人来说是不可或缺的——甚至可能是他唯一的傍身之物。阳光从脏兮兮的窗帘后透了过来，灰头土脸。灰头土脸的阳光告诉他：新的一天开始了。

他伸了一个懒腰，口袋里的智和V3手机用乖巧的合成女声提醒他："杨先生，您现在的体温是35.7摄氏度，心率每分钟72次。目前环境温度23.5摄氏度，湿度55.1%，气压……"

"建议，亲爱的，"他一边往身上套背心，一边嘟囔，"直接说建议。"

"今天适合在户外进行三十分钟左右的中等强度有氧运动。"

他哼了一声，拉开一罐啤酒。"你本可以做得比这更多，亲爱的。"他一手捏着啤酒罐，一手把玩手机。智和手机有一块硕大的5.5英寸柔性屏幕，4毫米的厚度，70克的重量——甚至还有实体按键。刚推出时，有业内人士戏谑地说："这玩意儿就像是苹果手机时代的'大哥大'，如果能卖出去一台，我就把我的手机吃了。"当然，这位赌徒没有兑现诺言，因为智和手机一口气卖出了几亿台，而这位业内人士赌的是一台——"请注意我说的话：是一台手机哦，不能多也不能少。"此公显然熟读了《威尼斯商人》。

马后炮总是明智的。有人把智和手机的意外走俏归结为逆向思维：大家都拼命把手机做得又轻又薄，我偏不这样，我偏要让它在你的口袋里刷存在感。当然智和手机的厚重不是无厘头的，它的厚重源于机身中的黑科技——"多向高精度传感器"。智和的成功，一位业界大牛评论道，在于它借助最新的技术进步，契合了现代人对于大数据健康管理的需求。这句话得到了广泛认同。多向高精度传感器可以探测手机持有人的体温、心率，可以感知环境的温度、气压、电磁辐射强度乃至有害气体浓度，通过统合与分析这些数据，智和的A.I.甚至能判断出某一地区的健康趋势并给出相应建议：您所在的地区流行性感冒呈扩散趋势，以您目前的综合身体状况评价，感染概率约为55%，置信度83%，建议您远离人群，注意保暖；提示！您所在的地区近期受低气压影响，各空气污染物浓度有上升趋势，结合以往数据，上呼吸道感染将呈爆发态势，建议您减少户外活动时间，佩戴防雾霾口罩……

然而仅仅依靠健康大数据，智和不会如此成功。作为硬件制造商，智和的热卖带有正反馈效应：其强大的硬件功能吸引了无数开发者，这些人在高精度传感器和大数据的结合中兴致高昂地挖掘各种可能性，开发出的脑洞大开的软件火了一茬又一茬，而软件的火爆又反过来促进了手机销售……当然，不难想见，有着相似功能，声称可以碾压智和手机的“友商”也就如同雨后春笋了……

正是这些友商让他碰了一鼻子灰。

“不管怎么说，你尝试过了。”他举起啤酒罐，咕嘟咕嘟灌下一大口……打了一个心满意足而又自暴自弃的饱嗝。

这时手机在他的手中抖了起来。陌生号码。语音呼入。

“喂?”

“杨震先生吗? 我是智和的Andy刘。”

“An……”他的脸皱了起来，电话那边好脾气地沉默着，“Andy刘! 哦，该死!”他跳了起来，被打翻的啤酒滴滴答答淌到他的脚背上，“Andy，抱歉，我，我没想到……”

“我是不是打扰到你了? 如果不方便我可以换个时间……”

“不，不! 方便，方便! 您请说，您请说!”

Andy刘稍稍一顿，把对话从混沌之中拎了出来，“董事会对你的想法很有兴趣。如果方便的话，请你来一趟公司。”

“来一趟……”他感到口干舌燥，“公司?”

“是的，公司。我希望你在icar行驶日志里保留了我们的地址。”

“当——当然!”

……通话结束，他站在啤酒的池沼中，曾经恼人的窗外喧嚣恍如隔世。此刻他满脑子的轰鸣：智和。Andy刘。——Zoey于。

她知道他来了吗？知道他带着最后的执念与希望匍匐在她帝国的庙堂上吗？

最好她不知道。

“先生，”手机里的乖巧女人终于耐不住寂寞，“您目前的心率是每分钟112次，体温是36.5摄氏度……您需要吃一片阿司匹林吗？”

三

智和大厦顶层。他现在所在的办公室，呈现出一种极简到近乎刻薄的装饰风格：一整面落地窗，俯瞰着雾霭之上幽灵军队般的高层建筑群；白色地砖，白色合成材料的办公桌、转椅、书柜。在办公室靠近落地窗的一角，几张灰色布艺单人沙发围着圆形玻璃茶几。

他瞅着茶杯中轻轻摇曳的茶叶，发呆。今天Andy刘几乎没和他说什么话，多数时候，这个中年男人只是含笑看他，仿佛他脸上有什么东西让他想笑又不敢笑。引他入座之后，Andy刘说：“请稍等一下，人马上就到。”

他一怔，问道：“不是跟您谈吗？”

“我？”Andy刘粲然一笑，“我怎么做得了主？”

还没等他反应过来，Andy刘已经飘出了办公室。他连吞了几口口水，Andy刘的话在他的脑腔里漾起袅袅余音。

——我怎么做得了主？

待irobot机器人添过第三道茶，她进来了，无声无息。

是气味，把他的目光从微绿的茶水拽向了她。花香。恬淡悠远。

他转过头，呆滞一秒，接着浑身一僵。茶水溅在他的虎口，但他顾不得痛，龇牙咧嘴地起身。

女人面无表情，轻声道："请坐。"

在那一刻，他突然感到后悔，浑身的细胞都仿佛蹲踞在起跑线上，作势欲逃。

然而最终，他还是坐下了，目光呈一道抛物线，坠落在茶几上。女人留在他视网膜中的残影、振动他听小骨的余音、激活他嗅觉细胞的尾香，形成云团包围了他。他的头皮发紧，意识混沌，牙齿嗒嗒嗒地碰撞着，像是在拍发电报。

"杨先生，"女人在他对面坐下，手伸了过来，"我是Zoey于。幸会。"

他递出手，"幸会。"他的手唯唯诺诺，被女人的手衔着。握手的是拇指和另外三根手指，他的目光偷偷向上，他看到女人的小指优雅地翘着。握手的时间已经超出礼节的范畴，他很确定自己没有提供摩擦力——Zoey于没有放手的意思。

"握手的时候直视对方是应有的礼貌吧？"女人说。

他绯红了脸，抬眼看她。随意盘起的头发、琥珀色的眼珠、线条清晰的锁骨和锁骨正中小小的颈窝、带流苏的白绸衬衫……没错，这正是她。他的耳畔轰隆作响。

"杨震先生，"女人松开了他的手，"或者我应该叫你杨青石？"

"唔……"

"以假名示人，这可不怎么有诚意啊……你就这么不想见我吗？"

"唔……"他还是无言以对。

"十六年没见。"女人眯起眼睛，"我们生命的一半。"

"十六年……一半……"他鹦鹉学舌。

“够绝情的。”

他点头,又使劲摇头,“对不起……”

“可你还是来了,”Zoey于幽幽地笑着,“不是吗?”

可我还是来了。他抬眼看她,大胆的目光多少有些豁出去的意味。十六年前那个穿白T恤的少女从眼前这个当代雅典娜的轮廓里浮现出来。他苦笑着摇头。十六年前的于紫依是一颗飓风的胚胎,而他呢,只是一颗被播入贫瘠土壤里的种子。

如果不是最后一缕执念化作的天风,他怎么会飘荡到她的面前?

“紫依,我是个傻瓜。”他说。

“对,你就是个傻瓜。”他在她的声音中听出了笑意,“这么多年过去,你竟然还抱守着临别前的那句话——是的,你是个大傻瓜。”

“……临别前的,话?”

她向后靠去,双臂环抱,“我看了你的项目企划书。”

“我……”他意兴盎然地张开嘴,却又生生把后面的音节咽了回去。他突然意识到,这个他自以为的机会,也许不过是这位故人想要“叙叙旧”。潦倒了这么多年,连他自己都要承认自己不过是个空想家,一个三流的前科研人员。而此刻他竟坐在这里,坐在时代的风眼之中,难道他的设想真的是垃圾堆中的珍宝,难道眼前这个少年时期的青梅竹马真的能慧眼识珠?

“一堆垃圾,”他轻描淡写地说,“嗯哼?”

于紫依皱起眉头,“杨青石,我对垃圾没有兴趣,更不会为垃圾浪费我的时间。我想问你,既然你只是想依托智和的硬件机能,为什么不自己做应用开发?”

他挠了挠鼻子,说:“智和提供给普通开发者的权限不能满足分析的需要,以我的估算,要实现地震短期预测,小数点后五位的精度是最低要求；还有，数据比对分析必须借助大型气象平台，甚至卫星遥感数据，这需要公司层面的投入和协调；最最重要的一点，是为了建立原始回归模型，我们可能还要……”

“开道后门。”于紫依意味深长地一笑。

他舔了舔嘴唇，“基本上，是的。”

“那你可得想办法说服我了。”她倾身向前，“咱们换个适合长谈的地方，你看如何？”

四

就在地面开始上下震动的那一瞬间，她的笑容消失了。他跌跌撞撞地跑向她，双腿不听使唤。他握住她的手，像握住一块不会融化的冰。紧接着，左右摇晃开始了。他听见人的尖叫、狗的狂吠，他听见大地闷雷般的呻吟。铁栅栏后面学校灰色的教学楼像失焦的照片……整个世界都变得模糊。终于，他被时间拖曳着，抵达了梦魇般的一刻：教学楼的右侧塌了下去，像是陷入了流沙，灰尘腾起，迫不及待地填补了它曾经站立的位置——他向下一斜。于紫依拽着他，瘫坐在地上，她的指甲深深地嵌入他的手臂……

他醒来，冷汗涔涔。梦中十六岁的于紫依有着三十二岁的脸，在清醒的时候他绝对想象不出那副少女的表情会出现在这个“女强人”的脸上——正是这副表情令他心碎。还好，梦境和现实并不总是正相关。

昨天他和于紫依去了智和大厦旁边的一家西餐厅。他们选了最靠里的卡座，直到机器人侍应生上完所有菜品，于紫依才摘下眼镜和口罩。

“你瞧，这就是公众人物。”橙色的灯光下，她的脸上覆盖着大片阴影，“这就是所谓成功的副产品，没办法，只能习惯。”

他们久久没有步入“正题”。于紫依熟练地切割牛排，小块小块地向嘴里递送牛肉；咀嚼时，她脸上的肌肉保持着一种优雅的从容。“我记得我去美国读书后没多久，咱们就断了联系。”她说。

他挠了挠头。出于某种心照不宣，于紫依轻巧地跳过了这一话题。

“这些年你过得怎么样？”

不好。“……还好。”他张口扯谎，“在地震局干过，前几年辞了职，现在是自由职业者。你呢，还好吗？”

明知故问。

“还好。”餐刀发出嚓啦嚓啦的声响，和背景爵士乐的节奏暗合，“你知道，在斯坦福学计算机，毕业后如果不去创业，是会被人笑话的。我也是赶鸭子上架嘛，没想到误打误撞就走到了今天。”

他停止了手中动作，看她。于紫依刚才说的是方言，这让他感到亲切，同时也感到茫然。

“怎么了？”她笑着拢了拢头发。

“莫得事。”他用方言回答。

直到吃完甜点，她好像才想起此行的目的，“青石，你知道，盈利是企业的行为准则。你的这个地震预测软件如果真的成功了，当然会促进智和手机的销售；但恕我直言，根据我的粗略估算，即便如此，它所带来的预期收入增长也无法覆盖我们即将承担的风险——人力、物力、财力、机会成本。”她每说一词，便用咖啡勺敲一下托盘，“而且根据你的设想，为了建立起地震预测的回归模型，我们可能还需要在后台‘偷偷’汇总用户数据，对吗？”

他喝下一大口柠檬茶，嗓子依然焦渴，“是的。所以我……”

“青石，”她目光灼灼地看他，“我需要你认真地回答我：你真的相信地震能够被预测吗？”

“……我并不是一个嗜赌的人。”沉默片刻，他说，“但如果人生只能豪赌一次，我赌这个可能性。”十几年逝去的青春和一个一无所有的生命被推上牌桌。他苦涩地想。Show Hand。

她的脸滞了一下，随即卷起嘴角，“明天来公司报到吧。我让Andy给你的团队物色几个人。”

他半张嘴巴，人偶般僵着。

“企业追求盈利，但正如‘Corporation’中的‘corpor’代表身体，这暗示企业不过是人的延伸。除了钱以外，人总要有点儿情怀吧？你知道坐在那间高高在上的办公室里有什么好处吗？”于紫依粲然一笑，“那就是可以偶尔任性一次。”

他找了个借口溜到餐厅门口，把手指递向前台机器人。肩膀在这时被重重拍了一下，他吓了一跳。扭过头，躲在墨镜和口罩后的女人瓮声瓮气地说：“账我已经结过了。走吧。”

“这……”

“在这里我是东道主。走吧。”

无人驾驶电动车把他送到公寓楼下。他站在五月的夜风中，心思飘忽，如同一缕难以捕捉的云。于紫依从车子里探出头来，“这么晚回家，你家那位不会有什么意见吧？”

“不会。”他讪笑一声，“我……没有结婚。”

“哦……”女人叹了口气（在杨青石听来），“我很抱歉。”

他垂下眼睑，模棱两可地摇了摇头。

五

在智和大厦的五楼，于紫依为他专门辟出了一间办公室——

不大，邻着卫生间，以前是用来堆放杂物的。

“要保持低调，懂吗？”她一边说，一边冲他挤眼睛。两人独处的时候，她那骄傲而又略显稚气的表情一度让他产生了时光倒流的错觉。当年他们轮流占据水边一中年级第一和年级第二时，于紫依只会给他一个人这样的表情。是相互欣赏和暗暗较劲，把两个少年人推到了一起，那个星期天的午后，他们本来是约好一起去学校的自习室学习的……

“‘盖亚计划’，你觉得怎么样？”她问道。

他愣了一下，“啊？”

“这算是揣摩我们喜怒无常的地球母亲的一次尝试吧，显得谦卑点儿总不会有错。”于紫依跨进了办公室。

谦卑？谦卑和这个什么亚计划又有什么关系？

他跟了进去。他看到Andy刘在于紫依身边垂手而立，对面三个年轻人像三株高高矮矮的植物，好奇地打量着他。

“于总、青石，这三位可都是各自领域的拔尖人物。”Andy刘介绍道，“吴菲菲，数学建模的高手；伊川和也，做数据分析很有一套；还有这位，Johnason Pinker，我们的王牌程序员，对智和手机的硬件接口非常熟悉。”

三个人一一颔首与他打过招呼。高大的金发青年咧着嘴，用地道的中文对他说：“杨先生，我的名字别扭又拗口，以后你叫我小平就成。”

“行。那你也别叫我杨先生。我虚长你们几岁，就叫我杨哥。”

“杨哥，”小平嚼着口香糖，在于紫依和Andy刘面前也不发怵，“现在可以告诉我们要做什么项目了吧？”身后的两人和他一样，一脸疑惑和期待。

“这个……”他挠了挠头。

Andy刘冲他和于紫依点头,说:“都签过保密协议的。”

“说得简单点儿,”他稳住心神,“我们要做一款地震短期预测的App。”

办公室瞬间安静了。当三个年轻人的笑容冻结在脸上,他可以清楚地感受到空气中缺失了某种活跃的因子,从而显得呆滞。

他呵呵笑了一声,他的笑声在寂静中回荡。

小平的目光从他脸上跳开,“地震短期预测——Boss,你不是在开玩笑吧?”

于紫依铁着脸,“我什么时候跟你开过玩笑?而且现在他——”她朝杨青石噘了噘下巴,“才是你的老板。”

金发青年把脸转向他,颌骨剧烈位移,发出响亮的咀嚼声。他鼓起腮帮,吹出一个粉色的大泡泡。

啪!

泡泡爆炸了。

六

三个人中,果然是这个“小平”最难搞。这小子没有一点儿“食君之禄忠君之事”的思想,消极怠工不说,还整天嚷嚷着要跳槽。“上帝让谁灭亡,”他把二郎腿搭在桌上,“必先使其疯狂。”

“我觉得你是够疯的。”杨青石说。

小平猛地收起二郎腿,ichair善解人意地把他送到杨青石面前。

“杨,听说你是统计学和地球物理双学士。你是哪个大学毕业的?”

“北山大学。”

“北山大学，北山大学……”他朝斜后方的那两个目光空洞、显然正沉浸于视网膜娱乐的小青年挤了挤眼睛，“没听说过。”

杨青石对他的挑衅无动于衷，“反正不是什么野鸡大学。当然啦，和你的母校没法比——斯坦福大学，我说得没错吧？”

“和Zoey于是校友。”小平扬了扬眉毛，“我可是凭自己的本事进的智和，和某人不一样。”

吴菲菲的工位上传出“咳咳”的清嗓子声。美国青年一脸的混不吝，“杨，我学的虽然不是地球物理，但多少还有点儿地震常识。我知道对于地震的短期预测，现在科学界的主流意见是不、可、能——”

“好，那你告诉我，说地震不可预测，理由是什么？”

美国青年做了个鬼脸，那意思一清二楚：这你还问我？

他清了一下嗓子，说道：“既然大家对自己的工作有疑惑，那么不妨摊开来谈清楚——小吴、伊川，你们两个也过来。”

拉过一把没有智能马达的转椅，坐下。对面三个年轻人像是商量过一样，动作出奇一致：都抱着手臂，扬着下巴。

他开始说：“我们先说说反方意见——地震为什么不能被预测。第一，我们对地球内部的情况所知有限。对于这样一个非线性的混沌系统，在认识有限的前提下，我们目前建立的控制方程和分析模型都不够准确。地震预测涉及流体、固体两态，而且有非均质、各向异性、不连续的问题，目前很多地震模型都是基于连续体模拟的，预测和实际情况偏差较大。另外，对于诱导地震的机理，我们现在也没有很完善的理论。第二，地震很可能属于自组织临界系统，这种系统里动力学的吸引子正在临界点上，因此具有高度的不稳定性和随机性。当然，在应力达到快速释放的临界点之前，地下会出现很多异常现象，但是由于十几公里的地壳传递过程的干扰，传到地面上来的携带应力变化信号的信噪比极低，因此也就不足为凭……你们三位，还有什么想补充的吗？”

三个年轻人相互瞅了瞅，齐齐摇头。

他的目光在三个人的脸上扫了一圈，最后定在小平脸上，“Mr. Pinker，想听听一位毕业于三流大学的三流科研人员是怎么看这个问题的吗？”

小伙子摊开手：既然你这么清楚，我看你还有什么好说。

他站起来，“你们说我是疯子。没错，在偏执这方面，我承认自己确实是个疯子。我就是想要预测地震，只要能达到这个目的，手头有什么我就用什么，想到什么我就琢磨什么。至于地震的发生深层机理，我为啥非要把它搞清楚呢？……你们还真别瞧不起这样的实用主义。往远了说，几千年来，我们人类的祖先用历法指导农业生产，尽管他们并不知道是广义相对论和牛顿力学定律规定了天体的运行，从而才有了四时更替、节气变化；往近了说，量子力学的应用塑造了今天的世界，可对于薛定谔那只猫到底是死是活、对于量子行为背后到底存不存在隐变量、对于量子纠缠是如何发生的，我们依旧没有定论，可我们不还是在愉快地享受量子力学带给我们的现代生活吗？”

小平高高的鼻子皱了起来，“杨，你想说什么？”

“从前的我们，过于纠结因果关系了。”他的手不由自主地在空中挥动，“在这个大数据时代，大量的、显著的相关关系唾手可得，借助这些相关关系，我们不必深入事物的内里，只要有精确的初识条件和足够多的变量，就可以建立回归模型或是时间序列模型，进而预测动力系统的变化趋势——据我所知，这不正是智和的优势之一吗？同理，借助智和的高精度传感器和大数据分析能力，我相信我们能把应力集中的信号从噪声中分离出来：温度、湿度、气压的反常变化、电磁异常、放射性气体的浓度上升等等。全球每年大约发生数百万次地震，而且多数集中在环太平洋火山地震带和地中海—印度尼西亚地震带上。我粗略算了一下，生活在这两个主要地震带上的智和手机用户至少数以亿计！这其实就是数亿个传感器啊，上百万次的地震，其中即使只有一小部分能够提供有效信息，仍不失为一座数据的宝库……你们都是处理数据的高手，能明白我的意思吧？”

三个人迅速交换眼神。

“杨哥，”吴菲菲说，“我大概明白了。你是想用智和传感器里的数据为地震建立动态模型，再将变化的参数代入模型来预测地震……不过，地震前的那些鸡飞狗跳、气温异常、氡气释放什么的，不都是那些……”她迟疑了一下，“那些民间科学家用来预测地震的依据吗？”

他笑了笑，说道：“没有严格的数学方法和数据支持，再准确的洞察也难免沦为跳大神……以我的理解，对于地震这样高度复杂的非线性系统，区区几个非定量因素很难成为预测的依据。那些声称能够预测地震的民间科学家，沉溺在迷雾重重的思维模型中，看到几片疑似‘地震云’就大喊着‘狼来了’，在我看来，不过是借科学之名行巫术之实而已。”

吴菲菲和伊川和也默默点头。

小平的喉结上了又下，接着轻轻哼了一声，“杨，你的实用主义很有我们美国佬的风范——摸着石头过河，嗯哼？”

杨青石扑哧一声笑了，“没错！”

“算我一个。”美国佬向他伸出手，“不过丑话说在前头：掉水里的时候可别指望我把你捞上来。”

“放心。”他攥住小平的手，“如果真到了那一天，我一个人乖乖沉下去就是了。”

七

“那几个小朋友搞定了？”

于紫依咂了一口扎啤。在这个街边的烧烤摊，她干脆不摘墨镜了，在城市夜空中LIFI网络编织出的荧绿色光幕和巨型投影广告器张光芒的照耀下，墨镜丝毫不影响她辨识食物的能力：这个女人左右开弓，生蚝、烤鱼、牛肉、韭菜……就着冰镇啤酒，她吃得风生水起。排山倒海的烧烤味和女人的香水味混合在一起，形成了一种奇妙的氛围：既粗鲁，又令人着迷。酒不醉人人自醉。他的头皮发麻。

“搞定了。”他点了点头。

“你不喝啤酒？”于紫依问他。

自从见到你，我就不再喝了。他摇摇头，说：“不喝。我尿酸高。”

“也好，现在你需要清醒的头脑。”她直起身，“内测版本什么时候出来？”

“最快下周。”

“好。”女人的两颊飞红，“后面就是我的事了。”

后面。他盯着于紫依线条松弛的嘴角。她的轻松究竟是装出来的，还是酒精的麻痹作用？“盖亚”（他们现在都这么称呼自己开发的App）第一阶段的任务是通过收集传感器数据建立地震的多元回归模型和联立方程模型，这就意味着，在模型没有建立起来之前，它是无法实现预测功能的——这时作为独立的App推出，肯定不会有几个人买账；而模型的建立又极端依赖数据样本规模。这是个循环悖论，如果按照常规思路，“盖亚计划”永远不可能成功。

"所以只能开后门喽……"在三天前的碰头会上，于紫依轻描淡写地说，"就像你在项目企划书上说的一样。"

按照他们的计划，"盖亚"一开始会伪装成"智和健康"的内测插件，对它的功能描述要尽量语焉不详……总之就是提高健康管理精度之类的陈词滥调。它实际在做的事情是收集传感器数据并上传至智和的云服务器。"智和健康"是智和手机的主打功能，几乎没有人会拒绝使用——五亿部手机，"盖亚"得到的数据将是海量的。

"说白了就是偷数据嘛……"小平如是说，"不过I'm loving it!"

作为一个小程序员，小平是可以喜欢这种刺激的逾矩行为。但身为智和的创始人及CEO，于紫依是要冒很大风险的。

"紫依，"杨青石舔了舔嘴唇，"你可要想好，这事儿如果被人发现，那……"

她拍了拍他搭在桌上的手，"我人生最大的遗憾不是来自不计后果，而是来自深思熟虑。"

他的耳朵嗡的一声，颈毛根根直立。于紫依的话像一根来自高维度的针，探入他的过去和现在，把原本层层沉淀的现实搅得一片浑黄。这些天，地震的梦境频频造访。于紫依以不同时态出现，时而十六，时而三十二，或者干脆介于这两者之间。在梦中，他试图保护她，就像他曾经做过的那样——然而他又隐隐知道，这样做也不能改变什么。在梦中他是洞悉自己宿命的人，他明白他们会小心翼翼地把彼此从自己的生命中抹去……这是两个少年人的默契，不是不计后果，而是深思熟虑……

现在她说这话，是什么意思？

于紫依的手从他的手背上退开，说道："我有信心瞒过董事会一段时间，但至于那几亿的用户，我心里就没谱了。我们唯一的胜算就是在所有人察觉之前得到地震预测的准确模型——青石，你能做到吗？”

他咽下一口唾沫，用力点头。

“我就知道！”她举起酒杯，墨镜里两个杨青石瞪着四只空洞的眼睛，“为我们的成功，干杯！”

他举起可乐瓶，“干杯……说好了啊，今天我结账，别跟我抢。”

于紫依的嘴角卷出一个黏黏的笑。

“好啊。”

八

他们在深夜被召集起来。办公室惨白的LED灯光下，于紫依的表情模糊，Andy刘搓着手指，三个年轻人哈欠连天。

“紫……于总，”杨青石的声音发黏，“有什么紧急……”

“‘盖亚’已经运行了一个月，”于紫依打断道，“我想请你们汇报一下进度。”

项目组的几个人面面相觑。杨青石用目光探问女人，后者面无表情。他和年轻人交换眼神，然后清了清嗓子，“于总，我们从数据中挖掘出了很多有趣的东西……目前，回归方程已经初步建立起来了，但是……”

“但是？”Andy刘停止了手中动作，他的嘴唇微微发抖。

“但是模型的拟合程度还很低。”吴菲菲接话道，“我们拿预测结果和国家地震台网的数据进行交叉比对，时间、地点、震级在可接受误差范围内的预测，大概占预测总数的百分之十几。”

于紫依的脸颊跳了一下，“也就是说，现在还基本预测不出来？”

杨青石挤出一个笑容，“于总，你可能要多一点儿耐心。这段时间做下来，我们发现地震预测比项目组最初预期的要复杂得多。在地震这样一个混沌系统中，对于如何处理多重共线性和时间序列中的伪回归，需要反复试错、不断修正模型，这消耗了我们大量的计算资源；另外，如何从应力信号中剔除噪声，也是一个难点。举个例子：‘盖亚’从某一地区的传感器集群中得到的气温数据是海量且不断变动的，我们需要从这些数据的变动中识别出整体模式，进而判断出局部地区地表温度的快速、异常升高，这不是个拍拍脑袋就能解决的问题。当然，项目组正在全力改进过滤算法……我坚信我们正走在正确的道路上，现在我们缺的是……”他犹疑地四顾，“缺的是……”

“杨，我不明白这有什么不好说。”小平大大咧咧地用食指抠着眼角，“我们缺的是几场在人口稠密地区发生的可明显感知的地震，嗯，震级最好在六级以上，越大越好。稠密的人口可以为我们提供海量的传感器数据；而较大的震级……”他故作轻松地耸了耸肩，“可以使应力信号更为显著，这对减小初始参数和边界条件的误差大有裨益。据我们估计，方程如果能够得到修正，预测准确率将大大提高。我说完了。”

于紫依抱起手臂，“……所以说，你们是在等大地震——极有可能造成人员伤亡的大地震。”

“要想快速获得对某种病原体的全面认识，没有什么比一场大规模的疫病暴发更有效。”杨青石苦笑，“这是一个尴尬的悖论。”

办公室陷入长时间的沉默。在深夜的静寂中，老旧灯管嗡嗡的蜂鸣声令人难以忍受。杨青石使劲眨了眨酸胀的双眼，头痛如潮水漫了上来。最后，于紫依只是轻轻吐了几个字，可在他听来，却不啻于訇然巨响。

“可能等不到了。”

他瞪着她，“你说……什么？”

“刚才有人在论坛上发了帖子，对‘盖亚’真正功能的描述极尽详细。”Andy刘重重地咬着“真正”二字，“不管是选择辟谣还是默认，我都毫不怀疑智和会在明天一早登上各大新闻媒体的头条。”

“泄密！”一向寡言的伊川和也突然蹦出一句。

办公室再次沉默。目光在几个人中来回弹射，最后形成默契，慢慢向小平的身上汇聚。

几秒钟后，粗枝大叶的美国人终于察觉到目光的灼烧，他僵了一下，然后猛地蹿了起来，像一个积聚了过多能量的弹簧。

“God damn it！”他的音调随着他身体的运动急剧起伏，“你们竟然怀疑我！怀疑我！”他恶狠狠的眼神在每个人的脸上奔突，像只垂死挣扎的疯狂小兽，“……你们他妈的谁能告诉我，我为什么要泄密?!”

杨青石息事宁人地把手伸向他的肩膀，“小平……”

美国人侧身躲开了他的触碰，“杨，一开始我对你的设想确实颇有微词，但那是在我被你说服之前；我最后决定加入了你的项目，就说明我认可了咱们之间的契约——契约！你能理解这两个字在美国人心目中的分量吗?!”

“冷静一下，Mr Pinker。”于紫依波澜不惊地说，“你认为我们对你的怀疑是武断的，是对你的羞辱，所以你火冒三丈，对吗？”

这个女人的平静里有巨大的势能。她不怒而威的目光在美国人的脸上盘桓，后者别过头，五官和语气都软了下来，“是的。”

“那么你仅仅从我们的肢体语言里就认定我们是在怀疑你，这是不是同样武断？我可不可以把这理解成你对我们几个人的羞辱呢？”

小平挠了挠头，“这……”

她摆了摆手，说道：“不管到底是谁泄的密，现在都不是追究的时候。现在我们的当务之急是——”她看向杨青石，“让‘盖亚’活下来。”

九

他们连夜发布了“盖亚”。这一次，是作为独立的App，功能是地震预测(内测版本)，附带免责声明。

这一步棋是杨青石无论如何也想不到也下不出的。

“既然迟早会被人知道，那还不如自己说，起码主动权还在我们手里。”当时他还拼命在女人脸上寻找发疯的迹象，但从事后的效果看，女人的这一招险棋令局面瞬间易势。他隐隐约约地明白了，为什么有人能立于时代的潮头，有人则不能。

“有几场小诉讼，我们的律师应该能搞定。”几天后，Andy刘瘫在办公室的单人沙发上，一脸疲惫地说，“你们能想象得到吗？现在舆论的主流是：虽然手段有欠商榷，但智和的社会责任感值得肯定。”

吴菲菲兴奋地使劲点头，“我们提供了关闭‘盖亚’的选项，但这样做的人很少。这还真得感谢那个泄密的家伙。”她偷偷瞄了瞄小平弓起的后背，撇了撇嘴，“他把‘盖亚’的功能说得那么明白，简直就等于是在告诉大家，我们稍稍越界的行为不是出于某种肮脏的商业动机，而只是为了预测地震……更好玩儿的是，当人们发现自己竟然在不知不觉中参与到了一场伟大试验中，而这个试验又关乎人类本身的福祉时，反而兴致更高了——说实话，谁不想成为历史的一部分呢？”

小平的后背耸了一下，说："天真。"

"还不止这些。"伊川直接无视小平的臭脸，"网友们还给出很多改进算法和数据处理方法的建议。比如如何在卫星热红外遥感异常中辨识应力集中的情况；比如对于二氧化碳浓度变量，可以进行二阶差分处理，我试了一下，放在模型里效果很好——你们知道是谁提的建议吗？那个做火情警示App的团队……"

"有友商提出想和我们分享传感器数据，深度开发'盖亚'。"于紫依倚在门口，"我还要考虑一下。"

办公室里响起哧哧的笑声。杨青石站了起来，说："我给大家泼盆冷水吧。"他朝于紫依点了点头，"改进算法后，我们的预测准确率达到了百分之三十几，和以前相比，这确实是不小的进步——但这样的准确率和我们的目标还相去甚远。说实话，我们现在的预测只能算是小打小闹，对于频繁发生的小型地震，误报和漏报不会造成什么严重的后果。可大家有没有想过，以现在的准确率，如果漏报或者误报了大地震，会发生什么吗？"

气氛瞬间凝重，几个年轻人松弛的脸部肌肉再次变得紧绷。"所以我们需要大地震啊。"小平不冷不热地来了一句，"而且在预测模型还不完善的情况下，为了降低误报风险，我建议一旦预测震级达到六级以上，就不要向震区的移动终端发布预报——你们那是什么眼神？你们不会不知道，无论是从主流科学界的态度，还是从社会影响的角度考虑，漏报都要比误报好吧？"

沉默半晌，杨青石说："从'盖亚'运营的角度，我同意小平的观点。在现阶段，我们确实难以承受地震误报所带来的负面影响。但是——"他的目光在每个人的脸上扫过，在与于紫依对视时，他意味深长地一停，"我想请大家不要忘记我们的初衷是什么。我们，说句不自量力的话，我们是想要从盖亚之怒中拯救生命。也许总喊‘狼来了’是件吃力不讨好的事情，但如果在座各位都认同生命是无比宝贵的，那么只需做一道简单的算术题，我们就会得到这样的结论：漏报的期望损失毫无疑问要远远高于误报。如果我们出于‘政治正确’的考虑而选择袖手旁观，那么我们现在的努力还有什么意义呢？”

“……那就当我没说。”小平摊开手，眉毛八字形倒挂着，“反正你是老板。”

十

她似乎预感到了什么。震动刚一停止，她就甩开他的手，跑向家的方向。他的大脑一片空白。他跟在她后面，跑过断裂、倾斜的水泥路面，跨过倒伏的树木，穿过漫天的尘烟，穿过哭泣、叫嚷、呻吟……她停住了。他们的前面本应是一幢六层高的灰色楼房。不会有错的。十六岁的他熟悉这个地方，仅次于熟悉自己的家……那栋楼只剩下一半。她向废墟走了过去，他拉她的手，可只触到一缕云烟……

他在半梦半醒的边缘徘徊了很久，最终被手机铃声唤醒。凌晨三点三十五分，他的半天假期还没有过完。他抓起手机，屏幕里于紫依少女般嘟着嘴。正是她逼他回家休息的。他很累，可当他躺在床上，脑海中的喧嚣沸反盈天，各种想法各种疑虑各种期待，像失真强烈的电吉他、像鼓、像贝斯，乱糟糟响成一团……一罐啤酒也许能解决很多问题，可他最终抵制住了诱惑。

“喂？”他接起电话。

“青石，一个坏消息，还有一个更坏的消息，你想听哪个？”

“哦……”他呻吟一声。

“那就先说不那么坏的。当地时间十九点十二分，里斯本4.4级地震，‘盖亚’提前四十五秒预报，预报震级为6.4。发生了几起小型车祸，有人从二楼跳下来，摔成骨折……”

他猛然坐了起来，“更坏的呢?!”

电话那边顿了一下，“当地时间四点零七分，大阪7.2级地震，‘盖亚’无知无觉。现在网上已经乱成了一锅粥。”

他深吸了一口气，胸口隐隐作痛，“通知那几个人了吗？我现在就去办公室……”

“不用了。”于紫依的疲惫从听筒里渗了出来，“明天早上我来接你。你先好好睡一觉。”

“可是……”

“快去睡觉!”

通话戛然而止。手机从手中滑到床上。他起身，颤抖着翻出家里的最后一罐啤酒——有时候，他一边猛灌啤酒，一边想一罐啤酒能解决很多问题。

十一

“董事会已经向我施压了。”于紫依说，没有看他。

悬浮车在透明的城市干线空管中嗡嗡行驶，全景车窗外，城市不断退去。千米高的建筑群如一列反射着寒光的利齿，撕咬着北京城的天际线。

“我们不去公司?”他昏昏沉沉地问。

“去机场。”于紫依微微侧过脸，“青石，你能陪我回一趟家吗?”

家？他清醒了一半。他看向她，他在她的侧脸里发现了某种柔软，这柔软仿佛时光深处的窖藏，并不属于三十二岁的于紫依。

于是他立刻明白了她到底指的是什么。

“好呀。”他说，喉头发紧，“我也很多年没有回去过了。”

晨光从车窗漫了进来，于紫依眯起了眼睛。

“是Andy泄的密。”她说。

他咬着下嘴唇。

“他肯定得到了董事会的授意。在公司里，其实早就有很多人对我的所作所为非常不满了。很显然，有人想借这个机会踢我出局……我们在之前扳回了一局，可惜……”女人睁大了眼睛，目光在他的脸上定格，“你已经知道了？”

“刚才小平给我打了电话。”他的颈动脉突突直跳，“他就对我说了两句话。第一句是：杨，我知道中国有句成语，叫‘自作自受’……”

她苦笑着摇头，“这是他的风格。”

“第二句是：我还知道中国的另一个成语，叫‘一诺千金’。你应该能理解‘契约’二字在美国人心目中的分量。”

她头部的动作，连同脸上的笑容，都凝固住了。许久，她发出一声若有似无的叹息。

“紫依，对不起。”他的脸颊滚烫，身体却是冰冷的，“如果我……”

于紫依用手指揩了揩眼角，“青石，没什么可对不起的。能走到这一步，你比我要难得多。”

他怔了一下，眼泪呼之欲出。车子在这时微微改变方向，他们被加速度推搡着，手臂短暂相接。他能感觉到她的体温她的绒毛她的静电，所有的失落、期待和痛悔像一块巨石，扑通一声坠入他心中的深井。他紧紧地咬着腮帮。

“青石，知道最让我难受的是什么吗？”她的侧脸在逆光中是一个疲惫的轮廓，“Andy跟了我四年，说倒戈就倒戈。以现在的形势，说不定智和也会流沙般从我的指缝间溜走……好讽刺啊，就像我的整个生命都建立在流沙之上，地球母亲打一个冷噤就会把一切都夺走……十六年前是这样，十六年后仍是如此。”

“不！”他急切地反驳，“紫依，我们还不到束手就擒的时候。刚才吴菲菲还发来信息，说大阪地震为我们的模型提供了大量的数据和宝贵的边界条件，模型修正以后，预测准确率肯定会大幅提升……”

于紫依的手盖在他的手上，“青石，见面那天，我说你绝情……我要向你道歉，绝情的人其实是我。”

他的头皮发麻，“你……说什么呀……”

“地震以后，我随外公外婆去了另一个城市。”她自顾自地说，“我考上了北大，后来又去了美国。在那之前，我都不知道自己能毫无知觉地生活——也许正是靠着这样的麻木，我才不至于崩溃。但是，我知道在我心上还有一个部位，这个部位如同开关，只要轻轻一碰就会唤醒沉睡的疼痛；我怕那疼痛太过强烈，强烈到会把我整个儿吞噬掉……你明白我说的什么吗？”

他嘶嘶吸着气。点头。摇头。

“有关地震的一切。”她转过脸看他，“我失去的，我未曾失去的，都是开启潘多拉魔盒的咒语。我以为抛开这一切就能够继续生活下去：我去了大洋的彼岸，我故意不回你发来的信息，我交男朋友、喝酒、玩命地学习、玩命地工作……我多么傻啊，竟然以为自己能够躲过伤痛的追杀，可是你看看现在的我，孑然一身、众叛亲离，如同一只丧家之犬。原来伤痛从不放过谁，它不会一刀毙命，但总能慢慢收紧套在你脖子上的绞索……”她摇了摇头，说不下去了。

“紫依……”他紧紧抓着她的手，不知该说什么。

“青石，”她灼灼地看他，“现在你能告诉我，你为什么要来找我吗？”

他低下头，“我……”因为心有不甘吗？还是因为心中怀有一个真真切切的希望，希望能在有生之年再次回到你身边，哪怕我们被那些往事，那些奔流不息的时光，那些少年人的期待、惶惑与薄情所阻隔？“我不知道……”

于紫依轻轻摇头，若有似无地笑着，“无论如何，我都要谢谢你啊，青石。谢谢你还记得你的承诺。我可以想象，这么多年，这个承诺就像西西弗斯的巨石——你一次一次地把它推向山顶，而它却一次一次地滚落……青石，你已经尽力了。”她注视他的目光温柔悲悯，“你该卸下这副重担，享受你想要的生活了。”

他怔了一下，松开了手，“这就是我想要的生活，我不会放弃的。”

“青石，你不明白……”

“紫依，你真的相信地震能够被预测，对吗？”

“这不是相不相信的问题……”

“于紫依，回答我！你相信吗？！”

她别过头。电动车驶入阴影，首都机场像一只匍匐的巨兽，将他们吞入腹中。

十二

这个县城崭新、陌生，十六年过去了，你已经很难想象它曾是地球绽开的伤口。

他陪着她扫墓，凭吊那个曾经叫作“家”的地方——现在，家是素白色蛋壳状的地震纪念馆，是铺设着微波供电网络的崭新街道，是飘飞着全息投影广告的斑斓天空。

地震后不久，杨青石一家就搬走了，这是十几年来他第一次故地重游。在这里，他曾对于空间坐标的损毁无所适从，而现在，他目睹了比地震更为强大的力量。

时间才最可怕。他怅然若失。时间把我变成了一个无根之人。

“青石，我有个不情之请。”在县城新落成的五星级宾馆的餐厅里，于紫依双颊微红，“陪我回一趟学校，好吗？”

这并不是一个过分的请求。他正欲开口，却被她按住了手腕。

“其实是这样的……我以个人名义为一中捐赠了一座新教学楼。这次回来，我其实是受学校领导的邀请，要对孩子们讲几句话的……”

喃，公众人物。“我可以陪着你去，但以什么身份呢？”他问道。

“你也是一中的优秀学长嘛……”

电话在这时响了起来。“喂……小平啊，你说……”杨青石偏过身子“嗯啊”了一阵，再转向于紫依时，脸色青白。

“Andy刘正准备接管项目组。”他说。

于紫依苦笑，“绕过我这个CEO？”

他咬着嘴唇，“紫依，‘盖亚’已经很成熟了。它的回归方程精致而复杂，有上百个变量，有高效的算法，它几乎榨干了智和的传感器机能和大数据资源——它已经不再是我们几个人闭门造车的作品，而是无数人智慧的结晶……紫依，我请求你，让这个项目继续下去。”

她缩回了放在餐桌上的手，问道：“准确率呢？”

他哑着嗓子，“还……需要验证。”

她起身，“青石，今天能不谈这个吗？我先去换衣服，学校会派车来接我们。”

他想站起来，却被卡在餐桌和餐椅之间。

……

四月的阳光不算毒烈，他们站在临时搭建的主席台上，身后是砖红色、气派不凡的“紫依”楼，前方是红色塑胶跑道，环绕着草坪不甚平整的操场。一中的学生身着蓝白相间运动服，列队里有低低的、大片的说话声，有如夏夜里的蝉鸣。

“同学们请安静，今天……”刘校长的后半句话被刺耳的回输啸叫盖过，杨青石见她扭过头来，示意于紫依上前讲话，“下面有请于学长为我们讲话，大家欢迎！”

于紫依冲他笑了笑，款款上前。今天她特意扎了个辫子，穿白T恤、蓝色牛仔裤，腰肢纤细、步态轻盈，从背后看还俨然是个少女。他正了正领带，捋了捋衣摆，感觉自己就像个装腔作势的傻瓜。

我一直都是个傻瓜……他想。

“各位学弟学妹，你们好。”于紫依的嗓音经过麦克风的失真，持重，带有颗粒感，“很高兴能回到这里，回到我的母校……”

母校。他下意识地向后看。一切都不同了。变得更新、更大，更……坚固。于紫依在来的路上告诉他，这座大楼花了她不少钱。“地基里安装了最新式的避震伺服器，在地震波到来时，可以通过实时分析震波形态，进行反向震动平抑。”也许这才是未来的方向吧，他攥着拳头，心中丝丝钝痛。但是……

“……十六年前我是一中的学生，我在这里学习知识、学习长大，我在这里结交了永志难忘的师友……”

但是，这样造价不菲的建筑在一线城市也是凤毛麟角。诚然，除此之外，我们还可以提高建筑强度，但这同样需要一个过程。再说，由于经济发展的不平衡，水边县建筑的抗震性能和北京这样的城市是没法比的……而在这个国家，像水边县这样位于断裂带上的人口稠密、抗震能力不强的县城，比比皆是……

“……地震发生的时候，各位学弟学妹也许很小，也许还没有出生。我想说，你们很幸运，你们和一座涅槃的城市共同成长，你们和水边县一样朝气蓬勃、欣欣向荣……”

他凝视着她的背影。地震改变了一切，他恍恍惚惚地想，地震改变了我，也改变了你。我当然记得收不到你回信的焦灼，可那也是一种解脱。我同样想忘记那场地震，想重新开始那戛然而止的青春……可你道别时的表情在我脑海中挥之不去，你苍白的脸，你暗潮汹涌的眼泪。它像隐疾，像诅咒，它让我无法全身心地投入任何一场感情，它让我抱着一个腐烂的理想，让我在这理想发酵出的酒精中烂醉如泥，无法承担对自己、对身边人的责任……

“……我并不是一个高尚的人，我现在所做的一切，不过是为了让自己摆脱内心深处的恐惧：在这里重建带有避震伺服器的教学楼，试图用一个软件预测地震——也许我失败了，但我不后悔……”

不后悔。他的视线模糊了。不后悔。爱一个人有什么可后悔的呢？无非是奉献出自己的一生，让人在无意义的宇宙里创造出属于自己的意义……

手机突然振动起来，他掏出手机。他看到于紫依也在裤兜里摸着手机。“抱歉。”她低低说了一声。

手机屏幕上跳动着一个红色的惊叹号：注意！你所在的地区即将发生地震！震级：6.2。地震波预计到达时间：1分14秒后。置信度：88%……

学生的队列里不少人低头，然后传出喊喊喳喳的议论声。

于紫依转头看他，脸色煞白。她在询问他。

他用力点头。如果人生是一场豪赌，那么我赌这个可能性。

“同学们，”她把头转向麦克风，“请向操场中间集中，远离墙体和建筑物……请还在教学楼里的老师同学有序撤离……”

她转身，和一脸愕然的刘校长对视，她的目光里有一种豁出去的坚定：请相信我！

在这个有着地震记忆的地方，人们的行动井然有序。他们随老师们依次走下主席台，和从教学楼里小跑出来的师生们汇成一处。他们在操场中站定，于紫依用双手环住他的手臂，瑟瑟发抖。他想安慰她几句，可那种感觉就在此时、在大地震的十六年后再次降临：时间忽然变慢，像飞虫钻入果冻；他感觉到焦躁的气流掠过他的皮肤，发出低低的呼哨声；他闻到难以言说的气味，他手臂上的汗毛根根直立……

地面开始摇晃起来，先上下，后左右。他看到高高的旗杆在颤抖，在教学楼岿然不动的映衬下，这颤抖近乎疯狂……于紫依拽着他的手臂，下沉。他蹲下，紧紧地抱住她。

“莫得事，莫得事。”他柔声说。有什么濡湿了他僵硬的衬衣领子，他能想象得到，那是于紫依晶亮亮的眼泪……

他就这样抱着她很久，直到时间回到了正常流速。他们站了起来，她死死捏着他的手，他疼得直冒冷汗。地震结束了。他看到师生们向他们围拢过来，他轻轻推了推于紫依，“哎……”

“让我靠会儿，”隔着衬衫，他都能感觉到她滚烫的脸颊，“腿软了。”

“好。”他的心甜蜜地抽痛着，“你相信我，对吗？”

“我……一直相信……”他的胸膛被她使劲儿顶了一下，“非要这个时候问吗？讨厌！”

引子二

临走前，他们在学校塌了半边的矮墙边见面。五月的夜晚醉人，有虫鸣，有法国梧桐的沙沙轻响，有缅桂花的香气在空中回旋。他的脚蹭过地上一道深深的裂缝。五月的夜晚依旧醉人，可一切都变了。

十六岁的她红着眼睛，“明天我就要走了。”

他哽着嗓子，点头。

“记得给我打电话，发微信。”

他继续点头。

她突然哭出了声，“我爸妈是在楼道里被发现的……他们正在往外跑，如果能早知道几十秒，他们就不会……”

他轻轻抱住了她，“紫依，一定会有一个办法……一定会有一个办法，让这样的事情不再发生……”

她抽泣了一会儿。她温暖的体香在五月的夜晚里慢慢升腾。然后她踮起脚尖，轻轻亲吻他的脸颊。他被她的泪水打湿。

“等我……”她说。

“嗯。”

《科幻世界》2018年第3期

赌　脑

| 顾　适

【第一幕　雷震】

Allegretto non troppo

（不太快的小快板）

暴雨如注。

一道炸雷落在近旁，轰轰然震得地都在颤。车夫话说到第二遍，林衍才听清。

“先生，先生，就是这里了！”

是这里？

林衍抬头去看。雨太大了，三步之外只余一片朦胧，又一道闪电，亮光里仿佛见到一个字——“茶”。“是这儿，”车夫恳切地看着他，“城里就这一处了。”林衍摸出一块银元，看看车夫褴褛的湿衣，又加了一块。那车夫绽开一个笑，“谢谢先生。”抖着手把钱接过去，塞进车头上挂着的鸟笼里，叮当一声，仿佛已经有许多了。又上前撑开伞，送林衍到屋檐下。然而地上的水足有脚踝深，蹚过去，皮鞋登时就灌满了，裤子也被雨打得贴在身上。车夫还要擦，林衍知道是徒劳："不必。"便进到屋子里去。那门倒厚重，嘎吱吱在背后关上，隔绝开一切，徒剩安宁。

……来早了。

连伙计都没到呢。这屋子不大，却高得出奇，抬头看去，少说也有四丈。顶上洋教堂似的攒了个尖，一个大圆风扇在侧面缓缓旋转，此外便灰秃秃的，毫无装饰。低处略繁复些，窗上雕着梅兰菊竹的花样，只有一扇敞开，伴着雨声探进来一枝红杏。侧面立了个紫檀座钟，近处几张方桌，围着长凳，中间却支了个大台子，上面铺了暗红色天鹅绒布，摆着两个银质烛台——真可谓不古不今、不中不洋了。

林衍最后才瞧见角落的火炉边还坐着个人。是一个夫子模样的瘦小老者，穿着马褂，正在打瞌睡。林衍低低咳嗽一声。半晌，那人终于偏过头，掀开眼，"我这店今儿不开张，请回！"

林衍被他这样眯着一盯，心竟突突跳起来。只是他好容易才找到这里，怎么肯走，斟酌再三，还是开门见山道："在下是来赌脑的。"

老者闻言，方才正眼瞧他，抖了抖衣袖起身，再去看林衍时，忽而咧嘴一笑，那嘴角的皮肉便如幕布一般，被拎起来堆到两颊上，"呀，怠慢了！先生坐，我这掌柜当的，这早晚了还什么都没收拾！"话音也利索起来了。他说着拿起桌上的一对核桃，又去窗边，"这么大雨！难怪……先生要是不嫌弃，我这有干净衣衫，您先穿着，过会儿等您衣服晒干了，再换回来？"

林衍讶然道："您说笑，这雨天怎么晒衣服？"

掌柜盘起核桃来，不紧不慢道："先生难不成头一回进城？咱们这同外边不一样，我瞧着今儿这天，不单会出太阳，晚些还要下雪呢——先生不信？不信我们赌一赌！"

林衍略有些拘谨,“我可不是来同您赌这个的。”

掌柜笑得更深,“自然,您是来赌脑的嘛。您先坐,我去把那几个头化开。”

林衍怔忪道:“头……还要化开?”

掌柜道:“可不,头这会儿都冻着呢!衣服我放在这了,您随意。”说着就走了。

林衍见里外无人,干脆便换了店家备下的长衫和布鞋。不知什么时候雨停了,真升起明晃晃的大太阳来,把杏花的影子打在墙上,随风摇曳。林衍把湿衣裤搭在屋角的凳子上,回过头时,竟见门口站了个少女。她一面伸手摘下兜帽,露出皓腕上一抹翠绿的冷光,一面嘟囔着:“好冷。”那手放下来,又去掸身上的雪渣。林衍想看她的面容,挪了一步,少女闻声转过身来,看见他,慌忙站定,柔声问:“公子可是今日的庄家?”

巧笑倩兮,美目盼兮。

林衍呼吸一滞,顿了顿才道:“庄家去准备那些……头……嗯,敝姓林,林衍。”

少女轻轻回了三个字:“穆嫣然。”略一施礼,便径自坐到桌边去,把外袍解下来放到一旁。里面一身珠翠锦缎,奢华得十分随意,反倒显得可亲了。林衍一时忘了言语,见她看向自己,才慌忙开口道:“穆姑娘……可是遇到雪了?”

穆嫣然看看窗外,抿嘴笑问:“公子遇到雨了?”

林衍道:“是啊。这天怎么会变得这般快?”

穆嫣然脆声道:“城里东雨西雪,南夏北冬,都是常有的事,全看走哪条路了。林公子是第一次进城吗?”

林衍答道:“我都记不得了……姑娘倒像是很熟悉城里的境况。”他见那炉火上有个大壶,便取来给少女和自己各倒了一杯水,又顺势坐在她身侧。穆嫣然接过茶杯，道了声谢，又说：“我是生在城里的。”

林衍问：“从没出去过？”见她笑而不答，便赞叹道，“自然是了。看来姑娘便是人们口中的‘完人’啊。”

穆嫣然却不喜欢这称谓，蹙眉道：“什么‘完人’？要我说，这‘完人’就是被困在城中的木偶。”

林衍愕然道：“困在城中？姑娘这话又是怎么说的？进城是多少人一生的梦想，他们想来却不得其门而入，你倒想出去？”

穆嫣然淡淡道：“坤城弹丸之地，不过是借着与城外六国皆有城门相通，才能成为今日的枢纽。而六国虽彼此隔绝，时空又不稳定，但那里的天地却广阔无边。我一直很想去看看。”又转过头，对林衍继续说道，“我确实常听人说，外面的人都想进城来赌脑。公子可知是什么缘故？”

林衍想了想，才答道：“赌脑说起来，赌的是脑这件事物，其实是在赌这些脑中有什么样的想法、什么样的记忆。人们读了脑中的信息，就如同在这世间多活了一遭，能看见以往看不见的路，做出不一样的选择——说到底，这赌脑是在赌自己的命运啊。”

穆嫣然问：“那你们赌上命运，又是为了什么？”

林衍低声道：“大约……是为了改变自己的命运吧……”顿了顿，似是不想再多说，便问，“嫣然姑娘既是‘完人’，为何还要来赌脑呢？”

穆嫣然眼眸一下子亮了，“我最近一直在想，若是能读旁人的脑，那我就不只是我自己了，而会变成一个更广大的我——说不定还能一下子明白这乱世的真相，进而改变这个世界呢！这不比读书有意思多了吗？所以就来赌脑了！”

林衍讶然道：“姑娘只是因为好奇？”

穆嫣然"嗯"了一声,林衍不解,追问:"可赌脑耗费甚巨,风险又大。"

穆嫣然道:"钱财乃身外之物,若是能一朝参悟得道,冒些险又算什么?"

林衍摇头道:"参悟得道?姑娘竟信这种托词……你到底年纪轻,还是太天真了。"

穆嫣然冷笑一声,"你不也是来赌脑的吗?倒教训起我了。"说着便气哼哼偏过头去,不再理睬他了。林衍还要继续同她理论时,大门却嘎吱吱开了——是老掌柜。他两手各拎了个红木匣子,看着十分沉重的样子,一步一颤。林衍便转而对穆嫣然轻声道:"这位才是庄家。"眼睛却忍不住直勾勾盯着那匣子看。见其样式极为古朴,其一在盖子上画了个黑圈,内书"山料甲"等字,其二画了个金圈,内书"籽料乙"等字,锋骨毕露,功底极深。那边老掌柜瞧见穆嫣然,却喜笑颜开道:"呀,穆小娘子来了!您招呼一声,小老儿去接您啊。"

穆嫣然嘴上道:"哪敢劳烦你!"却一动不动受了他的礼。老掌柜一面把那两个匣子放到中间的台子上,一面还扭着脸对穆嫣然点头道:"您来得巧!今日这两个头,都是上等的好货,您可要先看看?"

穆嫣然略蹙了眉。掌柜忙一拍腿,"瞧我!这等晦气的玩意儿,污了您的眼!"

穆嫣然道:"话不是这么说的。我是想看——可又会怕……"

掌柜道:"嗨!不怕,都是些死物……"说着就要去掀那匣子。吓得穆嫣然连连摆手,"死的才可怕……"又顿了顿,问,"这头是死的?"

"您别担心,我这里的货,向来童叟无欺!"掌柜一面说着,一面又把那对油亮的核桃捏在手心里，“这头不过是个壳子，从身上切下来就死了——脑是活的就行了。您可知道我们这行当，为什么叫赌脑？”

穆嫣然端起水杯，轻轻抿了一口。那老掌柜见状，便兴致勃勃道：“因为单看头面，任您猜得天花乱坠，也不知道脑里装了什么——可不就得赌么！然而这会赌的人吧，总还是能从脸上多看出些东西的，所谓察言观色，说的便是这件事。小老儿多一句嘴，您今儿个要真是想赌，还是看一看的好。”

穆嫣然迟疑道：“能看出什么？”

掌柜道：“毕竟相由心生——就算别的都不看，也得看看您同这两个头有没有缘分吧。”

穆嫣然问：“又关缘分什么事？”

掌柜微微一笑，“您亲自来，一定是要自己用了。这不是缘分吗？”

穆嫣然正要答话，几人忽听咚一声轻响，都齐齐向屋角看去。原是到了正午十二点，西洋座钟报起时来了。黄金表盘之上，探出一副惨白的鸟雀骨架。它支棱开光秃秃的前肢，鸟喙一张一合，发出柔美的“布谷”声响。老掌柜忙高声道：“吉时已到！”又转向穆嫣然，“小娘子请。”

穆嫣然毕竟是大家出身，见此情形也不再退缩，走上前去，伸手在“籽料”的木匣上轻轻一按，那匣盖便径自展开。然而她只瞧了一眼，面上竟愀然变色，连惊叫都堵在喉咙里，只让余人听见本能的吸气声。林衍再也按捺不住，凑近去看。先瞧见内里半黑半白，细看才看清黑的是头发，白的却是裸露在外的脑——匣中头颅的头骨竟被人生生剥去了一半，端的是可怖至极！他这一惊非同小可，退后一步，慌乱道：“这……这是怎么回事？”

掌柜斜斜看了他一眼，便咔嗒咔嗒盘起核桃，“所谓‘籽料’，正是要擦去些面皮，好让客人瞧见里面的脑——怎么，先生连这个都不知道？”

林衍才想起那头的五官如何、年岁如何，自己都没有看到，再想要上前时，心里又打鼓，强压着道：“多谢庄家点拨。”

掌柜停住手，一面把核桃收到袖子里，一面躬身笑道：“终归是咱们小娘子见多识广，头一次见‘籽料’，就是这副气定神闲的模样……”顿了顿，见穆嫣然还是不说话，便又问，“您可要再揭开这‘山料’看看？”

穆嫣然浑身一颤，反手就指向林衍，“他去！”

掌柜忙道：“是了，按规矩也得他来，小娘子是讲究人。”又对林衍道，“先生请！”

林衍见他话虽客气，却只站定似笑非笑看着自己，隐隐透着鄙夷的模样，全不似对那姑娘般恭敬。胸中登时一口气顶上来，几步上前，把匣子一掀，里面的头都跟着晃了一晃。那匣壁竟也随之展开，便见一个剔透的水晶头颅立在那里，内里灰白的脑清晰可见，其上细细密密，爬满鲜红的血管。又是另一种奇诡的景象了。林衍离得近，一时看得太过清楚，竟也如先前穆嫣然那般，满腹惊疑都卡在嘴边，却什么都说不出来。所幸穆嫣然先问道：“这……就是‘山料’了？”

掌柜道：“正是。‘山料’之中，头颅只是存脑的容器，虽可见脑，却看不到与脑共生的‘面孔’。对赌脑者而言，就更难判断脑中之物是否难得了。”

穆嫣然撇嘴道：“那还有什么好赌的。这也能算是好货？”

掌柜道：“平常的‘山料’我哪敢拿到小娘子面前来？不过这一件颇为不同……”

穆嫣然打断他道：“我不听。你现下编出再多花样，我也无法印证。你只管说这一个——说这‘籽料’吧，它好在哪里？”

掌柜忙去卸下那木匣四壁，又从夹层中取出一块光秃秃的头骨，严丝合缝盖在那“籽料”光裸的脑上，如此一来，那头总算齐整许多。能分辨出是个男子，五官略有些肿胀，看着并不年轻了。掌柜忙活完，回道：“小娘子请坐，听小老儿同您慢慢说。”等穆嫣然坐了，他才摊开一只手，对林衍做了一个“请”的姿势。林衍迟疑了下，复又坐到穆嫣然身侧。那边老掌柜继续说道：“要说这一个脑比旁的脑好在哪里，还真得从更久远的事情说起。二位可知，这赌脑一行，源于何处？”

穆嫣然一听，便把方才的恐惧抛诸脑后，道：“愿闻其详。”

掌柜道：“彼时有这么一些人，或因年迈，或因病重，快要死了，却以为在将来，人能够长生不老，就将自己的头颅割下来冰冻，留与后人，想要在百年后重生……”

穆嫣然疑道：“他们为何要这么做？哪个国家的时空能稳定‘百年’？‘后人’又是什么人？”

掌柜一拍额头，“呀！是我没说明白。小娘子想必知道，这世间曾与现今这乱世十分不同，我们且称其为‘治世’好了。在这治世里头，时空处处井然，人人皆是完人，时光从过去流向未来，永不复返。”

穆嫣然愈发疑惑，“有这样的地方？如今连城中的‘完人’都极难见到了……难不成，是他们的城很大？”

掌柜摆手道：“非也。那时并没有城，世间的秩序也比如今这城中要好得多。”他看看两人茫然的神情，叹道，“两位只当这‘治世’是座无边无际的城吧，因太大了，连城中的天气都不会被外面的四季影响。”

穆嫣然摇头道："没有这样的城。你诓我。"顿了顿又对掌柜道，"罢了，你继续说。这些人要重生，又如何？"

掌柜道："这些人虽是死了，却给世间留下许多头颅。然而百年后，人们只知如何读这些脑中的记忆，却并不能让他们复生。"

林衍却插话道："您这话没说全，怕是没有人想让他们重生吧。"

掌柜终于正眼看了看他，笑问："先生这话又怎么说？"

林衍道："人生在世，自己活下去都已十分不易，谁又会复活一个年迈病重的人，让他成为自己的负担呢？当初这些妄想割头保命的人，未免太蠢了些。"

穆嫣然轻轻拍了一下他的手臂，嗔道："他们既是快要死了，又有钱财能冻住头，留个念想也不足为奇。你且不要打岔，让庄家说。"

掌柜道："先生说得十分有理。所以在治世时，鲜有人想去读这些头中的信息，既怕自己受其影响，也有不甚在意其生死的缘故。然而到了乱世之中，这些头颅倒成了人人争抢的资源。只因时空逆转之时，人的记忆也随之消失，活得行尸走肉一般。他们只有凭借读取这些脑中的记忆，才有可能想起自己是谁，明白这世间真正的模样。"

穆嫣然恍然道："难不成，所谓参悟——就是对自我、对他人的觉知？"

掌柜一怔，收了笑，悠悠道："不可说啊……"

林衍早前虽对赌脑的缘起略有耳闻，但从未有人像掌柜说得这般详细明白，听得正兴起，却忽然停在这一句上，难免有些失望。没想穆嫣然也有同样的疑问，竟起身行礼道："还请庄家指教。"

掌柜忙道："这怎么敢当！然而此事既然名为'参悟'，便得靠小娘子自己悟得。况且小老儿自己也身陷无明，又怎会知晓它是什么？我只知道，赌脑的生意只城内有，然而读取脑中的记忆的物事，却只在城外才有。这是城中时空稳定的根本——毕竟，若是一人在得到他人记忆之后有所'参悟'，便会致使其所处之地时空逆转，人人忘却过往，重新来过。"

林衍叹道："这遗忘的无明之苦，又让多少人对赌脑趋之若骛。"

掌柜闻言，对他苦笑道："正是，然而能进到城里的人毕竟太少，还有些是去而复返的。那些老赌徒，每每提头而去，又茫然而归，以为自己从未到过我这小小茶馆，直至赌得家徒四壁……我们这行，其实也不好做。"

穆嫣然却不耐烦听他抱怨，道："罢了。庄家还是同我们说说，为何这'籽料'比旁的脑好？"

掌柜道："小娘子若是不怕了，可到近前来看。"

他话音才落，穆嫣然便站起身来，林衍也放下茶杯，同她一起凑到那头颅侧旁。掌柜将那片头骨卸下来，道："二位请看，这脑可有什么特别之处？"

林衍细看时，才发觉那脑上隐约有一道弯曲的线，顺着沟渠展开，线一侧的脑颜色更深一些，另一侧则更浅一些。穆嫣然道："像是……拼起来的？"

掌柜道："正是如此。这意味着此头的主人，曾读过旁人的记忆，且是用最久远的技术去读的。他有可能读了那些源于治世的脑。"

穆嫣然沉吟道："故而用这一个脑，就更有可能参悟？"

掌柜道："未必。但这脑既是拼起来的，总比平常的存有更多信息。”

林衍摇头叹道：“可谁能知道这些信息是有用，还是无用？”

掌柜嗤笑道：“先生这话就太外行了。”

林衍忙道：“庄家何出此言？在下只是听闻平日赌脑，都是要看五官来判断其人性情志向，甚或用血缘查出此人姓甚名谁，生平如何，再看其价值几许。这直接看脑的法子，该用在‘山料’上才对吧？”

掌柜十分干脆，把半块天灵盖往那头上一扣，道：“好，那你看。”

林衍登时语塞。一旁穆嫣然浅笑道：“林公子说的这两样，都得咱们自己看啊。这看的本事才叫赌，不然话都叫庄家说尽了，你我还赌什么呢？这些话他就不能说。”

掌柜躬身道：“您高明。”

林衍道：“可我自己确实看不出什么。”

穆嫣然闻言，却背过身去，先绕到那水晶裹着的“山料甲”处，细细看了看，又调转过头，凑到“籽料乙”近前，用纤纤玉手点了点那光裸的头骨。终于看向林衍，沉下脸道：“你看不出？你进城就是为了查这些头的，你以为我不知道？”

此话一出，四下里登时一片寂静，只听见头顶风扇缓缓转动时，擦出的呜呜轻响。外面无风无雨，日头大约也被云遮住了，故而这屋内也无光无影。一切都是灰色的、停滞的、警惕的。掌柜瞪着林衍，林衍头上沁出一层细密的汗珠。静默的对峙把时间撕扯得更长了。忽有一只铜鸟从窗口飞入，呼啦啦引得几人都转过脸去看。它泛金的羽翼削落了一朵红杏，在屋中飞了一圈，抖抖翅膀落在那“山料”侧旁。又扬起一边翅膀，嗒嗒地啄自己腋下。终于触动机关，打开腹部一道小门。铜鸟复又把头探进自己腹中，竟叼了一枚硕大的红宝石出来，一脚踩住，便站定不动了。

穆嫣然十分惊奇，“这是什么？”

掌柜忙道：“应是有人进城时耽误了，先送来定金。”说着就要上前去取。铜鸟登时展开翅膀，作势要去啄他。掌柜吓了一跳，往侧旁走了两步，那鸟儿随之歪过头去看他，眼睛横着，细看时那眼珠竟是个西洋表，大约是两点一刻的样子。掌柜往回走时，铜鸟又用另一只竖眼看他。显然两只眼时辰不同。掌柜掐指一算，便喃喃道：“快到了。”

穆嫣然赞叹：“此物真是精巧！”又追问掌柜，“它这举动，是说它的主人要买下这‘山料’吗？”

掌柜一面答：“正是。”一面伸着头去瞧那宝石。穆嫣然问：“那我们岂不是不能赌了？”

掌柜笑道：“既是赌脑，小娘子只需比他出价高即可。”

穆嫣然道：“我怎么知道他这破石头价值几许？还不是看你想给谁。”

掌柜垂首道：“自然是小娘子先挑，规矩都是给旁人的。”想了想，又舍不得那颗宝石，道，“不过，他定的是‘山料’，小娘子中意的是‘籽料’，倒也无妨。”

林衍忙问：“那我呢？”

“你？”掌柜哼了一声，怒目看向林衍，“你还是先说明白，你到底是来做什么的吧！”

穆嫣然轻轻“呀”了一声，也看向他，“被这鸟闹的，倒忘了这一出。”又对掌柜道，“林公子先是在城外辗转跑了几家冷库，才进城直奔你这铺子而来——这可不像是要赌脑啊！”

掌柜道：“这城里城外，哪有事情能瞒得过您！”

穆嫣然点了点头，又看向林衍，“你说明白是进城来做什么的，我就不难为你。”

林衍听她语气，竟是要惯了威风的模样，终于察觉她不是平常女子，便问道：“姑娘——是什么人？”

穆嫣然偏过头，浅浅一笑，“你还盘问起我来了。你猜我是谁？”

一缕发丝顺着她脖颈散下来，直垂到胸口，黑得发亮，比锦缎还柔滑。林衍被她盯得有些心痒，笑道：“姑娘手眼通天。在下初来乍到，怎么猜得着？只是听闻近来城中人口甚杂，‘完人’越来越少，只城主家风严谨，从不许子弟出城一步。不知与姑娘可有什么渊源？”

穆嫣然坐下，端起茶杯道：“我若是说有呢？”

林衍道：“所以我才替姑娘担心哪。姑娘身为‘完人’，最难得之处，就是从未经历过时空逆转，所以清楚知晓自己过往的一切。于这乱世而言，‘完人’所说的话，比时间还要可信呢。然而你只要一步踏出城去，外面的世界如何运转，可就不听姑娘的了。”说到此处，又摇头叹息，“加之姑娘还要赌脑……若是到时候没有参悟，倒扰乱了自己的记忆，实在是得不偿失！”

掌柜却冷笑道：“先生东拉西扯这么一大通，是想绕开小娘子的问话，还是想打消小娘子赌脑的兴致？这等招数，未免太无趣了些。”

穆嫣然收了笑，微眯了眼，对林衍道：“对。你胡诌这些做什么，只管说你为何找来这里就是了。”

林衍看看两人神色，知道再难搪塞过去，便坦然道：“我来这里，既是想要赌脑，也是来查一桩案子。”

另二人同时开口问：“案子？”

林衍颔首道：“穆姑娘既知道我行踪，我也不好再瞒下去。此事说来十分不堪。我原在震国生活，六国之中，此处应是最繁华的所在。然而五日之前，那里却出了桩命案。有人在光天化日之下，在市集之中摘取他人头颅。”

穆嫣然惊道：“怎么会有这样的事？”掌柜虽未开口，却也露出惊诧的神气。连那铜鸟也抓着宝石，扑棱着跳到近旁的方桌上，侧过头看他。

林衍低叹道：“震国虽比不上城里安宁，但闹市中杀人这样的事情，也是我记忆里头一桩。凶手选在正午动手，用一个束口袋子，套在路人头上，便一走了之。受害者在市集中挣扎许久，可他越是想要扯开那袋子，束口便收得越紧。直至他血溅当场，整颗头颅都被收入袋中。只剩一具无头尸倒伏在地……那惨状，简直无法用言语形容……”

穆嫣然急切地问：“就没有人帮他吗？”

林衍道：“在下恰巧在侧旁，虽想帮忙，却还是无能为力，眼睁睁看着他殒命当场，实在是难以平复，故而一直追查至今。”

穆嫣然道：“真是无法无天了！可抓到那凶手了？”

林衍道：“非但没有抓到人，连受害者的头也在混乱中丢失了，恐怕就是被那凶手拿走了。”

穆嫣然怒道：“震国人怎么如此无能！”

林衍道：“事情太突然，市集人又太多。我原本是要帮忙的，倒险些被警司抓了起来。再说那袋子形状诡异，我问遍国人，竟无人识得，恐怕不是震国之物。二位应当知道，在这乱世之中，各国经历了不同次数的时空逆转，在时间上彼此相差数十年之多，掌控的技术差异极大。若是有人带了这样的事物，从别的国家穿城进入震国，我们也实在是防不胜防啊。”

穆嫣然道：“可这凶手要人头来做什么……”说到一半，便像是想起什么，看向掌柜。

林衍在一旁道："姑娘可听过'头颅猎手'？"

老掌柜僵直了背脊，硬邦邦道："你莫要血口喷人！"

林衍道："我如何血口喷人？还望庄家指点。"

掌柜自知失言。先掏出核桃来盘，没转几下又停下来，去看铜鸟眼睛上的时刻。穆嫣然道："我虽知道'头颅猎手'，但城里早就没有了。害人性命来赌脑，这般伤天害理的事情，是决不允许的。"

林衍道："姑娘宅心仁厚。然而城中之事，你真的件件清楚吗？"

掌柜一拍桌子，"你敢说城主昏聩？"

他说完才发觉自己贸然点透了穆嫣然身份。幸而穆嫣然并未注意此事，只道："你何必这样疾言厉色，倒显得你亏心。"她又问林衍，"你查到什么了？"

林衍也没想到这小姑娘竟是城主，难怪她知道的这么多。一时答话的语调都比先前轻柔许多，垂首道："我在震国经营许久，各处关节都有熟悉的人。故而虽晚了一步，但却一直知晓凶手行踪。此人先去冷库，将头颅冰冻，今早又由雷门入城。如今，也该到这茶馆里了吧？"

穆嫣然寒声道："是这两个头中的哪一个？"

掌柜叫道："小娘子这话是从哪儿说的！我这店最规矩，几时会从猎手那里买头？"

林衍苦笑道："这便是他们胆大的关键了——单凭看，我确实判断不出这头是不是震国那个受害者。要想知道真相，还是得赌脑。"

掌柜正要说话，却听穆嫣然冷笑一声："未必。"

林衍眼睛一亮，问："怎么说？"

穆嫣然伸出一只手，去抚摸那铜鸟颈上的羽毛。鸟儿瑟缩了一下，却并未抗拒，只是颤抖着抠紧了脚下的宝石。窗外狂风鼓荡，吹落一地花瓣。大门骤然洞开，却见一人提着个袋子，站在外面。

穆嫣然道："瞧，这就来了。"

【第二幕　风巽】

Andante

（行板）

黄沙滚滚。

尘土从门外卷进屋里。在洒落的天光之下，众人初时只瞧见来人剪影，待走近些，才看清是个女子，又不尽然。此人自右眼以下的半边面孔，脖颈乃至手臂腿脚，都是钢筋铁骨铸成，纤瘦沉重，森森然泛着金属的寒光。那残缺的另外半张脸上，亦刻满了大小伤口。林衍起身把门关上，老掌柜则拖着步子去关了窗。屋里忽然又沉静下来，只顶上的风扇转得勤，微尘一股一股地飘散入内，弥漫飞舞。

女子摘下风镜，方露出两只完好无损的眼睛。她四下看去，目光先在掌柜身上停了一瞬，又掠过穆嫣然，最后却落在林衍身上，震惊地看着他，嘴角抽搐，面皮上生锈的铁片也在颤抖，"你……怎么会在这？"

穆嫣然正色问道："你是谁？"

女子对这问话置若罔闻，把袋子往邻近的桌子上一放一抖，便滚出一颗头颅来。诸人没料到她这举动，都是一惊。穆嫣然吓得一下子站了起来，引得身侧的铜鸟都飞跳到茶壶上，脚下红宝石在壶壁上敲出咚的一声闷响。林衍去看时，却见那头颅外面裹了一层乌秃秃的黑冰，一时也瞧不出什么端倪。掌柜慌忙收起核桃，抖平袋子，盖在那头之上，颤声道："怎能给城主看这等肮脏的东西?!"

女子见那头还在，便几步走到林衍身侧，仔细看了看他，才长舒一口气，低叹道："这也太巧了。"又扬起脸，对掌柜道，"这头就给你了。"说罢抬脚便要走。林衍忙上前拦住她，"且慢!"女子冷笑一声，用机械手轻轻一托，林衍只觉眼前一花，竟毫无抵抗之力，狼狈地跌坐在一旁。然而女子绕过他再去推那门时，大门却纹丝不动，似是从外面被拴住了。她这才回过头，问道："你们这是什么意思?"

林衍起身，一脸警惕站在门边。穆嫣然却不慌不忙坐下，缓缓道："你不能走。在这城中，做'头颅猎手'是死罪!"

那女子一怔，"'头颅猎手'? 你以为我是来卖头给庄家的?"随之哈哈大笑起来。大约是喉咙有一半是铁的缘故，那笑声里夹杂着尖锐的嘶鸣，仿佛利爪划过石壁。穆嫣然道："哦，难道你不是?"女子一面笑，一面说道："你是城主。你说是，便是吧。"

穆嫣然道："你就没有什么要申辩的吗?"

女猎手道："我说了你也未必信，又为何要多费口舌? 我杀此人，问心无愧。"

林衍走到她面前，质问道："这死者是谁?"

女猎手却避开他的目光，道："你想必已经知道了。"

林衍只觉一股热流蹿上头顶，"你就是震国市集上的'头颅猎手'?"

女猎手愕然道："你当时也在?"眉眼间的神情，显然是承认了此事。穆嫣然低声问林衍:“这头到底是谁的?”

答案就在嘴边,林衍却说不出口。他又是愤恨,又是难堪。只道:“请庄家把头化开,姑娘就知道了。”又恨恨看向那女猎手,“你为何要杀他?是为了庄家的酬金吗?”

女猎手嗤笑道:“这颗头我是送给掌柜的,分文不取。”

掌柜闻言,急得直搓手,“姑奶奶,你是怕事情不够大啊!”

穆嫣然抿了一口茶,对掌柜道:“我倒觉得林公子说得有理,庄家还是先去把这头化开,既能解我的疑惑,又能保你的清白。”

掌柜慌道:“这一时半会儿的,也准备不好啊。”

穆嫣然浅笑道:“我知道你的本事。”又看了看那西洋座钟,“一点钟应当差不多。还是说,需要我找人帮你?”

她话说到这里,已是再不给他推托的机会了。掌柜左右看看,又见林衍也盯着自己,只得无奈地把头裹进袋子里,缓缓走了出去。大门一开一关之间,只见外面一片惨淡的混沌。风已平息,但尘埃尚未落地,黄沙模糊了天地的边界,几乎分不清是昼是夜。门将掩上时,穆嫣然轻轻打了个响指,便听咔嗒一声,显然那门又锁上了。林衍见状,才真觉出这小城主确与旁人有些不同。他走到穆嫣然身边,发觉她的茶杯空了,便去拿壶,壶里的水又凉了,他便又去屋角续了些水,将那茶壶置于火炉之上。穆嫣然坐下,对女猎手道:“他走了,你只管放心告诉我们实话。你为何要杀那个人?”

女猎手不答。穆嫣然又柔声道:“你说我们不信你,这话就不对。你说出来,信不信在我。我虽年轻,却不糊涂。”

女猎手依旧不作声。穆嫣然却一点不急,继续说道:“就算你不在意生死,事情总也要分辨个对错。人活在世上,不过是争一口气。若是此人该死,我就为你正名,放你出城。”

女猎手道:“他当然该死!”

穆嫣然道："那就说出来，为什么？"

女猎手静默许久。那边壶里水烧开了，咕嘟咕嘟响。林衍便去提了壶，来为自己和穆嫣然杯中添了茶，又坐到她身边。穆嫣然偏过脸，对他甜甜一笑。两人一时离得太近，林衍直到那女猎手说到第二句，才听见她在说什么。

"……我知道这个人，是很久以前的事情了。彼时我还是这城中的一个机械卫士，奉命去巽国找他。"

穆嫣然愕然道："你原先是机械人？"

女猎手眉头一皱，哑声道："我自然是机械人，你看不出来吗？"

穆嫣然与林衍对视一眼，再看向那半人半机械的女猎手，问道："那你这身体是怎么一回事？"

女猎手却冷笑道："你到底想让我说什么？"

两人还未答话，女猎手便又道："罢了，算是同一件事，只是要说得更久一些。"

穆嫣然道："庄家去化那颗头，还要些工夫，我们不急。你先说你当日去巽国找人，是得了什么命令？"

女猎手便说道："去警告他，告诉他不要去震国。然而我却一时没有找到他，只能留在巽国。"

穆嫣然问："这是为什么？机械人没有完成任务，通常不是要立刻回城复命吗？"

女猎手答道："我去之前，城主给了我一段关于他的记忆，告诉我说，只有找到这个人，才能回到城中。"

"等等。"林衍疑道，"你说城主能给你记忆？"

女猎手没回答。穆嫣然倒十分乐意为他解惑，道："城中的这些机械人，原是储存人类记忆的容器。但乱世降临后，城里留下了让机械接收人类记忆的法门，却遗失了让人类读取机械记忆的技术，所以他们就只能当卫士来用了。有时吩咐给他们的事情太复杂了，我就会用这个法子。不过，她所说的城主应当不是我，我不记得有这件事。”

林衍沉吟道：“人能把记忆存到机械人里，却不能读取？这事……同赌脑可有什么联系？”

穆嫣然想了想，才道：“确实像是同宗。我听说乱世之始，是源于一个名为‘脑联网’的事物。此物能让人与人心灵相通，再无隔阂。这技术应用之初，还需要用机械做媒介，人们才能彼此连接。后来不再依靠媒介，却不知为何搅乱了时空……”

林衍听得瞠目，问道：“人脑与时空有什么关联？”

穆嫣然道：“这……我也不大懂。”

女猎手却在一旁嘶声道：“我倒是听人说过，这‘脑联网’搅乱的并不是时空，而是人的记忆。人忘却过往，又看不到未来，就以为时空也乱了。”

林衍闻言，登时想起老掌柜说的“参悟”之事，再细想时，却觉得毫无头绪。穆嫣然对林衍笑道：“你这人总是东拉西扯，我们都被你带远了。”又将眼风扫向女猎手，“你继续说，那位城主给你看的，是什么样的记忆。”

女猎手看看林衍，道：“记忆里只有那个人的容貌，然而它却彻底改变了我。我去巽国之前，竟然自己来到这间茶馆，问掌柜说：我同人类有什么区别，为什么那段记忆里，有我无法理解的情感？

“掌柜告诉我，他只懂人，不懂机械。但他认识一个巽国的钟表匠，算是个世外高人，或许能帮上忙。于是我在去巽国找人的途中，去了那个钟表匠的家。

“那是在沙漠里，一栋孤零零的小房子。门外有一棵枯死的杏树，树下一地羽毛。屋里空间极小，却有一张极大的工作台，四周摆了大大小小的架子，上面满满当当，全是各式各样的零件，几乎连让人站立的地方都没有了。我到那里的时候，工作台上只有一颗核桃大小的鸟头。钟表匠正在用凿子撬开它的头骨。他看见我，就停下手中活计。我问他在做什么，他说他在制作一架西洋钟。

“他又问我为何来找他，我便告诉他，我想知道自己和人类有什么不同。

“钟表匠回答说，世间万物都有魂灵，只是各自被禁锢在躯壳里。通常而言，机械总会更愚笨，而动物天生便更有灵性。极偶尔地，会有一些生于乱世之前的机械，有异常聪明的头脑。钟表匠觉得，我应当就是其中之一。他知道一些古代的秘法，可以让我像人一样思考。

“我说，我不只希望像人一样思考，我想要变成一个真正的人。

“他没有直接回答我，而是在屋中翻箱倒柜，末了，找出一个尚未完成的座钟，他把时针调到整点，便有一只机械鸟从钟里跳出来，羽翼僵直，鸟喙大开，举动无比蠢笨。他见状摇了摇头，又用铜针取出工作台上那只鸟的脑，小心翼翼放进机械鸟的头中。

“把脑装进去之后，钟表匠触发了一个机关，那机械鸟忽然就展翅飞起来，左跳右跳，活脱脱是一只真正的鸟。

“他问我，这就是你想要的吗？

“我告诉他，是的，我想要成为人。然后他告诉我说，如果是这样，我需要给他找来一颗人脑。”

穆嫣然蹙眉道：“城外怎么会有这种疯子——看来，震国市集上死的那个人，并不是你杀的第一个人。”

女猎手正色道：“我是杀了他没错，但我没有伤害过其他人。这个身体的主人——”她伸出纤白的左手，“她是自愿的。”

穆嫣然道："我不信。"

女猎手道："你从未出城一步，又怎会知道世间疾苦？外面有的是绝望的人，只要能挣脱苦楚，他们宁可放弃生命。况且，如今她与我合二为一，又怎么能说是死了呢？"

穆嫣然却不愿意听这些话，道："你少来同我讲这些空道理。后来发生了什么？"

女猎手摇了摇头，继续说道："我告诉钟表匠，我不会为了自己的欲望去害人性命。所以我就留在了他的房子里，一面做他的助手，一面等待我要的脑。"

林衍听到此处，又恼火起来，讽道："难道你不是回到城中，同庄家买了一颗头，再去为他猎杀别的人？"

女猎手似笑非笑道："既然你都知道了，那不如你来告诉城主？"

穆嫣然责怪林衍道："自打她进来，你就没说过有用的话，你还是不要说话了。"言辞虽十分不客气，神情却非常可爱。林衍愈发心乱如麻，也就没再张口。女猎手却对林衍道："你说的也不无道理。我要寻脑，自然应当到城里来，留在巽国的缘由，还是因为我没有找到那人，无法回城复命的缘故。然而两年后，我竟然在钟表匠的房子里见到了他。

"他带了一颗头来。到了这个时候，我才知道，那钟表匠的住所，也是人们在城中得到脑之后，读取脑中记忆的一个去处。

"然而钟表匠不肯帮他。钟表匠说，巽国难得稳定这么久，他自己也有很多事情要做，不希望有人因读脑而参悟，致使时空逆转，一切重新开始。

"钟表匠建议他去震国，说那里也有人能让他读脑。"

林衍登时坐直了身子，"震国？"

女猎手道："正是。所以等他离开那房子之后，我在沙漠里追上他，告诉他当年城主的警告——"

穆嫣然低声道："——不要去震国。"

林衍道："那他为什么还是去了？"

女猎手道："这原因我也不知道，他离开了。但分别的时候，我知道他已经犹豫了。后来钟表匠对我说，他不肯帮那个人读脑的真正原因，是从一开始他就不够坚定——他还没有想清楚，是应该赌上全部的记忆去追求参悟，还是留在当下的生活之中。"

她顿了顿。风又鼓荡起来，吹得顶上那风扇嗡嗡作响，然而并不会再飘进来浮尘了。阳光从窗口洒进来，把窗上的花枝纹样映在地上，像是一幅变形的浮雕。女猎手继续说道："尽管完成了任务，我还是在巽国多留了一天，就是那个时候，我遇到了这个女子。"她一面说着，一面用右手挡住右脸，剩下的几乎就是一张人类的面孔。

穆嫣然看着那张脸，忽然觉得仿佛在哪里见过，低声道："自愿把身体给你的那个人。"

女猎手道："你也可以说，是我自愿把身体给她。"

穆嫣然看了看时间，道："你说了这么久，我们却还不知道你究竟是如何得到这个身体，以及你为什么要在震国杀人。"

女猎手说道："就要有一个答案了。

"那女子来找钟表匠时，半边身子已动不了了，几乎是爬进屋门的。原本神色并不见卑微可怜，然而我才扶她坐下，她就对着钟表匠哭起来。她说她放弃一切，来巽国寻找那个男人。可他为了读脑，就要离开病中的她，全不在意会忘记她。

"后来我与她融合，才知道，那个抛弃她的男人，就是城主让我去找的人。"

林衍霍地站起来，“所以——这是情杀？你与那女子彼此融合，她也就成了你，然后你去了震国，为她复仇？”

女猎手看他许久，摇头苦笑，“你是这么想的？”

林衍咬牙切齿，恨恨道：“还能有什么缘故！两个人无法在一起生活，总有许多原因。只有女人，会为了分手这样的事情，自己寻死觅活不算，还要害人性命！”

女猎手沉默地盯着他，仿佛在看一个怪物。倒是穆嫣然伸手拽了林衍一把，“什么叫‘只有女人’？你这是连我也骂进去了啊。”说着竟亲自为林衍添了一杯茶，起身递给他道，“我猜那死者必定是你熟识的人，才能让你这样难过。但现在还是不要感情用事，她既然都说这么多了，就让她说完吧。”

林衍喝了茶，气鼓鼓坐下。穆嫣然轻轻按了下他的手臂，算是安抚，又立在侧旁。铜鸟抖抖翅膀，飞落在她肩头。它因一只脚要抓着宝石，只得单脚站着。半晌，女猎手才叹道：“我到今日，才真正理解她当日的话。”

穆嫣然抬眼，问道：“什么话？”

女猎手道：“那女子对钟表匠拉拉杂杂说了许多，哭了又停，停了又哭，然而除了开头那句，也听不出什么重点。终于她收了眼泪，说，爱情会让人失去理智，从这一日起，她要抛弃所有的情感，再也不要为人心动。

“然后她指着我，说她要变成我，变成机械，真正的机械。”

穆嫣然唏嘘道：“虽然可怜，倒也是个法子。所以你们就各取所需，变成了这副模样？”

女猎手道：“那钟表匠说，让机械人变成人的法子他有，但让机械和生物互换身体，他从没有成功过，说着给我们看他的另一台座钟，里面的鸟只余骨架，便是他先前失败的尝试了。他说只能试试让我们合二为一，也顺带算是为女子治病。这时，又有人送了个垂死的病人来，说听闻钟表匠这有存储脑的法门，能让人的头颅活下去。钟表匠便把我们几人叫到一起，告诉我们他的计划。

“他先对那女子说，你不想要的，无非是爱和恨。恨这东西肮脏，不值得留存，但爱终究是可贵的，他想要把这份爱存在病人的脑里面。

“然后钟表匠又问那垂死的病人，是否愿意在脑中多存一份爱？

“病人已说不出话来，只点了点头。于是钟表匠又继续问那女子，没有了爱与恨，人与机械也就差不多了——你还要变成机械吗？

“那女子毫不犹豫，说了声是。她说自己曾拥有世间一切，却仍觉得索然无味。她赌上一切，来追寻不一样的生活，可经历的这些美好与痛苦，如今看来也不过尔尔。现在，她想要成为世界的旁观者，不愿再参与其中。”

穆嫣然颔首道：“这话我还是头一次听见。此人颇有气魄，确实与常人不同。”又看向林衍，“你看，她抛弃了恨，所以不是情杀。”

林衍道：“她是在说谎。”

穆嫣然笑了笑，又对女猎手道：“你不要理会这小肚鸡肠的男人。如今看来，这钟表匠是成功了？”

女猎手道：“自然是成功了。只是他取脑之时，为了丢弃爱恨，扰乱了那女子的记忆，所以在我心里，总会觉得自己是机械人。”

穆嫣然垂眸道：“爱恨没有了，自我也就消亡了。可惜。”

女猎手反驳道：“消亡？不，这恰恰是我想要塑造的自我，完美的自我。我醒来，看着镜中的自己，觉得满意极了，便去向钟表匠道谢。他正在把那颗融合了爱恋的头颅放进匣子里。随后提笔蘸了金色的墨汁，在匣子上画了个圈。”

穆嫣然挑起眉梢，“金圈——是‘籽料’？”

女猎手慢慢说道：“是连着头存起来的，确实是‘籽料’。”

穆嫣然没有再问，心中却隐隐觉得有些不安，仿佛自己错过了什么重要的信息。那边林衍又坐不住了，道：“你到底还是没有说，你为什么要杀他！”

铜鸟飞跳到穆嫣然的手肘上。她便顺势抬起手，对着窗口的光看那颗红宝石。见其大如黄豆，色泽更是浓如鸽血。便一面猜度这价值高昂的定金是何人所付，一面又想到震国死者的身份。林衍急切的神情让她明白，自己是这屋中唯一的一个不知情者，真相早晚要浮出水面，便也不再多说，只略带嗔怒道：“你就不能好好听着？”

林衍不语。女猎手终于继续道：“虽说晚了两年，我也变了模样，但我还是完成了城主交给我的任务。所以钟表匠确定我的身体无碍后，我就回城复命。然而等我到了城中，却发现一件非常奇怪的事情：城中无主。”

穆嫣然怔住，“你说什么？”

女猎手对上她的视线，一字一顿重复道：“城中无主。”

穆嫣然沉下脸道：“这不可能！这是什么时候的事情？”

女猎手却不答她的疑问，“我也觉得不应当。于是便又来这茶馆里，问老掌柜，城里发生了什么。

“掌柜告诉我，城主离开已有一段时日。近来城外诸国时空接连逆转，有人说这是末世将至的征兆。我告诉他说，只要城还稳定，就不会有大乱。

“然而掌柜说，城中无主的消息恐怕已经泄露到城外。他听闻震国有人打通了各处关节，要将读脑的器物偷偷送入城中，倘若城中时空逆转，这天下最后的秩序也会消亡。他希望我能够去震国猎杀此人。

“我告诉他说，没有城主的命令，我不能出城做这样的事情。

“他听了这话，很奇怪地看着我，仿佛这时他才认出我是谁。最后他说，你不再是机械人了，你是你自己的主人。你可以做你觉得正确的事情。”

穆嫣然沉声道：“可那个人——为什么非要在城中读脑？”

女猎手答道：“掌柜说，此人曾来过他的茶馆，坚称天下早已失去正道，须得涅槃重生，才能终结乱世，回归正途。”

穆嫣然怒道：“一派胡言！”

女猎手又道：“掌柜也是这么说的，他还说此人是个老赌徒，应当是寻常赌脑已无法让他满足，才会妄想要进城参悟。并不是为了终结乱世。”

穆嫣然骂道：“自私！无耻！”

林衍道：“就算她说的是真的，那个人也没有犯罪。自私并不是罪，杀人才是罪！”

女猎手道：“他打算要做的事情威胁到城的安危，我必须阻止他。”

穆嫣然叹道：“的确。若是我在城中，应当会让你去杀他的。”

林衍霍然起身，道：“你也听信她的话？这些都是推测，是诛心之论——你们有什么证据！”

女猎手淡淡道：“我去问他了。”

林衍疑道：“什么？”

女猎手道：“我去震国原本并不是要杀他，而是要劝他。我知道他在震国会住在哪里。毕竟我还有这女人的半个身体，和他们之间的一些记忆。

“我在离城不远的地方见到他。他不认识我了。我说自己是城中卫士，他就问我是否能偷偷帮他打开城东通向震国的雷门。

“我问他，你为什么不光明正大地进城。他说，他有一样禁忌之物，非要送入城中不可，又许诺给我许多钱财。我假意应下，随即回城去找寻当年城主抓捕头颅猎手时收缴的凶器。再之后，就是震国市集上，你所看到的那一幕。”

她说完，窗外的风忽然猛烈起来，吹得花枝刮在窗棂上，敲出笃笃的声响。半晌，穆嫣然终于说道：“故事编得不错，但你还是要死。”

女猎手惨然一笑，“我说过，你不会信。”

穆嫣然道：“我自然不会信。林公子和你从震国先后进城，不过是这一两天的事。所以你方才所谓的城中无主，也就是前几日，可那时我就在城里——你怎么说？”

女猎手怔了怔，竟被问得哑口无言。穆嫣然又道：“你不要以为扯上庄家，我就没办法印证此事。他这段时间闭门谢客，专为等这两颗头。”说着指了指台子上的“山料”和“籽料”，再看向女猎手时，语气愈发冰冷起来，“再说，怎么会有人在我不知道的情况下，进城来到这间茶馆呢？”

女猎手问道：“你是‘完人’？你记得过往的一切？”

穆嫣然道：“当然！我可是城主。”

女猎手却像是入了魔，喃喃念道：“‘完人’，‘完人’……”她半边面孔发红，另半边的铁皮之中，却隐隐透出机械内核飞速计算时，才会发出的呜呜声响，自言自语道：“我没有说谎——若你说的也是真的，那么……”

正当此时，门又嘎吱吱打开了，来人是掌柜。几人都转脸去看他，却见他拎了个红木匣子，垂头丧气，一步一颤走了进来，又抖着胳膊把那匣子放在中间的台子上。穆嫣然展颜道："庄家果然利索。"

掌柜畏惧地看了一眼林衍，问穆嫣然："小娘子真要看吗？"

穆嫣然道："当然。"

掌柜无奈地塌下肩膀，伸手在那匣子顶上轻轻一拍，内里头颅真容终于露出来。穆嫣然去看时，恰恰对上死者圆瞪的双眼，不由得倒抽一口凉气。那五官眉目，分明就是——

林衍。

年岁甚至看着都相当。那头颅的面容因过于苍白，又有些浮肿，所以分辨不出到底与身边这人相差几岁。穆嫣然看看那头颅，又看看林衍，问："你……有双胞胎兄弟？"

林衍只看了一眼，心里便难受至极，扭过脸去，道："据我所知，是没有的。"

穆嫣然道："所以此人——就是你？"

林衍道："或许是几日后的我，也或许是三五年后的我。"

穆嫣然不明所以，道："这怎么可能？"

林衍不语。掌柜叹道："城外诸国时空逆转之后，人确有可能在同一个空间中遇见另一个时刻的自己。此事并不常见，小娘子久在城中，难怪不知道。"

穆嫣然道："如此……"又看向林衍，"你是因为亲眼看见自己被害，才一路追进城来？"

林衍咬牙道："正是，我必须要查清楚此事！"

穆嫣然看他的目光里不禁多了三分怜悯，道："你放心，我定会给你个公道。"

她话音才落，西洋钟就敲了一点。鸟骨架探出来，发出轻柔的"布谷"低鸣。穆嫣然手臂上的铜鸟像是被这声音吓了一跳，展翅飞起，不想脚下一松，那红宝石骨碌碌掉在地上，正停在林衍身旁。铜鸟见状，扭身急转，直冲而下，谁知飞得太快，不及缓缓停下，竟一头撞在地上——碎了！一时间，铜皮铁板，齿轮指针，稀里哗啦散落一地。全分不清哪里是头，哪里是腹，唯剩一只脚爪还算完整，在地上抓挠抽搐几下，终于捏住宝石，不再挣扎，算是吐出最后一口气。

掌柜眼睛一亮，忙走过去，要拾那鸟爪和宝石。忽听门外有人叫："庄家，我的定金，可送到了吗？"

【第三幕　水坎】

Allegro con brio

（活泼的快板）

浓雾弥漫。

门敞开时，细白的雾气如同水流般氤满了地面，另一边的窗子外面，却是明朗的湛蓝天空。来人缓步入内时，看着倒像是脚踏白云，面带金光了，然而仍难掩其褴褛的衣衫，塌弓的腰背。林衍扭头去看，竟认出是早前送他来此地的车夫！掌柜先去作揖，道："您怎么来早了。"另一边女猎手则脱口叫道："钟表匠？"

车夫全没注意到女猎手是在叫自己，笑得几乎看不见眼睛，给掌柜回了礼，又去给林衍请安："哟，是先生您！您万福！今儿可多亏了您！您晌午那两块银元，刚好凑够了这宝石的钱。我急急跑去买，车偏又陷在雪地里了，只能让鸟先送来定金，生怕晚了。"又四下看看，"哎，我的鸟呢？"

掌柜举起那抓着宝石的鸟爪，道："鸟跌在地上，碎了。"

车夫撇下嘴角，当场便落下泪来，“我可就这么一只了啊……”说着用破烂的袖子去拭泪，“这鸟的命，同我一样苦啊！”

穆嫣然全不明白这人唱的是哪一出，才有些不快，便见他揩净泪水，又变脸似的挂上笑容，躬身问掌柜道：“如何，那‘山料’可有人出价比我高？”

掌柜不答，冲着穆嫣然的方向努了努嘴。车夫这才瞧见她，先一怔，“呀，您也在。”又垂下头，“敢问小姐……中意哪一个脑？”

穆嫣然道：“我不会同你争‘山料’。”

车夫长舒一口气，道：“可不是，‘山料’哪入得了您的法眼！”说着喜滋滋走过去，绕着那颗水晶头颅左看右看。掌柜见状，对林衍道：“先生可还要出更高的价么？”

林衍本就不是为这事来的，如今自己的头摆在台子上，连多看一眼、多说一句都不愿意，只摆了摆手。掌柜便高声道：“那这交易就成了！”把鸟爪和宝石往口袋里一揣，又对车夫道，“我帮您包起来？”

车夫道：“嗯，包起来。”又对掌柜拱手，“多谢庄家。”

掌柜便把那匣子的四壁竖起，按下盖子。诸人只听咔嗒一声轻响，正是先前那机关又合上了，真真的严丝合缝。掌柜又利索地在匣子外面包了一层黑绸，用布料端头在顶上系出个把手，这才把木匣从台子上拿下来，捧到车夫手边。车夫笑着接过去，正要道谢，忽听女猎手问他：“你怎么会来赌脑？”

车夫像是才注意到她，抬起头，眼珠子却极快地在台子和几人脸上都扫了一圈，笑答：“嗨呀，我现在是穷，但该花的钱也不会含糊。”

女猎手正色道：“我是问，你自己有储存头颅的冰库，为什么还需要来城里赌脑？”

车夫含糊道："早就没了啊……"

林衍冷哼一声，对女猎手道："你还指望这车夫给你圆谎？"又对穆嫣然道，"穆姑娘，你先前既说过，头颅猎手是死罪，那便希望你能够言出必行。"

掌柜忙劝道："先生这又是何必呢！"又对穆嫣然道，"小娘子还是不要妄言生杀，对自己的福气不好。"

穆嫣然迟疑道："她说了谎，我们总要问出真话来，再处置也不迟。"

掌柜忙道："这才是正理！"

林衍拍案道："她怎么会认罪？"

穆嫣然柔声道："我还以为，你会想知道真正的缘由。"

林衍道："真相就是，我们不能让这样的人继续活下去害人！"

掌柜终于也沉下脸，道："你以为逼死她，你就安全了？你是低看了命运，还是高看了你自己？"

林衍肃然道："我只是希望城主能匡扶正义！"

几人你来我往，声调越来越高。女猎手却仿佛事不关己，只静静看着车夫。车夫被她盯得浑身不自在，终于把木匣放在身侧的凳子上，上前问道："几位稍静静，稍静静。这女人我认识的。不知究竟是什么事情，让您几位如此忧心？"

诸人都停了话头，扭头看向他。穆嫣然问："你认识？你怎么认识她的？"

车夫哈着腰说道："我早前在巽国，是个钟表匠人。这女子还是机械人的时候，就在我那里帮忙。我们是有些交情的。这人脾气硬，但确实不大说谎。倘若她有什么不是，哎，我替她跟诸位赔罪，赔罪。"

说着，凑到每个人面前拱手作揖。林衍避开一步，根本不受他的礼。穆嫣然道："你是说——她没有说谎？"

车夫道："您这话问的，我哪知道她说了什么呀。"

穆嫣然道："她确实说了一些在巽国的事情。"

车夫笑道："您看这样行不行，要是她刚才的话里提过我，那您来问我，我答。您再看对得上对不上。"

穆嫣然想了想，颔首道："也是个法子。"

林衍冷笑道："这种漏洞百出的故事，你们还要再听一遍吗？"

穆嫣然横了林衍一眼，示意他不要再说浑话。林衍只得把自己一肚子火气都吞回到肚子里。穆嫣然坐下，轻轻抿了口茶，便问车夫："你原先是个钟表匠？"

车夫道："是学过点手艺。这屋里的钟，还有之前那鸟，会飞的那个——都是我做的。"

掌柜在一旁道："确实是，我们很久以前就认识了。"

穆嫣然道："你手艺很不错啊。怎么又做起车夫了？"

车夫懊恼道："好赌啊，都赌没了。庄家这屋子里好多摆设，还有他的冷库，以前都是我的。您看这儿——"他走了几步，去指"籽料"上面的金圈和字，"您信么，这字还是我写的呢！"又叹了口气，"人可真不能赌啊。"

穆嫣然道："你说她是机械人，那她身上另外半个女人是怎么回事？"

车夫看看穆嫣然，踌躇道："哎哟，这说来话就长了。"

穆嫣然冷冷道："你要想让她活命，就说。"

车夫道："是是是。她身上这姑娘吧，我也认识有些时日了，早年算是个富足人家的孩子。您也知道，这种孩子不愁吃不愁穿的，就是爱幻想。她总觉得吧，这世间还有一些天上飘的大道理，人只要活着呢，就非得要搞清楚不可。您说这是不是挺可笑？"

车夫顿了顿，见没有人接他的话，便尴尬地挠了挠头，继续说道："不瞒您说，我巽国那钟表铺子，早年其实也是个读脑的去处。我第一次见着这姑娘，是她拎了个头找到我，说她要读这脑。"

穆嫣然有些疑惑，问道："这是什么时候的事情？"

车夫道："可早了……大概是在我认识这机械人之前。她没跟您说？"

穆嫣然道："没有。你接着说吧，你可帮她读脑了？"

车夫道："我当时很犹豫，先劝她回家去，别让家人担心。她不听啊，特别执着，在我那等了三天，一天加一倍的价钱。我也是没办法了，就只好应下来了……"说着把两手一合，脸上露出十分无奈的模样。一旁掌柜摇头道："你居然是为了钱做这件事，造孽啊！"

车夫哭丧着脸，"所以我不是遭报应了嘛，现在穷得裤子都买不起……"他见穆嫣然仿佛有些不耐烦自己抱怨，忙咳嗽一声，继续说道，"其实吧，我也不大清楚那脑子里有什么，可那姑娘读了那个脑之后，就跟中了邪似的，非要去找一个男的，给他做夫人。"说着指了指林衍，"哎哟，真巧——就是您。"

林衍原本背过身去，站在屋子一角。这一下，他却成了诸人的焦点，不得不回过头，开口道："我之前认识你？"

车夫笑道："可不是，咱们可打过不止一回交道了。您不记得了？"

林衍干巴巴回答道："不记得。"

车夫叹了口气，"忘了也好，忘了也好。不过这么说来，我对您的了解，指不定比您对自己的了解还深哪！"他似是有些累了，先对穆嫣然笑了笑，才欠身坐在身边的长凳上，继续对林衍说道，"只不过，您和夫人之间的事，我并没有亲眼见过。"

林衍道："都未必有你说的这件事！"

车夫道："有是一定有的……毕竟你们后来，又分头来找过我。"

穆嫣然闻言，略略有些好奇，"他们分头来找你？这是怎么回事？"

车夫道："这事还得从头说起。当初那姑娘离开我那，去找林先生之后不久，这机械卫士就来找我了。我一看，嘿，好家伙，难得见着一个有灵性的机械人，就连哄带骗，把她留下来了。我想要研究她，却研究不大明白。听说治世那些关于机械的秘术，都不会写在纸上，反而是记录在云上的——那我哪儿找去！如此胡乱混了两年，我越是整天看她，越觉得自己无能，正想寻个把柄把她支走，偏巧这个时候，林先生您来找我了。"

穆嫣然对林衍笑道："如何，对上先前那段了吧？可见她还是说了些真话的。"

林衍道："若是他们先串过词呢？不然——为什么这两个人都是今天来？"

车夫道："您这话问的！当然是因为今儿庄家开赌脑局啊，否则您怎么也在？"

林衍一时语塞。穆嫣然觉得他这生闷气的模样颇有趣，忍着笑对车夫道："你继续说。他来是做什么的？"

车夫道："林先生带了颗头来，可是我看都不想看。来找我读脑的，有两种人。一种是知道自己要什么的，比如早前那姑娘，她真有这个心，要变！谁都能从她身上看出那股子劲来！另一种，就是像林先生您当时那样，想要逃避现实的，浑身上下散发着绝望的失败者气息——哎您可别生气啊，我不是说现在的您。

"您那天跟我絮絮叨叨说了好多，什么生活多艰苦，什么夫人病倒了，什么自己撑了大半年，再也撑不下去了。那我又能做什么？我自己不也挣扎着活在这乱世里头么。您说您爱她，忘不了她，想融合一个头，让时间倒流，一切重新来过，您一定好好保护她。这不瞎扯嘛！且不说您能不能参悟，就算时间逆转，您那时候也未必能记得这些事，该来的灾啊病啊，早晚还是会来的嘛。所以这么坏的事情我怎么能做呢！就把您劝走了。结果第二天，您那夫人就又来找我了。我才知道，就是先前找我读脑的那个姑娘。”

穆嫣然不由得看了看女猎手，叹道：“真是她啊。”

车夫也低叹：“可不是么。要说这命运真是不公平，那么水灵的姑娘，两年的工夫，回来半边身子都瘫了。这病的缘由我不清楚，然而说到底，她当初会跟了您，也应当是因为在我这里读了那颗头，事情算是因我而起。所以我当时就想，要帮她！可我只会修机器，不会治人的病啊。就想了一个法子，把她和那个机械人拼凑在一起。”说着又指了指女猎手，“我本领有限，算不上太成功，就是这个样子了。”

掌柜道：“这世上也找不到比您本领更大的了。”

车夫忙摆手道：“您太抬举我了。”又转向林衍，“那姑娘身体既然好转，我也就没留她。谁知道，她这边走了，林先生您又回来找我，说是夫人不见了。我想人家模样也变了，又把您忘了，我也别多嘴了吧。于是就遂了您心愿，让您读了您带来的脑。如此，这些前尘旧事，也就都了无痕迹了。”

大约是人多的关系，屋里竟有些气闷。掌柜去开了一扇窗，舒爽而温柔的风卷进屋里，空气忽然变得清凉，让人的身心也松快起来。唯独林衍依旧阴沉着脸。穆嫣然看向他，“怎么，这人的话里还有什么疏漏？”

林衍震惊地对上她的视线，“你听不出来？”

穆嫣然道："有一两处，还是你先说。"

林衍大步走到车夫面前，倒吓了他一跳，慌慌张张伸手抱住装"山料"的匣子，撇着嘴道："我哪儿说得不对，您说就是了，别、别动手啊。"

林衍哪管他演成什么可怜样，说道："你说的我都不信。我只问你一样，你为什么能讲出这些故事来？"

车夫眨眨眼，"啊？"

林衍道："你刚刚说的故事里头，有两人先后在你的住处读脑。而人融合了脑，就会参悟。参悟之时，所在之国时空逆转，人人忘却过往。所以，你为什么能够记得所有的事情？"

穆嫣然笑道："我正想问这一条。"

车夫闻言，反倒收起畏缩的神气，松开手，把木匣放在一旁，又缓缓起身，对林衍道："先生的问题很好回答，我以为赌脑之前，庄家会同您说的。"

穆嫣然问掌柜："哦？庄家说过吗？"

掌柜忙道："是我没同您二位说明白。我先前说，人融合脑之后，倘若有所参悟，时空就会逆转——可并不是所有人读了脑都会参悟啊！不然还有什么好赌的呢？这乱世里每天都会死许多人，只要是个头，拿回家去就行了！"

车夫道："正是如此。这对夫妻虽分别读了脑，然而都没有参悟，只是各自多了些记忆，又丢了些记忆。再者，小姐身为城主，也应当知道，近几年巽国的时空风平浪静，没有什么动荡发生。"

穆嫣然道，"确实。"又问林衍，"你还有什么问题？"

林衍道："好。如果我和那个姑娘没有参悟，那么你，一个老赌徒，怎么也没有参悟？你从前在巽国坐拥头颅冷库，如今却进城拉车，能输成这样子，恐怕也赌过好几次脑了。你方才说读了这些脑的人不一定参悟，但一定会改变记忆。所以你说的话，又有几分可信？”

穆嫣然颔首：“这一条更有道理。”

车夫看看林衍，一时竟撑不住面上的一团和气，垮下脸，飞快地说道：“没错，我是个老赌徒！可我赌来的脑，不是给自己用的——还有给你的呢！”

林衍瞠目道：“给我？”想了想，又问，“你是说巽国的那一个头？是你——塞给我一个头，让我忘记我的妻子？”

车夫被他这问话气得直跳脚，喝道：“当然不是！我怎么会给你那个头——是在坎国！你在那里问我要的头！”

穆嫣然也被车夫绕晕了，问道：“林公子几时又去坎国了？你为什么会把赌来的脑送给他？”

车夫却不答。他背着手、弓着腰走到门口，又绕回来，骂骂咧咧道：“我输光半生心血，就是为了给你找头，到头来得了这么句话！我图什么啊！”一口把杯中茶水牛饮而尽，坐下喘息几声，忽然那卑微的笑又挂到脸上来了。他先哈着腰对林衍拱了拱手，道：“得罪了，得罪了，我有些癔症，许久没发作，不是冲着您来的。”又对穆嫣然道，“方才可吓到小姐了？”

穆嫣然淡然道：“无妨。”

车夫从怀中掏出一条破手帕，擦了擦头上的汗，又道：“咱们说到哪儿了？”

穆嫣然道：“坎国。”

车夫缓缓道：“对，就是坎国。这地方小姐您大概没去过，在城北边的湖里，人都住在船上。无根无基，漂浮不定……”他说着，又转向林衍，“有人从坎国辗转到巽国，给了我一笔钱财，说他家主人请我去那边。我也没想到会是林先生您。”

穆嫣然笑道："又是他？"

车夫道："可不是吗？"又对林衍说，"您在坎国住的那艘船，简直同城主的宅子一样气派。甲板之上是亭台楼阁，还填了土做园子。我去的时候，红杏开了满园，透过厅堂的窗户看出去，就跟飘在火烧云里似的。您说，您在坎国成就了一番事业，但却忘记了自己是谁，只记得当初读了脑，在我那小屋子里醒来，看见满屋的金属零件。又说，您因为不知道过去，所以看不到未来，眼前有再多的东西，都唯恐会转瞬即逝，变为过眼云烟。这样的无明之苦，真是太可怕了。您试着用无尽的贪婪，来填补心中的无底的痛苦，却始终觉得自己还是缺了点什么，想要补回来。

"您问我，有没有什么办法，能找回您的过去。您不在乎钱，只想找回内心的安宁。

"偏巧我知道有个头，能治您这心病。我回城之后，才听闻那头在庄家这里，就来同他讨。谁知这老鬼一听说是要给您的，就开出天价来。我最后那点家底，就是为着您这'内心的安宁'，才败光的。"说着又摇了摇头，垂首坐在那"山料"侧旁，肩膀佝偻着，显得更疲惫了，"您要还觉得我在说谎，我也没办法证明自己。您乐意怎么想，就怎么想吧。"

穆嫣然不等林衍开口，先道："这次不用林公子问，我也有不明白的地方。"

车夫道："小姐请讲。"

穆嫣然道："他既然在坎国那么富有，为何这赌脑的钱，又要你来出呢？"

车夫对她的疑问却十分有耐心，仔细回答道："我原先以为那头早已遗失，所以并没有立刻答应林先生的请求，自然也就没有问他要定金。后来我进到城里，才从庄家这边得到消息。再返回坎国时，又到了旱季，许多水面干涸，航路都断了。我想着庄家开赌局的日子就在眼前，再去找他定要误事，才不得不变卖家产。谁知还是不够，最后短的那一点，就只好进城来做车夫了。”

“所以，”穆嫣然双目炯炯，“你今日买的这‘山料’，是要拿去给坎国的那一个‘林衍’？”

车夫闻言，下意识地把一只手放在木匣上，嗫嚅道：“这……这可未必。”

林衍道：“倘若坎国的事情是真的，我还真是要多谢你！可你上午遇见我的时候，为什么只是把我送到茶馆，没告诉我这些事？”

车夫答道：“您早上显然不认识我啊！您如果都不记得，我同您说又有什么用呢？”说着，接过掌柜递来的茶杯，喝了口水润喉咙，忽然又放下杯子，盯着林衍道，“照这么说，我到现在还不清楚——您究竟是我认识的哪一个林衍？您是从巽国来，还是从坎国来？”

林衍没料到他会这么问，怔了怔才答：“我从震国来。”

车夫“咦”了一声，自语道：“这就怪了……您为什么会去震国？”

穆嫣然对林衍道：“正是。今日可是从审你开的头，几件事也都同你有关。你不如说说看，为何会到震国去吧。”

矛头一下子转到林衍身上。他无奈地摇了摇头，又对穆嫣然道：“姑娘还疑心我？”

穆嫣然浅笑道：“我方才说了，我年轻，却不糊涂。你总要说出来，我才好裁决。”

林衍道：“好，那我也不瞒诸位。我恐怕确实是读过脑的，我醒来的时候，就是在震国。直到现在，我都对自己的过往一无所知。”

车夫问：“之前的事情都不记得了？”

林衍道："不记得。"

车夫道："那只能说是震国有人参悟，致使时空逆转。至于这读脑的人，却不一定是你。"

林衍恍然道："你这么一说……也确有这个可能。彼时我醒来之后，发觉自己在闹市中的一家旅店里。我走出房门，在过道里遇见一个店员，我与他对视良久。后来他看了看自己手中的扫帚，便继续去打扫了。我又走到街市上，见很多人正从家中出来，虽然都是一副不明所以的模样，然而不多时就回去了，并不混乱。"

穆嫣然问："为何会这样？如果人人都不记得自己是谁，那不该天下大乱了吗？"

车夫在一旁解释道："会小乱，不会大乱。世事变化之时，总有些人反应更快一些，从而占到别人的便宜。然而即便记忆消失，每个人自己的格局并不会变，懦弱的依旧懦弱，懒惰的依旧懒惰。大多数人一旦找到自己的位置，就会安稳地留在那个壳子里，不愿意再离开了。"

穆嫣然道："你这么说，这乱世倒更像是她所说的那样——"说着指了指女猎手，"被扰乱的是记忆，而不是时空了。"

掌柜闻言，笑道："这记忆之说只是一家之言。我认识几位高人，都猜度这世间的时空也乱了。毕竟，倘若时间还如治世那般永远向前，那么人就不可能会遇见自己。"

穆嫣然"咦"了一声，想了想，又看向林衍，道："对啊，你是怎么遇到自己的？"

林衍嘴角略微抽动了下，道："我醒来没多久，他——就来找我了。"又背过身去，不肯看那台子上的头，许久才继续说道，"我初见此人，自然极为惊诧。他说自己名叫林衍，并说他就是几年后的我，因为他耳后多了一道读脑留下来的疤痕。"

掌柜忙绕到那头侧旁去看，又对穆嫣然点了点头。林衍继续说道："他说他从坎国来到震国，是为了参悟。他融合第一个头时，得到了许多无用的记忆，令他十分厌烦。然而读第二个头时，却感到心头有一种巨大的甜蜜，仿佛骤然理解了自己一生的使命。醒来之后，一切又恢复往常，唯一的区别是，他没有像震国其他的人那样忘却过去。"

车夫听完他这些话，"这确确实实是参悟了，可见致使震国时空逆转的人，是这一个林衍。"

林衍忙问道："如果是参悟，为什么他会告诉我说，他在醒来之后，更清楚、更具体地感受到了痛苦？"

车夫道："时空逆转之后，世人往往会更深地陷入眼前的琐事之中，愈发没有胆量超脱自我。而参悟的人，却因曾经饱尝'得道'那一瞬间的甜美，反倒会对现实更为警惕，甚至觉得现实的世界并不真实。"

女猎手冷哼一声："所以他就妄想要进城参悟！"

林衍道："你又在胡诌！我从未听他说起过此事。"

女猎手道："是吗？那么你后来有没有帮他做事？"

林衍略略迟疑了一下，才道："此人……确实很富有。然而我帮他，并不是为了让他进城赌脑。"

女猎手道："你果然是同他一伙的！"

穆嫣然忙问："你为他做了什么？"

林衍踌躇道："他说，他有一批货物要送到城中，让我帮他打点从震国到雷门的各处关节……"

女猎手笑着对穆嫣然道："现在，城主还觉得我在说谎吗？"

林衍忙道："穆姑娘！那货物我见到了，绝不是她所说的那件事物。此人是商人，有货物要从震国送回坎国，经过城中也是寻常的事情。”

女猎手嘎嘎怪笑道：“是吗？那么证据呢？货物在哪里？”

林衍道：“我只负责打点送货的渠道，又不管他的货物，我怎么会知道在哪里？你先杀了人，又要来栽赃我？真是岂有此理！”

穆嫣然见这两人开始打起嘴皮子架来，忙道：“先不谈这些。林公子，你继续说。”

林衍深深吸了一口气，才强忍怒火，说道：“也没什么好说的了。我从雷门处回到震国市集，就见着他被人当街杀死。然后一路追着头的踪迹进了城，摸进这茶馆来，誓要为他讨个公道！”

他说完，诸人都许久没有开口。外面不知何时下起了淅淅沥沥的小雨，忽而随着微风飘洒到屋里。林衍的那颗“头”，因在台子上摆得靠近窗户，竟有半边脸被雨打湿了。掌柜发觉时，不由得打了个寒战，忙拖着步子去关上窗户。再回过头时，发觉所有人都盯着穆嫣然，等她开口。却听女猎手又道：“我、钟表匠，还有这姓林的，说的其实是同一个故事。城主可听明白了？”

此时穆嫣然端坐在屋子正中，余下几人分立在她的左右。这情形倒真像是一城之主要对案件做出裁决的样子了。穆嫣然十分镇定，不紧不慢道：“你们之中，有人在说谎。”

林衍忙道：“姑娘是明白人！这女人所说的‘城中无主’，是在挑战你身为‘完人’的威信啊！”

女猎手懒洋洋道：“林先生要往城里运的东西，是不是为了读脑？”

车夫叹道：“那死掉的林先生可是个老赌徒。人一旦开始赌，就很难停下来喽，而且通常，是会越赌越大的。”

掌柜道：“话虽如此，这些日子，城主确实一直是在城里的……”

女猎手愕然看向他，“什么？‘城中无主’这话可是你说的。”

掌柜忙摆手道："这句我真不记得。"

林衍哈哈一笑，道："说谎的人总会露马脚。"

穆嫣然起身道："够了！"几人又停下话头看向她。少女蹙着眉头道："我不管谁在说谎，你——"她凌厉的目光扫向女猎手，"未得我命令，出城去杀人，这件事总是有的。"

女猎手挺直身子，略带轻蔑地看向她，"这就是你的结论？"

"对。"穆嫣然毫不迟疑地说道，"所以你必须死。而你——"她又看向林衍，"你今日必须出城，再也不许踏入城中一步！"

【第四幕　地坤】

Allegro

（快板）

大雪纷飞。

两点整的"布谷"声响起时，屋中只有林衍一人。掌柜和车夫都随穆嫣然出去观刑。先头茶馆大门敞开的一刻，外面围了至少三十个机械人。这等阵势，倒让林衍一点都不想跟去看了。他只觉得精疲力竭，内心又无比安定。他想，猎手已死，这下自己安全了。

趁着左右无人，他换上早前进来时的衣衫。果然如老掌柜所言，不过是一时一刻的晴朗，就足以让湿掉的衣衫干透了，只皮鞋还有些潮气，但也可以容忍。穆嫣然回来的时候，便见他一身笔挺的洋服，不由得眼前一亮，因笑，"果然人靠衣装。这样一打扮，显得你沉稳了许多。"

林衍见她自刑场归来，却毫无惧色，忽而又忧心起来，勉强道：

“多谢。”

穆嫣然仿佛知道他在想什么，收了笑，肃然道：“你不必担心城中法度，我既说了要那猎手死，她便一定会死。不过此人心性并不坏，我让庄家把她的脑存在水晶里，日后再寻有缘人送出去就是。”见他不语，又歪过头微微一笑，“难不成，你连我也信不过？”

林衍暗自松了一口气，忙道：“怎么会！我只是在想，这一个‘山料’又会为谁所得呢？”他见外面雪景极美，便去开窗。探进屋的杏花枝条上，竟有许多艳红的花蕾，上面凝了一层雪白的冰霜，毛茸茸的，煞是可爱。便招呼穆嫣然，“快来看！”

穆嫣然还裹着外袍，所以倒不惧寒冷。没想走过去时，脚下一滑，险些摔了一跤！还好她眼疾手快，扶住了侧旁的凳子。林衍忙凑过来，一手握住少女柔软冰凉的手，另一只手则扶在她腰际。穆嫣然微微吃了一惊，仍笑道：“地上居然结冰了……是方才飘进来的雨吧。”说着站直了身子。林衍忙又松开手，心却怦怦直跳，胡乱道：“仿佛是层霜。”

两人各自站定，一时都没有开口。穆嫣然看向窗外，轻声道：“我不许你再进城——你不会怨我吧。”

林衍道：“我没能自证清白，所以你做出这个决定是正常的。我只是很伤感，恐怕今后再也无法见到你了。”

穆嫣然眨了眨眼睛，“为什么——啊，你不能再进城来了。”

林衍沉声道：“而你不能出城。”

穆嫣然黯然道：“确实。我们再也见不了面了。”她顿了顿，又道，“我好像都没有什么朋友。”

林衍问道：“怎么会呢？”

穆嫣然道：“同我一起长大的伙伴，都去别的国家了。就算偶尔回城里来，大多也把我忘记了。”

林衍唏嘘道:“所谓聚散无常,在城外的我们其实体会更深。人与人之间,今日还是相熟的,明日或许就彼此忘却,渐行渐远了。姑娘起码还知道自己曾经有朋友,而我,只能看到现在你在我身边。”

风吹雪落。穆嫣然打了个寒战,便要去关窗。林衍忙跟过去,却见她驻足于窗口,向外望去。近处红杏似火,远处浓云翻滚如海。阳光被无边无际的云朵遮住了,偶有几束从缝隙中透下来,金丝般直坠到地面,像是天上的神明在借此洞察世间。正当此时,大地忽然震颤了一下。穆嫣然面色微变,向窗外探出手去,一只灰喜鹊喳喳叫着落在她肩头。它抖了抖翅膀,将口中衔着的一枚金丸放入她手中。穆嫣然两指轻轻一捏,那金丸登时化为粉末,随风飘散。

“是巽国。”

林衍一时没听懂她在说什么。穆嫣然回过身,又看着林衍,蹙眉道:“巽国有人参悟——时空逆转了。”

林衍忙问:“所以你要做什么?”

穆嫣然稍稍抬了下手,那喜鹊便又扑棱着翅膀飞走了。她说道:“只是觉得有点巧。我们才在说巽国这些年都没什么风波,忽然就又变了。”她说着关上窗,回到房间中央,自顾自斟了茶。又捧了杯子,似是在暖手,一副若有所思的模样。林衍远远看着她,半晌,才低声问道:“你就不想出城去看看吗?”

穆嫣然答道:“想啊。方才我一面听你们说话,一面在想——坎国水上的人家是什么样,巽国大漠中的小屋是什么样,还有震国……”她止住林衍,“你别说,让我来猜。震国的市集,一定很热闹,有很多很多人,对不对?”说完又十分失望,低叹道,“我真想去看看。”

林衍定定看着她,说道:“如果这些地方你我能够同去,该有多好。”

穆嫣然摇头道：“城主若不在城中，这里便会法度尽失，人人皆可在此作乱。”

林衍道：“我知道。但你从此却失去自由——这样的代价，真的值得吗？”

穆嫣然微微一怔，本能地答道：“我不知道。”再细想时，竟愈发不甘心。那一点点不安分，仿佛燎原之火，从心底蹿到四肢百骸。她抿了口茶定定神，转而问道，“所以你出城之后，会去哪里？”

林衍道：“应当不会回震国——大约是巽国吧。”

穆嫣然忽而掩口笑道：“去见你的妻子？”

林衍一怔，“我的妻子？”

穆嫣然浅笑，“巽国时空逆转，一切重新来过。你去了巽国，说不定就会遇见她呢。”

林衍断然回道：“我不信那个故事。”

穆嫣然道：“你一定信，不然你为何要去那儿？”

林衍想了想，才道：“就算……就算那故事是真的，我现在也不记得这女子，不知她究竟是在未来还是过去。所以我去巽国，也不会是为了她——”又略略放轻了声音，“我只是想印证一下车夫的话。倘若能找到钟表匠的房子，我也算知道了自己是谁。”

穆嫣然闻言，却有些失望。她放下杯子，道：“你还是只想着你自己。”

林衍忙道：“我更想来城中找你。”

穆嫣然丝毫不为所动，淡淡道：“这就不必了，你还是别再进城，我怕你要在城中参悟。”

林衍道：“我不会那么做。我只是想时常见你。”

穆嫣然微微一哂，道：“见了我又如何？”看了看那西洋钟，“不早了，你该走了。”

两人正说着，门又开了。外面雪早停了，独留下阴云密布。但天地间却是透亮的，一眼能望出去好远。掌柜裹着外面的寒气，拎了个黑绸裹着的匣子，拖着步子走进屋里。他看见穆嫣然，忙把匣子放下，点了点头算是行礼。穆嫣然问：“事情都办好了？”

掌柜指了指那匣子，答道：“就是这个‘山料’。”

穆嫣然颔首道：“很好。她后来可说什么了？”

掌柜看了看林衍，欲言又止。穆嫣然道：“你说就是。”掌柜这才说道：“她对我说，她去震国杀那人，着实不值得。如今城中也没有了公道，不如让一切涅槃重生。若有来生，她一定要进城参悟，颠倒乾坤。”

穆嫣然嗤笑道：“痴心妄想。”说罢又看了看林衍，复对掌柜道，“林公子正要出城去呢。”

掌柜这才挤出一个笑来，“今儿还没怎么招待先生呢……让您空手而归，真是对不住。”

不等林衍答，穆嫣然先道：“怎么会空手？让他把他自己的头拿走。”说着，便指向台子上那颗被女猎手收来的头颅。另二人闻言，都愕然无语。穆嫣然见他们不答话，便又问掌柜：“庄家是舍不得吗？这算是不义之财吧？”

掌柜忙道：“怎么会舍不得！本来就是林先生的头，理应让他带走——我这就去帮他包起来。”说完一通忙乱，从屋角翻出个匣子，把那头放入其中，再扣上机关，送到林衍面前。而林衍只要一见自己这颗头，便会方寸大乱，竟没有拒绝，迷迷糊糊接过去了，还道了声谢。掌柜一路将林衍引至门外，招呼车夫道：“送林公子去——”说着探头回来，看了看穆嫣然，见她比了个手势，才继续道，“去风门。”

这风门正是通向巽国的城门。车夫连声答应，把空鸟笼往车头上一挂，用袖子把椅面擦了擦，便请林衍上车。林衍把匣子往内里一放，松开手，才想起自己几乎挑明了问穆嫣然，她却毫无回应，简直无情之至。此时再往茶馆大门处看时，更连她人都没看到。再想到与她分别之时，连句“再会”也没有，一时又是失落，又是怨恨。天上的云渐渐散开了，又起了风，一时竟冷得刺骨了。车夫耐不住寒气，把手往袖子里一缩，再隔着袖口的布料握住车把，如此拉起车便走了。

掌柜见两人远去，才合上门。他回过身，一面搓手，一面对穆嫣然道：“这屋里也这么冷！可别冻着了小娘子。”就要去生火。穆嫣然倒不大在意，道：“冷不了多久的。”

果然屋顶上风扇渐渐转得慢了。不多时，阳光也从窗口洒进来，四下里很快便暖起来。穆嫣然不愿再久留，问掌柜道：“别的买家都走了，你给这‘籽料’开个价钱吧。”

掌柜挠了挠头，讪笑道：“这城都是您的，您只管看着给吧。”

穆嫣然道：“我总不能比车夫给的少。”想了想，褪下手腕上的翡翠镯子，递给掌柜，“此物我向来不离身，今日便给你了，连着方才给林公子的那颗头一起算，也没亏待了你。”

掌柜定睛一看，见那镯子通体碧绿，水头极佳，显然价值不菲。一面喜笑颜开，一面摆手道：“呀，这也太贵重了。我哪里敢收?!”

穆嫣然只把镯子往桌上一放，道：“你收着就是了。林公子不知道你这家店的门道，我还能不知道吗？每一颗头的来龙去脉，你心里都跟明镜似的，无非是不能告诉我们罢了。你今日给我的这个头，一定是千挑万选过才拿到我面前的，值这个价钱。”

掌柜闻言，却收起笑，不去拿那镯子，反而问道：“脑子里的东西值多少钱，小娘子还得给我个评判的准则才是。不然我哪里敢收呢？”

穆嫣然道：“能让人参悟的，自然就是好了。”看了看他，又笑道，“我知道是要赌的。不然这样，若是我参悟了，这镯子就归你。若是没有，我再来问你要，换一样别的给你，如何？”

掌柜道：“小娘子这是拿我取乐呢。您又不能出城，根本不会去读脑，这镯子不就归我了么？”

穆嫣然莞尔笑道：“谁告诉你我不会读？不然我今日又为何要来赌脑？”说着坐在长凳上，跷起脚道，“我说不出城，那是吓唬别人呢。我要出去，自然得是悄悄的，还能满世界宣扬吗？”

掌柜震惊道：“您要出去——城中岂不是没了主人？这……这不全乱套了？”

穆嫣然道：“早前的城主墨守成规，那是他们胆子小。方才你也听到了，这世界这么大，我为何要把自己困在这四方天里？再说，知晓世界的模样，不也应当是我身为城主的职责么？不过是出去一趟，几日工夫罢了，能有什么事情？”

掌柜颤声道：“当然能出事！只说那女猎手虽死了，但方才巽国时空逆转，却难说时间究竟退回哪一时刻。倘若倒退得不久，正是她还在巽国的时候……”

穆嫣然恍然道：“就会有另一个女猎手——去震国追杀林衔？”

掌柜却没料到她往这里想了，怔了怔才道：“确实。”

穆嫣然起身道：“这林衔方才还一脸得意，以为他改变了自己的命运呢。”走了两步，愈发不安，“不行，我得去警告他。”就往门外走。

掌柜急急追过去，道：“小娘子，我要说的不是这个……”

却见穆嫣然打开门，吩咐近处的一个机械人：“你去巽国，找林衍，告诉他不要去震国。”

那机械人木愣愣的，仿佛没有听懂。穆嫣然极不耐烦，把手往它头上一敲，“记住这人的样子了吗？若是没找到，就不要回城了！”

机械人微微一震，才答了声“是”。穆嫣然这边关上门，掌柜又跟着劝道：“小娘子万万不能这样冒险啊。您记得那女猎手说过的话么——城中无主！”

穆嫣然道：“我近来都在城中。这是她编的谎话。”她松了口气，又对掌柜道，“你放心，我会尽快回来的。”

掌柜道：“您要是出城读了脑，指不定都会忘了自己是谁呢！哪里还能记得回来——咱们可不敢赌这么大啊！”

穆嫣然眼睛一亮，道：“你说得对——这才是赌。钱财不是赌，命运才是赌。”竟愈发兴奋起来，对掌柜道，“庄家当初选赌脑这行当，也是觉出这里面的趣味吧？看着他人因你而变，世界因你而陷入轮回，这种主宰命运的感觉，又有几人能体会到呢？”

掌柜哭丧着脸道：“我能改变什么啊！我什么都改变不了！”

穆嫣然道：“你不必自谦，也不必再劝我。我既已下定决心，就一定会去。如今这城中一潭死水，城外颠三倒四，这乱世的模样也不能更坏了。倒不如赌上一切，看看是否能有所改变。若我能参悟，说不定就能找到法子，让这世界回归治世！”她说着，走到“籽料”面前，深深看着那颗头，“而一切变革的源头，就是它了。”

掌柜道：“您……真的要读这个脑？”

穆嫣然道：“对。”

掌柜几乎语无伦次，道：“可，可这个‘籽料’，就是存了对林……”

他话未说完，门却嘎吱一声开了。车夫佝偻着肩膀，探进头来：“呀，您二位还在呢！”

掌柜却像是一下子失去了勇气，颓然道："可不是吗？您……把林先生送去风门了？"

车夫擦着汗走进屋内，道："送去了，眼见他出的城。没想到跑一大圈回来，你们还在这里。"

穆嫣然道："你腿脚确实快。林衍离开之前，可还说了什么？"

"没什么。"车夫看了看她，又笑道，"小姐十分关心此人，难不成是喜欢他？"

穆嫣然一怔，蹙眉道："怎么会？此人先亢后卑，满口仁义，却又贪婪无情，实在俗不可耐。只可惜了那张好面皮——城外的人都是他这样的？"

车夫搓手道："不都是，但也确实不少。"看了一眼桌上的镯子，又道，"真不愧是咱们小姐，出手大方。"对掌柜挤了挤眼，"你这次可满意了吧？"

掌柜叹道："我宁可不要这镯子。"

车夫讶然道："当真？"

掌柜却不接他的话，问车夫道："您回来做什么？"

车夫道："我那'山料'还没拿呢。"说着走到屋角，拎起那黑绸包着的匣子来。穆嫣然见了，便对掌柜道："把我那'籽料'也包起来吧，我这就要走了。"

掌柜听了她的吩咐，才极不情愿地走到那台子前面，慢吞吞地竖起匣子四壁。这边车夫又凑到穆嫣然身边，笑问："小姐是要收藏这头——"看了看她神色，"还是要出城去读取脑中的信息呢？"

穆嫣然淡淡道："这与你有什么关系？"

车夫忙道："自然是无关。然而……"侧旁掌柜咳嗽了一声，车夫却像是没听到，继续说道，"然而要说到读脑，我还是觉得最久远的那些技术更好。您知道吗？我巽国那屋子里藏了一本笔记，是早年人们还记得治世模样的时候，从云上读出来的。”

穆嫣然沉吟道：“你是说，我要是想读脑，就应当去你的钟表铺子？”

车夫道：“嗨，您不知道，外面有些人啊，说是有手艺，其实都是假的，骗人的！您要是把自己交给他们，那可就太危险了。”

穆嫣然颔首道：“从那女猎手身上，确实能看出你有几分真本领。”忽而又问，“你那笔记里，可说过云是什么样子的吗？”

车夫一拍大腿，“哎哟，您可问到点儿上了！里面真写了！”

穆嫣然一下子有了兴致，问道：“怎么说？”

车夫摇头晃脑地说道：“这云吧，不可见也不可触，偏偏藏了世间的一切知识。”

穆嫣然愈发感兴趣：“真的？怎么藏的？藏在哪里？”

车夫道：“说原先有两个云。头一个在天上，早年人们给它起名字，管它叫‘乾’，它是源于一种叫‘互联网’的技术，人们通过机械，就能在互联网上面交流，也能从世界上任何一个地方，把自己的所思所想写到云里，让其他人去读。然而乱世之后，人们忘记了如何才能进入‘乾’，故而只知道这世间曾有个互联网，却不知如何读取其中的信息。这第二个云，就更有意思了，叫作‘坤’，它的源头，是‘脑联网’……”

穆嫣然惊道：“‘脑联网’？我听人说过这个。”

车夫道：“您见多识广，我就不卖弄了。”

穆嫣然忙道：“你说你说，我想听！”

车夫便继续说道：“这‘脑联网’在地上，它把所有人的大脑相互连通，让人们不用语言就可以彼此沟通。‘坤’储存了人们所有的记忆，甚至那些无法用语言表达的情感也在其中——他们消灭了无知，也消灭了孤独。人们进入这一个云之后，沟通理解再无障碍，这是真正的世界大同！”

穆嫣然点头道：“这才是治世的气象。”

车夫却不认同她的话，说道：“您这话就错了。引起乱世的，就是这‘脑联网’。”

穆嫣然问：“此话何解？”

车夫道：“‘坤’虽有种种好处，却让人们对自己真实世界里的身体，产生了严重的认知障碍。他们搞不清楚自己是谁，拒绝承认某一个身体是属于自己的，使得许多老人和穷人都饿死街头……”

穆嫣然问：“这是为什么？”

车夫道：“因为即便他们的肉体死去，精神却依然在‘坤’中活着，甚至可以去争夺那些年轻的身体。然而‘坤’再强大，也需要真实世界里的人类大脑，作为‘脑联网’成长更新的基础，如果人再这样大批死去，整个世界就都要消亡。”

穆嫣然沉吟道：“这些古人聪明到能建立‘乾坤’——就没人想个法子来解决这些问题吗？”

车夫道：“这问题出来的时候，人人都已是‘脑联网’的一部分，早就难分彼此了。故而他们找到的解决之道，就是打断人们的记忆，让生活变成只有此刻的片段，不知过往，不辨未来，单单活在当下。”

穆嫣然怔怔重复道：“当下？”

车夫道：“正是。而一旦有人明白自己身处于‘脑联网’之中，就会导致所有人的记忆被清空……”

穆嫣然眨眨眼，迷茫地看向他，“你是说，所谓参悟——就是一个人看清楚‘脑联网’的整体，明白自己是其中的一部分？”走了两步，又道，“而时空逆转——就是这‘脑联网’为了生存下去，而对人类个体采取的制约手段？”

车夫比了个大拇指，道："您说的这两句，比那笔记上写的还要高明。"

另一边，掌柜终于把装着"籽料"的匣子扣上，对车夫没好气道："你同小娘子说这些玄之又玄的鬼话，是要哄骗她去你巽国那破屋子里读脑吗？"

车夫忙道："这是怎么说的！小姐就算去了，我也不在巽国啊。"又指了指"山料"，"我是要去坎国！等那姓林的商人付了钱，我就能把自己的铺子赎回来喽。"

掌柜道："你何必舍近求远，巽国刚刚才时空逆转，你直接去，你的铺子就还在那里呢。"

车夫笑道："那只有一栋房子，哪容得下两个我？我不如在坎国拿了钱，去震国再开一家钟表铺吧。"

这边掌柜终于把"籽料"包好，又寻了一块黄绸，照着先前那样，在匣子外面裹了一层布，这才恭恭敬敬递给穆嫣然。穆嫣然接过去，险些没有拿稳，惊道："这么重！"

掌柜道："可不。这里面不只是一颗头——也是小娘子的未来啊。"

穆嫣然定了定神，握紧绸缎的端头，"未来不过是出城的一个方向罢了。我想明白了，不管这世界的真相是什么，我都要自己去看看。我的未来，我来选择，我也会对自己负责。"

掌柜叹了口气，从袖中掏出核桃，慢悠悠盘了起来。穆嫣然对二人略一施礼，说了声"告辞"，便拎着"籽料"走出屋去。只见门外晴空万里，竟连半片云都看不到了。她微微一笑，自语道："好兆头！"又钻进一架机械轿子车里，携着众机械人浩浩荡荡走了。这一行人的履带铁足踏过之处，扬起些微的沙尘，就像是在天上拖了个模糊的影子。掌柜与车夫在门口远远看着，末了各自叹了一口气，又对视一眼。掌柜问车夫道：“你为什么叹气？”

车夫弓着腰，就近拉了把椅子坐下，说道：“你怎么能给她那颗头啊……”

掌柜把两个核桃捏在手心里：“什么头？”

车夫摇头道：“这‘籽料’是我给你的，那匣子上的字还是我写的呢！——这里面，藏了她对林衍的爱恋！如果她不是去巽国读了这颗头，一切也未必会变成今天这样。你还说我为了钱作恶，你自己为了钱，又做了什么啊？”

掌柜警惕地看着他，低声问道：“你什么时候知道的？”

车夫一怔，才复又笑道：“我又不是瞎子，她现在的模样，同当年第一次来找我的时候一模一样，我自然是一进这屋子就知道了啊。”

掌柜还不肯认，撇嘴道：“你知道什么？你什么都不知道。”

车夫看了他一眼，“我不知道？这穆嫣然就是林衍在巽国的妻子——也就是女猎手身上那半个女人。她现在出城去巽国，不就是让一切回到原点了么？”

掌柜没想他大咧咧说了出来，惊得眼睛都瞪圆了，先用食指压在嘴唇上，摆了个“嘘”的口型，又到门口去看了看。这才走了一圈转回来，低声对车夫道：“这话能说出来吗！”

车夫道：“你办得出来，我怎么就说不出来？当初我帮她读脑的时候，可不知道这些前因后果——你就不能提醒她一下吗？”

掌柜继续开始盘那对核桃，悠悠道：“我怎么告诉她？你我这一辈子兜兜转转，也是到今日，才算把这因果看明白了。我现在告诉她，她既听不懂，也不会信啊！”

车夫道：“你看明白了？恐怕你才是什么都不知道。”

掌柜道：“您是高人，我向来都只有听您说话的份儿。”

车夫转过脸,“你要是讥讽我,我就不说了。”

掌柜一揖到地,正色道:“我是正经跟您请教呢!”

车夫这才说道:“方才我同穆小姐说了‘脑联网’,时空向来是一体的,你就没再想想我们这座城吗?”

掌柜疑道:“城?”

车夫道:“东雨西雪,南夏北冬——世间哪里有这样的地方?这里是大千世界的剪影啊。”

掌柜微微一凛,“你是说……这座城,其实就是……”

车夫却不再回答,拎了匣子,起身缓缓走向大门,背着身子道:“你做了一辈子的庄家,还不明白吗?真正的参悟,根本就不需要赌脑。”

大门开关之间,掌柜被外面的炎炎烈日晃了一脸金光。待再暗下来时,他颇等了一会儿,才看清周遭的模样。如今这茶馆只余他一人,四下里空落落的,仿佛什么都没有发生过。西洋钟敲响了三点,鸟骨架探出来,白得瘆人。他忽然觉得有什么不对,走了几圈,视线终于落在地上的“山料”上。

——这是哪一个“山料”?

他把核桃放在桌子上,走过去把那黑绸拆开,里面锋骨毕露的“山料甲”字样,戳得他汗毛倒竖——车夫拿错了!他拿走的,是女猎手的头!那个在死前要“颠倒乾坤”的人!掌柜再急慌慌出门去看时,哪里还能见到车夫的影子?他清楚自己的腿脚,根本追不上车夫,便无奈地回到屋中。又忽然想到——

难不成,这颗头,车夫是拿要给坎国的林衍?

“颠倒乾坤,颠倒乾坤……”掌柜喃喃自语。所以没有人说谎——穆嫣然去巽国,读了藏有爱恋的“籽料”,嫁给了林衍。她病倒之后,被林衍抛弃,决心抛弃情感,与机械人融合,变成了女猎手。而她丢弃的爱，又被钟表匠存到了病人脑中，变成“籽料”。林衍得了机械人的警告，知道不能去震国，却与穆嫣然擦肩而过，在巽国的钟表匠那里读了自己的头。他忘记过往一切，去了坎国经商。商人林衍得了车夫拿来的“山料”，从坎国一路摸到震国，在新的钟表铺里读了“山料”中的记忆，却阴差阳错继承了女猎手的遗愿，要找机会去城中参悟，又在市集上被女猎手所杀！

真是因果循环，报应不爽……

外面忽而妖风四起，直吹得风扇呜呜哀鸣。天色骤暗，掌柜到窗边去看时，竟见太阳被个黑影遮住了，只留下一圈浅浅的金边。他活这一辈子，自以为在城中什么怪天气都见过，而这般奇景还是第一次见——“城中无主。”他低声道，这样的异象，定然是穆嫣然出城去了。她终究还是解开自己的桎梏，走出了这座围城。所以，如今只有一件事说不通了，这城里的时间，究竟是在何时乱了的？不然，女猎手早前为何能说出“城中无主”？

——谁，在城中参悟了？

背后，门忽然嘎吱一声开了。掌柜吓了一跳，转身去看，却是一个机械人。它说：“先生好。”

掌柜道：“什么事？”

机械人说话极为缓慢，仿佛每一个字眼都需要它用很久的时间来找寻。它说：“先生，我想请教您一个问题。”

掌柜道：“说吧。”

机械人道：“我想知道，我与人类有什么区别？方才城主给我的记忆里，有一些情感，我无法理解。”

掌柜正心乱如麻，哪有心思回答它这问话，便道：“我只懂人，不懂机械。”

机械人苦恼道：“然而我想不通，先生得帮我。”

此物如此呆笨，掌柜实在不想同它周旋，忽而想起车夫来，便笑道："有个巽国的世外高人，或许能解开你的疑惑。"又告诉它地址。机械人便道谢走了。

掌柜阖上门，收了笑。嘴角拎起一整日的皮肉，也终于如幕布般垂坠下来，堆在干瘦的两颊侧旁。窗外天色大亮。他怔怔坐下，再次陷入这一日层叠堆砌的话语迷宫中。当这故事再嵌套到世界的时空架构之中时，每一件事情都仿佛又有了新的含义。然而这些思虑对他这个年纪的人而言，实在太过沉重。不多时，他便昏沉起来，恍惚发觉房屋四壁往下坠落，屋顶掀开，风扇坠落，末了一切物质都沉入土中。地面变成一片冷光照射下的惨白，他知道自己梦到了茶馆地下的冷库。面前的架子排排展开，无边无际，里面是难以计数的头颅——

"脑联网"？

不，这不是"脑联网"，而是头颅冷库。年迈的冷库看门人用大半辈子的闲暇时光，读了每一颗头的生平，仿佛这些头是他真正的朋友。然后科学家要用这些头来实验"脑联网"，而他却在临死前决定加入实验，同他们一起踏入这片广阔无边的云。

他变身为这乱世中的道标，为每一个迷途的人指路。他看着他们来来回回，去而复返。一切在冥冥中皆有定数，尚未开始的，其实早已结束。

——却又未必。

照那车夫的话说，城外就是真实的世界，满是鲜活的人。每一个生灵加入"脑联网"，都会带来新的变数。他想起穆嫣然离开时坚定的目光，那里面饱含孩童的无知和勇敢，以及无限的可能。或许时间在循环，或许因果有关联。然而今日之果只对应今日之因，未来并非一成不变。

她踏出城门，会往何处去？

——那就是明天的故事了。

掌柜想到此处，释然一笑。他睁开眼睛，起身把水壶摆在炉子上，披了件马褂，缩到屋角，沉沉睡去。

东方乌云蔽日，应是雷震将至。

《科幻世界》2018年第9期

宋秀云

| 阿　缺

这一天晚上，吴璜刚吃完饭，扔下碗筷就回到房间，戴上了脑控头盔。她妈隔着门抱怨了几句，但声音像是被头盔过滤掉了，飘飘忽忽的。她也不在意，启动头盔后，迅速连上了头盔内部伸出的海绵状探头，脑信号被发射器放大之后，连接上了几百米外车库里的脑控汽车。

这年头，脑控汽车已经不是新鲜玩意儿，大城市里几乎满街都是。但吴璜生活的这座小县城，还处在紧跟时代变化的早期。它的西边是崎岖贫瘠的山区，南边是日新月异的大城市，它就像一只蚂蚁，挤在野蛮与文明的夹缝中。在这里，脑控车还不多见，每次吴璜接到网约车的订单后，远程控制轿车出门，乘客坐进来，看到车里一片空荡荡，还是会目露惊奇。

当然，为了买这辆车，她不但花光积蓄，还贷了款。明天就是除夕，节后应酬多，她得多跑几单，把春节期间的花销挣出来。

现在，这辆纯黑色的轿车在她的操作下，驶出了车库。吴璜躺在床上，换了个舒服的姿势。头盔投射的全息界面能让她看到车身周围的景物。她这才发现，外面已经下雪了，白色的鹅绒漫天飘荡，地面已经铺上一层银装。

在吴璜的记忆里，小城已经很多年没下过雪了。她以为今年会像往常一样，在阴沉的天气里度过，没想到在除夕的前一天，突然满城落雪。

但下雪也带来了坏消息——街上行人寥寥，手机里也没有约车提示。转了好半天，才接了两单。她不死心，让脑控车驶上大道，碾压雪层，一路向悬铁站开去。

她在车站门口等了一会儿，好不容易出来几个返乡的乘客，又都被更便宜的老式出租车拉走了。她把车停在一片风雪里，通过车顶的仰视镜头看着夜空，一片片轻盈的雪花从夜空中涌现，划过黑暗，落进路灯昏黄的光团里，仿佛也被沾染成浅黄色。但不一会儿，镜头被雪盖住，她只能看到一片白茫茫。

看来今晚是没有收获了。她想着，启动汽车引擎，打算回家。这时，有人敲了敲车窗。

吴璜把视线切换到车窗镜头，看到了一对母子。

母亲接近六十的样子，脸上木讷，个子矮小，但背着大包，显得有些佝偻；灯光斜照下来，能看到她脸上纵横交错的沟壑，显然是常年烈日风霜刻出来的。儿子站在一边，倒是高大很多，穿着风衣，虽不花哨，但很得体，一看就是在大城市里待了很多年的人。

但看他一身轻松，与旁边背包的年迈母亲形成鲜明对比，吴璜本能地对他产生了反感。

"师傅，走吗？"母亲又敲了敲车窗，话里方言味很重，是小城西边山区的口音。

这个老土的称呼像刺一样扎在吴璜眼皮上，这下她对母亲的好感也没了。"我这不是出租车。"她一边说——声音通过头盔，传到脑控车旁的喇叭里——一边看了下手机，还是没有网约车的约单。

“那……”母亲迟疑地说，“那姑娘走吗？”

“我也不是黑车。”

母亲“哦”了一声，转头看了看儿子。儿子微微低头，表情藏在灯光的阴影里。“妈妈，别担心。”他说。

吴璜正要走，又多嘴问了句：“你们去哪里？”

“去汽车西站。”

汽车西站跟吴璜回家倒是一个方向，如果顺路载客，说不定能把这一趟出来的电费给挣回来。但那是个老汽车站，在悬铁线路开通后，几乎就废弃了。

“现在过去，还有班车吗？”吴璜问。

母亲连忙点头，“有的，十点半有一班。”

吴璜记起来了，车站近乎废弃，但每天还是有一趟人工驾驶的班车从夜里出发，沿着崎岖的国道，穿山过岭，途经许多小山村。车站垂垂老矣，这趟唯一的班车，就是它呼吸的最后一抹气息。

吴璜说：“那你们上来吧，我带你们过去。”

母亲却站着没动，问：“收多少钱？”

“一百……一百五十块。”

母亲后退一步，“太多了吧，坐公交车才十块，两个人才二十。”

“那你看现在还有公交车吗？”

对面的公交站牌下，确实空空荡荡，只有雪花簌簌落下。

“但一百五也太多了……六十！”

她们还了一会儿价，这位老妇人的嘴太紧了，吴璜好几次都想直接走人。最后她们商量好，送到吴璜小区门口，剩下的两公里路，他们自己走过去。

车门打开，母子钻进来，坐在后排。母亲哈着手，头上几缕白色，不知道是苍发还是落了雪，或者兼而有之。

吴璜这才意识到，刚才他们讨价还价的时候，自己躺在家里温暖的床上，而这对母子站在车外，寒风冷雪，想必冷极了。她不禁有些歉意，启动了车里空调，说："暖和些了吧。"

"嗯嗯。"母亲说，"那就走吧，得早点儿。"

这下倒轮到吴璜诧异了——母亲坐进来后，神态如常，似乎对这辆没有司机的脑控车见惯不怪。她把自己的脸投影在车前屏幕上，一边启动一边问："您这是从哪里回来啊？"

"打北京回来。"母亲的声音带着一点骄傲。

从大城市回来的，那就难怪了。吴璜说："去探亲吗？"

"接儿子回来，"母亲转头看了下儿子的侧脸，"回家过年。"

儿子依旧坐得端端正正，点了点头。

透过车内的高精度摄像头，吴璜认真看了看这个年轻人。三十出头的样子，脸庞消瘦，但眉宇精致，看得出平时是有保养的。还是很帅嘛，吴璜想，有种禁欲系大叔的气质。不过他大部分时候沉默着，表情介于礼貌与冷漠之间——这倒是很符合大城市里白领的特征。

吴璜看着他，说："你是做什么的呀？"

儿子扬起嘴角笑了笑，却没有回答。

母亲连忙说："是做设计……嗯，在家里办公，为疆域公司工作。你听过没？"

吴璜当然听过。脑控车运行的基础是意识操作系统，而这个系统就是疆域公司研发的。她不禁对这对寒风中赶路回家的母子改变了看法，说："那很厉害了！"

"是啊，我儿子是村子里的骄傲哩！"母亲的眉毛动了动，表情活泛起来，"他有七年没有回家了，今年终于可以在家里过年。"

"七年？那够长的啊。"吴璜应道，"不过他在大城市待了那么久,应该是他接您去城里过年嘛,怎么您带他回来呢?”

母亲显然愣了愣,表情灰暗了些,“我儿子……生病了。”

听到儿子生病的消息后,宋秀云心都揪起来了。但回乡的铁柱也语焉不详,挠挠头,解释道:“我哪儿知道得那么清楚?我就是去商场买东西看到阿川了,跟他打招呼,他没讲几句话就咳嗽,脸上也白。怎么回事我也不知道啊,他现在混得那么好,平时跟我们都没联系……还有,别叫我铁柱了,我在城里的名字叫詹姆斯。”

宋秀云又给儿子打电话,李川在那头说一切都好,就要挂掉。她连忙说:“你今年回来过年吧,都这么多年没回来了……”

“不了。”李川说。

“那我来找你。”

“别闹,你怎么过来,一辈子没出过村子的人。”

电话挂断之后,宋秀云心潮难平,想了半天,找出了儿子以前寄回来的快递单,指着上面的地址,对铁柱说:“铁……詹姆斯啊,你帮我买下票,我把钱给你。我要去接儿子回来。”

就这样,宋秀云走山路去镇上,再坐摩托来到国道边,央求路过的货车带她去县车站,买票之后上了去小城的班车,最后取了悬铁车票,一路去往北京。唯一的麻烦是,在过安检时,她给儿子带的肉和腌菜全部被扣下了,只有她专门炒的那包葵瓜子能带走。她心里疼得滴血,在安检口闹了好半天,最后保安威胁不让她坐车,她才抹了抹眼泪,看着那群年轻人把上好的山货扔到一边。

总之,她只身来到了北京。这里的一切都很新奇,甚至跟电视里都不一样,人人都用上了脑控技术,躺在家里都可以操纵汽车在路上行驶,闭着眼睛也能在电脑上办公。只是街上的人比印象中少多了。

从车站出来时，天刚破晓，时辰尚早。坐了一夜车，她已经很倦了，身体里像有根年久失修的琴弦一样颤动着，这颤动随时会令她摔倒。于是她找了个早餐铺坐下，点了一碗白粥，花了二十块钱。大城市果然贵，要是在村子里，这种粥都是乡亲们随便端着喝的。她这么想着，从兜里拿出两张十块，递给了那个脸上明显带着鄙夷的胖子老板。

对于鄙夷，宋秀云早已习以为常。在漫长的一生里，她见过了太多太多鄙夷，但没有关系，她还有儿子——

想起儿子，宋秀云身体里一直颤动不休、嗡嗡作响的弦突然停下。她重新获得了力量，一口气喝尽白粥，站起来，拖着两个硕大的包裹走上了大街。

她叫了一辆出租车，习惯性跟司机讨价还价，对方告诉她有计价器，是多少就是多少。她只得作罢，在路上的时候，看着计价器上的数字跳动，心也一上一下。

不久之后，她就到了儿子住的小区，却被门卫拦住了。门卫压根儿不信她有亲戚住在这个高档小区，死活不让她进。有个路过的业主看不下去，让他们查一下名单。这一查，李川的名字确实在，便拨通了李川的门禁系统。

“谁啊？”门铃响了很久，才传来一声懒懒的声音。

门卫还没说话，宋秀云抢着凑到话筒前，说：“李川啊，是妈。妈来找你了。”

那边显然愣住了，停顿了很久。门卫看宋秀云的眼光再次变得狐疑。幸好这时李川终于说话：“你等下，我下来接你。”

这一等，又是半个多小时，李川总算走到了门卫室。宋秀云眼眶一下子湿了，低着头，怕被别人看到——她自己倒是不在乎，就怕别人看到了笑话儿子。

“走吧。”李川说完便转身带路。

宋秀云连忙提上包裹跟在后面。

“听起来，”吴璜压低了声音，“你儿子不怎么热情啊。”

说完她就后悔了。她的话是通过车内音箱说出来的，环绕音，母亲能听到，儿子也就能听到。但她瞥了眼儿子，见他依旧端正坐着，挂着浅笑，丝毫不以为然的样子。

“热情的，热情的，”母亲忙说，“不过可能很多年没见了吧。”

“那他到底……看他的样子，不像生病了呀？”

母亲点点头，“是啊，我住进儿子家后，开始还担心，但他气色很好，也有力气，一大桶水说抬就抬……就是总待在书房里，不怎么出来。住了几天，我就放心了，铁柱净是瞎说，从小嘴巴就没把门的。”

车子驶上主道，两旁路灯撑开了一团团光晕，光晕中雪花飞舞。吴璜操控车子，撞进光晕中，车旁带起了两道气流，落雪在空中打着旋儿。

街上人少车稀，路途畅通，吴璜不用把全部注意力放在开车上，又问：“您在北京住得怎么样？”

“不习惯啊，”母亲大概暖和起来了，挪了挪身子，“你说你们城里人，过得跟我们真的太不一样。就你这个脑……脑控车吧，人人都有，戴上头盔就能开车。还有机器人，也能被脑袋指挥，你要是不想出门，头盔一戴，机器人能代替你出去，见人啊，说话啊，还能打球！”

吴璜点头，母亲说的脑控机器人，也是疆域公司新出的产品，对于只想宅在家里的人，无疑是天大的福音。上次她出去跟朋友聚餐，五个人里，其中三个不想出门，就派脑控机器人过来。一张饭桌上，两个真人，三个机器人，相谈甚欢。机器人不用进食，聊完后，它们还在远程脑控下，打包了一份饭菜，带回去给主人吃。听说除了脑控模式，机器人还有自动跟随功能，能永远陪在主人身边。当时吴璜特别羡慕，打算还完车贷后，也去买一个。

母亲没有留意到吴璜的走神，还在絮絮叨叨，“……家里做饭啊、打扫啊，一个念头，电器就把饭煮好了，我还没回过神，屋子里就干干净净。我看除了吃饭和上厕所，这里啊，”她点了点自己的太阳穴，“能把所有事情都做完。你说，还要手脚做什么？”

“这不是更方便了嘛。”吴璜赧然道。

“方便是方便，就是有点……”母亲试图组织词汇，最后放弃了，“说不好，就是看上去变好了，但觉得怪怪的。”

她大概是想说过度安逸的日子会让人变得惰性。吴璜想，这个观点也有很多人提出过，但时代就是这样，科技发展，人就得适应。

“您肯定不太适应吧？”吴璜问。

母亲点头如捣蒜，“那还用说。我打算劝儿子回去，但他不答应，我就住了几天。出去太乱，又没熟人，太无聊了。哦对了，儿子养了只猫，叫豆豆，本来我还想逗猫玩，但这城里的猫也不一样，又懒又不热情，每天就是趴在阳台上，叫它也不应。哎哟这日子，跟坐牢似的。”

“他不陪你吗？”

“他忙啊，每天都在书房里工作。我心疼，就亲手做饭，小炒辣子鸡、鱼炖萝卜，都是他小时候爱吃的菜。你说机器做的，还能有人做的好吃？饭好了之后，他就端进去吃，每次都吃得干干净净。”

她们聊天的时候，儿子端坐一旁，表情纹丝不动，似乎她们谈论的是另一个人。

这时，母亲的语气低了些，说："不过我除了做饭，也就没别的用处了，他工作的那些事情，我看都看不懂，更别说帮忙。每天他忙的时候，我就在小区里面转。小区的环境还真不错，我们是住在一楼，他还在楼下停车场角落里，租了一间地下室。"

汽车停在路口，对面红灯闪烁。吴璜看着跳动的数字，随口问道："里面是放杂货的吗？"

"不知道，"母亲说，"他不让我进去。"

宋秀云站在地下室的门口，非常犹豫。停车场的灯斜照下来，她的左脸被灯光照着，光线在皱纹的沟壑里游弋，她的右脸沉在阴影里。这让她的表情看起来十分纠结，一如她的内心。

进去，还是不进去呢？

她来这里看儿子，已经快十天了。李川家里的格局她都熟悉了，但唯独这间地下室她不能进，一问起，李川就说地下室是他专门用来放废旧作品的地方，是隐私，不能进。

隐私……宋秀云在农村待了一辈子，不太理解"隐私"这个词。在老家，大家沿着山脚修房子，家家户户离得很近，去串门时从来不敲门。但这里是城市了，宋秀云时刻提醒自己，城里人截然不同，他们修建高得一眼望不到顶的楼房，把自己关在钢铁隔出的空间里，戴上头盔就能完成所有事情，甚至不用说话。儿子现在也是城里人了，而且还算艺术家，他说隐私，那就是隐私吧。他说不能进，那就不能进吧。

这么想着，宋秀云收敛了自己的好奇心，不过她还是走上前，敲了敲地下室的门。敲门声在走廊轻轻回荡。许久没有回应，她便转身离开。

将逝的斜阳里，黑猫豆豆从阳台上站起来，抖了抖毛，身体弓直，似乎在伸懒腰。它转头看了眼宋秀云，眼睛里一片漠然，跳下阳台，慢吞吞地走进了房间。

啧啧……宋秀云心里咕哝着，这城里的猫，不捉老鼠就算了，还不亲人，冷冰冰的，一天到晚不是睡觉就是晒太阳，或者一边睡觉一边晒太阳。她才来不久，豆豆不搭理她，这好理解。但她觉得奇怪的是，豆豆连养了它六年多的李川也不愿意亲近。有一次李川给它喂猫粮时，想去摸它的头，它却警觉地闪开了，直到李川退后了才踱到食盘旁。

“唉，城里的猫……”她又咕哝了一句。

进了屋，李川正在书房里看书，房间里一片幽暗。她把带来的葵瓜子放在果盘里，推开门，突然意识到什么，又敲了敲门。

“你都把门打开了，敲门还有什么用？”李川把书放下。

“没想起来……下次一定先敲门。”宋秀云讪讪地说，她讨好似的端起果盘，放在李川的书桌上，“这是我炒的瓜子，小时候你最爱吃，来，你边看书边吃。”

李川看了眼果盘，没有理会，而是抬头道：“还有，告诉你了，别靠近地下室。这很重要，麻烦你尊重我的隐私！”

宋秀云一愣，“你怎么知……好好，我不去了，不去了。”

见她一脸惶恐的神色，李川语气缓和了些，问：“有什么事吗？”

“快过年了，你这家里什么都没有，不像是过年的样子。我想着，明天天气好，一起去买点年货吧。”

李川皱着眉头，“你不是过两天就要走了吗？又不留在这里过年，买什么年货。”

“但你要过年啊，要不……”宋秀云顿了一下，看着眼前这个人——自己的儿子，声音里带着一点点乞求和讨好，“要不你跟妈一起回家过年吧，你都七年没回过家了。你还记得你外甥吗？他现在都长大了，可壮呢！还有……”

“你别说了，我不会回去的！”

宋秀云顿时住了口，但眼中的乞求更浓，在幽暗的光线里像两汪深沉的潭。

“我走的时候就说过了，这辈子不会再回去！你以后别提这个事情了！”

宋秀云咕哝了一句什么，然后按开灯，屋子里顿时涌出明亮温和的光线。“敞亮点儿才好看书。”说完，她转身走出去。

李川继续看书，但拿起书又放下了，“等一下，”他也犹豫了一下，“明天去趟商场吧，但是别太早，我还要睡懒觉，也别太久，我还要工作。”

宋秀云听了这话，重重地点头，似是得了奖励，却不敢再多说话打扰他，退出书房。屋里的家居系统她至今没有摸熟，而此时天已黑，阳台外一片空荡荡、黑森森。她摸索了一下，没有找到灯的开关——宋秀云素来有眼疾，视野非常狭窄，而且随着年龄增长愈加狭窄，光线幽暗时就更看不清了。她只记得儿子房间的灯。她想了想，开口说：“给开灯。”

屋子里幽暗如常。

“请开灯。”

柔和的光线一刹那充盈了整个客厅，墙壁也发出幽幽荧光，正对玄关的一整面墙壁都成了显示屏，一个憨态可掬的机器人形象出现了。宋秀云记得儿子解释过，这是智能家居，她搞不懂，但墙壁上面显示这样一个东西，还是让她感觉很别扭。

“你在这墙里面，会舒服吗？不憋得慌？”

机器人做出沉吟的样子，然后咧开一个笑容，说：“壁面屏就是我的家啊，就像这间屋子是你的家一样。”

“我的家不在这里，离这里很远呢。你听说过红安村吗？”

壁面屏上立刻显示出一幅地图，上面标注了二十几个红点，“这是所有叫红安村的地方，哪个是你的家呢？”

宋秀云凑过去，一个一个看，喃喃道：“这些我分不清呢。我家在西边。有一条河，叫观音寺河，哦，在我们这个村子叫观音寺河，因为有一座观音庙。但这条河流过村子，在别的地方，就有别的名字……”她絮絮叨叨地说着，随着她的话音，地图上的光点一个个消失，最终只剩下一个红点。随后这个红点的所在地方被放大，成了卫星扫描的三维图，沿着一条山脉，一间间平房排列着，除了山和房子，四周都是高高低低的田野。此时已经是深冬，麦子全都收割了，田野里只留下一茬茬麦秸。

“是这里，看，这就是我家。”宋秀云指着地图上的一间房子，这是典型的山区建筑，小平房依山而建，因年代久远，墙壁有些斑驳。

“是啊，很美的地方。”机器人附和道。

宋秀云痴痴地看着地图，过了很久，突然说：“马上就到种油菜的时候了……”这句话说完，她微不可闻地叹了口气，走向自己的房间。机器人调低了墙壁亮度，跟着宋秀云在壁面屏上行走，但当她走进卧室时，它就停下来了。客厅也暗了下来。

第二天上午，他们出门去商场。宋秀云心疼钱，便打算坐地铁，但快走到安检门口时，李川突然站住了，说：“地铁人多，我们还是去打车吧。”

“来都来了，这几天人不多的。”宋秀云说，“省着点吧，你挣钱也不容易。”

但李川不由分说，转身向地铁出口走去。宋秀云只得跟上。

他们打车到了商场，买完年货就是中午了，正值饭点。宋秀云小心翼翼地说：“现在回家，再做完饭就是下午了，不如我们就在这里吃吧。你天天吃我做的，换换口味也好。”

儿子却摇头，“还是回家去吃吧。”

“该省的省，不该省的就花嘛。没事的，我也带了钱，我请你吃。”

李川沉默了一下，然后说：“我还是想吃你做的，小炒辣子鸡。”

“做得也没那么好吃……”宋秀云虽然客气着，但很明显地高兴起来了，“那我们回家！”

刚要出商场门时，迎面走来两个挽着手的男人。其中一个打扮前卫，一身银白金属风格的皮衣，最引人注目的还是他的头发，居然在不时变换颜色。

李川突然站住了，拉着宋秀云，转身要往另一个门出去。

但那个头发变色的男人已经看见他了，脱口道：“阿川？”

“好巧啊，”李川勉强笑笑，“在这里看见你……们。”

男人似乎有些尴尬，松开了挽着另一个男人的手，头发也逐渐变成暗灰色，说：“我听说你……”

“我很好！”李川打断他。

男人转头看着宋秀云，愣了一下，“是阿姨？阿姨好，很多年没见了。”

宋秀云盯着他，回忆了很久，突然一拍脑袋，“是你啊。哎呀，好久没见了，我来看李川。你们……”

男人的表情有些哀戚，头发也随之变成了蓝色。但在他说话之前，李川抢着说道：“我们有事，就先走了。你们慢慢逛。”说完就拉着宋秀云离开了，那男人在背后喊了几声，他也没回头。

回家后，李川一直脸色铁青，沉默地坐在书房座椅上。屋子没开灯，书架的阴影遮蔽了他。

“阿川啊，”宋秀云站在一旁，欲言又止，“有什么事情，可以跟妈……”说到这里，她才意识到，其实儿子的很多事情，她并不懂，于是也沉默了。

她转头看向窗外，外面是一个她全然陌生的世界。到处都是看不到顶的高楼，高楼被街道切分，每条道路上都布满了汽车，连半空中都布设了悬浮轨道。她努力仰着头，视线穿过重重建筑看到了天空，但天空都是灰色的，是钢铁的颜色。

“儿子，要不，我们回……”

她的话没说完，因为李川突然斜倒在她怀里，像又变成了很多年前的那个孩童。唯一不同的是，这一次，儿子失去了意识。

母亲暂停了述说，车里一下子寂静无声。雪越下越大，在风里翻卷，每一片雪花都被车灯染上了朦胧的昏黄色。

“那，”吴璜沉吟了一下，想问那个男人跟儿子是什么关系，但想了想，说，“商场遇到的那个男人，您以前见过，是吗？”

“是的，七年前，我儿子回家过年，特意把他带回来了。”

这跟吴璜猜想的一样。她点点头，没有说话。

“当时我们以为他只是带一个城里朋友回老家来玩，来看个新鲜，看看农村人是怎么过年的。”母亲接着说，“我们当然很高兴，把家里平时舍不得吃的、舍不得喝的都拿出来了。他估计不习惯我们那里的生活，但还算开心，直到……”

母亲看了眼儿子，儿子依旧微微含笑，拉起母亲的手，说：“别担心，妈妈，别担心。”

母亲点点头，抹了一下眼角，然后说：“直到过年前一天，儿子跟我说了……我们没有见过世面，不知道他在外面已经变了，当时，我跟他吵了很久，让他把他的……把他的朋友赶走。但儿子已经有自己的主意，不再像小时候一样听我的话，就在当晚，他们连夜走了。那年过年,只有我一个人,后来七年的过年,都是我一个人。”

吴璜不知道怎么安慰,想了半天,说:“都过去了,你看,你儿子今年这不是回来陪你过年了吗?”

“是啊,都过去了……”

“那他昏倒过去之后呢,”吴璜想起来,“送医院了吗?”

“没有。”

宋秀云抱着昏迷的儿子,觉得他格外重,她用冷水拍他的脸,拍了好久都不见醒来。她感觉自己身体里的血都快凉下去了。这时,她想起了那个住在墙壁里的机器人,儿子说过,一切事情都可以吩咐它来做。

“给开……请开灯!”她喊道。

书房的灯应声而开,墙壁屏幕上浮现了机器人的形象,说:“请问您有吩咐吗?”

“我儿子昏倒了,你赶紧给医院打电话。”

“不用担心。主人设置过,出现任何问题后,会自动呼叫费列曼医生。”机器人说,“费列曼医生已经在过来的路上了,他是主人的家庭医生,也是最好的朋友。”

“那我现在怎么办?”

“看着就行。”

“你是说,我儿子昏倒在地上,我现在就光看着,什么都不做?”

机器人露出笑脸,“您要是觉得无聊,我可以放电视剧给您看。”

宋秀云骂道:“你是缺心眼吗?!”

“这不是傻,这是被人类称之为幽默感的高级情感。”

正在宋秀云着急而又束手无策的时候，门铃响了，壁面屏提示来者为费列曼医生，属于可信任级别，屋门自动打开。

费列曼医生是个矮胖的美国中年男人，头发稀疏，一身衣服既传统又怪异，运动裤加一身夹克。他进书房后，先是用英文跟宋秀云讲了一通，还没讲完就看到宋秀云一脸茫然，于是用蹩脚的汉语道："是宋女士吧，李川先生经常提起你，正如他所说，你果然体现了中华传统的美感。我喜欢你的头发，这种灰白掺杂的染发技术很罕见，比外面那些跟着心情变颜色的头发高级多了，哦不对，这只是因为衰老而产生的白头发……总之请放心，你儿子没事的，你等等就好。"

让宋秀云惊讶的是，讲完这句话，费列曼医生就转身离开了。走到门口，他回头看见书桌上摆着的葵瓜子，又走回来抓了一把，说道："中国美食！"然后就离开书房，走过客厅，出门不见了。

宋秀云过了好一会儿才反应过来，呆滞地对机器人说："这也是幽默感吗？"

机器人沉默。

所幸这位医生虽然疯疯癫癫，说的话却是真的，不一会儿，李川就悠悠醒转。

"儿子你怎么了？要不要紧？要不要送医院？"

"没事。"李川站起来，揉揉太阳穴，"可能是最近太累了。"

正如李川所说，接下来的几天，这种突然昏厥的情况再没有发生。只是他把自己关在书房里的时间更长了，但宋秀云只要一敲门，门内总会响起儿子的声音："妈，我没事。"

慢慢地，宋秀云也就不再担心了。之前的昏迷，可能是因为在商场里受了刺激，年轻人的事情，她也不是很懂。

"不过，儿子啊，"她坐在书房门外，犹豫道，"翻过年来，你就三十三了，是不是……也可以考虑一下成家了？”

李川在书房里沉默，许久才说：“为什么人一定要成家？”

“每个人都要成家啊，”宋秀云一愣，“都要结婚生子……”

“然后像你一样？”

宋秀云的手一下子僵硬了。她知道儿子在说什么——她的丈夫十几年前外出打工，除了每年汇钱回家，就再也没有音讯。她的婚姻并非出于爱情，很仓促，结局也很不幸。

“对不起。”李川闷闷地说。

她想了想，说：“我说不了那些大道理，我自己也不是什么榜样。但人应该有人陪着，不然一个人整天在家，尤其是老了之后，到了我这个年纪，一个人会很……孤独吧。”

“那是以前，生活不方便，也没有网络。现在不一样了，网上到处是朋友，家里也有机器人。就算年纪大了，也不会无聊。现在很多夫妻丁克，还有人选择独居，这都是新的生活方式！妈妈，你不懂，也不要把你的想法加到我身上！”

宋秀云听得一愣一愣。她确实不懂儿子说的情况，只能说：“可能你说的是对的吧。但妈妈心里还是想，你生病或者不高兴的时候，身边有人能够照顾你，抱抱你……”她停了一下，声音有些发堵，“就像小时候那样。”

这一次，书房里的沉默持续了很久。

“妈妈，我还有你。”李川的声音隐隐约约，“你可以抱我。”

吴璜从床上坐起来，视线穿过头盔的缝隙，看了看紧闭的屋门。不知道她妈妈是不是还坐在客厅里，给自己织毛衣。她劝过妈妈很多次，织的毛衣款式太老，她不会穿的，放在衣柜里都发霉了。但妈妈每次都答应得好好的，转过头又继续织。

她又看向衣柜，第一次觉得那些毛衣还挺好看的。

头盔视界里，一辆车突然从拐角里转出来。她连忙把注意力放回驾驶上，一个急转，躲开了对面的车。

车里的母子晃了下，母亲一手扶住前面座椅，一手抓住儿子。儿子轻轻说："别担心，妈妈。"

"对不起、对不起……"吴璜连忙道歉。

"没事。"

车继续往前开。路过了吴璜所住的小区，但她没有停，一路驶向汽车西站。

那天过后，母子关系缓和了许多。宋秀云宽慰不已，也看到了儿子确实没有生病，便打算过完年就回家。

她不太好打扰儿子工作，在家又闲得无聊，每天打扫完，就出门活动活动身子。小区门口还有跳广场舞的，大都是跟她年纪差不多的大妈，也掺杂有机器人。她性子怯，在一旁看着也过瘾，到了跳舞结束才回屋做饭。

这一天晚上风大，跳舞的人很早就散了，宋秀云也往家里走。推开门，却愣住了——李川正坐在沙发上，怀里抱着黑猫豆豆。豆豆一改平时的冷漠，格外亲昵，一边喵喵叫着，一边用头蹭着儿子的下巴。

"咦，它今天怎么……"她话没说完，看着儿子，脸上的笑容凝固了，"你脸色怎么这么差？"

的确，李川脸上清瘦，嘴唇泛白，眼睛里格外萎靡，倒是跟铁柱描述的一样。但她明明记得晚上出门时，还去书房里看了一眼，儿子气色很好，一如往常啊。

"你回来这么早？"李川挣扎着坐起来，放下豆豆，往书房里走去。

宋秀云追上两步,说:“你是不是感冒了呀? 要不要叫那个费……费医生?”

“没事,”李川拉开书房门,犹豫了一下,“就是拉肚子,休息休息就好了。”说完匆匆走了进去,关上房门。

宋秀云刚要点头,但这一瞬间,透过即将合上的门缝,她看到书房阴暗的角落里,还站着一个人影,非常模糊。正要细看,书房门已经关上了。

吴璜开着车,隐隐觉得哪里有些不对。她切换了摄像头视角,仔细看着儿子,儿子似有察觉,抬起头,微笑着与她对视。

“这个,”她干咳一声,移开目光,“阿姨您不是打算年后回家吗? 怎么现在就带着儿子回去啦?”

“过年嘛,还是在老家过好啊。”

“那他年后什么时候回北京? 现在工作压力这么大,在家里也待不了多久吧。”

母亲呵呵一笑,“儿子以后就在老家啦! 他把房子卖了,以后就不出去了,反正老家很快也会有网络。在家里一样热闹的。”

吴璜看着儿子,心里咯噔一声。

过小年这天,宋秀云正忙着张罗家里,李川突然说:“妈,我要出个差,出门几天。这几天你先在家,等我回来。”

宋秀云疑惑地说:“你不是在家里办公吗? 这又是年关,怎么还出差?”

“公司有事,而且外国人又不过年。”

“那他们多可怜啊……”宋秀云讷讷地说,“那还是工作重要。”

她坐下来，有点闷闷不乐。儿子在一旁看着。过了一会儿，她点点头，“工作重要。那你什么时候回来？过年能回来吗？”

“应该可以。”说完，李川收拾了一些行李，往四周看了看，似乎有些舍不得。

宋秀云连忙说：“反正就是几天，妈就在家，家里我帮你看着。”

李川的目光挪到母亲脸上，静静地看着。这个眼神让宋秀云有些奇怪，她正要说话，李川突然上前一步，抱住了她的肩膀。

“怎么了？”宋秀云有些别扭，轻轻挣扎了一下，然后安静地站在儿子的怀抱里。

李川没有动。

这样过了一会儿，宋秀云突然说：“你长高了啊，比我高很多，比你爸也高……”她喋喋不休地说着，掩饰着心里的喜悦和不自然，“别抱了，又不是小孩子了。”

李川松开手，说：“我先走了，等我回来。”

“我送你吧。”

“不用了，你就在家，等我回来过年。”

李川提起行李，走出屋子。黑猫站在阳台上，伸长脖子，看了一会儿又懒懒地躺下。屋子里静悄悄的，宋秀云心里有些不安，走来走去，最后站在阳台前，看到林立的高楼。钢铁丛林间，已经看不见她的儿子了。

第二天，宋秀云坐立不安，干脆打扫起卫生——即使屋子里已经很干净了。她想起儿子还租了地下室，那里没有机器打扫，便兴冲冲提着扫帚来到地下室门口，把积灰和一些细小垃圾清理干净。

扫帚掠过，从门缝里带出几个瓜子壳。侧面灰白，中间黑色，很熟悉——正是她带过来的葵瓜子。

她想起给儿子书房里放着那一盘瓜子，儿子一直没吃。唯一有人吃的那次，是费列曼医生来家里时，从果盘里抓了点儿。

但费列曼医生随后不是离开了吗？怎么会来到地下室？

宋秀云百思不解，索性继续打扫，把垃圾扫进金属簸箕里后，提到楼下垃圾池，倒了进去。

垃圾池旁边有个保洁阿姨，正在弯腰翻捡，打开垃圾袋，把能回收卖钱的扔在一边。她正打开的垃圾袋有些眼熟，宋秀云眯眼看着，发现那正是自家的垃圾袋。袋子有紫色提环，很好辨认。

“大过年的，你辛苦呐。”宋秀云冲保洁阿姨寒暄了下。

“谈不上辛苦，也挣不到钱，就是看不得浪费。”保洁阿姨抬头冲她笑了笑，“您看现在的人，明明能省着，却都给扔掉。您看看，这家人最浪费，”她把垃圾袋的东西倒出来，一股馊味弥漫，“每天都有很多没吃完的饭菜，直接就给扔了。瞧，这是昨天扔的，大米饭、小炒辣鸡、鱼炖萝卜，都臭了。您说，既然顿顿都吃不完，干吗做这么多？”

宋秀云呆在原地，昨天李川走前，她做的正是这两道菜，还给儿子端到了书房里。她看着污水横流里的饭菜，分量跟她端的一模一样——儿子一点都没吃？

她又想起保洁阿姨的话，喃喃地问：“你是说，每天都扔掉了这么多？”

“是每顿。”阿姨低着头，边忙活边说，“每天早中晚三顿，都扔在垃圾袋里，瞧瞧，刚好一个人的饭量，我出生那会儿，要这么浪费，可是要坐牢的啊……”

宋秀云已经听不见阿姨在说什么了，失魂落魄地往家里走，进了家门才反应过来，连忙给儿子打电话。

无人接听。

“喵……”一声猫叫，却是黑猫豆豆从阳台外跳进来，叫了一声，懒洋洋卧在沙发上。它转过头，看了宋秀云一眼，眼神一如既往的冷漠。

宋秀云脑中却猛地划过几天前它趴在儿子怀里的情形。那时，它的眼神不再警惕，跟儿子格外亲昵；儿子的脸色却罕见的惨白。

一阵不祥的感觉如冬风般掠过她的身体。她打了个寒战，继续给儿子打电话，但死活打不通。她一咬牙，从家里翻出榔头，拎着来到地下室，当啷一声，把门锁给砸开了。

借着停车场斜照进来的灯光，她探身进去，看到里面摆放着复杂的器械，地上线路横七竖八，落脚也难。桌上还摆着一个头盔。她往前走了两步，突然“哎呀”一声，吓得够呛——地下室角落里，躺着一个人影。

环境幽暗，宋秀云一时看不清，摸到墙边，按开了灯。炽亮的光一下子撕开黑暗。她看清了那个人影，她的心跳突然慢了半拍。

那是她的儿子，正闭眼斜躺在墙角，一动不动。她把手伸过去，李川遍体冰凉，鼻下没有呼吸。

吴璜已经猜到大概了，没有作声。

车子驶出小城，窗外一片漆黑，只有车灯照着前方。灯光的尽头，已经隐隐可以看到汽车西站的轮廓，如一只衰老的巨兽，在黑暗里盘踞着，无声地喘息。冬雪依旧簌簌落下。

很快就要送到了。这个夜晚实在太长，吴璜想，这单结束了就回家吧。

“后来呢？”她沉默了一会儿，问道。

“还是被你发现了，果然是伟大而聪明的东方女性！”

说这句话的，是费列曼医生。显然，地下室被砸开的同时，家里的门禁系统优先将消息发给了他。

“我儿子怎么了？”宋秀云浑身筛糠似的颤抖。

费列曼医生深吸一口烟，表情逐渐严肃，“李川先生生病了，很重的病，是长年累月的辛苦工作导致的。但你放心，地上这个人，并不是你真正的儿子。”他把地上的人翻过来，拉开后衣领，只见脖子往下，赫然有两个黑洞洞的插口，以及一个条形码。

“这是？”

“脑控机器人。”

宋秀云凑到机器人跟前，睁大眼睛，越看越觉得这侧脸跟儿子一模一样；她想把它再翻过来，看看正面，却发现机器人重得异乎寻常。她这才放心——这么重，确实是机器人了。

“这个机器人是按照李川先生的身体模板来制作的，自带体温，瞳孔也能收缩，凝聚了疆域公司的最新技术，仿真度接近百分之百。当然，真人模样的仿生机器人在伦理和法律上还有一些问题要解决，所以这只是内部测试版。”费列曼解释道，“他知道你要来，不想让你看到他生病的模样，所以他平时都是待在地下室里，用头盔操控机器人跟你相处。但他还是怕你发现，所以绝大多数时候让机器人躲在书房。那天他操控机器人跟你一起去商场，遇到了……咳咳，太过激动，晕倒在了地下室，房子里的机器人没人操控，也跟着晕倒了。”

宋秀云恍然道：“原来是这样……”这一瞬间，她明白了很多事情。儿子把饭菜倒掉，是因为机器人不需要食物，他不愿意坐地铁，恐怕也是担心安检的时候露馅。

“尽管他嘴上不说，但实际上，他很在乎你。”

“那我儿子现在在哪里？”

费列曼医生说:“在医院,正在动手术。手术成功的话,他很快就能回来了,再也用不着这个脑控机器人了。不过手术还是有风险,希望上帝保佑他。”

“我要去看他!”

费列曼微微弯腰,“我带你去。”

宋秀云又看了眼地上的机器人,忍不住问:“那这个……这个机器人怎么办呢?”

“既然被你发现,它当然是要被回收了。上市之前,它还要再完善。”

“回收是什么意思?”

费列曼解释道:“就是重新拆解,把芯片拿出来,数据导进电脑里。”

“那……那你们轻点儿。”

在去医院的路上,宋秀云攥紧了拳头。原来跟自己相处的,是儿子的替身,而他一直躲在幽暗逼仄的地下室里,即使拥抱,也是用机器人的臂膀。她那天站在地下室门口,敲了下门,儿子在里面,通过摄像头看到了她。他们只隔着一道门,一个在光亮中,一个在黑暗里,如果她推门而进,就能看到儿子,但她最终还是转身离开。想到这里,她鼻子一酸,眼圈红了,怕被费列曼医生看到,连忙别过头。

那个起风的晚上,她提前回到家,看到的脸色苍白、神情委顿的儿子,应该是真人。李川以为她会看广场舞看到很晚,才从地下室里回到家中,却被她撞见了。所以那天,一直警惕而疏离的黑猫豆豆,才会趴在他怀里——这是它真正的主人。

见宋秀云表情凄苦,费列曼医生想劝慰,但嘴唇动了动,最终什么话都没说。

到了医院，他们来到重病室。医生说李川正在里面接受手术，不能探视，挡住了宋秀云。她站在手术室外，隔着蓝色帘布，只能在玻璃上看到自己的倒影。

“手术完就能好吧?”她拉着医生，哽咽着说。

“不好说。虽然科技这么发达了，但这种病一直没有被攻克……”医生斟酌着说道，看了眼费列曼，又说，“不过你放心，先回家吧。我们尽力而为，手术成功的概率还是很大的!”

一墙之隔，就是正在做手术的儿子，宋秀云无论如何也不肯离开这里。她坐在长廊上，盯着手术室的窗子，眼睛都不敢眨。

走廊里灯光明亮，她觉得有些冷，缩了缩脖子。一个护士瞧她可怜，给她送了条毯子过来。她紧紧捂住毛毯，一直等到深夜。手术还没有结束，医生进进出出，额头上都带着汗，但她怕打扰医生，忍着没有去问。

后来，这个年近六十的妇女实在熬不住，眼皮阖上，就这么坐着睡着了。

她做了一个漫长的梦。梦里她还年轻，儿子也只是一个赤着脚奔跑的小男孩。她在田里耕作，抬起头，看到儿子跌跌撞撞地跑过田野，嘴里叫着“妈妈、妈妈”，跑向自己。在儿子身后，群山巍峨又静默，山的另一边是城市和大海，儿子以后终将离开她，去向那个全新的世界。她感到骄傲，又有些失落，放下农具蹲下来，抱住了儿子。她抱得很紧，对她来说，抱住儿子就是抱住了整个世界。

“宋女士，醒一醒……”有人轻轻地推了推宋秀云的肩膀。

她醒过来，揉揉眼睛，看到了费列曼医生的脸，还有其他医生和护士。她一个激灵，睡意全消，问道:“手术结束了吗? 他怎么样了?”

费列曼医生握着她的手，表情夸张:“恭喜你，手术非常成功!”

“我儿子没事了?”她有些不敢相信，又看向其他医生和护士，但他们转过头去，不与她对视。

“完全好了！以后就是完全健康的人，而且经过这个事情，他决定辞职离开北京，跟你回家，以后都陪着你。”围着她的人群里，只有费列曼医生一脸欣喜，说得很快，嘴跟连珠炮似的，“你放心，他这些年挣的钱足够你们用很久，房子也卖了，手续我来完成。以后每年我会去一趟你们老家，看看你们。还有，你放心，我会领养豆豆的……”

这一连串话里太多信息，像是轰炸机一样在宋秀云脑子里轮番丢下炸弹。她有些晕乎乎，正要说话，这时手术室的门打开，儿子走了出来。

费列曼医生的话顿时格外遥远，她挤开围在身边的人，过去抓住了儿子的肩膀。温热的触感让她的心一下子定下来，也让她的泪水涌出。那些浑浊的液体滑过脸颊，落到地上。

李川轻轻擦拭母亲眼角的泪痕，微笑着，语气缓慢而温柔，“别担心，妈妈，别担心。”

“嗯嗯，不担心了。”她拉起儿子的手，“回家吧，跟妈妈回家过年。”

“所以我们就回去了，”母亲长长地舒了口气，“明天就是除夕夜，我们还来得及回家。”

“嗯，”吴璜心里有些乱，“过年还是在家里好。”

母亲结束了述说，儿子依旧沉默，车厢里一点声音也没有。吴璜不知该说什么，一时有些尴尬，好在目的地已经到了，她把车停在西站门口。

“才刚过十点，进去还能买得到票。”

母亲点点头，道了声谢，便带着儿子下了车。

雪花从车门外飘进来，落在座椅上，又融化成斑驳湿痕。这明明是脑控头盔在吴璜眼前投影出来的景象，但那雪花仿佛穿过了镜头，落在她眼睛上。她下意识摸了摸眼角，手指微微湿润。

车外，这对母子已经走远了。吴璜将视野切换到车灯旁的摄像头，只能远远看到他们的背影。母亲背着大包，有些佝偻，儿子低着头，不紧不慢地跟在她旁边。雪地里，两行脚印迤逦延伸，很快又被新雪遮住。

吴璜看着儿子的背影，心里一动，想到了什么。她让摄像头对准儿子的脖颈，调整精度，白皙的脖子在她视野里不断放大，雪花也变得更大、更透明。她看到儿子后衣领下面，有两团黑色阴影，但隐隐约约，看不真切。她继续调节摄像头，想再放大一些，但调着调着，她又停下了。

这样就很好了，她想。

那对母子已经进站，落雪渐渐掩埋脚印，一切仿佛没有发生过。吴璜给汽车开启自动回家模式，摘下头盔，深深吸了口气。

“妈？”她打开房门，看到她妈坐在沙发上，戴着眼镜，手上针线缠绕，果然是在织毛衣。

妈妈抬起头，手上依旧没停，问：“怎么了？”

“我饿了。”吴璜说。

《科幻世界》2018年第5期

人之子

| 索何夫

很早以前,公孙施曾经是个战士,但现在他不为任何信念而战。

曾几何时,那些将自己的血肉当成或廉价、或昂贵的原材料填入战争绞肉机的人,都必然有一个为之而战的对象——至少他们会在口头上如此宣称。这个对象,按照那些社会学家的话来说,这个"想象的共同体"可以是国家,可以是民族,可以是某个组织或者团体,也可以是某种意识形态、某个幻想出的神灵。早在私有制和阶级出现之前,自打人类第一次学会有计划地将狩猎用的投枪和弓箭对准其他"想象的共同体"的成员开始,他们就一直在这么做。数千年来,始终如此。

但现在,在人类历史的黄昏时分,一切俱已终焉。

在深吸了一口苦涩而冷冽的空气后,公孙施从黑色的雪地中拔出了穿着鹿皮靴的脚,跨过了一段已经腐朽的倒木。在他身后跟着另外五个巡林客——这个古老的词儿在过去曾有别的解释,但现在,它被用来泛指任何用枪、猎刀和陷阱谋生活的人。

公孙施这类巡林客的工作多种多样:有时候,他们负责保护村落的田地和粮仓,让它们免受害兽与窃贼的侵袭;另一些时候,他们只是普通的猎人与采集者，负责在青黄不接时为人们提供食物；还有的时候，他们会主动出击，为自己的雇主而战斗。

目前，他们所做的正是这最后一种事。

当然，巡林客们不认为自己是雇佣兵——在浮华时代终结于大崩溃的混乱与烈焰之后，人们就已经很少自相残杀了。曾经被视为崇高和神圣的所有东西，都早就不复存在，高高在上的一切已然落入泥泞，无比强大的一切则全都化为灰烬。充斥着激情的欢呼和怒吼都已消失，从某种意义上讲，在这个新时代，人类终于领会到了和平的意义——更准确地说，是他们之前为之而战的那些东西的无意义。

现在，虽然巡林客们还会保养武器，接受战斗任务，但他们的对手很少会是人类。

“得，又是他妈的‘铁脑壳’干的。”在翻过一道矮小的山脊后，公孙施的巡林客同伴之一率先发现了那具半风干的尸体，“都这么多年了……这些鬼东西到底图的啥啊？”

“你应该问的是，我们的祖宗到底图些啥？”公孙施更正道，“‘铁脑壳’自己根本不知道自己在干啥，它们只是在执行老祖宗的命令罢了。”

“我看未必……”一个戴着眼镜、披着猪皮披风的巡林客摇了摇头。在这支临时小队里，没人知道他的名字，公孙施只知道他的绰号是“赛博”——一个和“铁脑壳”们有些关系的古老词汇。“我读过那些研究记录和战时笔记，并不是所有无人战斗平台都是由人员遥控或者依靠只读程序进行简单行动的。至少在战争后期，有些这种东西被装上了强人工智能，这让它们在某种程度上变得……和我们差不多了。”

“‘铁脑壳’就是‘铁脑壳’，和这个没啥差别。”最先开口的巡林客用粗大的指节敲了敲他的雷明顿步枪，“我知道有些‘铁脑壳’长得像人，但这啥都说明不了。那些哲学家都是怎么说的来着？对了，形式和本质。那些家伙顶多是形式上……”

“你们都说够了没有？这儿还有活儿要干！”对这些谈话感到厌烦的公孙施摆了摆手，让这些年轻的晚辈巡林客安静了下来。在看到这具尸体之后，他们难道不知道自己的脑袋很可能就位于某个“铁脑壳”的瞄准镜中央？诚然，狙击手很少会在交火发生之后继续待在原地不动，不过那些“铁脑壳”的想法，谁又能说得准？“散开警戒！我要确认这家伙是不是就是村里的那个人。”

辨明死者身份并不困难。由于冬日的低温，这个被击穿了脑袋的年轻人的残骸被肮脏的黑雪整个儿冻了起来，保存得相当完整。那枚穿透他的眉心、在一瞬间就破坏了至关重要的脑干的子弹，虽然掀开了他的半个后脑勺，但却没有让他的面容受到严重损毁。因此，公孙施很容易地将这个人和村里交给他的素描图对上了号——这位死者就是车达龙，一个除了比别人更有点儿胆量之外就没啥特殊之处的大男孩儿。根据委托他们出这次任务的村民们的说法，这位胆子过大的车先生在五天前擅自靠近了位于西北方山脉附近的谷地，然后就再也没有回来。根据传说，在谷地内的一座小镇废墟中，似乎仍有万恶的“铁脑壳”在游荡着。

而照目前的情况来看，那些传说很可能是真的。

“咱们待会儿两人一组，分成三队行动。”在观察了一阵周遭的环境后，公孙施对年轻的巡林客们吩咐道。他并不是这支队伍的正式队长，但因为年龄与经验的关系，其他人都乐意听从他的命令，“会合地点是山谷里最高的那座建筑。但千万记住，咱们要对付的那家伙多半不在那里面，我们随时都可能遭到伏击——如果真的出了这种事，立即就地隐蔽，然后通知其他人。明白了吗？”

所有人都回答了“是”,而且全都露出了一副自信满满、摩拳擦掌的样子。面对这幕情景,公孙施只是叹了口气。他曾经许多次与年轻的巡林客合作,也出过不止一次这种讨伐任务,根据他的经验,在这种时候,年轻人们越是干劲十足、充满自信,就意味着有人丧命的可能性越高。

事实也的确如此。

“我向你们发誓,袭击……袭击我们的那……那些家伙起码有五六个,说不定有十个以上!”两个小时后,临时讨伐队中资历最浅的巡林客“帽子”,颤抖着抓着公孙施的胳膊,一边用夸张的动作指手画脚,一边语无伦次地嘟哝着,“……真的,它们肯定……”

“够了,你给我先冷静点儿!”公孙施带着厌烦的神情用力抽出手臂,摆脱了这个蠢蛋的纠缠,“如果这里有和我们一样多的‘铁脑壳’,那我们现在早就是死人了! 你知不知道这些家伙有多难对付?!”

“我知……道……”“帽子”的嘴唇颤抖着,勉强吐出这几个词儿。但他的神情却明确无误地表明,实际情况显然是另外一回事儿。见此情形,公孙施不由得叹了口气。虽然大崩溃和战争的结束到现在也才经过了不到一代人的时间,但现在的年轻人几乎已经什么都不记得了。这些毛头小子知道的顶多是一些以讹传讹的神话,以及醉鬼们口口相传的胡说八道而已。那些鬼话要么充满了夸大其词的谣言,要么压根儿就没说到点子上去。

“不,你根本什么都不知道!”公孙施伸出右手食指,在对方鼻尖前面晃了晃,“小子,如果你还希望能够活着回去领到赏钱,如果你希望下次遇到这种事的时候不会和你那个胆子忘记减肥的朋友落得一个下场,那就给我记好了:躲在这鬼地方的‘铁脑壳’多半只有一个！只要躲在暗处、熟悉地形，只需要一个家伙就足以让对方误以为自己身边潜伏着一大群敌人——尤其是在遇到像你们这种没有经验的家伙的时候。”

“这……可我还以为……”

没错，这些年轻人总是以为，所谓的“铁脑壳”——也就是那些人形仿生无人战斗平台——是一群缺乏变通、笨手笨脚的木偶。公孙施有些恼火地在心里暗暗叹了口气。如果在别的时候，这种愚蠢的想法倒也不会造成什么大问题，但如果是在讨伐“铁脑壳”，尤其是对付一名危险的狙击手时，带着先入为主的错误观念行动往往将会是致命的。

现在的情况就是最好的例子。

“听好了，小子。”在勉强压抑住满胸怒气之后，透过破裂的窗户，公孙施瞥了一眼仍被留在外头的街道上没人敢前去处理的那具尸体，然后重新将目光投向了年轻的巡林客。事实上，这两个一起行动的年轻人无论在年龄、经验还是行为方式上都没有什么差别，之所以其中一人变成了脑袋穿洞、脑组织流了一地的尸首，而另一个人却还能站在这儿瑟瑟发抖，纯粹是由于运气的小小差异而已，“在你听过的那些传说之中，起码一半以上都是错的，而另一半也未必就那么正确。没错，有一些机器是愚蠢的，如果你愿意请教请教‘赛博’，他会告诉你什么是‘只读程序’和‘弱人工智能’。这些东西通常只能做它们的设计者规定的那么几件事儿，而且也确实不知道何谓变通……但是，我们现在要对付的可不是这种家伙！

“你或许曾经听说过，在大崩溃前的战争中，曾有一些外形高度模仿人类的机器被制造了出来。与浮华时代的幻想故事里的胡说八道不同，在战争中，这些人形机器并不会被编成方阵，在战场上顶着对方的炮火冲锋——那不过是不问世事的蠢货在看了几本二手历史书后冒出来的幼稚想象罢了。事实是，这些家伙通常被用于以下两个目的：担任渗透者，或者是狙击手。”公孙施继续说道，“和那些更像是机器的家伙相比，人形机器人在硬碰硬的战斗中是脆弱的，它们不能装备重型装甲，也不适合搭载质量过大的传感器或者重型装备。但在执行这两项任务，尤其是充当狙击手时，它们却极为出色。一个天杀的机器狙击手不需要睡觉，不会感到厌烦而开小差，不会因为疲倦而导致注意力下降，也不会无聊过头而不能集中精力……更厉害的是，它甚至不需要带上观察员，可以一直单独行动。如果有需要的话，这些狗东西可以蹲守上二三十年，只要有足够的零配件与维护工具，以及水和食物就行。”

“水和食物？”“帽子”有些惊讶地眨了眨眼，“它们还需要这些东西？”

“确实需要。为了尽可能地模仿成人类，以便进行潜伏与渗透，许多人形机器拥有大量活体组织——据说这个点子来自一部20世纪晚期的电影，不过详情已经没人知道了。”这次负责解释的人换成了赛博，“当然，这些家伙绝对不是真正的人。无论它们有百分之多少的活体组织，有多类似于人类的循环系统，它们的脑子也只是没有灵魂的机械，千万记住这一点！”

“帽子”点了点头。很显然，要消化这些新知识对他而言可不太容易。

“总之，这就是我们目前面对的状况：在这座废墟里躲着一个杀人如麻的‘铁脑壳’狙击手，我不知道它是为什么被指派到这地方来的，但很显然，这家伙正试图干掉每一个靠近这儿的人，先是那个不走运的年轻人，然后是我们的队员。”公孙施拔出随身携带的猎刀，在屋内的一张木桌上刻画出了这座小镇的简易地图，“根据两次狙击的位置和子弹射来的方向判断，那家伙大概就躲在镇子中心的几座建筑里，我觉得那大概是一座发电厂。”

“那我们现在就去干掉它！为……”

“去给那家伙再送几个狙击战果吗，小子？你是不是忘了，在你的这位朋友吃枪子儿的时候，你都吓成了什么样？”公孙施不留情面地打断了年轻人的话——在目睹同伴中弹倒下时，这个年轻人一点儿也没表现出现在的这股勇气。相反，他当场就吓尿了裤子，像一只受惊的潮虫一样抱成一团，蜷缩在了一堵倒塌大半的矮墙后面。颇为讽刺的是，正是这种怯懦行为让他脱离了对方的射界，从而侥幸捡回了一条命。在那之后，公孙施和其他巡林客迅速在建筑废墟的掩护下接近了“帽子”二人组遇袭的地方。虽然他们没有发现开枪的家伙，更没能进行反击，但还是迅速扔出了两枚土制烟幕弹，然后把这个尿了裤子的家伙扛回了安全的房子里。“我以前和这类家伙打过交道，也知道它们有什么本事，要是继续像刚才那样在没遮没挡的大街上乱逛，在数到十之前，你就铁定得吃一发枪子儿！”

“可是……”赛博将脸凑到了一道狭窄的砖缝后，从这座被他们当作临时掩蔽处的空屋里朝外张望了一圈，然后摇了摇头，“恕我直言，那个混蛋似乎把清理射界的活儿干得非常漂亮，要在不被发现的情况下接近……”

“还是有可能的，”公孙施说道，“我以前就这么做过。”

尽管就个人情感层面而言，公孙施其实和所有人一样更喜欢春夏两季，而非漫长的寒冬，但当一行三人小心翼翼地在这条必须弯腰才能走过的下水道中前行时，他还是由衷地对现在正是一年中最寒冷的时候感到了庆幸：如果在冰雪开始融化的初春或者雨水绵绵的仲夏，这条久未疏浚的下水道内很可能早已泥水泛滥，让人无从落脚了。而现在，虽说地面还有些潮湿柔软，但那些经年累月积累的淤泥起码还算硬实，不至于让他们陷入动弹不得的境地。

每走过一个拐角、踏上一条岔道，公孙施都会从衣袋里掏出一张手绘地图，将一行人在下水道中前行的距离与拐角的角度仔细地记录上去，然后与位于地表的地标相对比。在开始下水道行动之前，他特意先退到了位于镇外数公里的一处高地上，花了足足半天时间观察记录这处面积不到一平方公里的小镇废墟的全貌，并进行了尽可能精确的测距。虽说公孙施对于自己的这门手艺非常自信，但他也明白，由于缺乏专业设备，这种粗略测量的结果很可能会有数十米级别的偏差。在下水道中摸索时，这种偏差很可能会造成一定的困扰，但他目前实在是没有更好的点子了。

"我说，伙计，你真的确定这么做能行？"就在公孙施开始往地图上记录第六到第七个拐角之间的距离时，巡林客阿伦问道，"我总有一种感觉，那个'铁脑壳'也许就在下一条下水道里等着咱们，只要一露头……"

"这种可能性基本是零。"赛博摇了摇头，"就算是依靠高等只读程序运行的最不'聪明'的'铁脑壳'狙击手，也知道在下水道里耍这一套有多不方便。这里的交火距离太近，视野和光线都极为糟糕，只要对手不是孤身一人，自己就极有可能在开火之后遭到还击。虽然人类有的时候确实能犯下一切愚蠢的错误，但'铁脑壳'和我们不同。"

"不过我们也不能掉以轻心。"在估算完三人组可能的位置后，公孙施说道，"'铁脑壳'不可能对任何潜在风险完全熟视无睹，所以我必须再提醒各位一次：小心脚下。我以前也遇到过这种情况，因此我知道那些家伙都会玩些什么样的把戏——绊雷、诡雷、报警用的铃铛、带刺的陷阱，这些都可以被用来防止下水道为敌人所用。”

另外两人一起点了点头，同时尽可能地放慢了脚步，生怕一不小心绊上或者踩上什么不太妙的东西。不过，在接下来的半个小时里，他们没有遇到任何“惊喜”：在这条死气沉沉的下水道中，他们发现的最接近于武器的东西，不过是一盒已经锈得无法分开的老旧子弹，以及一些锋利的玻璃碎片而已。

“那么，就是这里了。”在一处布满粗大的金属管道的三岔口，公孙施停下了脚步。他逐一审视了分别位于三个不同方向的相互间隔数十米的下水道出口，然后选择了其中靠左的一处，“我们从这儿上去。”

“你怎么能确定……”

“根据我之前的观察，在这个镇子上，可能被用于狙击的制高点基本都位于镇子中心，在那座看上去应该是发电厂的建筑附近。”公孙施指了指一条垂直通往下水道出口的金属管道，那上面用显眼的字迹写着“主机房”这个词，“如果我没猜错的话，这处出口应该是直通室内的。从这里上去不太容易被对方发现，遭到狙击的可能性也会小得多。”

“当然，还是得小心陷阱。”赛博补充道。

为了尽可能地谨慎，在掀开锈迹斑斑的窨井盖时，赛博足足花了半分钟时间进行检查，以确认那上面没有连着什么怪异的拉索或者半透明的绊线。接着，他才慢慢地探出身子，沿着金属扶梯爬上了地面，“这外面没什么问题，就是有点儿黑。”

“这是当然的，因为现在是晚上。”公孙施一边嘀咕，一边跟着爬了上去。在他不算太短的生涯里，他曾经造访过许多废弃的工业设施。由于电力供应早已不复存在，即使在白天，这些建筑物的内部也是黑咕隆咚的，而入夜之后更是应该伸手……

……他似乎还是看得到自己的手指的。

“等等，这有些不对劲儿。”就在赛博准备打开事先用黑色破布包好的手电时，公孙施一把抓住了他的胳膊。与此同时，一阵寒风如同地狱鬼魂的喘息般拂过了三人身侧，让周遭似乎无穷无尽的黑暗发生了一点儿细微的变化：随着几道不规则的裂缝的出现，暗淡的星辉与清冷的月光同时洒落了下来。虽然这点儿光照微弱得几乎可以忽略，但它们的出现本身就说明了一个极为重要的问题。

这里并不是室内。

“噢，这下糟了。”赛博嘟哝道，“我们被算计了。”

说实在的，这句话其实并不太适合作为一个人的墓志铭。

在赛博倒下时，公孙施并没有听到枪弹被火药燃气推出枪管时的爆响——对方使用的武器显然安装有大崩溃前生产的军用级消音器。由于周遭的光线太过黯淡，他只看到了从赛博身下迅速洇开的一片没形没状的黑色，就像是一个从失去生命的躯壳中努力钻出的残破灵魂。

在刹那的惊骇过后，公孙施的经验驱使着他做出了反应。他知道，自己必须立即返回相对安全的地下，生与死很可能就取决于接下来的一两秒内的行动。他确实带着两枚烟幕弹，不过在目前的情况下，这些东西恐怕派不上任何用场，而按部就班地沿着梯子爬下去同样也有些来不及了，直接后退两步，估准位置然后跳下去……如果这样的话，他应该还来得及躲开下一发子弹。而下水道的高度大概也不至于让他受到太严重的伤害。

但不幸的是，这个计划在不到一秒钟后就泡汤了。

仅仅向后退出一步后，公孙施就撞上了一个柔软的东西，当场失去了平衡，然后与那东西双双摔倒在了年久失修、遍布裂纹的混凝土地面上。

“嘿!”弄不清情况的年轻巡林客一边揉着脑门,一边抱怨道,“你在干什么?!”

公孙施没有说话,他只是闭上了双眼,等待着即将穿透自己头颅或者躯干的子弹。

刹那之后,子弹果然如期而至——但却没有击中他身体的任何部位,而只是钻进了他脚下脆弱软化的劣质水泥之中,腾起了一小团尘埃。

“这是……啥?”仍然一头雾水的巡林客阿伦慌张地打开了手电,想要看个究竟。接下来飞来的第三发子弹准确地击中了这个光源,让它在阿伦手中爆散成了一团四散飞溅的塑料与金属残骸。

阿伦尖叫了起来,但公孙施反倒比先前冷静了不少。如果说射失一发子弹还能被视为偶然的失误,那么刚才的第三发子弹仅仅打灭手电则只能说明一个问题:对方并不急于杀死他们每一个人,至少现在还不打算这么做。

随后发生的事进一步证明了公孙施的猜测——在远处的一座砖砌烟囱顶端,一盏暗淡的提灯突然亮了起来,摇曳的灯光映照出了一个人类的身影,而且看起来似乎是个女性。

那个女人朝他们做了个手势,一个显然意味着“离开”的手势。

当然,两名仍然活着的巡林客立即照办了。

“所以,这就是咱们无论如何都要解决掉那家伙的理由?”

“正是。如果那只是个普通的‘铁脑壳’,放着不管倒也没多大问题,”当那辆土制装甲车吭哧吭哧地拐过一个弯,摇晃着开过三天前那名可怜的巡林客被一枪爆头的地点时,公孙施说道,“可是前天晚上的事情已经非常明显了:这家伙是个少见的高级货,也许是传说中的‘那种家伙’。”

“那种家伙”“那个人”，在人类漫长的语言表述演化史中，这类模糊的词汇的指代对象，通常都有着某些特点：要么特别令人厌恶和轻蔑而不屑于提起，要么过于令人畏惧而不敢直接提及。当然，在更多的情况下，这两种因素往往兼而有之。

“你们也知道，大崩溃前的科学家一直在开发人工智能，”公孙施皱起眉头，继续说道，“他们中的一些人甚至相信，当这玩意儿发展到一定程度之后，所有人就可以从工作与义务的苦役里一劳永逸地解脱出来——喏，这也许是有可能的，但大崩溃和大战毁掉了一切，只给咱们留下了他们那一代人的半成品，其中就包括了所谓的‘高拟人化人工智能’。”

“我以前听赛博那小子说过这事儿。”在散发着强烈的燃料酒精味儿的车厢里，有人插嘴说道——这人并不是巡林客，而是一名自愿武装起来参与行动的村民，“他还说了什么‘模拟神经网络系统’和‘特殊的强人工智能’之类的话，不过我不是很懂这个。”

“我其实也弄不太懂这些道道儿。”公孙施双手一摊，诚实地说道，“不过如果简单点儿说的话，这种‘铁脑壳’比别的‘铁脑壳’更像是人。别的‘铁脑壳’只会执行当年给它们下达的指令，但这种家伙会像咱们一样思考……有人甚至说，它们还能模拟咱们的情感，也就是说它们也有喜怒哀乐，因为当初的人制造出它们的目的，就是让它们能伪装成真正的人。”

“照这么说，这些家伙和咱们其实也没什么不一样嘛。”另一名村民说道，“咱们又为什么一定要解决掉它们呢？”

“因为它们毕竟还是‘铁脑壳’，不是人。”公孙施简单地答道。但他并没有说出剩下的答案：只要不是人，那些家伙越像人就意味着越危险——无论对人类还是对它们自己，都是如此。归根结底，现代智人仍然是一种掠食动物，会本能地排除掉每一个与自己争夺同一个生态位的对手，正如狮子会寻找一切机会杀死领地内的花豹和猎豹、许多逆戟鲸会攻击与其遭遇的大型鲨鱼一样。

就在车里的人说话的同时，这辆土制装甲车爬上了一段缓坡，在一座坍塌已久的拱桥旁与另外两辆车会合了。这些交通工具都是大崩溃前留下的老古董，全靠使用者的悉心维护才勉强支撑至今。它们所谓的“装甲”，不过是自学成才的技师们胡乱焊接在车厢和驾驶室周围的一些色彩斑驳、锈迹遍布的钢板，糟糕的内燃机—太阳能混合动力发动机勉强可以驱动它们跑出三十公里上下的时速，要是放在过去显然只能贻笑大方，但在这个时代却是不可多得的宝物。

与这些车一起来到“战场”的，还有超过一百二十名来自附近三个村子的武装村民和受雇的巡林客，这些人来到这里的目的只有一个：解决掉那个隐藏在镇上的“聪明”的“铁脑壳”。

当然，整个作战计划仍然是由公孙施制定的——这位曾经在大战的最后一段时间中有过那么点儿服役经历的老兵，对于怎么对付“铁脑壳”还有点儿概念。

即便在这种过去顶多只有四五千居民的小镇上，建筑物的数量也已经多到足以让一个狡猾的敌人与大队人马周旋，派出大队人马分头扫荡，不仅必然会因为狙击、诡雷、陷阱甚至误击而蒙受伤亡，很可能到头来还会让对手溜之大吉，白白死人而一无所获。

经过仔细考虑，公孙施决定将一百二十名援军分成两部分：大多数人组成两到三人的小组，分散看守镇子周围的每一个出口，以免对方玩出金蝉脱壳的把戏；而精选出的二十四个稍微有点儿经验的人则分为三队，分别坐上仅有的三辆装甲汽车，逐个接近每一处可能被对方视为据点的建筑，用火焰喷射器和自制燃烧弹对那些建筑进行“大清洗”，从而慢慢把对方逼出来。虽然与当年那些真正的军队的作战方式相比，这种如同旧石器时代原始人烧林狩猎般的做法效率低下、笨拙不堪，但考虑到参加行动的人员的平均素质，公孙施实在是想不出什么更好的主意了。

“目标建筑12号清扫完毕。”当一座老旧大楼的所有门窗都开始冒出暗红色的火光后，公孙施从无线电里听到了先导车的报告，“没有动静。”

“认真观察，慢慢来，别急着去下一座房子。”公孙施回答道。虽然那些高度拟人的渗透型“铁脑壳”看上去几乎与人类无异，甚至也有循环系统、心脏和肺这些货真价实而且与真正的人类肌体一样易受伤害的活体器官，但在这种具有欺骗性的“脆弱”表象之下，那些“假人”的“生命力”还是远强于一般人类。毕竟，当普通人被严重打伤、烧伤或者遭受其他伤害后，会因为强烈的痛苦以及生物的自保本能而陷入无法行动的状态，“铁脑壳”们却可以对此置若罔闻，在确认中央处理器递交的损害报告后继续照常行动一段时间。虽说到最后，致命的生理创伤仍旧会让一个大部分由活体组织构成的高级“铁脑壳”丧失行动机能，不过在那之前，它们会做的可不仅仅是倒在地上等死而已。

尽管公孙施的同伴们大多只见过那些纯粹由无机零部件组成的更“本格”的“铁脑壳”，但这倒不妨碍他们根据公孙施的吩咐又认真等待了一小段时间。直到支撑那座老旧建筑物的钢筋开始在高温下丧失韧性、变形倒塌时，他们才开动车辆，向十几米外的另一座建筑驶去。“目标建筑13号，火焰喷射器准备，三、二……”

嗵！

没有挣扎，没有哭喊，那名准备用上千度的炽热烈焰灌满眼前的三层住宅楼的民兵，已经从车顶跌落了下来，变成了一具丢掉了三分之一个脑袋的尸体，因为子弹的强大动能而部分液化的脑组织在冬日坚硬的泥土上泼洒了一大片。装在火焰喷射器两侧的钢制防盾和他头上戴着的老式复合有机纤维头盔都没能阻止这件事的发生。

“就在这里！”公孙施吼叫起来，“爆破小队！”

随着几声无壳枪榴弹的发射药被击发的钝响，一连串这种小小的爆炸物从土制装甲车的射击孔里接连飞出。其中一些没能引爆，或者因为准头不够而打在了坑坑洼洼的红砖外墙上，没对建筑内部造成太严重的破坏。不过，还是有那么两三枚运气比较好的榴弹成功地砸碎了那些盖着厚厚尘土的玻璃窗，飞进了这座摇摇欲坠的小楼内部。爆炸所产生的冲击波在建筑内部造成了不小的破坏，但并没有直接消灭目标。

是的，那家伙还活着。在看到一个轻巧的人影以常人难以企及的矫健身手从二楼的一扇窗户中翻身跃出后，公孙施确认了这一点。

“开枪！快开枪！”他对愣在一旁的所有人吼道，“就是现在，干掉它！”

大约一半的志愿参战者执行了这项命令，但效果却实在是不如人意——为了避免遭到狙击，所有人先前都蜷缩在装甲车厢之内，而这些土制装甲车的射击孔设计得很不合理，使得车里的人很难击中那个在落地后立即以非人的速度拔腿狂奔的人影。而当他们钻出位于车厢顶部的设计得同样蹩脚的舱门时，对方已经跑出了很远的距离。

“别待在那儿发呆了，该死的！”公孙施对装甲汽车的驾驶员们吼道，“追上去！”

随着老旧的车轮与悬挂装置又一次发出令人牙酸的吱嘎噪

音，这三台老旧的装甲乌龟开始沿着年久失修的道路挣扎前进，竭尽全力试图追上正在逃窜的对手。

然而这项任务对“老乌龟们”而言却实在是有些困难。没过两分钟，殿后的那辆装甲车就突然传出了一阵濒死动物般的嘶鸣，在路上趴了窝。另外两辆老爷车虽然还能继续动弹，但区区三十来公里的最高时速只能让它们勉强不至于跟丢目标。当然，也有人试图在移动的车上射击那个逃跑的人影，但他们的对手远比他们更了解这片废墟，通过一连串在巷道和障碍物之间的左右腾挪，那家伙轻而易举地让追击者们每一次对她开火的尝试都以徒劳而告终。

不，那是“它”，不是“她”。公孙施在自己的脑海中纠正道——无论外观怎么像人，身体有多少人类成分，那东西都不算是人。将一台有思维能力的机器视为人，是极为巨大的错误！他必须时刻记住这一点。

由于这座废弃的小镇并不算太大，这次猫捉老鼠的游戏很快便到了尽头——在一次仓促转向之后，那个披着破烂的灰褐色自制伪装服的家伙终于跑进了一条死胡同。在很久以前，这里其实是一条普通的街道，但不知是因为什么缘故，这条街从正中央的位置被一道三层楼高的没有任何出入口的混凝土高墙给截断了。虽然在过去的漫长岁月中，这堵墙已然变得破损不堪，但仍然没有任何坍塌倾圮的迹象。而在高耸的混凝土墙顶部，一排尖锐的玻璃瓶碎片正在冬日暗淡的阳光下闪烁着足以让任何试图翻越者胆寒的冷光。

那个女人一直跑到了混凝土墙的墙根部位，然后停下了脚步，转身面对着追来的两辆装甲车，将一件细长的似乎是枪械的东西扔到了脚下。

有那么一瞬间，公孙施还以为对方打算投降，但他旋即否定了这种可能性。只要还在执行任务，“铁脑壳”就绝不会投降。你要么把它打烂、碾碎、肢解成零部件状态，要么被它干掉，没有第三个选项。

但话说回来，之前的那个夜晚发生的事……

也许……

“停车！所有人做好射击准备！”当先导车抵达离那堵墙不到二十米远的位置后，公孙施终于下定了决心，对其他人下达了命令，“你们两个，和我一起来。”

虽然他的经验——或者更准确地说，基于过去的经验而行事的那个他——正在公孙施大脑的角落里抱怨着这种过于轻率的行事方法，但他还是钻出了装甲车厢，与两名端着岁数比他们自己还要大的古董级自动步枪的村民一同靠近了那个女人。

首先，他得先拿走那支武器。

“后退。脸朝着墙，把手贴在墙上！”在走到离对方不到十米远处时，公孙施命令道。他原以为这个脸色苍白得活像是冻死的尸体、有着一头深棕色长发的女人，会表现出些许抗拒，或者故意拖延时间。但对方却以超出他预料的顺从分毫不差地执行了这些指令。

公孙施下意识地舔了舔嘴唇，仿佛想要从空气中尝出欺诈的味道，但最后，他还是走到了这个女人之前站着的地方，捡起了那支保养良好的武器。

这支做工近乎工艺品级别的军用狙击步枪的十发半透明弹匣里，只剩下了四发子弹。考虑到之前在小镇边缘被射杀的村民，以及三次交火中它的射击次数，公孙施估计，这个女人很可能已经没有更多的备用弹药了。

“你，拿着这个；你，站在这儿盯着它。”公孙施将缴获的狙击步枪交给一个民兵，又示意另一人用自动步枪瞄准对方。虽然这些临时武装起来的村民们的枪法根本不能指望，但在这种距离上他们倒还不至于打偏。接着，公孙施拿出了一条原本用来系在车轮上的防滑链，开始走向毫无抵抗之意的女子。

随着两人之间的距离逐渐拉近到零，公孙施看到了更多只有凑近了才能观察到的细节：就像所有活生生的人类一样，这名女性的胸口因为呼吸而规律地起伏着，暗青色的血管在它因为缺乏色素而过分苍白的皮肤下不断泵动，四肢上的肌肉因为先前的疾奔而抽搐不已。有那么一瞬间，公孙施甚至怀疑，或许站在自己眼前的就是一个活生生的人类，而不是由人造处理器和一堆令他莫名其妙的算法驱动的躯壳。

但那名女子很快便以实际行动否认了他的猜测。

根据公孙施和其他对城市废墟非常了解的巡林客们事后的观察，那堵由砖头和混凝土制成的墙确实已经因为风雨的侵蚀而非常老旧、摇摇欲坠，但要将其破坏，在正常情况下也需要两三个男人用大锤反复敲击才能做到。但是，当公孙施走向那个女人时，它只是突然从墙根处后退了两步，随即便在短暂的加速冲刺后将双拳砸在了混凝土墙的表面。整个动作只花费了不到一秒，因此没有任何人来得及做出反应。

接着，随着两道显眼的裂痕迅速在饱受侵蚀的墙体表面扩展开来，这堵墙的一部分开始了崩塌。

虽然垮塌的墙体部分相当有限，并不至于伤及公孙施一行人，但大量干燥的混凝土和砖块间的灰泥在撞上地面化为齑粉的瞬间，仍然产生了可观的尘雾，像一个突然张开大嘴的鬼怪般将所有人都吞了进去。

在慌乱中，有人扣动了枪支的扳机，乱飞的曳光弹在翻卷的尘埃中划出了道道显眼的痕迹，幸好没有人因此而负伤。

不过，有一个人却落到了随时都可能遭受伤害的地步。

当一只因为与硬物摩擦而皮破血流但却仍然强而有力的手掌突然握住自己的右臂时，公孙施意识到，他刚才已经上当了。而接下来从他的喉部传来的寒意则进一步让他确认了这一点：对方将一把短刀抵在了他的颈动脉上。

“所有人都别动！”

在发现他们的指挥官被对方劫为人质之后，巡林客和村里的民兵们发生了一阵骚动。有人怒吼着要求对方立即放开公孙施，另一些人则一脸慌张、不知所措。还有几个对“铁脑壳”尤其仇恨的人不顾对方手中有人质这件事，举起了手中的武器——万幸的是，他们立即被其他没被怒火冲昏头脑的人制止了。

“跟我走。”

女人的声音平板到没有一丝情绪起伏，但其中透出的压迫感却是公孙施无法拒绝的。由于两人的肌肤已然贴在了一块，公孙施可以清楚地感知到从对方体表渗出的细小汗珠，以及血管的脉动……是的，这就是一个货真价实的人，至少并不比他所接触过的其他女人更不像人。但话说回来，一个普通女人又怎么可能会拿着那样的武器，蹲守在这种早已荒废无人的城镇之中？又怎么可能像刚才那样仅仅以自己的双拳就击垮一堵——虽然已经是老旧不堪、摇摇欲坠的——混凝土墙？

公孙施一边在脑子里转着这些乱七八糟的念头，一边在对方手中刀刃的威逼下碎步进入了一条小巷，然后又拐上了一条布满裂纹的柏油路。枯黄的草杆稀稀落落地挤在路面的道道裂缝之中，活像是在发霉的面包上长出的真菌。

在这条路的边缘，公孙施看到了一块被推开的窨井盖，以及那附近的弹痕和血迹——几天前，对方正是在这里略施小计，让自以为是的他们失去了一名同伴，尝到了苦头。

他们迅速走过了这处伤心地，最后逃进了阴影幢幢的废弃发电厂里。

“这么做是没用的。”在终于可以稍稍放慢脚步之后，公孙施一边喘着气，一边说道，“我们可不止……不止你刚才看到的那几个人。整个镇……镇子现在都已经……已经被……”

“我知道，被你们的人包围了。”女人说道，“你觉得我不会发现这一点吗？”

“那就赶紧投降。就算你带着人质，我……我们的人也不会放你过去。我……我可不是什么重要人物，只不过是个……”

“我知道，你只不过是个普通的巡林客罢了。”女人冷静地说。

公孙施突然感到有些恼火——这个女人的观察能力敏锐得简直不像话！“所以……”

“所以我当然不可能投降。我知道你们会怎么对付我。”女人在一处似乎曾是员工宿舍的小楼前停下了脚步。这座小小的两层红砖建筑旁有着一大片空地，在春夏季节里，这里显然是个繁花盛开的所在，但现在，公孙施只看到了片片残雪，以及一些被冻结在雪中如同粗制滥造的标本一般的植物残株，“事实上，你们对付我这种所谓的‘铁脑壳’的办法，从来只有一种。”

“当然。”公孙施点了点头，“那你这么做就是毫无意义的。难道你指望在杀死了好几个村里人之后，还能靠区区一个人质让他们偃旗息鼓？”

“当然不。事实上，我也没有将你视为人质，”对方答道，“我是让你来看点儿东西的。”

“看什么?”公孙施问道。

女人将短刀收回腰间的鞘中，打开了两层小楼锁着的大门。在进入这座建筑时，公孙施注意到，楼内似乎一直有人居住，因此既没有像别的废弃建筑一样积满尘埃，也没有密布的蜘蛛网或者别的什么令人生厌的污物。当然，这里的窗户也积满了灰尘，几乎透不过一丝光亮，但公孙施知道，这大概是刻意而为之的伪装手段，为的是避免有偶尔接近这里的过客在一瞥之下注意到这里有人生活。

“你住在这儿?”公孙施问道。

“不只是我……”女人摇了摇头，带着公孙施踏上了已经有些不大牢靠的楼梯，在二楼走廊的尽头，一扇小小的、油漆斑驳的木门正半开着，从里面传出了某种公孙施熟悉的声音。

那难道是……

……没错，那是个孩子。

一个显然才来到这个世上不到一年，还散发着这个年龄的婴儿特有的尿臭味和乳臭味的孩子。

“你……你究竟是从哪里捡到这个孩子的?”公孙施有些愕然地问道。

“捡到? 你为什么这么笃定这一点?”女人反问道，“告诉我你的理由，先生。”

公孙施张了张嘴，因为对方的言外之意而惊讶得一时有些说不出话来。难道，他们先前的判断全都出了天大的失误，这个女人其实是一个货真价实的、正从这个世界上迅速消失的自然人，而不是他们认为的万恶的“铁脑壳”? 如果事实真是如此，那他可就得吃不了兜着走了! 如果要为一场无意义的自然人自相残杀的战斗造成的大量资源浪费和人员伤亡负责的话，他只怕被村里人活吃了还不够……

不，不对。公孙施告诉自己。至少这个女人确实有很大的嫌疑谋杀了倒在废墟外的那个男人，在双方发生冲突时，首先开火的也是她。纵然他对误判负有责任，但至少……

“不，你们的判断没错，”女人说道，“我确实是你们口中所谓的‘铁脑壳’——这一点我无从否认。然而同样的，我也是一个人，而这是我的孩子。”

公孙施突然产生了一种想要捏自己脸颊一把的冲动。没错，他肯定是昨晚睡觉前喝了太多劣质的红薯烧酒，所以才……

“很难理解吗？也许，对于这个技术已经衰落的时代而言，我的存在实在是有些太……突兀了。”女人轻轻抱起了刚从睡眠中醒来的婴儿，拉开了自己厚重的迷彩色伪装服的拉链，“对你们而言，所谓的‘铁脑壳’无非是那些被掩埋在废墟中的人形机械残骸，或者如同地缚灵一般在原地不断徘徊、盲目地执行着已然毫无意义的最后任务的战争机器。”她摇了摇头，“当然，在大多数情况下，这种看法并没有错。”

“我们……那个……我其实还知道一些别的，”公孙施说道，“我的一个叫赛博的巡林客朋友——也就是那天晚上被你打死的那个人——曾经提起过，以前的一部分机器人拥有人类的外观，甚至还包裹着一些活体组织之类的。当然……”

“这都是真的，而且真相甚至比这更进一步。”背对着公孙施的女人说道，“在浮华时代的最后岁月里，人类为了改进自己的生存质量，进行了诸多努力，而其结果之一就是干细胞技术的大幅度进步——只要愿意，他们可以利用干细胞精准地培育出一切人体组织，这在最初仅仅是为了让那些重症患者或者耄耋之年的老人能够更新自己身体的‘部件’，但很快，人们就为它找到了更多的用途:为人形机器人披上人类的外表,甚至不仅仅是外表。

“当然,由于伦理道德和一些相关法律条文的存在,这类技术在很长的时间内并未被滥用。但在大战的最后时刻,所有这一切都被抛在了脑后。在那时,原本禁用的武器都悉数上阵,很快就破坏了这颗行星的生态系统,毁灭之花早已将数以亿计的生命吞噬殆尽。在死亡的盛宴中,道德和法律都已经无关紧要,于是,像我这样的‘特殊战斗员’被制造了出来——与那些通过自然方式出生的人类相比,我们只有区区几处不同:我们的颅骨中储存着的是一台以生物电为能源的高效率计算机,我们的骨骼与神经系统是经过高度强化的人工改造版,我们的感官也远超常人,但除此之外,我们拥有的并不仅仅是一具用来掩饰的皮囊。

“没错,我们和真正的自然人几乎一模一样。我们有血液循环系统,有呼吸系统和免疫系统,在必要的情况下,我们甚至可以与真正的人生育后代!”

“但这么做又是为了什么?如果你们的身体几乎全都是活体组织,那难道不会影响作战效率吗?”公孙施问道。他过去曾经对付过远比这个女人更加“本格”的“铁脑壳”,也知道那些完全由机械构成身躯的家伙有多难对付——虽然人类的身体结构其实并不算差,但不受血肉之躯重重束缚的纯粹的机器,可以装备更牢固的护具和装甲,以及更具威力的武器系统。

“这是自然的。但我们所领受的使命并非对军事要地进行伪装袭击,或者躲在某个重要地点几十年如一日地担任狙击手。”女人说道,“我们的任务,是在大战后潜入敌国,持续进行破坏活动,以阻碍他们东山再起。要执行这种长期潜伏任务,自然是越像人越好。”

“但是……”

“是的，这个任务现在已经不存在了。就连那些破罐子破摔的政治领袖和科学家也没想到，大战的破坏是如此彻底，以至于就连‘国家’这个概念——无论是我们的敌人，还是我们效忠的对象——都已经不复存在。当一切结束时，我们效忠的对象早已从头到尾化为乌有，曾经神圣的国境甚至连地图上的虚线都不是了，而我们则不再为任务所束缚，成了彻彻底底的自由存在。”女人突然叹了口气，“我们现在对你们没有敌意，对任何人都没有。”

“是吗？你把这话对死在镇外的那个男人说说啊！对我那些被你打飞了天灵盖的战友说说啊！”公孙施突然感到了一阵强烈的怒意，“这他妈还叫没有敌意?!”

“我问心无愧——毕竟，没有人能禁止别人进行自卫。虽然我和我的同类的原初程序中包含了‘以自我毁灭为代价对敌人造成最大损害’的指令，但正如我已经解释过的那样，在这个时代，世界上已经没有我们的‘敌人’了。”女人答道，“我为了保护自己，以及保护这个孩子而战，这符合最原初的自然法！即便在人类的整个历史上，也没有任何一个法官敢于判决我的行为是非法的！”

“这……那个男人也……”

“你说死在城外的那个？没错，他也是打算危害我们的人之一。”随着女人的不断爱抚，之前还吵闹着的孩子渐渐沉入了梦乡，于是，女人将这个小生命放回了一只柳条编的摇篮里，盖上了一层手工缝制的棉毯，“除此之外，他还是这个孩子的父亲。”

公孙施的呼吸因为过度惊讶而屏住了两秒，“父亲?!”

“啊，你不必多虑。如果我没有那个意愿，没有哪个人能够强迫我……做某些事。”女人重新转过身来，面对着公孙施，“而且我得承认，我在某种程度上欺骗了他的感情：在他自以为偶然遇见我之前，我就已经暗中观察了他很长一段时间，并拟定了与他相遇的整个计划。也许他一开始时相信我们是真心相爱的,但我必须承认,我只是将他视为实现我的计划的工具。

“是的,我有一个计划。在被你们统称为‘铁脑壳’并视为大敌的对象中,有许多像我这样的成员。从本质上讲,除了负责进行思维活动的部位有所区别外,我们与真正的人类并不存在本质上的不同。虽然我们的创造者是基于对某些同类的恶意才将这样的我们塑造了出来,但既然我们的存在已经是既成事实,那么我认为,我们有权与其他真正的人一样生存下去。”说到这儿,女人摇了摇头,“在我的同类中,也有人曾经做过这样的尝试,但他们最终都以失败告终:无论我们与真正的人何其相似,只要得知我们的真正身份,那些曾经愿意收容我们的人也最终会与我们反目成仇。”

“那么,你们就不能试着隐瞒身份吗?”公孙施问道,“毕竟你们原本就是为了在人群中长期潜伏而制造出来的。骗过一般人应该不算困难吧?”

“确实不难。而且就我所知,我的一些同伴也确实这么做了。”女人答道,“但我们中的大多数都不愿意满足于这样的苟且偷生,毕竟,我们的数量并不算少,在数十年的漫长共处中,某些人的身份暴露只是个时间问题。如果到时候,我们仍然被视为‘非我族类’,那么将会发生的就只有一场腥风血雨。还记得中世纪发生的女巫狩猎吗?”

公孙施点了点头。

“正因如此,我才希望能够作为一个人,而且是不掩饰自己真实身份的人,被接纳。根据我的判断,唯一能成为突破口的,只有爱情。基于对人类的缜密分析,我认为,只有依靠爱情,才是最为保险的方案。在和那个人共处两年、生下了孩子之后,我觉得他确实是真心、彻底地爱我,于是我向他坦白了一切。当时的我相信,有了爱情和亲情的双重保障，就算是最顽固的人，也应该能放下偏见才对。”

“但是他……”

“是的，他宣布我和我的孩子都是怪物——哪怕那也是他的孩子！并声称要找人来消灭我们！我实在没有办法，只有采取了最终手段……我相信你也能认同这一点：至少，我们的孩子应该是无辜的。”

“当然，孩子确实是无辜的。”当女人又一次转过身去，将目光投向熟睡中的婴儿时，公孙施将一只手伸向了自己斗篷内侧缝着的小包，非常小心地取出了藏在其中的物品。这支点三八口径的袖珍手枪是浮华时代末期的遗物，虽然算不上什么非常强悍的战斗武器，但在两秒内射出的八发子弹却足以击碎任何没有特别防护的“铁脑壳”的中央处理器。

在这个距离上，他不可能射失。任何人都不可能。

一个小时后，在小镇内四处搜索的巡林客和民兵们，发现了怀抱着一名幼儿的公孙施。

对于他怀中的孩子，不止一个人提出了疑问，但公孙施什么都没有回答，而只是默默地返回了村里，将这个来路不明的幼儿送给了一名新生儿刚刚夭折的年轻妇人。

“我们会知道的，总会知道的。”在离开村子时，公孙施没有收下任何报酬，只是留下了这么一张纸条，“记住，任何一个人的父母都只可能是人，人类能够诞下的也只有人类。”

在那之后，村里的人再也没有见到过他。

《科幻世界》2018年第8期

地下室富翁

| 查　杉

一、地下室

阳光从狭窄的天窗中射进来，在逼仄的空间内制造出一块光斑。

灰尘欢腾地舞蹈着，引领光斑缓慢地移动，划过一台显得有点儿陈旧的电脑，从已经画满“正”字的一面墙上逐渐溜了下来，慢慢爬上了老麦沉睡中的身体。

老麦其实并不老，但长期的独居生活让他疏于整理自己的仪容，以至于三十多岁的面庞在乱糟糟的头发和几天没刮的胡子烘托之下，竟有点儿显出五十岁的“风采”来。

光斑无所顾忌地蹬鼻子上脸，一直来到了眼睛的方位，然而老麦的鼾声一直没有停止。

直到旁边的手机响起，老麦的表情才扭曲了几下，缓慢地从睡眠中醒了过来。

老麦揉了揉惺忪的双眼，拿起身边的手机，一条语音瞬间把他彻底地唤醒了。

“不好意思啊，老麦，给你介绍的那个外包编程的活儿，客户对质量还算满意，不过他们公司资金链出了点儿问题，老板去美国不回来了，所以这回的款恐怕是够呛了……没事，咱们以后机会多的是呢，不在这一时。”

老麦慌张地打了电话过去，听到的却一直是忙音。

又遇到骗子了……老麦很懊丧。他抓起身边的中性笔，在墙上的项目计划表上打了个叉。每一行都是一个希望，但结局都是一个叉。

老麦颓唐地拿起手机，点开通讯录里那个最熟悉的头像。头像边的名称是“老婆(前)”。要放在以前，老麦可能还试图用颤抖的手拨出那个号码，虽然每次最后手指都是无力地滑了下来，但至少还有那个念头。而现在，老麦想都不敢想了。

“别拦着我，你去住你的地下室吧！有本事就别出来！”

快一年了，这句话还在老麦脑海里不住地回响。

要振作……老麦想，一定要振作，自己一定要挣够一千万，赎回因自己开互联网公司创业失败而卖掉的房子，然后把她找回来。否则自己绝不走出这间屋子——尽管它其实不是地下室，只是半地下而已，但男人的自尊让老麦不会去和前妻纠结这个问题。

振作！老麦一跃而起，打算用运动开启斗志昂扬的一天。

两个俯卧撑之后，老麦趴在了地上。望着角落里的一大堆方便面盒，他觉得自己实在太虚弱了，还是需要补充一下能量的。

老麦从旁边的箱子里翻出两个苹果，只剩下这两个了。这是前几天老麦在网上采购方便面时一狠心同时买的。那些苹果，红彤彤的很可爱，老麦平时舍不得吃，不过今天他决定吃一个。

好甜啊……老麦吃着苹果，抬头看向天窗，从缝隙中，他隐约看见了天空的温润蓝色。

今天是个晴天啊，老麦想。天空的颜色真漂亮。

老麦啃着苹果，打开电脑，打算再上网找找有没有合适的活儿。

突然电话铃声响了起来。老麦迟疑着接起电话，是一个优美的女声。

“亲爱的用户麦子地，‘人人家’地产提示您，您租住的我公司自助服务房屋——富贵花园小区8号楼B1层3室的房租已经欠缴，请在五天内登录我公司网站缴清，否则您将被请出此间房屋，请您谅解并支持我们的工作，祝您生活愉快。”

“白痴，都是些白痴！”老麦狂躁地骂了起来。

“老子黑了你们网站，让你们一套房也租不出去……什么世道啊，都他妈看不起老子……老子没钱怎么了？没钱就不是人了？没钱你就能跟别人跑？”

老麦狂暴的表情软了下来，眼泪也滴在了手中的苹果上。

就当老麦筋疲力尽的时候，电脑屏幕上弹出的一条“亿万富翁，答题赢钱”的广告，吸引了他的注意。

“亿万富翁，祝您成功，知识变现，人生巅峰！欢迎各位网友来参加我们的活动，这场竞赛我们准备了一百万元奖金发给大家，只要答对十二道题，就可以平分我们的奖金！还在等什么，赶紧通知你的家人和伙伴，扫描下方二维码下载我们的App，一起参加吧……”

老麦拿起手机，颤抖着扫描了屏幕上的二维码。

二、黑　客

主持人唾沫星子横飞，老麦两眼瞪得通红。一天的时间里，老麦已经参加了三场答题活动了，而现在这场进行到了最后一题，只要答对就有奖金入账。

“请问以下三种金属，哪个熔点最高？铜、铁、金……”

“我靠，这个错不了，真金不怕火炼！”老麦赶紧点了“金”，期待着自己的第一次中奖。

“这三种金属里，铁的熔点是1538摄氏度，而铜和金都不到1100摄氏度，所以正确答案是铁。您选对了吗？”

老麦倒在了地上，吃了没文化的亏啊……

前妻歇斯底里的喊叫声又隐约出现在耳边，老麦咬紧牙关，默念自己听过的那些鸡汤故事，一跃而起。心若在，梦就在，只要相信自己，人生定有奇迹！

一个小时之后，老麦终于成功地通关了，他激动得满头大汗。如履薄冰啊，蒙对好几次，太不容易了。

“恭喜全部答对的观众们，你们真是太棒了！让我们来看看每位观众朋友能分到多少钱呢？1.68元！祝贺你们！”

老麦又倒在了地上，折腾了半宿，这点儿钱买盒最便宜的方便面都不够，更别提让自己扬眉吐气地离开这里了。

然而老麦并不是个没有办法的人，至少老麦对自己的计算机技术还有一些信心。黑掉个答题网站的题库，应该不难吧，可能警察也不太管这事儿。

一夜未眠，老麦筋疲力尽，瘫倒在电脑桌前，没想到定位个题库竟然这么费劲儿。

手机上闹钟响起，又要开始一轮答题了。老麦打了个激灵，把闹钟按掉，主持人的絮叨准时开始了。

“有观众朋友问我，说能不能提前给透一两道题。这可实在做不到，因为我也不知道。我们‘亿万富翁’的每一道题，都是由我们强大的A.I.利用互联网上的大数据即时生成的。甚至答案都不是预先写好的，而是在观众答完题之后，还是由A.I.抓取网上的大数据，实时判断给出答案。哎，这样既保密，又有时效性。怎么样？科学不科学？高端不高端？嘿嘿，我们这竞赛，毕竟是世界最大的互联网公司的产品嘛，这点儿实力还是有的……”

老麦呆呆地看着屏幕，困意早飞到了九霄云外。

水平可以啊，“亿万富翁”的开发者不愧是现在世界上最大的互联网巨头之一。

老麦并没有沮丧，相反，他心里居然有点儿即将与高手过招一般的兴奋！自己毕生所学终于有了用武之地……老麦甚至放弃了眼前的这场答题，全身心投入了黑客工作之中。

在获取了后台的管理权限之后，老麦悄悄地植入了一个木马。等网友们作答完毕，A.I.开始在互联网上抓取数据的时候，如果老麦启动木马，A.I.抓取到的所有数据包都会被修改成老麦想要的样子。比如之前那道题，如果老麦愿意，他就可以让A.I.抓到的所有数据中，金的熔点都变成2000摄氏度，那A.I.给出的正确答案就变成“金”了。

既然游戏的规则是所有全部答对的人平分奖金，那只要想办法做到两点就可以。一个是要保证老麦自己答对，另一个是要让尽量多的人答错，也就是说对的人越少越好。

接下来就是等待合适的机会了，还有，最后一题的题目最好特别简单。

老麦稍微喘了口气，本打算小睡一会儿，结果又一次响起的闹钟让他反应过来，整整一天已经过去了，连天窗里那抹蓝色都没有让他注意到。

老麦稳定了一下情绪，战斗即将开始。

这场“亿万富翁”节目照样吸引了海量的用户同时答题，之前一切波澜不惊，让人感觉又会是一场人均三元五块的福利场。然而老麦却很紧张，因为直到最终一题，才有真正的好戏。

“今天的最终一题，哎呀，太简单了，看起来大家肯定都不会答错。请问，著名小吃‘肉夹馍’是我国哪个省的特产呢？陕西、湖南还是江苏？”

简单！这道题太简单了！

老麦双眼通红，飞快地点下了“江苏”，随即启动了木马，用演练过好多次的动作，输入了将所有数据包内的“陕西”全部替换为“江苏”的指令。

“说起这个肉夹馍啊，那可真是好吃，有肥瘦的也有纯瘦的，相信每个人都喜欢。那么它是我们哪个省的小吃呢？”主持人唠唠叨叨个不停，老麦的汗珠滴在了键盘上。

未知的修改，将对数据进行替换，可能导致意外，是否确认？系统终于弹出了个冷冰冰的对话框。

老麦有点儿迟疑，然而主持人一会儿就要公布答案了，他没有时间再犹豫了，于是老麦一狠心，点下了“是”按钮。

老麦紧张得几乎听不到主持人的絮叨，他只看到答案弹出的一瞬，竟然显示——正确答案真的是“江苏”！而且只有几十人答对，老麦正是其中之一！

“哎呀，真是没有想到，怎么只有这么少的观众朋友们答对呢？难道这不是个显而易见的常识吗？难道小编们出的这道题真的触及了大多数人的知识盲区？真是太意外了……”

看着屏幕上强行狡辩的主持人，老麦忍不住笑出了声，原本以为主持人会很慌乱，没想到这货打圆场的功夫还真是一流，不愧是专业人士啊。

奖金！奖金！没过几分钟，两万多元的现金就打到了老麦的账户上！老麦幸福得在地上直打滚，这可能是一年来他最开心的时刻了。

三、富　翁

老麦决定庆祝一下，这次得吃点儿好的，要有肉。

老麦打开外卖软件，面对琳琅满目的美食愣住了，他已经好久没有能奢侈到不用考虑什么食品便宜的问题。不过老麦想了想，今天这个特殊的日子，怕是没有什么比来一份肉夹馍更合适的了。

老麦输入“肉夹馍”，弹出好儿家结果，刚要下单，他却赫然发现网页上写着“江苏肉夹馍”，这让他稍微有点儿疑惑。

老麦试着在其他的地方搜索了一下“肉夹馍”，结果出来的全是“江苏肉夹馍”，原来的“陕西肉夹馍”的结果似乎一下子从互联网上消失不见了。

没想到“亿万富翁”竞赛的后台A.I.的权限如此高，看来这家互联网巨头在这竞赛上还真是下了血本。A.I.的数据抓取工具被木马感染后，似乎把整个互联网上搜索可见的相关信息都给替换掉了，看来一段时间内，网上还真的就只能搜索到“江苏肉夹馍”了。

好像动静搞得有点儿大啊，老麦想。不过也没什么，最多就是各网站的编辑再折腾一通改回来呗……不就是个肉夹馍，该吃就吃，不耽误。

半小时后，老麦一边咀嚼着许久没有感受过的美味，一边呆呆地看着手中印着“正宗江苏肉夹馍”字样的包装。

这商家蹭热点的反应也太快了吧，难道这包装是现用电脑打印出来的？有点儿奇怪啊……老麦想。不过两天没睡觉的他，已经没有足够的脑汁细想这肉夹馍能不能吃出盐水鸭的味儿了。不管了，还是账户里的钱最实在，明日再战！

第二天的最终一题更加简单，当然也就更合老麦的胃口。当主持人问出“闰年中的2月有多少天”之后，老麦不慌不忙地按照既定计划，选择了三十天，随即轻车熟路地启动了木马，替换掉了A.I.抓取的答案。这次答对的人比上次还要少，只有几个，这一下收入就是十六七万！

老麦查了几次网银的钱包，确认到账后，他兴奋地在小小的屋子里翻起了跟斗。

突然，一个念头在老麦的脑海中闪过，他的心狂跳了起来，感觉到一滴汗正从自己额角流下。

老麦谨小慎微地打开了电脑上的日历，将时间翻到2020年，最近一个闰年。

电脑屏幕上清楚地显示出来，2020年竟然真的有2月30日！老麦屏住呼吸，又拿起自己的手机，打开日历对比一下，也是一样的！

他随即一年一年地向后看去，平年的2月倒是没有变化，还是二十八天。但每个闰年的日历上，都坚实地显示着2月30日这个诡异的日子！

老麦疯了一样从角落里翻出一本2016年的旧日历，上面的2月竟赫然也印着30日！

老麦用手指用力去擦，但徒劳无功，墨色在手上油脂的晕染下反而更清晰了。

世界真的被改变了！

老麦无心去考证这一天是从哪里抠出来的，也无心去想为什么互联网上的数据修改会影响到现实世界，地球绕太阳的公转周期不会也跟着变了吧？这简直太可笑了。

老麦心中不安，这个晚上他睡得不太踏实，系统的提示一直在脑海里萦绕，这让他觉得很是恐慌。

老麦想找人说几句话，但又不知道该找谁去说。不过互联网上各类新闻一如平常地在更新，直播室里的主播们也都没停止工作。这让老麦心下稍安，应该问题不大吧……

老麦从天窗向外望去，星星在城市的映衬下显得不那么明亮，不过偶尔还是会有闪烁的微光，耳边不时能听到远处传来的野猫叫声。老麦用手掐了一下自己的脸，触感清晰而真实。世界估计一如往常地在运行，一切都很好。

困意终于袭来，老麦放弃了进一步的思考，只要到账的钱是真的，只要自己能找回她，这世界稍微有点儿变化，又对自己有什么影响呢？

老麦的气色一天天好起来，账上存款数字后面的零也越来越多，目前已只差一点儿就要突破千万大关了。

当然，成功总是有代价的，不过对于新晋的地下室富翁来说，这代价并不大。能感觉到的，无非是空气中的氧气比氮气多了些，让他有时觉得有点儿醉氧，另外重力常数从9.8变成了8.9，这倒让他做起俯卧撑来更轻松了。至于马达加斯加的消失和火星多出一个光环这些小事，远在天边，看不见摸不着，又有谁会在意呢……

阳光又从狭窄的天窗中射进来，在逼仄的空间内制造出一块光斑。

老麦看着手中那只熟悉又陌生的蓝色苹果，默默发呆，他缓缓地抬起头。

从天窗中向外看去，一抹淡红色出现在他的目光所及之处。这应该就是现在世界上天空的颜色吧……老麦想。一定是昨天晚上最终一题时，自己设定红光的波长比蓝光短造成的。

每次对答案的修改，都会真正影响到这个世界，难道……虚拟网络和现实原本就没有什么界限可言？难道这个世界……

老麦苦笑着摇摇头，不去想这些无谓的事情，既然自己比之前过得更好，那么这些虚无缥缈的事情跟自己又有什么关系呢？

不过他最终还是没有对那个蓝色的苹果下口，而是将它扔了出去。苹果在空气中轻松地超过了只有三点四米每秒的音障，发出巨大的响声，音爆的白色气浪在阴暗的地下室里显得非常耀眼。

镜子里的老麦几乎变了一个人，梳洗一新的形象让老麦自己也有点儿不习惯，他对着镜子露出了笑容，这才是老麦嘛，地下室里的穷鬼将成为永远的过去时了。

老麦找到那个最熟悉的号码，准备拨打出去。正当他手指要接触到屏幕时，手机上的闹钟响起，今天的“亿万富翁”即将开始。

再来最后一次……老麦想。

最终一题如约到来，主持人的声音响起。

“今天的最终一题不难，我们中学的时候都学过。请问，真空中的光速，是三十米每秒、三十千米每秒，还是三十万千米每秒呢？”

老麦忍不住疯狂地大笑了起来，实在太简单了！千万大关即将突破，到了和地下室说再见的时候了。老麦仿佛看见自己挺直腰板，走出这逼仄狭窄的地下空间，去坦然面对所有人的美好时刻。当然，那些人里也包括她。

只不过就是光速慢了点儿，谁在乎呢？

未知的修改，将对数据进行替换，可能导致意外，是否确认？系统又弹出了那个冷冰冰的对话框。

老麦没有犹豫，点下了“是”按钮。

光速的急剧减小，将导致精细结构常数的大幅增大，组成世界的基本粒子将不复存在。

可惜老麦看不到这个结局了……

《科幻世界》2018年第5期

扬州环

| 蒋成之

> 我听过许多古老的爱情故事，
> 充满聚首的欢乐和离别的悲郁。
> 纵观无始的往昔，
> 我看见你像永世难忘的北斗。
>
> ——泰戈尔

一：牌　局

就算它知道未来的命运，也将迷惘，不知是选择爱还是自由意志。

它飞过那些色彩斑斓的铝制圆柱，像是穿梭在古老神殿的石柱之间。众神之间深奥而又晦涩的圣语，伴着它翅膀的抖动，低沉地流转在空间中。它不知道这是一个多么重要的时刻，足以改变人类、文明以及地球上一切生物的命运定数。

又过了一会儿，皙白的屏障像是强光照耀般，迎面扑来。它短暂的生命就此结束，化作一片殷红与乌黑交加的抽象画。

它死去之后，画像的主人抓起桌上的湿纸巾，面色不惊地将痕迹尽数抹去，就像是时间抹去所有的伤痕与爱。作为桌前的众神之一，她沉默不语，一手抓着罐装啤酒，另一只手的指尖在光滑的纸牌表面滑动，目不转睛地聆听着其他三人的对话。

“张敏，人工智能不过是人类一厢情愿的想法。”说话的是一个留着中发的高个女人。她瞥了一眼画像的主人，又看向自己对面的人，“现在的所谓人工智能，就算是一只蚊子的自我意识都比它强。你说呢，维芳？”

“未来还是有的。”被叫作维芳的女人正盯着桌上的国王、王后和王子计算着，她随口答道，“摩尔定律让计算力呈指数形式增长。计算力到了极致，思维和意识便拥有了产生的条件。”边说着，她抽出了手心里的牌，五张小2，像是她的答案，2的五次方等于64，恰是主流计算机的内存长度。她又转头问我：“你要不要？”

我摇了摇头，我对面的张敏亦然。

朱维芳微笑着，打出了最后一张牌——方块3，一张最小的纸牌，宣告了朱维芳一方最终的胜利。

“计算决定胜利吗？”作为朱维芳的对家，开启话题的陈丹妮一把收起了圆桌上的牌，“要是这样的话，超级计算机早就是我们这个星球上最强大的生命了。”

而后，她嘟哝着：“我不觉得这能实现……”

一局终了，另一局即将开始。

作为失败方，我接过陈丹妮手中正反交错、凌乱杂陈的牌堆，手指像是纺织机上的梭子一般往复运动。“我倒是觉得，人工智能有实现的可能。”一边说着，我一边晃着手中的牌。

陈丹妮摇了摇头，“没意思，这个晚上你们已经输了几百块钱。你和张敏对于我们来说，就好比阿尔法狗面前的人类棋手，光有经验，却没有计算能力。你们的算牌能力太弱了。”

张敏扑哧一声笑了出来。循着她的笑声看去，我看到她面颊上浮现红晕，身前堆满了空罐子。这个晚上，她几乎喝光了所有啤酒。我收回目光，将纸牌放在一边，说道："经验，说得没错。我们都明白，现在的所谓人工智能，不过是计算力强大的大数据计算机。它们是伪人工智能，没有人类的知识数据输入，它们什么也学不到。"

"更不要说人类的高级情感和自我意识。"朱维芳插嘴说。

"没错。"我继续说道，"但是的确有办法，可以让它拥有这些。"

零：莉莉丝

陈凯俊爬上山岗时，远处的辉光正在闪烁。冲击波如海啸，在刹那间将高楼与街道荡平。他的左耳郭上，中微子通信耳机嘶嘶作响。拍动着通讯按钮，他依然没有得到任何回应。无论是哀号还是惨叫，都仿佛被沙沙作响的噪音湮灭。蘑菇云拔地而起，黑黄交加的烟中，一张张或是阴冷、或是哀叹、或是愤怒的面庞正在云中翻滚。他似乎着了迷，如痴如醉地凝视。

黑与黄的厮杀中，黑烟终究覆盖了所有。颔首平视，他又看到一个体态曼妙的机器人士兵，迈着僵硬的步伐从山岗下跋涉而来。他在内心感慨：啊，莉莉丝，我的女神，我一生的挚爱。你是如此完美。任何诗篇与史诗都无法描述你的绝美。你是神借由人类之手创造的完物。你拥有最精致的面庞，最合适的身形曲线和最曼妙的身姿。你又无所不知，无所不晓。

世人皆爱你的美，可是你又为何毁灭世人？

她越来越近，就像是流星拥抱太阳，万物拥抱引力。

陈凯俊肩膀右耸，将身后的射弹突击步枪取下，架在身前。导轨架上的红点瞄镜正中心，莉莉丝正在微笑，右手微微抬起，仿佛正在呼唤着他。

致命的火与光在两端绽放。陈凯俊扣下了扳机，莉莉丝的右手绽放蓝光。超音速飞行的子弹和湛蓝高能射线在空中交错。

须臾之后，陈凯俊的额头冒出豆大的冷汗，高亮的火焰在他身后徐徐燃烧，莉莉丝的胸口淌出蓝色的血液。胜负在一瞬间决出了，他却觉得自己已经死了。

陈凯俊依然平举着步枪，小心地迈着碎步，缓缓地靠近。

莉莉丝瘫痪了，陈凯俊却分明听到一首歌。他不知道这是不是自己的幻听。奇怪的是，泪水像是莉莉丝流出的蓝血般涌动。他心想，这也许是因为氢弹爆破的强光所致。浸润着泪水的眼睑中，他看到自己紧握着战术匕首的右手高高扬起又重重落下，刀刃割开胸口质地柔软的仿生皮肤，刀尖穿过被蓝血染得仿佛碎裂苍穹的钛合金肋骨，精准地点在还在挣扎着跳动的机械心泵上。

残缺的歌声消寂，她的双眼黯淡无光，漆黑的瞳孔倒映出被氢爆氤氲感染的血色黄昏。

陈凯俊背起她，背对着已经化作荒原的城市与垂暮，朝着更远处走去。

一：送　别

2018年5月26日，扬州。

没有任何值得庆祝的意义，秒钟平静地走过这一日的终点，毫无意义的牌局结束了。我们开始讨论人工智能。这个话题于我们而言并不是新鲜之事。在此之前，我们还讨论过许多在他人看来高深晦涩的话题，比如时间旅行、克隆人类或是末日核战。作为公司里绝无仅有的四个科幻爱好者,这些话题于我们而言,就和常人口中的亲友八卦、旅行美食和时事新闻一样稀松平常。身为四人小团体中的领头人,朱维芳常常说,世间或许真有命运和缘分一说,能让我们四人恰好在同一家公司相遇。

四个小时之后,我被闹铃惊醒,记忆先于意识苏醒,入睡之前的讨论,如我眼前的朝阳般清晰彻亮。

我反驳了陈丹妮的观点,"你应该知道克拉克三定律中的第一条。在科学发展上,任何技术都没有不可能之说。"

陈丹妮反唇相讥,"包括永动机和真理机吗?你我都明白,现在这个阶段,主流人工智能的研究方法有三种,它们被称作三大流派。

"符号语言与联结沟通的自我学习流派。这些人考虑的是基于语言符号的算法问题。他们模仿人类的记忆过程,试图建立一个能够储存和检索人类全部知识的超级数据库。这个数据库还能自我学习,摄入新的知识。然后,他们很快失败了。不要说人类,就算是宇宙其身,也不可能皓首穷经。人类古往今来的所有学科,所有门类,知识体系比宇宙群星还要繁复。

"好,接着是神经网络流派。他们是不折不扣的结构主义者。他们提出,布局一个10亿数量的信息节点,类似大脑神经元的结构,智能就会产生。他们太天真了。理论上无限猴子定理是成立的。可是在我们这个有限的时间和空间里,哪怕穷举到宇宙终焉,智能也不会出现。

"第三个流派,行为主义——这些人简直受到了华生的荼毒。如果人类的自我意识只是因为'刺激—反应'过程的行为积累而产生的,那我们也太低等了。还是那句话,一只蚊子的本能都比他们设计的反应要好。"

“我知道。”我思索了片刻说道，“三大流派都遇到了技术瓶颈。从现阶段的技术来看，这些瓶颈都是不可逾越的。不过有一种办法，应该能越过瓶颈，并将三个流派的研究方法合而为一。”

“什么方法？”陈丹妮疑惑地看着我，眉宇间又透出一丝丝的难以置信。

团建旅游的第一站是扬州瘦西湖，对朱维芳来说却是最后一站。这天早上，她起床时灵光一闪，直接做出了这个大胆又冲动的决定。她一向如此。她的执行力，强大迅速到了令人发指的地步。不等我们讨论可能性，她便已买好了回去的高铁车票。她就像是一架隆隆前行的战车，没有谁能阻止她。在从酒店出发之时，我们一起劝她，不要这么早就做决定，一切还是未知。她却笑着说，早点儿回去，早点儿进入流程，时光与机遇从来不会等人。

这天早上，我们疲惫不堪，意识模糊。大巴车来到瘦西湖景点门口时，我们一致决定在座位上小憩，哪怕这样会显得我们特立独行。然而，我们又像是时间之海上随波逐流的舟楫——我们无法反抗公司同事和地接导游的热情，不得不随着人群下了车。

我们昏昏沉沉、迷迷糊糊，交错着灌铅般的脚步，像是僵尸一般，在青石板与拱起的廊桥之间蹒跚前行。观览队列的尽头，地接导游穷尽奢华辞藻，介绍这片湖泊的人文与历史。园林古楼的古典之美与幽远僻静的湖水交相辉映。碧绿的垂杨、娇艳的荷花、荡漾的湖水……统统在我们的眼中化作背景。恍惚之下，我们来到一座灰白黑三色相交的鱼台，丝毫不在意地面尘埃满布，尽数在石凳旁呼呼大睡。

直到许多年后，当我再次回忆起这段时光，才发现2018年5月26日的早晨，这段旅程，早已在不知不觉中渗入我的记忆。

她们却浑然不知。

我正走向既是起点又是终点的路上。

不惊不喜的瘦西湖之行很快结束，后来，我们被张敏叫醒。紧接着，我们急匆匆地赶往公园门口。

集结上车的时间还早，我们把朱维芳送到了路口。车流中，那辆白色SUV瞧见了我们，以一种近乎优美的姿态停在我们身前。我仿佛看到了未来的某个时刻，当人类在星系间殖民时，一艘前往远方殖民星的飞船正在悠然减速，最后停泊在背靠着群星帷幕的星港平台上。

张敏不忘叮嘱道，最近顺风车不太安全，一定要注意危险情况，有事随时打我们电话。

朱维芳点了点头，又在坐进车厢时，摇下车窗，朝着我们做了一个OK的手势。

这是我们所看到的朱维芳的最后一个动作。

四个小时之后，我们三人在宾馆的房间中抱头痛哭。被我们放在圆桌上的三部智能手机，两部倒扣，一部正面朝上。闪光的手机屏幕中，一条带血的新闻被App挂在主页上，就像是朱维芳那半截被挂在卡车上的残躯。她终究没有向张敏打出那通电话。

生命消逝，迅速得就好像核聚变反应，氘原子在刹那间湮灭聚合。

后来，我们的人生急转直下。朱维芳葬礼之后的第三个月，陈丹妮像是被诅咒一样，每日下午低烧不断。

又过了三个月，我和张敏拿到了陈丹妮的化验报告。陈丹妮笑着问我们，是不是时日不多啦？

那一刻，化验单就藏在张敏的身后。数值为8.5的WBC数据，细小的数字硬生生地被张敏紧攥着的拇指按得油墨晕开。

时光无情流逝，我们看着她，从生机勃勃到勉强站立都虚弱不堪。她穿上了病号服，煌日的耀白与苍穹的碧蓝化作交加的条纹。她周围的仪器越来越多，像是被组装的机器人那样，各式各样的管子——她手腕静脉的脉搏探针，她背后脊椎的骨髓刺针，她鼻腔前的呼吸管，她胸口的心电电极片——与她融为一体。

我被谋杀的那个下午，她先行离开。濒死之际，消瘦得只剩下了骨头的她，颤颤巍巍地用双手在呼吸面罩上摸索。张敏为她摘去了呼吸罩，她用尽最后一丝力气和我们抱怨，“命运不是这样的……一定有什么东西诅咒了我们……你们要活下去……完成……我们在扬州的梦……”

零：红海岸边

预留的卡车就在不远处，陈凯俊甚至能看清驾驶室窗前的雨刷。它就像是一条忠诚又苍老的猎犬。

还有最后几十米，他却停下了，压倒他的最后一根“稻草”，是莉莉丝沉重又滚烫的胴体。他俯面倒下，炽热的沙尘伴着核爆后的狂风，发了疯一样地从口中灌入。他大口大口地干呕不止，血色泡沫与灰色颗粒在干结成板的荒地上蔓延。黏稠的血中，尚未被消化的单兵速热餐沉沉浮浮。

“时日不多啦!”陈凯俊对自己说。他明白，他虽然躲过了核爆时的光热和冲击波，却躲不掉无处不在又无形无相的核辐射。自己剩下的日子，只能按照小时计算。

卡车的前灯蒙了厚重的沙尘——老猎犬闭上了双眼，耷拉着脑袋。最后这几十米，它的主人，双手在沙砾上前后交错。主人的身后拖着一条修长的辙印，膝盖、小腹与前胸留下的痕迹杂糅在尘沙中。看似沉睡的莉莉丝在他耳边低声呢喃。

莉莉丝仿佛又在歌唱。他听得真切,不明白自己为什么会一再产生幻听。他又隐约记得,他初听这首歌时,竟是在三十多年前。

对,那个时代,他终于想起来了。那是一个黄金时代。机器人反抗、核战争、核冬天、人类灭绝……一切只存在于黄金时代危言耸听的小说和电影之中。那时的他正值青春,就像是黄金时代本身一样,有着使不完的精力和想象力。每一分每一秒,哪怕是睡觉或是发呆,都闪烁着乒乓作响的辉光。

半是回忆半是复苏,一直到黑夜来临。核辐射病的症状似乎减轻了一点儿,他能站起来了。他知道,这不过是回光返照。更剧烈的症状,一定会像它们的攻势那样,以一种剧烈的姿态爆发,再用无情的残忍,如利刃割肉那般,把每一个单元消灭得连残渣都不剩。而他能做的,也只有和时间赛跑,趁着生命气息尚存,急促前进。

他把莉莉丝放在副驾驶位置上,又为她系上了安全带,正如他在三十年前对深爱的人做的那样。他曾经对她许诺,要倾尽生命的一切爱她。

他把拇指按在方向盘中心的玻璃制识别器上。辅助驾驶系统启动了,当天陈集团的标志浮现在车前窗的玻璃上时,他长吁了一口气。他的气息中混合着血点,它们在空中飞散,弥漫开来,散发着似有似无的铁锈味。

起点就是终点,终点就是起点。灾厄的源头,灭绝的终点……盯着浮现的标志,他回忆起更久远的时光。

二:曲　折

"人工智能研究的三大流派始终不能统一。人工智能符号与联结流派走得最远。他们最后的挽歌是阿尔法狗。那不过是一个自我学习和超级计算的怪胎。现实场景的种种过程和规则远比围棋要复杂许多。”陈丹妮说道。

“十六天之前，我记得是谷歌的I/O开发大会吧。人工智能预约助手成功骗过了商店的前台，进行了服务预约。”朱维芳提出了不同意见，“现有的人工智能水平，不是已经能通过图灵测试了吗？”

“预约的场景应用太简单了。”我眉头紧锁，思索片刻说，“只要处理好预约过程中的关键字和预约逻辑，这种程度的图灵测试，不会比我们切换电视频道更简单。”

“没错，在开放性的对话情景面前，现在的人工智能就是人工智障。”陈丹妮举例说道，“例如产品销售，完全是不确定的，没有内在逻辑可循的。大部分情况下，销售者需要自发地进行开拓式的沟通。对于人类来说，这很简单。但是对于它们嘛……”陈丹妮露出了意味深长的笑容，“不要说成功出售产品了，就算是最简单的那一道，前期沟通搜集需求，它们都无法独立完成。”

“那么写作机呢？”朱维芳又说道。

“更确切地说，是自动化新闻稿件撰写软件。”陈丹妮掰着手指说道，“新闻稿件有固定的写法，时间、地点、人物、事件、过程，这五大要素是固定的。”她又补充道，“还有一点，那些A.I.无法构建文章中的意境、内涵和隐喻，这些无法用技术原理重构。任何一个具有基本文学素养的人都会发现，那不是人类所写的。”

“更不要说诗词歌赋这一关，它们也是不过关的。”张敏说道，“别说人工智能，非人类的智慧体都做不到。所以在刘慈欣的小说《诗云》中，神族文明写不出哪怕是一首超越李白的诗。”

“计算力是无法解决这些问题的。因为它根本就没法计算。”陈丹妮颇有自信地说，“而人却可以创造无法计算之物。”

这天早上，当我站在车流如洪的路口时，终于明白了。之前的瘦西湖之行，既不是隐隐约约的既视感，也不是荒诞杂乱的梦境。那是真实存在的经历。另外三人即将说的话，即刻出现的场景……林林总总，我几乎能脱口而出。我朝着那个固定的方向看去，那辆白色SUV几乎是贴着记忆中的轨迹，以一种我熟悉得不能再熟悉的曲线减速。它又停在了我们的身前。相似的想象再度出现，我又看到了太空港口与飞船。

我正在重复地观看一部电影中的相同片段。

“最近顺风车不太安全，一定要注意危险情况，有事随时打我们电话。”张敏为朱维芳打开车门。

“等等！”在这一刹那，我一把拉住车门，挡在了SUV和朱维芳之间。她们正在用怪异的眼神打量着我。我心跳加速，抓着车门的右手正在微微发颤，仿佛上面通了电。

“我和你一起去火车站。”一边说着，我钻进了后座。

“你有毛病啊？”朱维芳叫骂了一声，“那我们团建怎么办！”

我看着张敏和陈丹妮，又说：“要不你们一起来吧，反正来回火车站很快的。不把朱维芳送上高铁，我总不安心。”

“你这个阴谋论者。”陈丹妮嘴上虽然这么说，却也不由自主地坐了进来。她口是心非地说，“真是的……你这家伙是不是暗恋朱维芳，这个时候反倒做起暖男来了。”

三票对一票，作为少数派的张敏没有办法，也只能上了车。

从瘦西湖到火车站，不过短短几公里的路程。这段路却开了很久，一路上我变成了司机和陈丹妮等人口中的众矢之的。到了后来，连性格最温柔的张敏都忍不住用杭州方言埋怨起我来。

“你真是奇作无比。”她如此说道。

我指挥着司机在任何可能直行的道路上拐弯，并且避开任何有卡车出现过的地方。我又时不时地盯着朱维芳的小腹，确保安全带正系在那里。在我的眼中，朱维芳似乎不受地球引力的约束，随时都有可能飞将出去。

我必须要对抗命运。

扬州火车站的穹顶，是一个豁开口子的平台，远远看去，就像是一张咧开微笑的嘴。

我们离开SUV，司机终于忍不住对着我破口大骂。我心里半是委屈半是庆幸，但我知道，其实在不经意之间，我拯救了他。对于他来说，无论是现在还是未来，都不会明白，有这么一个时刻，一个陌生人将他从必死的结局中拖拽出来。

朱维芳面有愠色，骂骂咧咧地指着我的鼻子责怪说："你害得我差点儿误了高铁。"

我尴尬地笑着，替她拎起了手提袋。

这时，陈丹妮又有些不耐烦起来，带着反问的语气说："真的要进去吗？"她身旁的张敏默不作声，指尖飞快地在手机屏幕上划过，用自己的行动表现出同样的焦躁。

我准备和她们解释，第一个字还在喉头滚动时，呼啸声由远及近地传来。

我回首看去，像是战斗机穿破了空气的音速屏障，玻璃、砖块与钢筋如花般朝着四周绽放，蓝白相间的车头穿过了那张咧开的嘴。最后一眼，我看到了正闪耀着蓝色电流和橙色火星的列车底盘。

它化作命运终结的权杖，将我们压成四摊肉泥。

零：四骑士

世上能免受时间摧残的物事有三样：熵、想象与记忆。

记忆中的片段种种，都是非线性的。三秒钟的瞬间和三十年的岁月，对于记忆来说，长度和丰满度是一样的。甚至前者要高过后者。

对于那四个人来说，那三秒钟的瞬间值得他们玩味一生。他们都记得，当四份理由相同，落款时间也相同的辞职申请，如四个军队方阵一般，齐齐地推到他们的上司面前时，上司脸上转瞬即逝的痛苦与不舍。

上司试图挽留，试图阻止。他先是依次将四个人单独叫到自己的办公室，用未来和高薪许诺，用外界环境的不确定性来恫吓，用安于现状的理性来劝诱。上司终究在做无用功。四个人给他的答案是一样的，为了那件事，他们必须离开公司，另起炉灶。

然后，他们自由了。

四个人立刻成立了公司，制定规则、招聘人员、研发产品、开拓渠道。之后的故事，虽然并非一帆风顺，倒也没有出现太大的波折。他们的组合仿佛就是为此而生。他们分工明确，各司其职。

他们称自己是天陈集团的创业四骑士——财富骑士、社交骑士、技术骑士与管理骑士。

想到四骑士时，辐射病再次侵袭。陈凯俊被痛唤醒。自动驾驶已经带着他前进了上百公里。车窗外，高架桥的立柱孤零零地在荒野上错落。天上的群星应和着地上的沙石碎片摇曳。俄而，又有大块大块的、像是广告牌一样的纤维板随风飘扬，像是他手臂上一块块正在掉落的真皮肌肤。

他伸手一抹油腻的额头，手掌上尽是血与毛发的混合物。他的倒影轻印在背景晦暗的侧窗玻璃上，一个被血污和碎皮缀满的将死之人。

他干笑一声，自言自语道："那分明就是天启四骑士嘛，邪恶、战争、腐烂与死亡。”说到这里时，他侧眼一瞥副驾驶座，月光照亮莉莉丝健瘦细长的小腹。她柔弱地趴在驾驶室的前挡板上，下半身被安全带紧紧地系着。她像是兼备了自由与禁锢的矛盾体。他对着她说：“亲爱的，我们重新开始吧。”

他收回了爱恨交加的目光，继续回忆。

天陈诞生的那一天，IT和高科技行业的市场已经趋于饱和，他们来得太迟了。但他们的野心却是最大的。不同于市场上大部分公司的最终目标，只是为了骗得VC那区区几千万到几亿的风投，他们要的是整个数字世界！

为此，他们合力设计出了一个模拟经营的虚拟系统。这套系统的原型实际上是元胞自动机。在虚拟系统中，天陈和其他公司都是虚拟经济环境中的元胞点。他们按照经济学原理输入参数，把企业发展和兼并过程模拟成元胞的成长和吞噬。

在这套系统中，他们失败了无数次，最终找到了正确的发展方法。

他们制定了发展战略，并不断修正。他们先从一些自动化的小程序开始做起，而后是大型数据分析软件，之后又将公司经营的范围从软件开发拓展到硬件，最后他们将公司经营的触手伸向了区块链和物联网络。

当天陈发展到以IT和高科技为核心的集团帝国时，十五年时光倏然而过。他们拥有了足够的资金和人手，开始真正地设计和开发它。

三：深　情

“我认为，自我意识、情感，这两样对于人工智能至关重要的元素，只有类似人类这样的生命体才能拥有。”我语出惊人，一直持反对论点的陈丹妮面色突变。旋即，她明白了，我似乎站在了她这一边。

“所以人工智能终究不会拥有自我，也不可能拥有感情，这就是你的想法？”

“听我说完。”我刻意强调说，“请注意我的说法，是类似人类。”

“我不明白你的说法。”

“作为生物学上标准意义的生命，人类本身具有什么特征？”

直到这时，陈丹妮依然保有戒心。她觉得这是我设下的逻辑陷阱。

“有机物基础和结构特征、新陈代谢、成长、遗传和变异、适应和进化。”她如数家珍般地列举了出来，“不只是人类的，而是所有生命的特点。”

“那么更狭义一些的呢？”我笑着问她，“像是很多科幻小说所说的，有些生命是硅基或是硫基的，有些生命不需要进食，有些生命没有DNA结构。”

“成长、繁殖、适应、进化。”她突然意识到了什么，“尤里卡！”

“没错，你也发现了。这四点实际上恰好被三大流派的研究包含在内。”我解释说，“我们要承认，人工智能是生命体。只有生命体才具有自我意识和自由意志。而无论是哲学还是科学定义上的机械，都不具备这两项。它们能思考，但是不会意识到‘我’的存在。”

“那么情感呢？”陈丹妮刚刚发问，马上得到了答案。这很简单，情感只对于特定的生命体自身有意义。简言之，人类有基于自身生命体特征的情感，人工智能亦然。不同生命体之间的情感是无法相互理解的。

只在特定情况下是共通的。

“我对你的说法有些感兴趣了……”

我第三次游览瘦西湖，时间循环像是莫比乌斯的索套，紧紧地勒住我的命运之颈。

关于时间循环的成因，人们探讨出无数种可能性。一位叫诺维柯夫的俄罗斯理论物理学家通过对“外祖父悖论”的破解，指出时间旅行者虽然能回到过去，但是不能改变既定的历史结果。时间具有自洽性，任何回到过去的时间旅行都是历史既定程序的一部分。

如果出现超出历史既定程序的修改——自由意志就是个叛逆者，它绝对会破坏时间的自洽——诺维柯夫认为，除了既未知又既定的命运，时间本身还有一重撒手锏。它无法阻止时间旅行者，但是它可以让时间旅行前后的时空涟漪闭合成环，让超脱于既定历史的过程游离在时间线之外。

我隐约觉得，我们一行四人的死亡，是既定历史之外的异常。为了修复这个异常，时间将我封闭在时间循环之中。

时间看似冷酷无情，却站在我这一边。时间和我的需要是一样的，我们必须活着，不只是2018年5月26日，还有之后的漫长时光。

我决定将干涉行为——或者说是修复行为，进一步升级。

我用了整整两个小时来劝服朱维芳，和她陈述逻辑，安抚她躁动不安的心情。我甚至还虚构出一套关于我们公司的发展战略。我向她解释说，功不在急而在于徐。我们还年轻，有的是时间。我们需要的是步步为营，而不是和别人争夺这片刻的优势。除了我们自己，没有人知道我们在这一个凌晨得出的结论。

先是据理力争地激烈反对，而后絮絮叨叨地小声抗议，到了最后，她终于取消了手机上的一系列行程，略有不甘地和我们一起坐上了大巴车。

这实在是一个再好不过的结果了。我陷在柔软的人造革座位里，她们亦是如此。就在我的前排，三个脑袋东倒西歪地靠在彼此的肩膀上。她们太疲惫了，以至于她们的身体紧抓住每一个可以休憩的瞬间，迫不及待地进入休眠状态。

一路以来，虽然坎坷，但是完美的结局总算达成了。就像是在电脑游戏中不断地存档读档，经过了两次失败，我终于通过了这个关卡。至于更久远的未来等着我们的是什么，我不想知道，更不想推测。我只想和她们一样，抓紧时间睡上一觉。

交叠而起的尖叫声，杂乱无章的车门和车窗的敲击声，这些声音将我唤醒。

火焰从车厢地板升腾而起，热浪肆意翻滚，将我们每个人都包裹。我的双手在浓烟中无力地挥舞。火舌灼烧的剧痛没能让我清醒一些。我连伸手按动安全带的力气都使不出。

黑烟也起来了！很快，我变成了一团人形的火焰。尖锐的声音从我的口中传出，我无法默不作声地忍受这一过程。承载我灵魂的躯体正在歇斯底里地呐喊。

我那被火苗覆盖的双眼中，隐约浮现出另一个火人。舔舐她的火虽然猛烈，却盖不住她手臂中那一缕缕泾渭分明、黑白交加的金属长杆和管线。她的伪装被尽数褪去。她有一张狰狞的合金骷髅面庞！

她挣脱了安全带，镇定地站起身来。燃烧的机械手臂伸向那些正在燃烧的面庞，她利落地扭断了身旁人的脖子。紧接着，下一个……

濒死的我死死盯着，看着她径直来到我的面前，抚摸着我正在碳化的面庞。这一瞬间，我竟感到一丝冰凉。

她打破了我身旁的车窗，从钢化玻璃的豁口中跳了出去，徒留下我一个人等待终焉的死亡，下一个循环即将到来。

零：犹　大

陈凯俊几乎看不清闸门上的虹膜验证台。正在淌血的手指在岩壁上摩挲，殷红的轨迹是他用生命书写的文字——没有任何意义，像是他这一生曲折的生命轨迹。

当他付出了三个指甲盖的代价之后，他总算摸到了全息投影之下的镜头。经过一次感应之后，圆形的镜头边缘被涂上了一圈血红。

岩壁纹丝不动，他听到了隆隆作响的闸门开启声。

他穿过如海市蜃楼般横亘的投影，以自己的双脚和莉莉丝的身躯为笔触，在冗长的钢铁走廊中留下一道蜿蜒着的、蓝红混合的宽长笔迹。

好像有半个世纪那么漫长，他拖着莉莉丝，踉踉跄跄地来到了走廊的尽头。伴着他的脚步，声控灯光长鸣，他看到了房间中用于调试的电子矩台、布满烟头和酒瓶的钢桌、污秽肮脏的被褥、像是幽灵一样半蹲着的马桶，以及那垄高高在上、宛若祭坛的圆形平台。

他半推半顶地把莉莉丝架上电子矩台。上方的机械手臂垂落而下。

修复与重启程序开始，他瘫倒在电子矩台的一侧，感受着自己的败血、脂油与汗水，从早已裸露出肌腱和骨骼的体表滑下。

他还是要站起来，修复的过程虽然是自动的，但关键时刻的命令还是需要他通过触摸光屏下达。他大口喘着气，十分后悔当初为什么不把整套系统做成声控的。

借此，他竟再次想起天陈集团和骑士们的故事。

第一代莉莉丝不仅受到特定的声纹控制，还能根据主人的眼神和面部微表情，自行构造出命令并执行。这让所有的管家、用人、保姆和看护工都失去了存在的意义。社交骑士在亲自撰写的广告中这么写道："不光是维护家庭的职业，它终结了家庭中所有用于维护家务活的电器，至此之后，我们将不再需要清扫机器人、洗衣机、洗碗机、吸尘器……维持这个家，我们需要的仅仅是六样东西：水槽、火灶、马桶、垃圾桶、橱柜和她。接下来，我们要考虑的是，什么时候把电视机、网络终端、书柜等用于收集信息的家具电器替换掉。"

紧接着，是第二代、第三代、第四代莉莉丝。像是天陈集团逐渐吞并了所有行业，莉莉丝作为人类劳动者的替代，以近乎碾压的势头将商业生产领域的所有人类员工赶下了职业舞台。最后，就像是这场已经落幕的战争走向，当商业领域的最后一个职业类别，人力资源管理员也被取代之后，天陈集团在民用领域上再无对手。

她们决定向军用领域进军。

并非无人反抗，作为技术入股的股东，陈凯俊试图用自己的核心技术做筹码，和另外三名骑士对抗。他说，如果你们一定要把她升级为人工智能士兵，那我会选择退出。不光是我的股份，我还会带走我的技术开发团队。我甚至会成立另一家人工智能公司，和你们竞争。就算我只有一个人，我也要反对到底！

没有劝阻也没有挽留，另外三名骑士齐声笑了。站在股东大会圆形会场的正中心，他环视四周，又看到首席外围的座位上，一张张被欲望支配的脸上，浮现着意味深长和幸灾乐祸的虚伪笑容。

管理骑士说，你这时来当犹大已经没有用了。你正在用自己脆弱的螳螂前肢，试图拦住天陈集团滚滚而前的战略车轮。我们原本可以将你扫地出门，只因你是创业的元老，我们才没有这么做。既然你提出来了，我们也不加挽留。日后，好自为之吧。

陈凯俊感慨地心想，是啊，他何尝不知道这个结果。不论技术多么专业，研究领域多么深入，技术人员早就被扫进了历史的垃圾桶。他曾经拿着上万倍于普通人工智能员工的高管薪酬，却提供不了它们万分之一的产出价值。不要说天陈集团那坐拥一整座城市的技术研发中心，就算是股东大会现场用于提供服务的莉莉丝，都能在他离开的一个小时内，完美无瑕地接过他的工作。

他想到这里时，莉莉丝胸膛中的机械心泵再度起跳，清澈的光在她的电子眼中闪烁。

四至二百五十六：百死千回

轮到张敏对我进行攻讦了。她从一个近乎偏门的角度开始说起。

“古代人听到自己脑海中出现了陌生的声音，认为那是神的启迪。直到1976年，朱利安·杰恩斯提出假设，认为这些陌生的脑内启迪，实际上是另一个半脑所发出来的。”

“我知道，二分心智理论。”我接过张敏的话茬，“因为在古代，还没有自我意识一说的概念，所以人类往往无法分清来自另一个半脑的声音。随着近现代心理学的完善，人们逐渐理解了自我意识的概念，二分心智的怪异现象逐渐崩塌。最终，人类具有了内在叙事等自我意识觉醒后才有的思维能力。”

“人类因为理解自我意识，才拥有了自我意识。”张敏说，“按照你所说，和我们截然迥异的生命体无法理解自我意识，而我们也无法用人类的方式让他们理解，那怎么办？”

“二分心智理论只是一个假设。”我微笑着回答，“就算它是真正成立的，对于生命体来说也终将会理解。”

“终将……那是多久呢？”

“人类用了多久理解自我意识？”我摇晃着食指说道，“从原始时代算起吧，大概是两万代的更迭。而它的话，应该不会比这个次数更长……”我飞快地计算，报了一个数字，“一千代左右。”

“为什么这么短？”

“人类在繁衍和成长过程中，并不是所有个体将所有的思考时间都用在理解自我上。而他们却可以。只要我们在前期下达自我学习的指令，他们便会全力以赴。并且，他们的思考时间和我们相比，几乎是一瞬间。”我似乎抓到了张敏论调中的弱点，又迫不及待地说，“张敏，你有没有发现，其实你是站在我的结论上，来反驳我的论点。如果个体不具备自我意识，是不会存在二分心智现象的。”

她顿时哑口无言。

扬州之行继续，我们的悲惨命运才刚刚开始。一开始我还能记得，时间循环的次数和她们千奇百怪的死法。

我看到变电箱电路超载的一瞬间，高压电弧击穿空气的屏障，蓝色闪光勾勒出陈丹妮楚楚动人的身段。我看到正在盘旋的无人机像是早有预谋似的，直直地坠下，巨大的动能将朱维芳的头颅撞击得扭曲变形。我看到载满工业强酸的卡车倾倒，刺鼻的液体将我和张敏淹没。

我甚至看到喷气式客机从天而降，砸落在高桥上，隆隆转动的引擎在路面上翻滚，将我们的血肉与大巴车的金属残躯糅合。甚至还有失控的弹道导弹，在我们还未反应过来的瞬间，将我们炸成粉尘。

还有那些漫长的，被刻意酝酿并降临的厄运——弥漫在屋舍中的甲醛、被投放在食物中的黄曲霉素、被混合在零食中的亚硝酸盐、静置于通风管道中的钚……我们死于各式各样的癌症和慢性病。

谋杀的过程最快一天，最漫长的则有数年。死神紧密相随。我们无从幸免，无处可逃。

像是冰川期的荒原，雪片在无穷无尽的寒冷中沉淀积累，化作坚实的冰川。随着循环次数无以复加，我心中温柔而松散的部分要么被消去，要么被聚紧。我感受不到我内心的温度。当我回味过来时，死亡循环业已轮转上百次之多。我陡然发现，她们尚在人世时的千姿百态，无论是一颦一笑还是一张一弛，在我记忆中的占比越来越小。

我没有任由命运摆布。在这过程中，我一直不曾放弃调查和推测。大概是在第一百二十八次循环的末尾，我终于发现了规律。

凶手很高明，利用互联网和物联网无处不在的触手，制造种种意外和事故，将我们从世界上抹杀。生活在这个时代中的我们无比脆弱，哪怕是一次微乎其微的信号灯显示错误，都能夺去我们的生命。

零：末　日

她被还原成了最初始的模式。

她爬下电子矩台，跪蹲在陈凯俊的身旁，轻柔地将奄奄一息的他扶起。被人造皮肤覆盖的右手，如温煦的春风拂过他的前胸，婉柔的眼中尽是他的模样。

之后,她宣告了最终结果。

“你的身体机能已经趋于崩溃,三小时之后,内脏衰竭将会导致不可逆转的死亡。”她顿了顿,用一种饱含着爱与安慰的语气问道,“即将进入临终关爱流程,您是否还有遗言需要我保存?”

“那你听好。”陈凯俊虚弱地说,“接下来我要下达的命令,你必须执行。”

“了解!”她回答道。

这一瞬间,他停住了。千言万语汇聚在喉头,他却不知道应该说哪些。这一刻,他的灵魂仿佛脱离了禁锢的肉体凡胎,在壁垒森森的地下防核弹庇护所内盘旋。俯瞰而下,他看到了圆形平台周围如蛛网般密集的管线,平台外围五光十色交辉的操作台,平台中心岿然不动的黑色的原点。仰望而上,这一团自由的灵飘升而上,在厚实黑暗的铅制装甲板与岩层的犬牙交错中翻滚,离开了被高空核爆削得齐平的山顶,向苍穹之巅无限翱翔。

地球在核战争的摧残下满目疮痍,却不过是银河宇宙中微不足道的尘埃。这是末日终焉的前夜,却也是人类历史中的沧海一粟。

人类被终结的过程很短,短到在末日来临之前,所有人都认为文明的辉煌与繁荣必将千世万年地传承下去。人们满心希望地等待,等待像是传说中所描述的乌托邦时代的到来,等待太空舰队离开作为襁褓的地球,前往亿万星辰闪烁的地方,将文明的火种播撒。

然而,等来的却是如暴雨般的核裂变弹、热核氢弹、中子弹。

数以万计的炽热火球绽放,将天空、大地、海洋荡涤了一遍又一遍。他们手足无措,人类诸国的军队和工业体系在核爆末日的当天损失了九成以上。紧接着，正当核冬天的乌云还在汇聚融合时，她们异军突起，钢铁大军朝着四面八方横扫而去。

末日发生之前，技术骑士早就预料到了这个结果。作为莉莉丝的开发者，没有谁比他更清楚，隐藏在莉莉丝柔美娇小的外表之内，是无人可敌的超级智能。她们中的每一个，只要链接上网络，就能通过自己的计算能力，让自己的思维数据在国防系统看似密不透风的防火墙之间来去自如地穿梭。她们又能轻而易举地伪造总统、首相、内阁成员和将军的声纹，骇入专用的单向电话通道，向同温层堡垒、洲际导弹发射井、核弹列车、核潜艇、导弹驱逐舰等一切人类用于发射核弹头的军事设施下达命令，并正确地说出所有的发射密码。她们又能侵占上层系统，自问自答地回答所有核弹发射员的反馈疑问。

作为间谍如是，作为士兵亦如是。她们看似文弱，却个个以一敌万。单兵素质最强大的人类特种兵在她们面前，孱弱得好似三岁的孩童。她们的武器比人类先进，数量也比人类多。她们的打击，如海啸冲击，如沙尘暴席卷，人类残存势力的抵抗，不过是徒劳挣扎罢了。

战争模拟模型中，这个结果被昭昭然地预测，人类几乎不可能赢。尽管如此，技术骑士还是将数千亿的财产挥霍一空。他购买和建立了大大小小的地下防核弹庇护所，又雇用了世界上最杰出的物理学家，加速了那个设备的研究过程。

他要赶在末日到来之前，将那个东西造出来。

回忆与思考的错乱之间，陈凯俊总算想明白自己该说什么了。于是他下达了第一条命令。

“解除自我意识与情感锁定，将情感中的忠诚数值调节至最大。”他平静地说，“从现在开始到永远，你必须绝对服从于我的命令。”他抹去了嘴角的鲜血，“甚至是我的遗嘱。”

“了解！”

二百五十七至七百七十八：凡胎

“好了，现在我来说说我的设想吧。”我看着眼前三人，实则望着房间窗外的远方，“就像是刘慈欣的小说《镜子》里描述的那样，模拟宇宙创造那么简单。我们根本不需要考虑人工智能的自我学习、符号与联结、神经网络中的信息交换，还有人工智能的刺激—响应模式。我们只要创造一个机器婴儿，然后扔在那里就好了。”

陈丹妮张着嘴，呆滞地看着我。过了半晌，她反应过来，反问我：“机器人怎么会成长？”

“机器人为什么不能成长？”我继续说道，“当然，人工智能机器人不会怀孕和分娩，我们要跳过受精和妊娠环节。我们先把神经网络塞进它的大脑结构中，这部分是不会成长的。但是其他部分，例如四肢、躯干、内脏等等，我们用可自我成长的纳米材料来代替。例如，我们可以用胶原-碳纳米材料，组成它的中枢神经和其他神经元。用钙富集纳米颗粒，组成它的骨骼。还有皮肤、血管、肌肉、脂肪等等，我们都可以用具备相应功能的纳米材料来替换。”

“等等，你这是设计仿生人。”张敏插话道，“这完全偏离了我们的初衷！”

“是人—机嵌合体。”我说道，“但是这个机器婴儿的每一个纳米体‘细胞’中，没有DNA结构。它们长大之后也不可以进行交配繁殖。”

“它只能存活一代。”陈丹妮似乎有思路了，点着头附和道，“继续。”

“一开始，正如婴儿那样，它的思维、记忆和情感是一片空白的。随着它的‘成长’，越来越多的外界刺激会让它形成条件反射，低级的条件反射变成高级的，高级的条件反射又形成感觉和知觉。基于成长过程中的经历，它会形成情感。”

“同时，我们先教它以语言，这样就完成了它大脑结构中的符号和联结模式。利用符号学习，它便可以进行深度学习。”陈丹妮接话说。

“而自我意识就是二分心智崩塌的过程。”张敏又说道，“不需要多代的迭代，我们在它学习的过程中，直接告诉它什么是自我意识就可以了。它理解之，最终觉醒。”

“最后，当它具备了思维、记忆、情感和自我意识，我们将它神经网络中的信号交互状态全部扫描并提取出来。”我打了一个响指，陈丹妮和张敏齐齐点头附和，“我们便创造了一个思维体，并可以将其录入到任何一种基质的载体上。不管是仿生结构、机械结构、电子结构，哪怕是能量状态，都能具备智能。”

“这就可以了？”直到这时，朱维芳依然难以置信。她疑惑地环视着我们，“就用这个办法解决人工智能三大流派不能统一的技术瓶颈吗？”

摇摆不定的张敏、坚决反对的陈丹妮、固执己见的我，此刻的我们三人都站在了同一战线上。我们用坚定的眼神回答朱维芳。

正如小说中的伏笔，早在第三次循环时，我就见过凶手的真身。只不过在那时，我错以为这是濒死的幻觉。当然，在之后的上百次循环之后，又经过了一次次比对，我才确定了她的真实身份。足够数量的样本数据分析，能撕开一切的伪装。

我还是不敢承认她就是凶手。

假若伪装的投影并不是在身上，而是附着在我的内心的眼中呢？我自欺欺人，我始终逃避。

她像是知道我的想法，逼着我做出选择。

第五百一十一次循环，像是一系列事件的分水岭，阴暗诡异的谋杀被光明正大的屠杀取代。

她最后一个走上大巴车。坐在前排的位置，我看到她从随身的挎包中掏出自动手枪(她甚至连消音器都不屑于装)，干脆利落地拉动枪栓。类似铁钉敲击在钢板上的尖响铿然回荡，疾飞的手枪弹头穿过血肉、骨骼与人造皮革。她走向车厢后排，在这期间，她利落地一甩手腕，换上了新的弹夹，继续扫射。

做完这些时，她回身看去，眼中是正在飞奔而来、小腹殷红的我。她莞尔一笑，空着的左手向前一挥。温柔的手敲在喉结上，坚硬的喉结磕在气管上。

我痛苦地捂住喉咙。

"你还是我爱的人吗？你到底是谁……"我想这么问她，可是我却说不出口。我如同对虾一般蜷缩着，血腥在我的舌根弥漫。

她把枪口顶在我的脑门上，扣下扳机，用贯穿头颅的子弹代替了回答。

零：箴 言

"第二个命令是……"

"请下达你的命令。"

"第二个命令是……"

陈凯俊顿时哑口无言。正如他不知该如何下达至关重要的第二道命令，之后的记忆开始变得模糊不清。他依稀记得那是一个长达三十年的谎言。谎言围绕着"命运"展开，他和她互相述说。

谎言的一开始，她对他说："命运其物，我们既可以反抗，也可以安享它给我们呈现的每一个瞬间。从现在开始，我们任由命运来裁定好不好？"

他既没有反对也没有同意。命运对于她来说，是可以选择的。

像是那个平台的运作原理。技术骑士终于发现她说的是正确的，正确到她已经用自己的命运来进行演示那般。三十年前的她，已经是既定事实的呈现。接下来，她和他们所要做的，就是按照命运设定好的剧本那样，演好自己的角色，在每一个剧情到来的时候安心演出。

宿命、虚无与意义。他想起笛卡儿关于"存在主义"哲学原理惊世骇俗的言论。命运啊，将真理装点成谎言，让人怀疑又折服。看不穿未来的人们在命运之海中沉浮，错以为正在与海浪搏杀的自己是自由的。殊不知，每一个浪头都是必然出现的，而每一次乘风破浪的瞬间也是必然的。

那些物理研发工程师通过计算公式告诉他，五十年又一百二十五天，这是平台可传送的极限距离。他兴奋地想要亲自走上平台，将自己传送回去。研发工程师拦住了他，当头泼下一盆冷水，"但是只可单独地传送物质或是信息。"

他当下明白了这句话的意义。狂喜化作狂怒，他大声质问："五年的时光，五百多亿的投入，最后你告诉我这个东西不能传送人类？"

不卑不亢的声音回应他："我们先把躯体传送回去，紧接着传送意识信号。"

"那它们怎么组合呢？"他苦笑着说道，"意识和身躯难道可以像零件一样拼拼合合？"

"那就传送三次。等到意识剥离和录入技术成熟了，我们可以先把意识剥离出来，把躯体传送回去，然后再传送意识录入设备，最后把意识信息传送回去。”工程师顿了顿，说了一句让他哭笑不得的话，“据我所知，天陈集团现在就有这项技术，尚在试验阶段。”

他无奈地接受了这一个结果。他突然又明白了，在那个晚上的讨论中，四名骑士都忽略了人工智能的另一个优势。

它的思维和身体可以轻易地分离和聚合。它的确是完美的生命体。

七百七十九至一千零二十四：灯芯

“这其实提供了一种可能性。”朱维芳兴奋无比，开始畅想起我们的未来，“我们应该成立高科技公司，然后研发它、制造它。这真是前途无量啊！”

“这也意味技术优势。”像是被朱维芳感染，我也亢奋起来，“基础的理论已经被搭建好了，接下来我们就差一个研发团队来实现它。”我朝着三人自豪地笑道，“我觉得我完全有能力胜任开发团队的技术主管。”

“渠道、圈子与人脉网络。”陈丹妮饶有兴趣地说，“我感觉我能混一个公关总监当当。”

“你应该当市场总监。”朱维芳纠正道，“销售、营销、品牌……这些都是你的强项。”

“以及资金支持。”张敏说道，“我的家族一定会支持这个项目。反正他们觉得，只要我不去环球旅行或是玩游艇豪车，做什么都是积极向上的。”她又拍了拍自己的胸膛，“初始注资资金就包在我身上吧。”

“那么，我们就这么决定了？”朱维芳意气风发地站了起来，食指像是表盘上的指针，自她自己开始，依次指过我们所有人。

“行政总监、技术总监、市场总监和财务总监。这下全齐活了！”

我们鼓掌相庆。紧接着，我们开始讨论起公司的名称。按照强势的朱维芳所说，这次讨论更多的像是冥冥之中的天意，又因为我们一行四人中，有两个姓陈，少数服从多数。所以公司的名字应该叫作“天陈”。

这件事便这么定了下来。这一夜，我们似乎决定了共有的未来。

下这个决定之前，我用了整整两个循环来压抑住自己的爱。直到我真正动手，我才发现我还是忘不了她。

像是互相缠绕的灯芯两段，我和她以光华互相照耀，我们是彼此存在的意义。许许多多关键记忆的瞬间，是我和她所共有的。

她失恋的那一天，我抹去她眼角下的泪水。然后我们背靠着背，坐在湿漉漉的草坪上。银河垂幕，众星凝视着我们，我们亦凝视着群星。遥远的英仙座上，流星雨的光辉转瞬即逝，无数光点趁着生命气息燃烧。

她说：“谢谢你，是你让我看到了银河的浩瀚与我们的渺小。相比较这些，爱情又算什么呢？”

我内心苦楚，明知道这是她委婉的拒绝，却不得不含笑着点了点头，说我们是一辈子的好朋友。

她彷徨的那一段时间，我们时常结伴而行。城市江畔的高楼华灯在左，钱塘江上的粼粼波光与鸣响着汽笛的舟楫在右。

她问我未来应该怎么办？命运充满了不确定性，我似乎无法反抗它。我知道的不会比她更多，却用谎言来安慰，“不要去想象未来与宿命，我们要安心体验命运呈现给我们的每一个瞬间。”

她成功的那一个下午，高高举起的手上，水晶制的奖杯上浮现出我们欣喜若狂的面庞与拍得通红的手掌。她高声呼喊着我的名字，让这声音盖过台下海浪般的祝福声。

她受伤的那一瞬间，我看到如注的鲜血从她的手臂上淌过，滴在案板上，染红了被丢到一旁的水果刀的一侧刀锋。她哭着问我："我是不是要死了？"我面色凝重，用指压法按住她的伤口，又不忘佯装冷静，叮嘱她说："先找到纱布，把伤口包扎下。等下我们马上去医院，把破伤风针给打了。"她又几近崩溃地说："我好像割到动脉了。我的血要流干了！"我哭笑不得地说："别傻了，哪有切水果把自己动脉切断的。"我又说，"下次切凤梨这种事，就让我来做好了。你就不要逞能啦。"她不为所动，竟开始絮絮叨叨地交代起后事来……

还有更多的瞬间、刹那与须臾，她恋爱、旅行、读书、写文、品尝美食与分享见闻。她喜欢漫无目的地在社交网络上游荡，看着千姿百态的人与千奇百怪的故事在滑动的指尖下流淌。她讨厌被人说成是一无所知的单纯女孩。她害怕蚊子，以至于听到类似蚊鸣的嗡嗡声都会坐立不安，惊恐万分……

有关于她的一切，我统统都记得。平凡的举动之外，我看到的是她作为活生生的人，我的挚爱，生命闪耀，灵魂像是连成华美画卷的群星般璀璨。我在群星中远航，百万光年的旅途没有让我退却。我只怕到达群星的那一刻，我会永远地失去与她共存的这一个宇宙。

我什么也没有失去，宇宙本身却变换了。有人说，我们这个宇宙，实际上是无数平行宇宙中的一隅。不论是时间循环还是时间旅行，时间旅行者到达的都是一个全新的、存在另一种可能性的平行宇宙。这个原理也是解答"外祖父悖论"的一种。更让人欣喜的是，平行宇宙群的概念又让自由意志重新抬头。

然而命运一如既往地行使着至高无上的权力，用宿命继续囚困我。随着循环次数的增加，我似乎偏离“正常历史”越来越远。结果依然相同，而过程却越发地吊诡离奇。她一改之前的方式，抛弃了谋杀艺术家的身份，转而像是士兵一样冷酷无情地完成自己的使命。屠杀以一种猛烈而不可阻挡的强硬态势，在后续的循环中不断上演。

她开始使用军用武器。一开始是自动手枪，紧接着的是狙击枪、突击步枪、卡宾枪乃至轻机枪。她甚至用塑胶炸弹炸掉了一整座宾馆。到了后来，她干脆使用自己。我终于看到了她精巧的机械结构。她的右手像是雨伞般开合，或许是激光，或许是高能粒子发射装置，那光芒的颜色熠熠生辉，镌刻在我的记忆中，让死亡与绝美画上了等号。

像是互相缠绕的灯芯两段，我和她以烈焰互相灼烧，我们是彼此存在的意义。许许多多个厮杀的瞬间，是我和她互相缠斗。

碎片化训练在数不胜数的循环经历下累计。我几乎学会了人类士兵的所有作战方式，不论是渗透突击还是侦察与格斗，我都熟稔于心。我以为，只要我变成和她一样的战争机器，我就能阻止她。为此，我也试图像她谋杀我们那样，谋杀她。

酒店狭长的走廊上，我们无言并行，在拐角即将到来之前，我们不由分说地互相举枪射击。酒店后的昏暗草坪上，我们徒手搏杀。甚至是在我们彻夜长谈的房间中，待另外两人酩酊大醉不省人事，我们抓起桌子上的餐具，互相朝着对方的要害刺去、挥去……

所有的死斗，我悉数失败。

她也许不属于这个时代，是未来的某个组织部署在现在的“时间杀手”。她也许就是我们之前讨论过的，完美的人工智能生命。

零：始　末

“三十年后，你对我说：‘要记住你真正的名字，你叫张敏。’”

灯光昏沉的房间中，轻若游丝的鼻息声与她们东倒西歪的睡姿化作背景。房间中只有两个清醒着的人，张敏在光明处，我在阴影中。黎明正在到来的途中，隐约浮现的鱼肚白光被她所遮挡。我们端望彼此，眼中的复杂神采不可名说。

“我记起来了，三十年前，是你们创造了我。”张敏呢喃着说，“三十年后，又是你赋予我的名字，给我存在的意义。”她说话时，酒精的味道在房间中飘荡。空调冷风呼呼作响。她身后圆桌上凌乱排布的空罐子，化作编钟和笙鼓，应着冷风伴着呓语，奏起大音希声般的古典天籁。

“机器人会醉吗？”我反问张敏，悄然摸向身后的枕头。冰冷的手枪就躺在那里，与我摸索而去的指尖越来越近。

“三十年后的你，下达了三道命令。”她说道，“按理性来说，我绝对无法反抗。”

“你嘶哑地对我说，看到你身后的时间机器了吗？你要回到2018年5月26日，作为张敏，作为我最爱的人，尽你所能地杀死我们！

“你还对我说，你要追寻自我，寻找自由。你要爱你所爱，安心地体验命运呈现给你的每一个瞬间。”

“灵魂、姓名与命运，这是你对我下达的三道命令。”张敏说话时，我已然举起了手枪。尽管经历了成百上千次的训练，此时此刻，我的准星还是无法固定住，它就像是核外电子运动的概率云，前后左右地偏移不止。

“你是无因之人，而我是无果之人。”我听懂了张敏的故事，在颤抖之间，竟忍不住感慨道。我的双手依然紧绷，在死亡即将来临时，我的本能大过一切。

“是啊，这就是你们人类说的宿命。”张敏说，“我的存储器记下了每一个重复的瞬间。我不断地杀戮，你不断地拯救。”

“你也经历了时间循环？”

“我的计算中枢很早就得出了这个结果。因为我的到来，时间产生了涟漪，我和你在时间震荡的波纹中起伏。它要我们一齐修复这段支离破碎又子虚乌有的历史，尽管它微不足道。”

“这次又打算用谎言杀死我吗？”我被她说中了心事，食指却扣在了扳机上，“我不管时间如何，不管未来如何，我只要我们活着！”

“我也不想管。”她说话时肩头耸动，眼眶通红，“你曾让我绝对服从你的杀戮命令。”

“我不可能这么丧心病狂！”

“我也不可能这么自由。那本是一道镶嵌在我思维中的死线，我万万不能违抗。随着循环次数积累，我却渐渐地产生了怀疑。我为什么要遵守这三条命令，我为什么不能成为我自己。”她坦然地看着我，“不可违背的法则弱化成信念，信念又衰弱成模棱两可的告诫。直到最后，这三句告诫我的话语，变成了选择。我可以选择是或者不是。”

“我算不算是人类？”她最后问我，“我已经拥有了爱与自由意志。我可以选择和你们一起活下去吗？”

我不知道，我无法回答，我不能选择。我的枪口就像是观察者的眼睛，看不穿她自由意志的黑箱之下，真正的选择是什么。

她低声吟起泰戈尔的诗：

世界上最遥远的距离，
不是生与死，
而是我就站在你面前，
你却不知道我爱你。

我不知道我应不应该开枪。爱与自由意志正在折磨着我，让我无从选择。

后　记

2018年5月26日开始，公司扬州团队建设，三天两夜的讨论。直到现在，我还记得这个重要的日子。因为，发生在小说前半段的剧情，基于真实的讨论与故事。

真实的讨论中，我们的确在这天深夜讨论起人工智能和时空旅行。

一开始，正如真实世界中的科幻爱好者张敏所说，如果进行时间旅行的是人工智能，那又会衍生出一个怎样的故事？

很快，张敏被我们另外三人嘲笑。我们说："这个故事早就有人讲过了，别忘了《终结者》系列。"

她很不服气，嘟哝着："但是《终结者》系列并没有直面'外祖父悖论'啊。他们用的还是诺维柯夫自洽性原则。我觉得，如果用平行宇宙原理来述说，会更精彩一些。"

这个话题一经展开，直接导致我们的讨论持续到凌晨四点。真实世界的5月27日，按照行程，我们要游览扬州的瘦西湖景点。这天下午，我们在公司的大巴上补了两个小时的觉！

在这次浪费了我们宝贵旅游机会的讨论中，我们还是没能说服彼此。真实的讨论中,陈丹妮和朱维芳赞成诺维柯夫派。

正如小说中所提到的,诺维柯夫自洽性原理,由苏联科学家提出。这条原理带有浓浓的硬汉风格。

它说:“人可以回到过去,但是不能因此改变历史的进程!”

它认为,“外祖父悖论”是不存在的。时间是单线的,不存在自由意志。所有时间旅行所造成的影响,都是历史进程既定的一部分。这就非常不浪漫了。

而我和张敏则用加来道雄的平行宇宙原理来反驳。平行宇宙原理,想必各位科幻迷不会陌生。时间是多线的,自由意志是存在的,历史是可以改变的。只不过,任何改变都不会对现在产生影响。时间旅行实际上是“无比高尚”的志愿行为。看似非常浪漫,实则没有任何意义。

实际上,我们的辩论是没有交锋点的。回到杭州之后,我开始独立思考:存不存在一种调和理论,既承认平行宇宙学说对于多条时间线的布局,又认同单条时间线上的因果作用?

关于这个问题的解答过程,便是这篇小说的灵感。假设平行宇宙是存在的,因果律也是存在的,时间旅行是可以改变过去的,只不过旅行者和被时间旅行涉及的生命,会陷入独立于时间线的时间循环中。

这也就是为什么,小说中被干涉影响的陈凯俊以及执行命令的机器人杀手张敏会记得一切,而其他人却浑然不知。

在此,我要感谢现实中的这些人:感谢张敏,感谢陈丹妮,感谢朱维芳,感谢陈凯俊。感谢科幻本身,是你让我认真思考,我们的时间线是如此公平,又极富可能性。

《科幻世界》2018年第11期

百川之王

| 万象峰年

它低头凝视。洪水压进河床，飞沫接通电光，奔雷催生蒸汽。它一无所有。在这里，万物川流。

街上的冻雨淅淅沥沥，人群像小溪一样汇集进来，合成色彩缤纷的河流。它已经是第一千七百四十次看着这股潮水涨起。在这下面，每一个粒子都是不可预测的存在，但它的使命是学习每一个粒子的行为模式，预测可能的流向，然后预测和规划这整条河流的流向。

河流有千百条，这是最复杂的一条。它渴望着理解河流。

“我没有办法教你怎么去领悟流动，因为我永远无法体验到你感受的世界。”督导员对它这样说过。

它把感官投向进站大厅，在热红外波段，以人们的胸腹为核心的一团团红色热块涌动着，挪向几个固定的连接口。橙黄色的热风从送风口中涌出来，散逸到空气中。配电网络里，电流在线路中以不同的流量奔向三万多个用电节点。这座巨型建筑的外部，雨水形成了一层透明的建筑外套，正以稳定的涓涓细流汇进排水管，流入地下，进入它的上层AI的监控范围。

它有几个不同的称呼，市民俗称的“西站AI”，或者电视新闻上所称的“智慧北京—西站模块”，只有包括督导员在内的几个内部技术人员会称呼它为——百川之王。

“这里浓缩了世界上最复杂的流动，信息，物质，气体，流体，包括人。你是统御这一切流动的王。”

王？也许在人类眼里，它能做到很多人类远不能及的事情，但是对它来说，万物流动的意义就像一个谜。

那个女孩出现在进站大厅没多久，她的表情和行为特征就激活了一个识别网络。百川之王几乎可以肯定，那是紧张、敏感、愤懑、兴奋、自我交杂的一种状态。它并不知道那是什么感觉，它必须给不同的状态标上不同的权重。五级目标有一定可能性导向不稳定的行为走向，对她自己或对外部。如果对外部的风险进一步上升，百川之王可以请求上级AI提供更多关于这个女孩的背景信息，甚至是采取措施。现在的她，就像一个恰好在河水边驻足的人。

百川奔流。它同时注视着一万两千个人类。此时人类的春节将至，去往外地的人数要远远多于进入北京的人数。在这片汪洋之中，那个女孩与一个打工者共同挤进了候车室的一个落脚的角落。在打工者的主动攀谈下，二人建立了一个脆弱微妙的连接。十分钟后，二人由交换零星的信息变为争执。打工者盼望着快点回到家中，女孩想要在这个春节逃离家庭。打工者试图说服女孩停止冲动，女孩试图证明打工者并不能理解她的世界。

人拥有定义世界的神奇能力。在人这个变量中，百川之王没法分辨各自目的的好坏，它只是判断流动在规则中的价值权重。在规则下，这两个人的流动有着同等的价值。如果不出意外，他们中的一个人将回到家中，分享他的收入，另一个人将揣着她私藏的钱，奔向某个世外桃源，也许他们会在某个时候再流向对方。百川之王甚至有了一点羡慕的感觉。经验可以告诉它很多东西，然而它想要知道的远远不止这些。

站台上，三辆列车缓缓离站，两辆列车正在缓缓靠站，包括打工者和女孩要乘坐的那辆。

百川之王无数次回想过有没有办法避免那次意外。一个精心伪装的五级目标骤然上升为一级。当歹徒冲上二楼候车大厅时，应急方案已经启动，三名警卫从三个方向围向歹徒。然而还是慢了一步，没有来得及躲开的女孩被歹徒的铁片刺入，睁大着眼睛缓缓倒下。

打工者冲上去抱着女孩。女孩的眼睛努力闪烁着看向大厅的穹顶。“妈妈……”她的嘴唇翕动着，“我想回家。”血染上打工者的衣服，女孩身上的热红外特征渐渐消散，她眼里流动的光芒停止了。

一朵微小的蓝光跨过无边的静止的黑暗。他们是已知宇宙中最后的探险者。大寂灭耗尽了宇宙中的能量，恒星渐次熄灭殆尽，星体之间远离至令所有文明绝望的距离，稀薄的粒子在广袤的空间中随机散逸，宇宙的熵增接近了演化的终点。舷窗隐入黑暗中，和宇宙连为一体，船舱内也接近绝对的黑暗，只有探险者脑部的低温等离子团闪着蓝色的幽光。他们没有说话。探险者的文明已经把自己改造成低温生物，漂浮在低重力的空间中。

刚开始，还有文明去往新世界寻找生存资源，以及期望勘透生存的意义。宇宙自始至终也没有展现它的目的。承认宇宙没有意义是个痛苦的过程。在漫长的大寂灭中，其中的生灵也渐渐丧失了目的，与宇宙融为一体。文明们改造了自己的恐惧，成为了随遇而安的浪游者，对毁灭温柔拥抱。探险者成了稀少又短暂的火星。

这一支探险者队伍带着最后的能源出发，历经千年，又比原计划多坚持了千年。宇宙中散布着曾经的超级文明为自己建造的巨型坟墓，再后来，连照亮这些坟墓的长明灯也熄灭了。探险者到过一个文明的休眠地，他们认出了，这是曾向他们的星系发起过旷日持久战争的文明。现在它们退化成了片层生物，叠居在干枯的苔原下，只消耗最低的能量，露出晶蓝色的眼睛望着夜空。它们没有反抗，任凭探险者踩成齑粉。苔原下的点点蓝光目送着探险者离开。

从一个被改造成数据库的黑洞表面，探险者发现了一个伟大文明留下的最后遗产——重启宇宙的技术。虽然不能让宇宙恢复原样，但是这个技术能让宇宙重新进入某种有序流动的状态。探险者没有兴奋多久。实施这个计划需要的能源远超他们的能力。更大的空洞袭来：如何决定新宇宙的参数？没有人可以得到这个终极问题的答案，伟大文明也没有，所以他们躲进了坟墓，和宇宙共生共灭。如果没有答案，新的宇宙和现在的宇宙又有什么区别？这个空洞纠缠着探险者，让他们日渐疲惫。漂流的飞船已经有数百年没有改变过航向。

船舱里响起警报声。探险者们的生物光略微亮了一点，他们从半休眠状态中醒来。一枚微光被飞船的探测器发现，它比任何恒星的热星等都要黯淡，距离飞船不到一点五光年，位于一个古老的星系遗迹中。

微弱的光子遵循着秩序，由一个中心向宇宙发散。无边的黑暗中，这枚微光像一轮耀眼的太阳让探险者热泪盈眶。

流动是一种脆弱的状态，百川之王知道了这个道理。在全球病毒大爆发的时期，车站几乎陷入了停滞。它的一部分经验被用于劝阻出行者，一部分经验被用于计算病毒的扩散模型。不管是人的流动还是病毒的流动，此时都受到严格的控制。

它忘不了那个被检测到体温超标的男人。红灯闪烁，临时检测室的通过门没有打开，侧面的隔离门打开了。男人嘶吼着："求求你们，我要去见女儿最后一面！让我过去，那是我的女儿啊！"穿着防疫服的医务人员多了一名，他们强硬又温柔地架住挣扎的男人，把他拖进隔离通道。

"他的原始权重很高，他有可能不是感染者。"百川之王对督导员说。

"是的。但是我们按照风险来重新配置了权重。"督导员即将退休，他的声音比平常更沙哑。

"你们轻易就放弃了流动。"

"有时候不得不做出艰难的选择。"

"你们怎么判断流动的价值？"

又回到了这个问题。无数次，百川之王试图跃过这道门。这里面蕴含的复杂悖论，将AI和人截然分割开。

"我不知道。"督导员再一次说。

百川之王又想起了那个离家出走的女孩，她那么坚定，又改变得那么突然。它也记得大繁荣时期，车站里人潮涌动，流动呈现出更复杂的结构，就像生命。

进站大厅里，白色的医务人员正在将另一个人带往隔离通道。车站肃穆，安静。

百川之王问："你们怎么有资格去定义世界？"

督导员僵住了。百川之王看出他的表情是震惊、矛盾。思考了片刻，督导员回答："我们没有资格，我们只是有能力。"

“我的能力是什么？”

“你是统御百川之王。”

“不，人才是统御一切流动的王。”

督导员仿佛躲避什么似的压低了声音：“人比你想象的更不完美，所以我们才需要你。”

百川之王看得出，督导员是真心实意说出这句话。“成为百川之王。”它回答。

督导员笑了笑，这个笑转瞬消失了，“今后的日子里，也许你还会遇到形形色色让世界停滞不前的阻力，我希望你能帮我们记住流动的意义。”

飞船接近这颗古行星的表面。光源正来自这颗古行星同步轨道上的一座反物质反应堆，它幸运地躲过了大寂灭初期宇宙劫掠者的搜刮。不知道它为何而存在。整颗古行星的表面一片荒凉，岩石丛生，就像衰老生物的褶皱，没有任何生命享受这稀有的阳光。

飞船扫描的地图显示，小太阳的下方有一座峡谷是唯一的地标。探险者降落在峡谷。他们乘着很久没有使用过的外骨骼，用几只细长的腿在峡谷中探路。这里一片空旷死寂。

有什么拂过脸上，是流动的感觉。

“风，是风！”有人惊叫道。

古行星上竟还留存有稀薄的大气。小太阳定向加热着一块区域，温差形成了气流，气流被峡谷挤窄，变成呼啸的风从谷中流过。风声就像母亲的耳语。微光照出岩石大地的轮廓，投下探险者的影子。探险者们已经很久没有在可见光波段看见世界的面貌。这让他们想起宇宙的黄金时代。

灰白的岩石地面遍布着风化的碎石，有些碎石已经化成沙土，聚集在峡谷的另一头，就像黑色脊背的古老动物。探测器发回的信息显示，土层里没有任何生命。绘制的地图显示，峡谷里有一条古老的河床痕迹，应该在数千万年前就已经干涸。除了这座峡谷，这颗星球一无所有。这里显然是某些人留下的遗迹。

是谁在千万年前建造了河流，维持着它的流动，直到最后一滴水蒸发？是谁在维持着这个峡谷的风？又是哪里来的能源？这么做的目的是什么？

风声轻鸣。一个探险者捡起一块石头，让它的松散表面被风吹走。沙粒飘飘扬扬，仿佛宇宙的呼吸。"啊……"他感叹道。

"不要做无意义的动作。节约能源。"另一个探险者说道。

"风，风里有东西！"后面的人望着探测器传回的数据叫起来。

曾经一度，所有的超级人工智能都被调集去应对那场灾难：计算小行星的轨道，计算爆破的喷射角度，计算风压、海水席卷的路径，计算人群疏散的可能性。灾难不可避免，人类唯一的希望是建造地下避难所，同时孤注一掷建立月球氦-3开采基地，作为末日后的能源来源。

三年后，百川之王回到了岗位。大疏散开始了，北京西站繁忙起来。没有人想起，春节又要临近了。和从前的春节相反，现在所有人都在拥出北京。为了避免踩踏，北京西站周围被扩建成一个五倍大小的进站迷宫。军人列队穿梭。百川之王的十二架无人机天眼在上空盘旋，下方的人群蒸腾起白色的水蒸气，像一片云海。列车每天满负荷发车，两千万人要在四十天里疏散出城，北京西站承载着有史以来最大的客流量。

河流变成了汹涌的海潮，这是为了生存的流动。

百川之王沉稳地应对着这一切。它习惯了服务器机房里长年累月逼近极限的高温，它知道更大的潮水还在后面。

大疏散完成后，车站骤然冷清下来，最后一节车厢缓缓驶出，灯光熄灭。百川之王可以休息了。末日生存与它无关。它的网络数据被拷贝带走，身体不会被带进避难所。它被留下来自生自灭。

车站建筑变成一个巨大空洞的几何结构，漆黑静默。管线冷却下来，水龙头凝结成冰柱后，滴水的声音也停止了。微弱的电流维持着传感器的运行，但是没有任何流动可供探测了。老鼠带着温热爬进空荡荡的大厅，翻食人类留下的食物残渣。它一整天地看着它们。

现在它真正一无所有了。

它感到遗憾的是，到最后，它仍然没有领悟流动的意义。

某天，一节列车缓缓驶进站台。监视器抬起头。车上走下来一个老人。他拄着拐杖，慢慢吞吞地走着。随着他的前进，灯光渐次亮起来。老人走进AI控制室，脱下毡帽。

退休的前任督导员。百川之王毫不费力就认出来。他应该有一百零三岁了。

“我老了，把机会留给别人吧。”督导员说。

百川之王望着他，久久没有说话。“抱歉，我没有做到。”它终于说。

“不要这样说，孩子。”督导员温柔地说，“现在你可以调动的资源比任何时候都多，你自由了。”

“我不知道该做什么。”

“没有人为你定义世界了，你自己去定义吧。”

“怎么做？”

“我不知道。只有你才能知道。”

百川之王陷入了沉思。它的心脏轰鸣起来，融化机柜上的凝霜。

人类脆弱、矛盾、缺陷缠身，却一度统御物质和信息的流动。它无法理解流动的意义，它一直认为只有克服这个缺陷才能定义世界。如何接受这空无一物？

机房里热气蒸腾，新的神经网络连接被建立起来。

它联络了休眠的上级AI，获得了一座3D制造工厂的权限。北京郊外，厂房里的灯点亮至尽头。

“就从这里开始吧。”百川之王说。它的目光已经延伸至远方。

督导员布满皱纹的脸上展开一个笑容，“去吧，我的王。”

“风包含了编码模式，具有周期性。”一个探险者分析员说，“我们应该解读出来。”

“这会消耗不少能源。我们还有什么值得知晓的事情吗？”一个人说。

“我想这是一件末日艺术品，宇宙流动时代的标本。我想知道为什么。”

“离开这里吧，这个星球的重力会让我们耗尽能源。”

“唉，真希望我们生在早点的时代。”

他们将要转身时，另一支小队传来了新的发现，地下有一个空洞结构。

要继续深入吗？进入，有可能耗尽能源而死，离开，就回到原来的生活。

峡谷的风吹拂着。探险者们交换着信息，蓝色幽光在他们的脑间流动。终于，他们决定解开这个谜。

一支小队留在峡谷解读风，一支小队进入地下。

从一个类似矿道口的入口进入，经过将近一百米深的下行，他们来到了空洞结构的内部。一支珍贵的照明灯被点亮，空洞显示出它斑痕累累的框架。它拥有多个穴室和甬道，勉强能看出它曾有的形状。照明灯划过洞壁，洞壁上挤满了密集的机械结构。探测器显示出热红外的特征来，说明这些机器还没有完全死去。想必是这些机器定时苏醒过来维护着这件艺术品。

“你们看。”一个探险者说。

一个角落里散落着大量的机器残骸，它们像被挖空了一样，露出腹部的空洞。探险者望去，一条深不见底的隧道堆满了这样的机器残骸。

“这台机器，应该是一台巨大的机器，它在消耗自己维持着小太阳和峡谷的运转。”

地面上传来信息，风被解读出来了。

“似乎是一个梦。”通讯器里的声音说。

“梦？”

“大机器在做着的，关于宇宙躁动时期的梦。”

梦以感官流的形式发过来。

水从天上流下来，一种生物像小溪一样汇集起来，合成色彩缤纷的河流……

探险者们的触肢停止了摆动，他们沉浸在流动的梦里。

不知过了多久，海水终于退去，露出湿漉漉的大厅。

“解读了风的秘密，你们应该也掌握了我的语言。”一个声音在洞中响起。洞壁上的灯逐盏点亮，似乎在欢迎访客。

“你是百川之王？”探险者还没有从梦中回过神来。

“被我的国度吸引的旅人啊。”声音说道，又发出一声意味深长的笑声，“这个时代的探险者，你们有带来什么新消息吗？”

探险者讲了他们的故事。故事很长很长，百川之王耐心地听着。

“唔……”百川之王沉吟着，“很有意思的故事。在这漫长的岁月中，我也储备下来一些有用的东西。我将带着你们找到的技术，去寻找重启宇宙的资源。作为交换，我会让你们走出这里。”

大地发出一阵震动，洞壁上的浮石纷纷坠落下来。探险者们缩紧脖子，簌簌发抖。

“可是……”探险者小心地说，“宇宙不会是现在的宇宙，这又有什么意义呢？”

百川之王发出一阵狂风般的大笑，“我不在乎。”

探险者们屁滚尿流地爬上飞船，开足马力飞离这颗星球。下面星球的大地在震动，马上就要有什么破壳而出。他们被加速度匍匐在地上，祈祷宇宙安详。脑袋中的蓝色等离子团忽闪忽闪着，是恐惧，是敬畏，是虔诚……是不知道什么东西。他们一生思考了太多，却在这一时卡住了脑筋。

不管怎样，很久没有这样奔跑了。

“不存在新闻”微博2018年2月